LORI FOSTER
MARCADAS POR EL ODIO

Editado por Harlequin Ibérica.
Una división de HarperCollins Ibérica, S.A.
Núñez de Balboa, 56
28001 Madrid

© 2013 Lori Foster
© 2016 Harlequin Ibérica, una división de HarperCollins Ibérica, S.A.
Marcadas por el odio, n.º 213

Título original: Bare It All
Publicada originalmente por Mira Books, Ontario, Canadá.
Traducido por Amparo Sánchez Hoyos

Todos los derechos están reservados incluidos los de reproducción, total o parcial.
Esta edición ha sido publicada con autorización de Harlequin Books S.A.
Esta es una obra de ficción. Nombres, caracteres, lugares, y situaciones son producto de la imaginación del autor o son utilizados ficticiamente, y cualquier parecido con personas, vivas o muertas, establecimientos de negocios (comerciales), hechos o situaciones son pura coincidencia.
® Harlequin, TOP NOVEL y logotipo Harlequin son marcas registradas por Harlequin Enterprises Limited.
® y ™ son marcas registradas por Harlequin Enterprises Limited y sus filiales, utilizadas con licencia. Las marcas que lleven ® están registradas en la Oficina Española de Patentes y Marcas y en otros países.
Imagen de cubierta utilizada con permiso de Harlequin Enterprises Limited. Todos los derechos están reservados.

I.S.B.N.: 978-84-687-8466-3
Depósito legal: M-13043-2016

CAPÍTULO 1

Alice se acercó a él, los cabellos sueltos, los sedosos mechones acariciándole los hombros. Los enormes ojos marrones, inocentes, pero a la vez alerta, lo observaban detenidamente, como siempre. Sonrió, y esa sonrisa provocó extrañas reacciones en él. Le despertó un deseo voraz, de un modo que jamás había experimentado. Con la lujuria sí estaba familiarizado, pero ¿con un deseo así? Jamás. Únicamente con Alice. Estaba muy cerca, tanto que sentía su calor por todo el cuerpo. Ella frotó la nariz contra su barbilla, el cuello, la oreja. Él gimió. Con fuerza. Aunque lo oyó, apenas podía creerse que ese sonido hubiera salido de él, provocado por un ligero roce de una nariz. Era de locos, pero en un instante estaba dolorosamente excitado.

—¿Reese?

Él deseó sentir su boca sobre la suya. Giró el rostro y la miró de frente. Y sintió su aliento. Ardiente. Y luego su lengua.

—Eh... ¿Reese?

Esa voz sonaba tan tentadora que él no pudo evitar sonreír mientras alargaba una mano en su dirección y abría los ojos. Su mano encontró un espeso pelaje y unos expresivos ojos marrones, pero no los de Alice. Ni siquiera eran humanos. Cash, su perro, empezó a jadear ante la primera señal de vida. Encantado de verlo despierto, ladró, describió un círculo y lamió el rostro de su amo. Otra vez.

—¡Mierda! —Reese esquivó el húmedo gesto cariñoso del perro mientras intentaba orientarse.

El sueño había sido increíblemente real. Y bien recibido. Reese se cambió de postura, y se encontró acurrucado en un sofá. El sofá de Alice. Incorporándose, bajó la vista. Solo llevaba puestos unos calzoncillos que, como solía suceder cada vez que se despertaba, estaban visiblemente ahuecados por delante. ¿Dónde estaba la sábana? Ah, sí, en el suelo. Reese se apoyó sobre un codo e intentó orientarse. Y allí estaba Alice, al pie del sofá, vestida con unos pantalones de verano y una blusa sin mangas. Las manos entrelazadas frente al cuerpo y, desde luego, esos sedosos cabellos marrones sueltos. Sin embargo, estaban muy bien peinados, a diferencia de los cabellos sensualmente revueltos de su sueño. Ella lo observaba, pero los impresionantes ojos marrones no lo miraban a la cara. Estaban fijamente clavados en el empalme matutino. Estupendo. Si malo era besarse con el perro, luchar por recuperar la sábana solo le haría parecer más estúpido. No estaba acostumbrado a encontrarse en una situación delicada o incómoda. Al menos no con mujeres.

Siendo detective de policía, a menudo se había encontrado en una situación comprometida con un criminal, pero jamás en calzoncillos y exhibiendo el arma bien cargada. Alice era muchas cosas: vecina, enigma, una bomba irritante y sutil. Y, evidentemente, a juzgar por ese sueño subido de tono, también era el objeto de sus fantasías.

—Aquí arriba, Alice —él carraspeó mientras la curiosa mirada marrón ascendía hasta su rostro—. Gracias. Y ahora, si no te importa, ¿podrías darte la vuelta? Mi modestia está más que comprometida, y me importa muy poco, pero con ese tono rosado de tus mejillas, no estoy seguro…

—Por supuesto —Alice se dio la vuelta, rígida, indecisa. El precioso cabello castaño le llegaba justo por debajo de los hombros—. Lo siento —con paso rápido, aunque vacilante, se encaminó a la puerta que conducía a su pequeña terraza.

Se había dejado la puerta abierta y la húmeda brisa de finales de agosto jugueteaba con los hermosos cabellos. Reese habría agradecido un poco de aire acondicionado, pero, dado que se trataba del apartamento de Alice, que había sido tan generosa como para permitirle instalarse en el sofá, no iba a quejarse. No mucho.

—¿Qué hora es? —sentándose, él alargó una mano hacia la sábana, pero Cash estaba sentado encima.

El perro observaba a Reese, las peludas orejas tiesas, la expresión esperanzada. Su dueño rio. Tras tironear de la sábana y cubrirse con ella, dio unas palmadas sobre el sofá.

—Ven, chico.

El perro saltó lleno de entusiasmo. Por culpa de la misión secreta que acababa de finalizar, había pasado tanto tiempo alejado de ese perro como el tiempo que llevaban juntos, y aun así se había creado un vínculo entre ellos.

—Poco más de la una.

¿Y no lo había despertado? ¿Cuánto tiempo llevaba dando vueltas por el apartamento? ¿Hacía cuánto que se le había caído la sábana? Normalmente tenía el sueño ligero de modo que, o bien estaba realmente agotado o esa mujer era muy sigilosa. La idea le inquietó y se sumó a otras que se había formado con respecto a Alice. Sagaz observadora de todo lo que la rodeaba, junto con un aire precavido… todo ello llenaba la mente del policía de horribles posibilidades. Y sobre todo estaba la manera en que había entrado en escena el día anterior: con una enorme pistola cargada en la mano.

—Hace horas que Cash no sale. Intentaba sacarlo sin despertarte, pero te vio en el sofá y entonces hiciste ese… ruido.

—¿Un ruido? —dada la naturaleza erótica del sueño, se imaginaba el ruido que había hecho.

—Cash se acercó a ti y…

—Pensaba que eras tú —le interrumpió Reese, que se sintió muy travieso al ver cómo los hombros de Alice se tensaban un poco más—. Estaba teniendo un sueño erótico.

Mirándolo con ojos desorbitados y una expresión muy parecida al espanto, ella echó un vistazo al regazo de Reese, que él había cubierto con la sábana.

—¿A qué te refieres?

—Tú y yo —él agitó una mano entre ambos—. Y ese sueño era muy real —Reese acarició la peluda barbilla de Cash—. Estabas pegada a mí. Respirabas sobre mí.

—¿Respiraba sobre ti? —Alice frunció el ceño con aspecto indignado.

—Frotaste tu nariz contra mi oreja —él asintió con gesto serio—, y sentí tu ardiente lengua.

Ella retrocedió con tal fuerza que chocó contra la puerta corredera de la terraza y casi la atravesó. Tras dirigirle una mirada de reproche a Reese por hacerla tropezar, comprobó que la puerta seguía en el rail y se aclaró la garganta.

—Yo jamás... —en vano buscó una palabra.

—¿Jamás me chuparías? —para sorpresa de Reese, ella permaneció callada, aunque sus labios, y su expresión, se dulcificaron—. ¿No? Pues qué pena —dio unas palmaditas a Cash que reaccionó con renovadas muestras de afecto—. Aunque Cash parece que sí lo haría.

—¡Oh! —de repente ella pareció comprender—. ¿Notaste a Cash que intentaba despertarte y pensaste...?

—Sí. Menuda manera de empezar el día. Entiéndeme, le tengo cariño, pero —Reese miró a Alice de arriba abajo—, no tanto.

—¡Pero si es adorable!

—Sin duda lo es —hacía poco que Reese tenía al perro y, si bien nunca se había considerado un amante de las mascotas, Cash y él habían sintonizado... con la ayuda de Alice—. Pero no quisiera que malinterpretaras mi... —señaló hacia su regazo—. Reacción.

Ella se tapó la boca con una mano, pero no consiguió evitar que se le escapara la risa.

Una risa que resultaba tan atractiva como la sonrisa. El bulto bajo las sábanas se movió.

—Si sigues así, no conseguiré controlarlo nunca.

—En serio, Reese —en lugar de echarse atrás, o volver a ruborizarse, ella lo reprendió—, tampoco es para tanto.

—Ni es algo por lo que avergonzarse —aunque lo estaba. ¿Qué tenía Alice que lo afectaba tanto, y tan físicamente?—. No pretendo menospreciar tu atractivo, pero a la mayoría de los tíos nos sucede por la mañana.

—¿Te refieres a cuando se despiertan?

—Sí, se llama empalme matutino o, en este caso, empalme vespertino, supongo.

—Entiendo —ella ladeó la cabeza y lo miró atentamente—.

Pero, cuando llamaste a mi puerta esta mañana, estabas completamente despierto, vestido y acababas de terminar de trabajar.

Y también excitado ante la perspectiva de pasar algunos momentos de intimidad con la vecina. Consciente de que no debería confesarlo ante ella, se frotó los ojos cansados con una mano.

—Y a pesar de ello —continuó ella en tono travieso y provocador—, tuviste una... digamos...

—Erección —hablar de ello no le estaba ayudando. Reese clavó su mirada en los ojos marrones.

—Sí —Alice asintió con excesiva naturalidad—, también la tenías esta mañana —a pesar de que el tono rosado de sus mejillas se intensificó, no apartó la mirada—. Me dijiste que no me preocupara por ello.

—Ya sé lo que dije —¡por Dios cómo le gustaría besarla! De haberse tratado de cualquier otra mujer, lo habría hecho.

Sin embargo, apenas conocía a Alice, y lo que conocía le impedía forzar la situación. Y gracias al desastre del día anterior, ella ya estaba familiarizada con los riesgos de su oficio.

No era habitual que asesinos y matones, los criminales a los que estaba investigando, aparecieran en la puerta de su casa. Y menos aún lo era que lo pillaran desprevenido. Normalmente era muy bueno en su trabajo. Pero el día anterior... se había metido en un lío de primera, y Alice se había visto mezclada en ello.

Quizás por eso había soñado con ella. Se había encargado de cuidar del perro mientras él y su compañero acorralaban a su presa y, cuando todo se torció, había percibido la peligrosidad de la situación y enviado refuerzos.

—Conmigo no tienes que preocuparte de nada —Reese analizó el rostro contenido y formal que ocultaba tanta intuición, valentía y agudeza.

—De acuerdo.

—¿Así, sin más? —esa mujer era muy curiosa, otro motivo más para despertar inexplicablemente su interés por ella.

—Sé que eres una persona decente.

La muy sensata Alice. Por supuesto tenía razón. Era un hombre decente, sobre todo en lo concerniente a las mujeres. Pero

9

con el poco tiempo que hacía que se conocían, ¿cómo podía estar tan segura de sus intenciones?

No podía.

Cierto que había adoptado un perro abandonado, un perro al que ella adoraba. ¿Y qué? Era un hombre amable y de buenos modales, vestía bien y su comportamiento era el adecuado. Pero eso no significaba nada, y ella debería comprenderlo.

Por lo que había visto hasta ese momento, parecía tener un gran instinto.

La clase de instinto que solía fraguarse con la experiencia.

Cuando ella había accedido a permitirle dormir en el sofá, Reese había considerado aprovechar ese momento a solas con ella para mantener una conversación profunda. Sentía una enorme curiosidad por la vecina, casi tan grande como la atracción que le despertaba.

Pero en cuanto ella le había preparado la cama, él se había sentado y el agotamiento lo había noqueado al instante. La conversación se había detenido.

Pero eso había sido aquella mañana.

En esos momentos disponía de todo el tiempo del mundo. Al menos del resto del día.

—Alice...

—Debería sacar a Cash. Otra vez —ella sonrió con devoción al animal—. Ambos sabemos que solo aguanta un cierto tiempo.

Esa mujer tenía la sonrisa más bonita y dulce del mundo, por supuesto, cuando sonreía. Alice no parecía ser consciente. En realidad, de no haber sido por ese perro, o la carnicería de su apartamento...

El recuerdo de la carnicería, el motivo por el que había dormido en el diminuto sofá de Alice en lugar de en su propia y espaciosa cama, le arrancó un gemido.

—¿Estás bien? —Alice interrumpió las atenciones que le prodigaba a Cash y se acercó un poco más a Reese—. ¿Resultaste herido ayer?

—Estoy bien.

Aunque muy frustrado. El día anterior, a punto de culminar una larga investigación, una maldita horda había invadido su apartamento. Amigos, sospechosos y odiosos matones. Matones asesinos. Unos matones tan feos que sus almas eran, sin duda, negras y putrefactas.

Rowdy Yates, un «testigo», menudo chiste, debería haber estado bajo vigilancia, en lugar de husmeando en su apartamento. Alice había intuido que sus intenciones no eran nada buenas y lo había telefoneado a él. En pocos minutos había llegado a su casa, justo antes de que lo hiciera también la teniente.

Todos habían sido sorprendidos por unos matones y, mientras Rowdy era apuntado con un arma, la teniente y él habían sido esposados al cabecero de la cama. El que se hubiera enfrentado en más de una ocasión a esa mujer no había hecho más que empeorar la situación. La teniente Peterson no se lo había tomado bien, y sus esfuerzos por protegerla habían sido acogidos con no poca resistencia.

En lugar de aceptar la protección que se ofrecía a todos los testigos, Rowdy había terminado siendo un objetivo de asesinato. Tenía sus habilidades, entre las que se encontraba colarse en el apartamento de Reese para husmear, pero ¿enfrentarse a dos hombres armados dispuestos a matarlo? Las probabilidades de salir airoso no habían sido muy grandes. De haber matado a Rowdy, sin duda a continuación habrían vuelto las armas contra Reese y la teniente.

Sin la ayuda de Alice, en su apartamento habría habido varios cadáveres en lugar de uno.

Y uno ya era bastante malo. No resultaba fácil eliminar la muerte de la alfombra, las cortinas y las paredes.

Por suerte, la sensata Alice había comprendido la situación y enviado al buen amigo de Reese, el detective Logan Riske, como apoyo. Logan poseía una mortífera habilidad reservada solo a unos pocos, y enseguida se había hecho cargo de la situación, no sin antes recibir un balazo en el brazo.

Durante un par de minutos había reinado el caos, prácticamente destrozando el dormitorio de Reese. Al final habían atrapado a uno de los pistoleros y a otro hombre que estaba apostado de vigía en la parte delantera del bloque de apartamentos.

El peor criminal que Reese hubiera conocido jamás había

muerto al romperse el cuello. Nunca más volvería a amenazar a nadie.

Reese observó a Alice con renovado interés. Al final de la sangrienta refriega, no mucho después de que él hubiera sido liberado de las esposas, Alice había aparecido en el apartamento con una enorme pistola entre las finas y delicadas manos.

Era evidente que se le daba muy bien juzgar a las personas, claro que a él también. Y en el fondo, Reese sabía que su remilgada, a menudo silenciosa, asustadiza, tímida y endemoniadamente sexy vecina, habría empleado esa pistola con mortífera precisión.

Todo ello le helaba la sangre y, a la vez, aumentaba su interés por esa mujer y su pasado. Había muchas preguntas sin responder. Sabía que Alice era buena con su perro al que le gustaba. Y sabía, sin lugar a dudas, que quería tenerla debajo de él.

Sin embargo, hasta ese momento su relación había sido de lo más extraña, y ni siquiera conocía su apellido. Alice... algo.

Aquello era de locos.

Ella se acercó un poco más, como había hecho en el sueño.

—Tienes un moratón bastante serio.

Reese siguió la preocupada mirada hasta la muñeca y vio las feas marcas, recuerdo de cómo había intentado soltarse de las esposas metálicas, sus malditas esposas, que habían sido utilizadas contra él.

—No pasa nada —jamás se había sentido tan desvalido como cuando se había encontrado apresado, consciente de que su error podría provocar la muerte de otros. Nunca más volvería a ser pillado por sorpresa.

Con una vez bastaba.

—¿Estás herido en alguna otra parte? —preguntó Alice tras dudar un momento.

¿Aparte de en su orgullo por haber sido pillado desprevenido en su propio apartamento?

—No —lo único que quería era pasar página.

—¿Tu amigo estará bien? —ella aceptó la respuesta sin demasiada emoción.

—¿Logan? Es detective, como yo.

—Eso me pareció. Cuando lo vi ayer, supe que era de fiar.

¿De fiar? Todo lo que decía aquella mujer parecía tener un doble sentido.

—¿Del mismo modo que supiste que los otros eran peligrosos?

Alice había visto entrar a esas personas en el edificio y, de algún modo, intuido que no eran amigos. No solo era astuta, tampoco temía actuar. Gracias a Dios.

—Sí —ella lo miró fijamente—. Suelo darme cuenta.

Pero ¿cómo? Reese sentía curiosidad por saberlo. Los criminales no solían pasearse por ahí con una etiqueta en la frente. De ser así, su trabajo resultaría mucho más sencillo.

Como detective, había tratado con tipos lo bastante turbios como para haberle hecho desarrollar una especie de sexto sentido. Se daba cuenta de cosas, detalles que pasaban desapercibidos para otros.

¿Qué le había sucedido a Alice para que ella también tuviera esa habilidad?

—Logan está bien. ¿Conociste a Pepper?

—Sí, se quedó en mi apartamento, conmigo, mientras el detective Riske acudía en tu ayuda.

—Llámale Logan, seguro que insistiría en ello —Reese rememoró el instante en que se había dado cuenta de que habían disparado a Logan. El hombre no había permitido que la herida lo detuviera, hasta que la pérdida de sangre le había obligado a hacerlo—. Ahora está en casa con Pepper, curándose y, sin duda, recibiendo muchos mimos.

Sus amigos y él estaban vivos gracias a la agilidad mental de Alice, y un criminal dedicado a todo tipo de corrupción, incluyendo la trata de blancas, estaba muerto.

Reese tenía muchas cosas que lamentar acerca del desarrollo de los acontecimientos del día anterior, pero no sentía el menor remordimiento sobre lo último.

—¿Están Logan y Pepper enamorados? —Alice ladeó la cabeza.

—Él, desde luego, sí lo está —no era habitual en él ser tan indiscreto, pero las palabras surgieron de su boca—. Y eso no hizo más que incrementar la locura de todo el asunto. Los policías infiltrados no se enamoran de los testigos clave.

—¿Por qué no?

—Para empezar, por las complicaciones. No es fácil pensar con claridad cuando estás emocionalmente implicado.

—A mí no me pareció una persona muy emotiva. En cuanto le referí mis sospechas, se hizo cargo de la situación. Metió a Pepper en mi apartamento, se preparó lo mejor que pudo y nos advirtió, innecesariamente, debo añadir, que mantuviéramos las puertas cerradas.

—Pues conociendo a Pepper, debió ser un momento de risas.

—Se mantuvo en silencio casi todo el tiempo —ella sonrió ante el sarcasmo de Reese—, y parecía muy preocupada. ¿No te has dado cuenta de que Pepper también está enamorada de tu amigo?

—De acuerdo —Reese se encogió de hombros ante la seguridad manifestada por su vecina.

—¿Rowdy es su hermano?

—Sí —él se estiró e hizo una mueca de dolor mientras se frotaba la nuca y los hombros contracturados.

Sintió la mirada, claramente impresionada, de Alice sobre sus bíceps y eso contribuyó a caldearle un poco los músculos. Distraídamente, dejó el brazo en alto, unos segundos más de la cuenta, hasta comprender lo absurdo del gesto.

Maldijo para sus adentros. Esa mujer lo seducía sin siquiera intentarlo, y de un modo nada convencional.

—¿Conociste a Rowdy? —Reese no recordaba habérselo presentado, claro que estaba demasiado ocupado en otros asuntos.

—Brevemente —la atención de Alice se desvió hacia el fuerte torso y continuó hasta el abdomen.

Los músculos del policía se contrajeron a modo de respuesta.

—No estaba muy convencida sobre Rowdy. Al principio me preocupaba, por eso te llamé cuando lo vi aparecer. Pero él no es tan despiadado como los otros. Tengo la sensación de que camina sobre la cuerda floja entre lo legal y lo que encaja en su propio código moral.

—Seguramente —las palabras de Alice describían a Rowdy a la perfección y Reese la contempló estupefacto.

—¿Y la teniente?

Aunque Alice había aparecido en escena en medio de la trifulca, había identificado de inmediato a los jugadores clave.

—La última vez que la vi pisoteaba a todo el que se interpusiera en su camino mientras gritaba órdenes, como un general.

—Para ser una mujer tan menuda —él sacudió la cabeza—, manda con mano de hierro.

—Me cayó bien —Alice volvió a posar la mirada en el regazo de Reese.

—Ya supuse que lo haría —Reese se inclinó hacia delante—. Necesito algo de cafeína para poner en marcha mi cerebro. ¿Qué te parece si yo saco a Cash y tú preparas la cafetera?

El perro, que casi se había quedado dormido, dio un salto de alegría.

—Si es eso lo que quieres…

Eso ni siquiera se aproximaba a lo que quería, pero, de momento, tendría que bastar.

—Gracias —él esperó un rato, pero, viendo que ella seguía allí, parada ante él, observándolo, se envolvió con la sábana mientras se ponía de pie.

La visión del atlético cuerpo de su vecino, obligó a Alice a tomar más aire y prácticamente provocó su huida hacia la cocina. Reese pensaba que la había avergonzado y, en efecto, lo había hecho. Un poco.

Pero había mucho más, más complejo que un simple azoramiento. Había algo que no había sentido en mucho, muchísimo, tiempo.

Y se deleitó en la sensación.

Tras respirar hondo un par de veces más, ella lo llamó.

—Estará listo en diez minutos.

—Estupendo —la respuesta surgió muy cerca, pegada a su espalda.

Sobresaltada, se volvió y estuvo a punto de dejar caer la jarra.

Descalzo, y desnudo de cintura para arriba, se apoyaba en el quicio de la puerta de la cocina, a escasos metros de ella. Se había puesto los arrugados pantalones y subido la cremallera, aunque sin abrochárselos, de modo que dejaban ver el firme abdomen y la sedosa línea de cabellos rubios que desaparecían en el interior de los calzoncillos.

¡Uff! Los pantalones ayudaban, aunque no demasiado. Seguía teniendo un aspecto impresionante.

—Aquí arriba, Alice —repitió Reese, suspirando resignado ante la nueva distracción de la joven.

Sin pronunciar una palabra, ella logró la ingente tarea de devolver su atención al rostro. Dada la escasa inhibición de Reese, sospechaba que iba a tener que recordárselo a menudo.

Pero ¿cómo podía una mujer no quedárselo mirando fijamente?

La primera vez que lo había visto ya lo había catalogado como un ejemplar de primera. Su pasado la había afectado, eso seguro, pero no la había dejado ciega o estúpida.

Había necesitado no pocos esfuerzos para recordarse a sí misma su necesidad de intimidad, para no mirarlo, para ignorar las amistosas sonrisas y amables saludos.

Pero, al verlo con el perro, su destino se había sellado. Alice fue consciente de haberle entregado una pequeña parte de su corazón en cuanto había visto la paciencia que desplegaba con Cash. Reese superaba ampliamente el metro noventa, pero no resultaba en absoluto desgarbado. Su cuerpo estaba perfectamente tonificado y llamaba la atención de todo el mundo. Nadie podía ignorar su fuerza. Y sin embargo, con Cash era tan delicado...

Y el día anterior, viéndolo actuar como un héroe, haciéndose cargo de una situación con peligro de muerte, y también ocupándose de su amigo herido... ¿cómo podía alguien permanecer impasible ante él?

Completamente vestido, el detective Reese Bareden era capaz de provocar un infarto. Medio desnudo, la estaba volviendo lela de deseo.

—Me gusta fuerte —los ojos verdes de Reese emitían un destello divertido.

—¿Eh?

¡Oh cielos! Había vuelto a devorarlo con la mirada. Alice tragó nerviosamente e intentó recuperar la compostura.

—El café.
—¡Oh! —¿cómo había podido olvidarlo? Sujetó la jarra con ambas manos y sonrió—. De acuerdo.
—¿Qué sucede, Alice? —la preocupación borró la sonrisa de Reese.
—Nada.

No podía confesarle que le parecía uno de los ejemplares masculinos más impresionantes que hubiera visto jamás. La observación no era baladí, pues había conocido hombres realmente extraordinarios.

Hombres de su pasado. Hombres buenos que habían estado allí para hacer frente a los depravados.

Con solo pensar en ello, todo su cuerpo se tensó, y Alice se cerró protectoramente sobre sí misma.

—¿Alice?

La dulce y gutural voz la sacó de los negros recuerdos. El corazón acelerado recuperó el ritmo y los músculos se relajaron.

—¿Sí? —soltando un pequeño suspiro, ella intentó aparentar naturalidad.

—Esa charla. Vamos a mantenerla hoy.

Había sonado como una amenaza, pero ella estaba familiarizada con las amenazas de verdad, y Reese no la asustaba. No de ese modo. En realidad, no la asustaba de ningún modo.

—Sí, lo haremos.

La rápida aceptación pareció sorprenderle. ¿Esperaba que ella se negara? ¿Esperaba que se pusiera a la defensiva?

Lo cierto era que, en ocasiones, ni siquiera ella sabía cómo iba a reaccionar. Los recuerdos menos agradables tenían la mala costumbre de surgir en su mente cuando menos se lo esperaba.

En cuanto a los hombres, la mayor parte del tiempo se mantenía alejada de ellos. Desde luego no había planeado sentirse atraída hacia Reese, pero disfrutaba charlando con él de modo que, ¿por qué evitarlo? Jamás obtendría la información que buscaba de ella, porque era una información que no podía compartir con nadie, pero le diría lo suficiente para que se conformara.

Al menos durante un tiempo.

Cash tiró de la correa, impaciente por la demora. El adorable perro, todavía un cachorro, era famoso por mearse en el suelo cuando se emocionaba, sentía curiosidad por algo, necesitaba mear... en realidad, prácticamente por cualquier cosa.

Por suerte, los dos apartamentos tenían el suelo de linóleo, lo que facilitaba notablemente la limpieza.

Tras otra prolongada mirada, Reese asintió y se alejó con el perro. Alice salió de la cocina, mirándolo con cálida admiración. Los desordenados cabellos rubios y la sombra de una barba incipiente le hacían parecer aún más atractivo. Los torneados músculos se contraían... por todas partes. En los anchísimos hombros, la espalda, los fuertes brazos, y los aún más fuertes muslos.

Reese abrió la puerta.

—¿Vas a salir así? —a Alice se le cortó la respiración.

Él miró hacia abajo y se encogió de hombros, como si no tuviera un cuerpo capaz de detener el tráfico y los corazones al mismo tiempo.

—¿Por qué no?

—Estás... indecente —¡ese hombre iba prácticamente desnudo! Ni siquiera se había abrochado los pantalones.

—No tardaré mucho —comprobó que la puerta permanecía abierta y salió.

CAPÍTULO 2

Alice permaneció perdida en sus pensamientos hasta que recordó que tenía que preparar café.

Nunca se le había ocurrido que tendría a un hombre en su apartamento. Desde luego no a un macizo detective de policía y, mucho menos, que se quedara a dormir. Era normal que se sintiera descentrada.

Acababa de preparar el café cuando se le ocurrió que a Reese quizás también le apetecería algo de comer. Para ella era la hora del almuerzo, pero él ni siquiera había desayunado aún.

Quizás tampoco hubiera cenado la noche anterior. Se había encontrado con un grave conflicto al volver del trabajo, y dudaba que le hubiera dado tiempo de relajarse, mucho menos disfrutar de una comida. Y un hombre de su envergadura sin duda necesitaba un buen sustento.

El día anterior había estado repleto de chicos malos que iban de un lado a otro, chicos buenos que husmeaban, disparos y arrestos, muertes y ambulancias. Alice se estremeció y se rodeó la cintura con los brazos.

El mortífero escenario también había contribuido a su inquietud. Tener a Reese en su sofá, al alcance de la mano, le había proporcionado una sensación de seguridad que ningún arma podría haberle dado. Incluso tener a Cash a sus pies resultaba tranquilizador. Las personas seguían haciéndola sentirse incómoda, pero los animales no prejuzgaban y resultaban muy acogedores y ella se sentía muy a gusto con ellos.

Reese lo ignoraba, pero ser la niñera de Cash era el mayor de los regalos que podría haberle hecho. Hasta que le había propuesto el trato unos días atrás, ella no había sido consciente de lo que suponía tener a otro ser vivo respirando junto a ella. Suspiró. Habían pasado varios minutos y decidió preguntarle a Reese qué le apetecía comer.

Salió del apartamento y cerró la puerta con llave. No volvería jamás a correr riesgos con la seguridad. Levantó la vista hacia el apartamento de Reese. A diferencia de lo que sucedía en las películas, no había ninguna cinta de la policía sobre la puerta. Sin embargo, Reese le había comentado el día anterior que sus colegas preferían que se mantuviera fuera de la casa hasta que hubieran terminado de recoger las pruebas forenses, tomar fotos, o lo que fuera que tuvieran que hacer. En realidad no tenía ni idea del procedimiento policial. Aparte de Reese, nunca había conocido a un buen agente.

Sí había conocido, en cambio, a unos cuantos hombres turbios que se jactaban de portar la placa, pero no el honor que debería conllevar el trabajo. El día anterior había conocido a unos buenos policías.

Había aprendido a reconocer la diferencia de la manera más dura.

El recuerdo de los últimos sucesos hizo que le sudaran las manos. Cierto que Reese solo había acudido a ella porque su apartamento había quedado destrozado, pero de todos modos se alegraba. Aunque se había mostrado muy valiente, no tenía ninguna gana de quedarse sola.

Tal y como había hecho infinidad de veces, empujó los malos recuerdos al fondo de su mente y bajó las escaleras hasta el portal con su doble puerta de cristal.

Antes de salir a la calle vio a Reese de pie en la sombra, la correa de Cash suelta en la mano.

Dos vecinas, una hermosa rubia con pechos inflados y una bonita morena, lo miraban con adoración mientras los tres charlaban.

Llevaban mallas para correr y sujetadores deportivos que dejaban al descubierto una buena cantidad de piel. Y estaban excesivamente pegadas a él para estar manteniendo una simple conversación.

Sin pensárselo dos veces, sin tener siquiera tiempo para procesar su reacción, Alice se encontró cruzando el patio en dirección a Reese y Cash. Con un movimiento brusco, le arrebató la correa del perro.

—Alice —él la miró sobresaltado.

El corazón de Alice se golpeó dolorosamente contra las costillas. No era justo que un hombre con los cabellos revueltos, y sin afeitar tuviera ese aspecto.

—El café está listo —Alice miró a las mujeres mientras arrojaba las llaves de su casa en la mano de Reese—. Yo me ocuparé de Cash y tú puedes volver adentro y tomarte una taza.

—Vaya, gracias, Alice —la expresión de Reese cambió de la sorpresa a la diversión—. Tu hospitalidad no tiene límites.

¿Cómo había que responder a algo así?

Con una sonrisa satisfecha, él le acarició la mejilla, saludó a las otras dos mujeres y se dirigió al interior del edificio. El brillante sol iluminaba sus hombros y arrancaba destellos dorados de sus rubios cabellos. Aunque iba descalzo, no caminaba con cuidado, sino como un hombre que tenía la situación bajo control, confiado de sí mismo y de cuanto le rodeaba.

Alice fue consciente de que no era la única que se había fijado y carraspeó exageradamente.

—Lo siento, cielo —la rubia rio—, pero soy incapaz de apartar los ojos. Es un hombre impresionante.

La mujer morena asintió y dirigió su mirada a Alice.

—¿Hay algo entre vosotros dos? —preguntó con evidentes dudas.

¿Algo? De repente, Alice lo comprendió.

—¿Cómo? ¡No!

Siguió la mirada que la joven deslizaba sobre ella. No era mona y menuda como la morena, ni tenía las curvas que exhibía la rubia. Era, simplemente, ella misma, normalita, discreta, invisible la mayor parte del tiempo.

¿Acaso no se lo habían recordado hasta la saciedad?

«Gracias a Dios».

—Solo somos vecinos.

—Sí, claro, eso es —la amigable rubia sonrió—. Ojalá fuera yo también esa clase de vecina. Se lo he sugerido, pero Reese siempre me está esquivando.

—¿De verdad le has sugerido que…?

—Que nos acostemos, pues claro. Y, créeme, no he sido nada sutil —la mujer soltó una carcajada—. Supuse que me había rechazado porque vivíamos demasiado cerca para que resultara cómodo, en el mismo edificio de apartamentos y todo eso. Pero, si ha pasado la noche contigo, no debe suponer ningún problema para él.

Las mujeres la miraron fijamente. Aguardaban una explicación. ¿Por qué había tenido que intervenir? No tenía ningún derecho sobre Reese, debería haberse mantenido al margen.

Pero había irrumpido en la conversación, comportándose como una novia posesiva, dándoles motivos para especular. Marcharse sin más no solo sería una grosería, les daría más motivos para chismorrear.

—¿Vivís aquí las dos? —preguntó mientras ganaba tiempo y decidía cómo proceder.

—En el piso de arriba —le informó la morena—. Ella vive a un lado de Reese y yo al otro.

—¿A que suena de lo más travieso? —la rubia volvió a reír—. Conocemos a Reese desde hace tiempo.

—Qué… bien —las sienes de Alice martilleaban con fuerza.

—He oído a Reese llamarte Alice —la rubia procedió a las presentaciones—. Yo soy Nikki y ella, Pam.

—Hola —salvo por Reese, ella había conseguido mantener las distancias con todos los vecinos. Y de repente había despertado la curiosidad de las admiradoras del detective.

Consciente de que acababa de complicarse la vida, Alice devolvió su atención a Cash. Quizás podría distraer a las mujeres jugando con el perro…

Pero no, Cash se tumbó al sol y parecía tan a gusto que no tuvo corazón para molestarlo. El perro no iba a ayudarla.

—Si vivís tan cerca de Reese —Alice sonrió—, ya estaréis enteradas de lo que sucedió ayer.

—¿Te refieres a lo que sucedió entre vosotros dos? —Pam enarcó las cejas.

—¡No! —por el amor de Dios, qué idea—. No sucedió nada entre nosotros.

Nikki sonrió.

—Hablaba de la intervención policial que tuvo lugar en su apartamento.

—Estuvimos fuera toda la noche —intervino Pam.

—Y gran parte de la mañana —añadió la morena—. ¿Qué pasó?

—Ayer vi a una persona entrando en el apartamento de Reese —Alice hizo un resumen con la esperanza de acabar cuanto antes con aquello—, y le avisé.

—¿Tienes su número de teléfono? —preguntó Pam incrédula.

—Pues... sí —ella quiso llorar. Pam y Nikki saltaban sobre cada palabra que pronunciaba. Señaló hacia Cash—. Cuido al perro cuando él está trabajando, por eso fue necesario intercambiar los números.

Las dos mujeres contemplaron al perro con desprecio.

—Se mea por todas partes —se quejó Nikki—. Yo le encerraría en la perrera.

—Aún es un cachorro —Alice frunció el ceño—. Está aprendiendo.

—¿Entonces es el perro de Reese? —Pam no lograba abandonar el gesto de disgusto—. Yo pensaba que era tuyo, dado que suele ser a ti a quien veo sacándolo.

—Yo se lo cuido. Hace poco que Reese lo tiene, pero, siendo un detective, sus horarios pueden ser poco convencionales. Y Cash todavía necesita mucha atención, por no mencionar las pautas.

—De modo que ayer, cuando dices que alguien entró en su apartamento —Nikki había perdido todo interés por el perro—. ¿Estaban robando a Reese?

—No exactamente. Fue... —no sabía muy bien hasta dónde podía contar y optó por suavizar la verdad—. Una especie de pelea, nada más. Todo terminó bien cuando apareció otro detective. Pero el apartamento de Reese quedó un poco... revuelto.

Con agujeros de bala, sangre y un cadáver en el suelo.

—Tras los arrestos, Reese tenía mucho que hacer —continuó ella—, mucho papeleo, de modo que regresó tarde —más bien pronto—. Su apartamento sigue siendo la escena de un delito.

—¿Y por eso acudió a ti? —Pam seguía mirándola incrédula. La explicación, al parecer, le traía sin cuidado.

—Durmió en mi sofá —Alice se encogió de hombros.

—¿En tu sofá? —Nikki se llevó una mano al corazón en un gesto de dramatismo—. Yo lo habría arrastrado hasta el dormitorio.

—O me habría acoplado con él en el sofá —Pam sonrió

—No tenemos esa clase de relación —explicó Alice a disgusto.

En realidad, no estaba segura de qué clase de relación mantenían. En un par de ocasiones, Reese le había hablado de atracción, pero seguramente estaría bromeando, ¿no?

Y, si no era broma, ¿qué era entonces?

—Cielo —exclamó Nikki en tono lastimero—, qué tortura debe haber sido para ti tener a un hombre como ese tan cerca sin poder disfrutar de las ventajas.

—No obstante, para nosotras es una buena noticia —Pam le propinó un codazo a su amiga—. Sigue disponible.

—¿De modo que las dos estáis interesadas en Reese? —preguntó Alice boquiabierta, incapaz de imaginarse cómo podría funcionar. ¿Ninguna de las dos era celosa?

—Yo hago lo que puedo para llamar su atención —Pam se encogió de hombros—, pero Reese es un maestro a la hora de ser amable sin dar demasiados ánimos.

—Yo me acostaría con él en un abrir y cerrar de ojos a la menor señal. Es tan deliciosamente fuerte y musculoso.

Fuerte y musculoso no eran atributos que Alice admirara habitualmente. No en un hombre que mostraba un excesivo interés por ella.

Pero, por algún motivo, Reese le parecía diferente, y lo cierto era que su corazón se aceleraba cada vez que estaba cerca.

—Es muy compasivo —observó, haciéndose merecedora de una mirada de extrañeza por parte de Nikki y Pam—. ¡Es verdad!

Salvó a Cash. Alguien había metido al perro en una caja de cartón y lo había abandonado en medio de la calle.

—Seguramente porque se mea por todas partes —Nikki soltó una carcajada.

A Alice no le parecía nada divertido. ¿Cómo podía alguien ser tan desalmado? Por suerte, Reese había sentido curiosidad por la caja y, en cuanto hubo descubierto a Cash, lo había llevado al veterinario, adoptado y amado. Cierto que pasaba mucho tiempo fuera de casa, pero siempre se aseguraba de que alguien cuidara del perro.

Ella.

—Reese es uno de los hombres más amables que he conocido jamás —ella suspiró.

—Sí —Nikki volvió a reír—, y a pesar de su atlético cuerpo e impresionante rostro, fue su amabilidad lo que llamó tu atención, ¿verdad?

No, la verdad era que no había sido esa la cualidad de Reese la que había llamado su atención, pero sí lo que había atravesado el muro con el que se protegía.

—También es un detective de policía honrado y protector.

—Y mientras nosotras nos dedicamos a charlar —Pam bufó—, puede que en estos momentos ese fornido policía esté en la ducha—dio una palmadita en el hombro de Alice y empezó a alejarse con Nikki—. Si yo fuera tú, me apresuraría a reunirme con él.

—Diviértete por mí, Alice —Nikki siguió a Pam sonriente—. ¡Y mañana queremos conocer los detalles más jugosos!

Alice estaba demasiado estupefacta para decir nada. Hasta el último comentario de Pam, no se le había ocurrido que había dejado a Reese Bareden, un detective, solo en su apartamento.

¡Por Dios santo!

A saber lo que podría encontrar si se decidía a husmear un poco. Y, para un detective, husmear era seguramente algo natural.

—Cash, vamos chico. ¡Vamos!

Con las orejas tiesas y los ojos brillantes, el perro se levantó de un salto, siempre preparado para vivir una emocionante aventura.

Y eso era muy conveniente porque, en opinión de Alice, allí donde estuviera Reese Bareden, nunca faltaría la emoción.

Mientras Alice remoloneaba ahí fuera, hablando de a saber qué, Reese echó un rápido vistazo a su apartamento. El dormitorio era sencillo hasta límites casi dolorosos, nada que ver con la mayoría de los dormitorios femeninos. En lugar de una colcha con volantitos, la cama de matrimonio estaba cubierta por un sencillo cobertor en color beige. Las prácticas cortinas estaban abiertas para dejar pasar la cálida brisa veraniega. No había ni una sola prenda de ropa a la vista. Y, aparte de una foto sobre la cómoda, el resto de las superficies estaban despejadas. Reese se acercó a la foto para verla mejor.

En la imagen, Alice lucía los cabellos más cortos y, junto a ella, se sentaba una chica algo más joven. ¿Su hermana? Tenían los mismos ojos, color de pelo y sensual boca. Su vecina parecía feliz, como nunca la había visto.

Despreocupada.

Relajada.

La Alice que él conocía nunca miraba con esa calma y el contraste con la foto le inquietó.

A continuación se acercó al armario para echar un vistazo al interior.

El vestuario, muy básico, estaba dispuesto ordenadamente en perchas, y los zapatos alineados en el suelo. Una caja de zapatos en una estantería llamó su atención y la bajó para inspeccionar su contenido.

Allí estaba la pesada Glock que había llevado a su apartamento el día anterior. De nuevo recordó el arma en sus manos y la mirada en sus ojos.

—Mierda —tras devolver la caja a su lugar, cerró la puerta del armario y se dispuso a abandonar la habitación, pero antes dudó y optó por mirar debajo de la cama.

No había ni una mota de polvo, aunque sí encontró una mortífera porra extensible. Frunciendo el ceño, abrió el cajón de la mesilla de noche y encontró una Taser.

—Hijos de perra.

¿Contra cuántos tipos creía tener que defenderse? ¿Y qué demonios le habían hecho para que considerara necesario tener todas esas armas?

No le encontraba ningún sentido. Alice era muy introvertida. Dolorosamente seria y retraída. Con una especie de tranquila... dignidad. Le recordaba a su profesora de tercero, pero sin el moño y las medias de compresión. Frunció los labios, asqueado con la comparación, sobre todo dado lo mucho que esa mujer lo excitaba.

Tenía que haber algo más.

Al principio, Alice lo que fuera, en serio debía averiguar su apellido, le había parecido un desafío. No solía pecar de vanidoso, pero no resultaba indiferente a las mujeres, de modo que su desinterés le había despertado la curiosidad.

Más tarde había percibido esa extraña intensidad que había en ella, el modo en que miraba a su alrededor cada vez que salía a la calle, casi como si esperara encontrarse con el hombre del saco. ¿Por qué una mujer joven de clase media, que vivía en un buen barrio, iba a necesitar tantas medidas de precaución incluso en pleno día?

Su dulzura era como un reclamo. Los grandes y oscuros ojos. Los sedosos cabellos.

Y esos delicados y carnosos labios...

La primera vez que la había visto sonreír, a su perro, una chispa había saltado en su interior. Reese no podía explicarlo, como no podía negarlo, pero algo en esa mujer lo excitaba profundamente.

Era ver esa sensual sonrisa suya y se ponía duro.

Consciente de que podría regresar en cualquier momento, Reese registró el cuarto de baño, pero solo encontró los habituales productos femeninos. Ningún medicamento, salvo algún analgésico, y pastillas para el catarro.

En el dormitorio de invitados, que hacía las veces de despacho, encontró el tesoro. Con tiempo suficiente, seguramente descubriría toda clase de información en esa elaborada red informática. Unos archivos se apilaban en la esquina del escritorio, junto a una memoria externa. El correo llenaba una bandeja. Le bastaría una ojeada para averiguar su apellido. Todo estaba tan pulcramente organizado que repasarlo todo sería muy fácil.

Pero también sería una imperdonable invasión de su intimidad.

Peor que husmear en los armarios y bajo las camas.

Por Dios, qué tentador era...

Haciendo acopio de toda la integridad de que era capaz, Reese cerró la puerta. Hablaría con Alice. Le haría algunas preguntas y, con suerte, conseguiría algunas respuestas, y entonces decidiría cómo proceder.

Después de ver la pistola, la porra y la Taser, necesitaba urgentemente ese café.

Minutos más tarde, acababa de sentarse a la mesa con la segunda taza cuando la puerta se abrió de golpe y Alice irrumpió con Cash pisándole los talones.

—¿Qué pasa? —Reese se incorporó en la silla.

Ella se detuvo bruscamente, jadeando. Cash la miró, miró a Reese, y retorció las orejas como si esperara instrucciones.

—¿Alice?

Tras suspirar ruidosamente, ella sacudió la cabeza.

—No pasa nada —cerró la puerta y se limitó a quedarse allí de pie.

—¿Te apetecía echarte una carrerita? —¿alguna vez entendería a esa mujer?

Pues claro que lo haría.

—No tenía ni idea de que pudieras moverte a tanta velocidad —con la taza de café en la mano, él se levantó de la mesa—. Tienes la frente empapada de sudor. ¿Has venido corriendo?

Alice lo miró inexpresiva un instante antes de recorrer el apartamento con la mirada, como si buscara señales de su intrusión.

Que buscara. Reese había doblado las sábanas, colocado su ropa junto a la puerta. Incluso se había abrochado los pantalones.

Sin embargo, no estaba dispuesto a ponerse una camiseta, no cuando su torso desnudo provocaba esa mirada de apreciación. Y hablando de apreciación...

Reese se acercó.

—¿Qué haces? —ella lo miró fijamente a los ojos.

—Saludar a mi perro —con delicadeza, tomó la correa de la pequeña mano y soltó a Cash antes de arrodillarse—. ¿Me has echado de menos, Cash? ¿Eso has hecho?

—Le hablas como si fuera un bebé —Alice lo miró.

—Le gusta —y para subrayar sus palabras, continuó en la voz más ridícula que fue capaz de producir—. ¿Verdad, chico? Pues claro que sí.

—Siento haber irrumpido —balbuceó ella.

¿A qué venía eso? Lentamente, para no sobresaltarla, Reese se incorporó.

—Vamos a la cocina. Ya voy por la segunda taza, pero con lo aturdido que me siento hoy, puede que necesite la jarra entera.

—De acuerdo —Alice lo precedió—. Iba a ofrecerte un desayuno. O almuerzo —se detuvo ante el fregadero y se volvió hacia él—. ¿Qué te apetece?

La pregunta tenía su miga y, siendo hombre, a su mente acudieron un montón de respuestas inapropiadas. Pedo, dado el arsenal y los secretos que guardaba su vecina, fue directamente al grano, saltándose las bromas.

—Me gustaría alguna explicación —o dos o tres. Reese se sirvió otra taza de café, para lo que tuvo que acercarse mucho a ella, y comenzó por la última frase—. ¿Y exactamente cuándo has irrumpido?

—Ahí fuera. Con tus amigas.

Interesante. ¿Qué justificación tendría para ese numerito?

—Querías que me tomara el café —él levantó la taza a modo de saludo—. Lo cual agradezco.

—En realidad no —Alice se frotó la frente—. Quiero decir que sí, que quería que te tomaras el café, por supuesto. Pero yo... yo no sé en qué estaba pensando. Te vi ahí fuera con esas mujeres y, de repente, me encontré comportándome como una esposa celosa.

¡Vaya! Reese la miró fijamente, pasmado. Lo había confesado como si tal cosa. Sin ninguna reserva.

Sin ningún instinto de conservación.

—Insisto —continuó ella en el mismo tono neutro—. Lo siento.

—No pasa nada —él se recuperó de la impresión y abrió la nevera, de la que sacó unos huevos.

—Son muy atractivas —Alice frunció el ceño.

—¿Nikki y Pam?

—No finjas ser tan ingenuo.

—De acuerdo —si ella quería saberlo, se lo diría—. Son endemoniadamente sexys —él sonrió como un pecador, o como un hombre dispuesto a provocar—. Y lo saben.

—Esto resulta muy incómodo —Alice se acercó a él y sacó el beicon de la nevera.

No se comportaba como si se sintiera incómoda. Se comportaba como si fuera normal para ella mantener una conversación tan extraña.

—Conmigo no debería haber incomodidad.

—Si lo entendí bien, ¿intentaban despertar tu... interés? —ella lo miró antes de volverse para buscar una sartén.

—Esas dos son incansables en su persecución —Reese añadió la dosis justa de queja en el tono de voz para sonar cómicamente lastimero.

—Pobrecito. Qué horrible debe ser tener a unas mujeres endemoniadamente sexys coqueteando contigo.

El sarcasmo, por inesperado, le encantó.

—Dado que no tengo ningún interés en liarme con ninguna de las dos, ni siquiera para un revolcón de una noche, empieza a resultar tedioso.

—¿Entonces las has rechazado de verdad? —preguntó ella antes de aclararle—, eso dicen ellas. Me contaron que no paraban de intentarlo, ni tú de esquivarlas.

Reese asintió.

—¿Es por la proximidad? Eso opina Nikki.

Dado que ese mismo argumento habría situado a Alice fuera de los límites, él sacudió la cabeza.

—Quizás haya contribuido un poco. Pero, básicamente, el problema es que ambas son muy bebedoras y amantes de las fiestas.

—¿Y tú no?

—¿Cuándo fue la última vez que me viste irme de fiesta?

—No estoy pendiente de tu agenda.

Chorradas. Alice estaba demasiado pendiente de todo y de todos como para no haberse dado cuenta. Incluso sin sus agudas dotes de observación, no le pasaría desapercibido un hombre de su envergadura. Gracias a una buena jugada de la genética familiar, poseía tanto la estatura como la fuerza.

Tanto hombres como mujeres se fijaban en él. Sin embargo, Alice ni se había dado cuenta de que existía hasta la aparición de Cash.

—Trabajo demasiado —él se dispuso a calentar la sartén—, y cuando tengo algo de tiempo libre, me gusta estar con los amigos, lo cual suele implicar deportes, pesca y esa clase de cosas —abrió un cajón y encontró una paleta—. Y un par de veces por semana me gusta ir al gimnasio para desconectar.

—Pareces —Alice carraspeó—, en muy buena forma.

—Gracias —estaba en una excelente forma, pero si ella deseaba subestimarle, no sería él quien se lo discutiera.

Alice sacó el pan para las tostadas. Era interesante comprobar lo bien que se sincronizaban para preparar juntos el desayuno.

—Otro aspecto en contra de Pam y Nikki es que no les gustan los perros —Reese sonrió al ver cómo Alice esquivaba a Cash sin quejarse, proporcionándole una caricia o palmadita ocasional.

—¿Y eso es importante para ti?

—El perro y yo vamos en el mismo lote —Reese empezó a echar el beicon en la sartén—. Ámame, pero ama también a mi perro.

El silencio se hizo dueño. ¿Le había escandalizado el verbo «amar», cuando no lo había hecho compararse a sí misma con una esposa celosa? Un misterio más.

—Bueno, Alice, mientras preparamos el desayuno, ¿por qué no charlamos?

—De acuerdo —ella llenó dos vasos con zumo de naranja—. Pero antes, ¿te importaría decirme qué encontraste mientras husmeabas por mi apartamento?

Reese se quedó inmóvil. No estaba seguro de si era un farol o si…

—Sé que lo hiciste, Reese.
—Das por hecho...
—Lo sé.
—Dispones de todo un arsenal —él al fin cedió—. ¿Te importaría explicarme el motivo?
—Para protegerme —ella se encogió de hombros.
—La mayoría de la gente lo consigue con una sola arma.
—¿Y bien? —Alice evitó su mirada y le dio la vuelta al beicon con un tenedor—, ¿qué encontraste?
—Una Glock en el armario del dormitorio, una Taser en la mesilla de noche...
—¿Registraste mi mesilla de noche?
Curiosa reacción.
—Lo bastante para ver la Taser, sí —él observó el ceño fruncido de Alice—. También vi la porra bajo la cama.
—¿Y ya está? —preguntó ella con gesto tenso.
—¿Hay más? —¡no podía ser!
Tras apenas un instante de duda, Alice bajó el fuego de la sartén, le tomó una mano y lo condujo fuera de la cocina, pasillo abajo.

Reese estaba tan sorprendido por el contacto físico que apenas se fijó en Cash que les seguía de cerca. Al parecer, el perro iba allí donde fuera Alice.

Después de entrar en el dormitorio, ella lo soltó y señaló detrás del inodoro. Él frunció el ceño y se inclinó para ver... un revólver pegado con adhesivo a la cisterna. No estaba a la vista, y solo alguien que supiera dónde estaba lo encontraría.

A punto de decir algo, vio que ella se daba media vuelta. De modo que la siguió junto a Cash. Alice entró en el despacho, apartó la silla del escritorio y la inclinó para mostrar otra Taser y un móvil pegado bajo el asiento.

—¡Jesús! —Reese deslizó una mano por la cabeza—. ¿Qué más hay?

Porque, por algún motivo, sabía que había más.

Ella regresó a la cocina, abrió el cajón de un armario y sacó una linterna, otro móvil, un cuchillo enorme, una maza y una pistola eléctrica.

—Prefiero la Taser, para no tener que acercarme, pero tengo esta pistola eléctrica por si acaso.

Todos los músculos del policía se tensaron ante la desapasionada exhibición de armas.

—¿Por qué?

Aquello era una maldita fortaleza y tenía que haber algún motivo.

—No quiero que me hagan daño.

A diferencia del tono de voz de Reese, el de Alice era suave, y algo frío. Él no se imaginaba qué podría haber provocado la necesidad de tomar tantas precauciones.

—De nuevo —susurró ella mirándolo con sus enormes ojos marrones.

Los peores temores del detective quedaron confirmados.

CAPÍTULO 3

Alice devolvió metódicamente todos los objetos al cajón. Oía el latido de su propio corazón, sentía el pulso acelerado, pero por fuera todo era calma y control.

Solo Dios sabía lo buena que era en eso.

Durante largo rato, Reese permaneció en silencio y ella no estuvo segura de cómo iba a reaccionar.

Pero, cuando al fin se movió, fue tan solo para darle la vuelta al beicon.

—Pareces muy hábil en la cocina —ella cerró el cajón e intentó entablar una conversación. En realidad, ese hombre parecía hábil en todo—. ¿Te apetece preparar también los huevos o lo hago yo?

—Tú siéntate. Yo me ocupo.

De acuerdo. Su tono de voz se acercaba mucho a la indiferencia, desde luego no lo que se había esperado de un detective. Sacó una silla y Cash se apresuró a sentarse a sus pies.

—¿Tienes permiso para todas esas armas?

—Sí —contestó ella tras unos segundos de silencio.

—Ya…

—Quédate aquí, Cash. Enseguida vuelvo —Alice se dirigió a su despacho, comprobó que Reese no la había seguido y sacó los papeles ocultos en la rejilla de ventilación. En su interior encontró varios permisos. Localizó los que necesitaba, devolvió el resto a su escondite y regresó junto al detective—. Aquí tienes.

—Si los compruebo, ¿encontraré que son legales?

—Eso espero.

—Las cosas que dices, y cómo las dices… —Reese sacudió la cabeza.

—Sí, son legales —se corrigió ella. Ni por un segundo dudaba de ello. Todo lo que tenía, incluyendo cada arma, soportaría el mayor de los escrutinios.

El beicon olía deliciosamente y el detective lo dispuso sobre un plato antes de empezar a preparar los huevos.

—¿Cuántos quieres?

—Uno, por favor —Alice se deleitó con el espectáculo.

Reese, sin camiseta, los músculos tensándose mientras cascaba los huevos, los pies descalzos plantados sobre el suelo de linóleo. No le resultaría difícil acostumbrarse a verlo en su cocina.

—La mayoría de las mujeres desearán cocinar para ti.

—Puede —él tomó otro sorbo de café y la miró—. Por suerte tú no sigues los estereotipos.

No, no podía hacerlo. No se parecía a la mayoría de las mujeres. Cualquier comparación resultaría complicada de hacer.

—¿Sabe alguien más lo de tu arsenal? —Reese seguía con la vista fija en ella.

—No —nadie que él conociera. No le gustaba tener que mentirle, pero no tenía elección.

—Te has tomado demasiado tiempo para contestar.

—Lo siento.

—Entonces, ¿por qué me lo has contado a mí? —Reese se volvió para darle la vuelta a los huevos.

—Me estaba preguntando lo mismo —Alice sacudió la cabeza—. Y te agradecería que no se lo revelaras a nadie.

—¿Y a quién iba a contárselo?

—A tu amigo, el detective Riske. O a la teniente Peterson. Preferiría no tener que responder preguntas complicadas.

—De acuerdo —él dispuso los platos sobre la mesa—. A no ser que resulte estrictamente necesario revelárselo a alguien, guardaré tu secreto —las tostadas saltaron de la tostadora y Reese las untó con mantequilla.

—No es un secreto, más bien mi asunto privado y personal.

Él le ofreció una servilleta, le acarició la mejilla y se sentó.

A pesar de que el detective comía sin presionarla, Alice era consciente de que seguía esperando una respuesta.

—Es muy raro —observó ella tras mordisquear el beicon—, pero creo que confío en ti.

—Eso ya es un comienzo.

—Soy buena juzgando a la gente —le explicó Alice—. Tú eres de fiar.

—¿Lo dices porque soy un policía?

—No —ella soltó una carcajada antes de cubrirse la boca con una mano al comprender el penoso efecto que había producido—. No, ser un agente de la ley no tiene nada que ver.

—Por desgracia, tienes razón —Reese comía con apetito.

—¿Por qué dices eso?

—Lo que sucedió, me refiero al tiroteo en mi apartamento. Hay unos cuantos policías en el cuerpo que no son honestos, no son buenos policías. La teniente hace lo que puede para eliminar la corrupción, pero no es fácil. Un mal policía es una catástrofe. Varios trabajando juntos, y todo el departamento queda comprometido.

—¿Y tu amigo Logan?

—Tan de fiar como el que más.

—Eso me pareció.

El día anterior, Logan Riske había aparecido con su hermano y Pepper Yates. Alice lo había estudiado largo rato, lo bastante para reconocer en él la misma actitud que tenía Reese.

En un rapto de fe, le había hablado acerca de los intrusos que estaban con Reese en su apartamento.

—¿Otra de tus intuiciones? —él se bebió la mitad del zumo de naranja—. Debo decir, Alice, que me gustaría saber cómo lo haces. ¿Cómo consigues distinguir lo bueno de lo malo con solo un vistazo?

El silencio que se hizo fue tal que se oía a Cash roncar bajo la mesa. Alice terminó de comer una loncha de beicon mientras se preguntaba por dónde empezar y decidía que, en realidad, no importaba dado que el relato iba a terminar igual.

—Me secuestraron.

Todos los sentidos de Reese se agudizaron, su atención, la

postura. Su preocupación por ella. Y algo más, algo muy parecido a la ira.

«Porque, además de ser un buen policía, es un buen hombre y se preocupa por los demás».

—¿Te secuestraron?

—Y me mantuvieron cautiva —cómo odiaba expresarlo en voz alta.

—¿Cuándo? —Reese se acercó más a ella—. ¿Durante cuánto tiempo?

No estaba dispuesta, ni se sentía capaz, de elaborar una respuesta. Alice sacudió la cabeza.

—Lo único que importa es que me escapé. Y ahora que estoy libre, no corro riesgos. No te puedo decir más.

—Necesito saber más.

—Lo siento, pero no.

—¡Maldita sea, deja de disculparte! —él se echó bruscamente hacia atrás.

—Sinceramente, Reese —ella sonrió ante el estallido—, no esperaba contárselo jamás a nadie. No me gusta recordarlo. Y, desde luego, no quiero hablar de ello —sumida entre la confusión y los conflictos, hundió una mano en el pelaje de Cash. El contacto con el perro siempre la ayudaba a recuperar la compostura. Y, curiosamente, estar junto a Reese despertaba en ella otra clase de emociones. Unas emociones que había temido no volver a sentir jamás. Sin duda significaba algo, pero ¿el qué? No le resultaba fácil encontrar las palabras adecuadas—. La cuestión es que tú me gustas, y eso que durante muchísimo tiempo no me gustaba nada ni nadie, ni siquiera yo misma.

Reese permaneció inmóvil y en silencio.

—Me acostumbré a sentirme... —no quería dramatizar, pero solo servía una palabra—. Fea —por dentro y por fuera.

—No lo eres —afirmó él con rotundidad.

Era la clase de hombre agradable que haría todo lo posible por tranquilizarla, pero ella no necesitaba eso de Reese.

—Y entonces decidí que era simplemente del montón.

—Para nada —Reese apoyó los brazos sobre la mesa y se inclinó de nuevo hacia delante.

—Por el modo en que me miras —la respiración de Alice se aceleró—, sé que no lo crees.

—Explícame por qué lo crees tú.

No. No podía hacerlo. Por muchas razones, no todas suyas. Era imposible dar más detalles.

—No puedo.

—¿No puedes o no quieres?

—Las dos cosas, supongo —haciendo acopio de coraje, se zambulló en los ojos verdes y vio reflejada simpatía en ellos.

Pero ella no merecía simpatía. Ella no merecía nada.

No después de lo que había hecho, después de lo que había permitido que ocurriera.

Qué cobarde había sido. Pero nunca más lo volvería a ser.

Le había sido concedida una segunda oportunidad, y por Dios que la iba a aprovechar.

Reese había mencionado el amor. Si lo amabas a él, tenías que amar a su perro. O viceversa. Bueno, sería una maravillosa bonificación.

Sintió un nudo en la garganta. Había empezado a aceptar que el amor estaba fuera de su alcance. Que no era merecedora de amor.

Tiempo atrás.

Pero ¿y en esos momentos?

Desesperadamente quiso explorar las crecientes emociones que ese hombre despertaba en su interior. ¿Se atrevería a ello?

Jamás volvería a ser una cobarde.

Carraspeó para disolver el nudo de incertidumbre que se le había formado en la garganta y se obligó a mirarlo a los ojos. Reese la observaba tan atentamente que sintió su mirada clavarse en su corazón.

—¿Cuándo podrás regresar a tu apartamento?

—¿Tanta prisa tienes por deshacerte de mí?

—En absoluto —contestó Alice con sinceridad—. Esperaba que siguieras necesitando un lugar en el que alojarte. Es decir, espero que quieras seguir quedándote aquí —y por si acaso no lo había entendido, optó por añadir algo más—. Conmigo.

—No te andas con rodeos, ¿verdad? —Reese se reclinó en el asiento y cerró los ojos con expresión de frustración.

Tras recibir una nueva oportunidad en la vida, había jurado que sería clara y concisa en todo. Y deseaba a Reese. Ignoraba durante cuánto tiempo, pero estaba dispuesta a averiguarlo.

—No pretendía ponerte en un compromiso.

Él abrió los ojos y la miró de nuevo, a punto de reírse.

—No deberías sentirte obligado a hacer nada —qué mal había sonado aquello—. Quiero decir que estás invitado a dormir aquí. En el sofá —«lo estás empeorando por momentos, Alice». Sentía que el coraje la abandonaba y se armó de valor—. Yo no te estaba atosigando como Pam o Nikki.

—Soy capaz de distinguir la diferencia.

Por supuesto que lo era. Alice se sentía como una idiota.

—Te lo iba a pedir —Reese le sonrió.

—¿Quieres quedarte? —la tensión abandonó sus hombros.

—Por varias razones. La primera, y más importante, después de las emociones de anoche, creo que no deberías quedarte sola. Sí, ya sé que sabes defenderte, y ahora que conozco algún detalle de tu pasado, supongo que tiene sentido que estés tan bien… armada.

—¿Crees que exagero? —¿se estaba burlando de ella?

—Creo que haces lo que tienes que hacer para sentirte más segura.

Más segura, pero no segura. Reese había entendido la diferencia. Dado que sabía lo fácil que era convertirse en una víctima, Alice jamás volvería a sentirse segura del todo.

—Sí.

—No quiero ni imaginarme cómo te afectó el tiroteo y la muerte… —él jugueteó con el vaso de zumo vacío.

—Habría ayudado —ella alzó la barbilla.

—Y lo hiciste. Enviaste a Logan tras explicarle con detalle lo que sucedía. Sin ti, quizás él también habría terminado como la teniente y como yo.

—¿Esposado a una cama? —Alice no conocía todos los detalles de lo sucedido, cómo ni por qué.

—O muerto —él llevó el vaso vacío hasta el fregadero.

¿Todos los hombres se movían así de confiados en la cocina? ¿Eran todos así de ordenados?

No, que ella recordara. Su padre era maravilloso, pero las tareas del hogar se las dejaba a su madre.

Las escasas relaciones que había mantenido nunca habían ido más allá de unas citas casuales, de modo que no tenía ni idea de cómo se habrían comportado en una cocina.

—¿Habrías hecho uso de esa pistola ayer? —preguntó Reese como si no sintiera más que curiosidad.

—Lo habría hecho de haber sido necesario —era una de las cosas que se había demostrado a sí misma. Era capaz de apretar un gatillo—. Le di la otra arma a tu amigo, dado que él dejó la suya con su hermano.

—¿Otra arma? —él se volvió de nuevo—. ¿Hay más?

—Otro revólver. ¿Logan no te mencionó que era mío?

—Le dispararon, y sangraba mucho —Reese la miró a los ojos y soltó un juramento—. Había tanta confusión, y demasiadas personas involucradas —puso el plato en el lavavajillas—. La policía científica tiene el arma. Espero que todos los permisos estén en regla.

—Lo están. ¿La policía científica? —preguntó con curiosidad.

—Sí. Son los responsables de hacer fotos y recoger pruebas de la escena de un crimen.

—¿Y cuándo me la devolverán? —ella frunció el ceño. No le gustaba la sensación de saber que le faltaba una de sus armas. Se había acostumbrado a saber exactamente dónde podía encontrar cada una de ellas.

—Si no encuentran nada raro, supongo que pronto —él llevó también el plato de Alice al lavavajillas antes de regresar a su lado y, sujetándole la barbilla, obligarla a alzar el rostro—. Cuando hay un agente de policía implicado en un tiroteo, le obligan a tomarse unos días libres, normalmente tres.

—¿De modo que estarás de permiso los próximos tres días? —la esperanza floreció en el pecho de Alice.

—No, si puedo evitarlo, pero quizás.

A diferencia de ella, a Reese la violencia no le quitaba el sueño. Estaba preparado para regresar al trabajo, y a ella solo le preocupaba quedarse sola con sus pensamientos.

Y sus recuerdos.

Verlo allí de pie la incomodaba. Se levantó y se colocó detrás de la silla.

—¿No quieres tener tiempo libre?

—Lo que quiero es seguir algunas pistas. El bastardo murió, pero no sin antes hablarnos...

—Sobre su participación en la trata de blancas —Alice completó la frase. Agarró con fuerza el respaldo de la silla—. Ibas a decir eso.

—Me dolió el conflicto de lealtades ayer —Reese se frotó la nuca.

¡Cómo le gustaría acariciar esos fuertes bíceps! La piel parecía suave y firme. Quizás podría deslizar los dedos hasta los hombros, y bajar hasta el vello del fornido pecho...

—Alice —le advirtió él.

—¿Qué clase de conflicto de lealtades?

—Dispararon a Logan —Reese se acercó a ella, pero sin tocarla—, Rowdy estaba fuera de sí, y Pepper conmocionada.

—Dijiste que Pepper y Rowdy son hermanos —le iba a llevar un tiempo aclararse sobre todas las personas implicadas.

—El motivo por el que Rowdy estaba tan furioso... El tipo que murió había planeado entregar a Pepper a los traficantes.

Alice se sintió asqueada y un ardor ascendió por su garganta.

—¿Por eso ibais el detective Riske y tú tras él?

—No del todo. Morton Andrews era culpable de muchas cosas. Y se merecía la muerte por todas ellas.

—Me alegra que esté muerto.

En el mundo había muchas personas horribles. Demasiadas. Alice se tragó su aversión por el mal.

—Sin embargo, no era eso por lo que Pepper estaba alterada —Reese la contempló detenidamente—, y tampoco era solo miedo por su hermano.

—¿No?

—Sobre todo era por el disparo que recibió Logan. Se puso histérica, algo inesperado, pues hasta entonces se había mostrado estoica, hasta el punto de resultar fría. Sobre todo conmigo.

—¿No se fiaba de ti?

—Al parecer no. Pero al verla en el hospital... Creo que

se ablandó en cuanto comprendió que yo no estaba con los malos.

—No debe ser muy perspicaz si creyó en esa posibilidad.

—Pues lo cierto es que es muy aguda y, dado que le había estado ocultando muchas cosas, tenía sus motivos para dudar de mí —Reese sacudió la cabeza al intuir las preguntas que se agolpaban en la mente de Alice—. No me preguntes. Cuando tú compartas lo tuyo, yo compartiré lo mío.

—Tengo buenos motivos para guardarme ciertas cosas —aquello era injusto.

—¿En serio? Pues yo también —él se dirigió al salón—. En cualquier caso, mientras yo estaba en el hospital interesándome por Logan y vigilando a Pepper, otros detectives siguieron nuestras pistas.

—¿Te habría gustado estar con ellos?

—Ya te digo. Pero las normas son que cualquier policía implicado en un tiroteo debe tomarse unos días libres —Reese se encogió de hombros—. Da igual. Ellos controlaban la situación y eso me permitió acompañar a Logan en el hospital.

—Eres un buen amigo.

Cash se tumbó al sol que entraba desde la terraza.

—Mientras yo estaba ocupado en el hospital, la teniente Peterson ordenó un golpe. Lo último que supe fue que los agentes se dirigían a interceptar un traslado de… mujeres.

El dolor invadió a Alice, intentó asfixiarla, le comprimió los pulmones y llenó sus ojos de lágrimas.

De nuevo se sintió asqueada, pero, tras tragar saliva varias veces, logró centrarse en Reese, que recogía su ropa y buscaba las llaves.

Las llaves.

—¿Te marchas? —el pánico se apoderó visiblemente de ella.

Reese la miró y dejó caer la ropa de nuevo al suelo. En tres largas zancadas estuvo junto a ella.

—Solo el tiempo suficiente para ducharme y cambiarme de ropa —él la sujetó por los hombros y dudó unos instantes antes de estrecharla contra su pecho.

Alice se vio envuelta por una deliciosa calidez y el aún más delicioso aroma de Reese. No la apretaba con los fuertes brazos, simplemente la abrazaba.

Fascinada, sintiendo una curiosidad que no había experimentado desde hacía mucho, Alice deslizó las manos por el torso desnudo. El suave vello, un poco más oscuro que los cabellos, le hizo cosquillas en las palmas de las manos. Apoyando la mejilla contra él, respiró hondo, como si intentara absorberlo entero.

La cabeza ni siquiera le llegaba a la barbilla de Reese, y sentía el latido de su corazón contra la mejilla. Olía a hombre, sexo y emoción, pero, al mismo tiempo, la llenaba de paz y contento, unas emociones largo tiempo ausentes de su vida.

—Lo siento. No dejo de inmiscuirme, aunque no lo pretendo.

—Quiero que lo hagas.

—¿Quieres que me inmiscuya? —aquello no tenía sentido.

—Quiero que me cuentes lo que piensas y sientes —él hundió las manos en los sedosos cabellos—. Quiero que confíes en mí.

—De acuerdo —ella volvió el rostro ligeramente hasta que su nariz acarició el torso—. Me gustaría ser tan fuerte como tú.

—Cielo —Reese soltó un bufido—, si te parecieras a mí, esto no estaría sucediendo.

Ella le obsequió con el mejor de los regalos, otra de sus sonrisas. Alice daba mucha importancia a que la hicieran sonreír.

—Me refería a tu valor. No a tu físico.

—Ayer demostraste ser bastante valiente.

—No —al menos sobre eso le diría la verdad, ya que no podía hacerlo sobre todo lo demás, por mucho que le gustara—. Ante una situación de peligro, tengo visión de túnel. Sabiendo que unos hombres armados intentarían hacerte daño, y seguramente también a cualquiera que se interpusiera en su camino... —ella dio un paso atrás y se llevó una mano al estómago—. Temblaba tanto por dentro que me sentía mareada y débil.

Reese la sobresaltó al cubrir esa mano con la suya, mucho más grande. Incluso a través de la camiseta, el contacto resultó excesivamente íntimo.

E inquietante.

—Vamos, Alice —susurró él con voz gutural—. Eso no fue

más que un sano respeto por el peligro. Hay que ser idiota para mostrarse indiferente ante unos matones armados hasta los dientes.

Sí, bueno, un momento. ¿De qué estaban hablando? Había dejado de oír sus palabras en el instante en que su mano la había tocado.

—¿Alice? —él le tomó la mano—. Voy a dejar a Cash aquí contigo.

—Gracias —el perro le proporcionaba mucha tranquilidad y, en el poco tiempo que llevaba cuidándolo, se había acostumbrado a su presencia. Cuando no estaba con ella, echaba de menos sus ronquidos y ocasionales ladridos.

Incluso el sonido de su respiración.

—Antes de irme, hay una cosa que necesito saber.

Alice asintió, temiendo el interrogatorio.

—Me gustaría que me dijeras tu apellido.

Reese vio cómo abría los ojos desmesuradamente y soltaba una sensual carcajada.

—No hemos sido presentados formalmente, ¿verdad?

Esa mujer se ponía a su altura sin siquiera intentarlo. El modo en que se reía, cómo lo devoraba con la mirada. La había dejado tranquila con los detalles sobre el secuestro, pero solo sería hasta que la sintiera más cómoda con él.

A pesar de que ella creía controlar la situación, cuando la miraba, Reese veía muchas cosas, algunas demasiado dolorosas. Se la veía al filo de la navaja y, si perdía los nervios, si se echaba a llorar, iba a destrozarlo.

Oír su relato sería aún peor, de modo que quizás él también necesitaba un poco más de tiempo.

—Yo sí me presenté, pero tú estabas decidida a darme de lado —a Reese le gustaba sujetar la delicada mano en la suya, y el hecho de que no hubiera hecho amago de retirarla—. De no ser por Cash, ni te habrías dignado a mirarme.

—Lo sien...

—¡No te disculpes!

—De acuerdo —la sonrisa de Alice se amplió e hizo una ridícula reverencia—. Alice Appleton.

Él no comprendía qué había en ese apellido que tanto le gustaba, pero oírlo pronunciar, tan melódico, le hizo sonreír. Y después de las distancias que ella siempre había mantenido, conseguir averiguar su apellido era un gran avance.

—Me gusta. Encaja con tu personalidad —Reese la volvió a atraer hacia sí y, como ella no se resistió, apoyó la barbilla en su cabeza—. Verse implicado en un tiroteo siempre es complicado. Incluso para un policía. Se aconseja acudir a terapia. No sería descabellado que necesitaras hablar con alguien.

—No —contestó ella simplemente.

—¿Hablarás conmigo? —preguntó él, aceptando su reacción, pues era la misma que la suya.

—Ya lo he hecho. Fue horrible —ella se apretó más contra él—. Me comporté como una cobarde, pero habría hecho lo que hiciera falta, y estoy orgullosa de ello.

¡Vaya! Reese jamás había conocido a alguien, mucho menos una mujer, que hablara con tanta candidez. Por un lado le preocupaba, porque Alice se exponía emocionalmente y podrían lastimarla con facilidad.

Su falta de afectación también le daba una lección de humildad, y le reafirmaba aún más en su decisión de conocerla, incluyendo sus oscuros secretos.

—¿Alguna vez ya hiciste lo que hacía falta?

—Qué bien hueles, Reese —en lugar de contestar, ella se apretó más contra él.

Era una distracción, pero él captó el mensaje. Había hecho algunos avances, y no convenía ser demasiado ansioso. Al menos no en esos momentos.

—Si tú lo dices, pero necesito una ducha.

Reese hundió la nariz en la coronilla de Alice. Ella sí que olía bien. Desprendía un aroma cálido, dulce y muy... Alice.

—¿Y ahora qué pasará? —preguntó ella. No parecía dispuesta a dejarlo marchar—. Me refiero con tu trabajo.

—El forense ya se llevó el cadáver para hacerle la autopsia.

—Me alegra que no siga en tu apartamento.

—A mí también —Reese la sintió estremecerse y le acarició la espalda. Las sutilezas de su cuerpo despertaban su curiosidad. Quería descubrir más—. Dado que hubo un agente involucrado en la muerte, asuntos internos enviará a alguien. Y la oficina del fiscal también.

—¿Asuntos internos?

Él la apretó más contra su cuerpo. Era tan menuda, tan delicada. El contraste entre su propia corpulencia y la pequeña figura lo volvió a excitar. Era de locos. No podía permitir que siguiera sucediendo. No con Alice.

No mientras hablaban de cosas tan terribles y reales.

Se dijo que la haría suya.

Cuando ella estuviera preparada. Cuando él consiguiera que lo estuviera.

Por el momento, Alice no parecía saber muy bien lo que quería, pero él tenía experiencia de sobra y, a diferencia de ella, no estaba hecho un lío. Sentía su casi palpable interés cada vez que lo miraba con esos enormes y oscuros ojos.

Sí, ella también deseaba su compañía para no estar sola.

Y, gracias a Dios, esa mujer lo deseaba. Como hombre.

Pero ese no era el momento para seducirla, por fácil que le pudiera resultar.

—Ambos agentes desean interrogar a la teniente Peterson, a Logan y a mí. Cuanto antes mejor.

—¿Estás metido en un lío? —ella se apartó ligeramente y lo miró con el ceño fruncido.

—Es solo rutina. No se nos acusa de nada, pero es mejor cubrir todas las bases. No te preocupes.

En realidad, lo que más deseaba era acabar con ello cuanto antes para poder regresar al trabajo.

—Unos agentes hablaron conmigo anoche.

¡Malditos! Por supuesto que lo habían hecho.

—¿Y qué tal fue?

—Bien. Les conté lo que sabía, pero, aparte de darme cuenta de que sucedía algo, y de prestarle un arma a tu amigo, en realidad no tengo ni idea de qué sucedió ni por qué.

Y, sin embargo, aparte de interesarse por los demás, no había insistido en conocer los detalles.

—Te lo explicaré todo después, ¿de acuerdo?

Ella asintió.

—Todavía no me has dicho cuánto tiempo tardarás en poder regresar a tu apartamento

—Dentro de un par de días nos ocuparemos de todo lo necesario. Después haré venir a una empresa especializada en limpiezas de escenarios criminales.

—¿Te refieres a sangre y cosas asquerosas como esa?

Reese no contestó. No había necesidad de recrearse en los detalles más feos. Los limpiadores terminarían en un día, pero, dado que se imaginaba que le iba a apetecer quedarse con su vecina más tiempo, optó por no decirle nada aún.

—De modo que, Alice Appleton, ¿puedo ser tu invitado hasta que mi apartamento esté listo?

—Sí, Reese Bareden, puedes —ella echó la cabeza hacia atrás, dejando caer los sedosos cabellos sobre los hombros, y lo miró a los ojos.

—Gracias. Estoy seguro de que bastará con unos pocos días. Solo necesitaré un poco de tiempo para…

Reese se inclinó y la besó.

No había sido premeditado, ni siquiera había sido consciente de lo que iba a hacer, pero, en cuanto lo hizo, en cuanto sus labios se fundieron, la consciencia de lo que estaba sucediendo lo invadió. Por todo el cuerpo.

Desde luego en sus pantalones, y también en su cabeza. Quizás incluso en su corazón.

Y eso le preocupó, de modo que decidió que fuera breve, un piquito. Sin embargo, los labios de Alice eran tan endemoniadamente suaves, y todo parecía tan correcto, que no pudo evitar prolongarlo. No la besó como le hubiera gustado realmente, pero aun así le asombró.

Las manos de Alice se hundieron delicadamente en su pecho, el gesto resultaba muy revelador.

Ella no había permanecido impasible.

Eso era bueno.

Al fin logró apartarse. Reese contempló los ojos cerrados y la piel ruborizada, y supo que debía marcharse antes de que la cosa fuera demasiado lejos.

Le acarició la mejilla con los nudillos de una mano. Todas las mujeres tenían la piel suave, pero, en el caso de Alice, esa suavidad parecía aún mayor.

—No tardaré —le susurró.

Alice permaneció con los ojos cerrados. Tragó saliva, asintió y lo apartó delicadamente.

El gesto arrancó la sonrisa de Reese y consiguió arrinconar otras sensaciones más inquietantes. Alice era la mujer más divertida, y extraña, que hubiera conocido jamás. Todo en ella resultaba enternecedor. Y excitante.

En algún momento de su pasado, había sido secuestrada. Le habían hecho daño, aunque desconocía hasta qué punto. Solo sabía que lo bastante para que viviera armada hasta los dientes, para que desconfiara de todo el mundo.

Lo bastante para que buscara vivir una vida aislada.

Al final lo descubriría todo. Pero, de momento, se conformaría con empezar por hacer algunas llamadas.

Una cosa era segura. Hasta que supiera que ella ya no corría peligro, no dejaría a Alice Appleton sin protección. Su idea había sido regresar a su apartamento en busca simplemente de ropa limpia, sus cosas de afeitar, el cepillo de dientes… pero, ¡qué demonios!, llenaría una bolsa con varias cosas y, hasta nuevo aviso, sería su compañero de piso, y su sombra.

—Cierra con llave.

Y, tras ofrecerle ese consejo, se marchó antes de cambiar de idea y quedarse.

CAPÍTULO 4

Reese acababa de marcharse, y Alice ya lo echaba de menos. El apartamento, que solía parecerle un remanso de paz, ya solo le parecía vacío. Demasiado silencioso.

Incluso algo solitario.

—¡Qué ridiculez! —ella se volvió hacia Cash—, ¿verdad?

El perro bostezó, se retorció un poco sobre el sillón y empezó a mover la cola cuando Alice se acercó para rascarle detrás de las orejas.

—Me alegra que sigas aquí, pero ¿durante cuánto tiempo será? —ella posó su mejilla sobre la cabeza del animal—. Me parte el alma, pero en realidad no eres mi perro. Reese te quiere y, si algún día se muda o se une a alguna mujer, puede que deje de verte para siempre.

Cash se tumbó en su regazo e intentó darle un lametón en la cara. Alice consiguió esquivar casi todo el baboso afecto y soltó una carcajada que se pareció mucho a un sollozo.

No iba a llorar. No había nada por lo que llorar. Ya no. Controlaba su vida y, si las cosas no eran exactamente como quería que fueran, ella era la única culpable.

Incluso pronunciando palabras de ánimo se le hizo un nudo en la garganta y los ojos comenzaron a arder.

Una llamada en la puerta hizo que se tragara a toda prisa sus emociones.

Cash saltó del sillón y empezó a ladrar enloquecido.

—Cash, compórtate —suponiendo que Reese se había olvidado algo, Alicia se secó las mejillas y respiró hondo. Al echar un vistazo por la mirilla, se irguió incrédula.

Ante el gesto de la joven, los ladridos de Cash se volvieron desquiciados.

—Calla —chistó ella al perro—. No pasa nada —a lo mejor, pero ¿por qué demonios…?

—Abre, Alice —ordenó una voz grave—. Sé que estás ahí dentro. Oigo a Cash.

Al reconocer al visitante, la reacción del perro cambió de furia a absoluta felicidad. Soltó un agudo gemido y empezó a dar vueltas en círculo sin dejar de mirar a Alice, esperando a que abriera la puerta.

—Lo conoces tan poco como yo —le recordó ella en un susurro.

—Y también te oigo a ti, Alice —insistió la voz en tono divertido—. Abre de una vez.

Ella se mordió el labio para reprimir un gemido. ¿Estaría dotado de un oído supersónico o algo así?

Con el corazón acelerado, se llevó una mano a los cabellos, por supuesto impecables. Ella siempre lucía impecable. Y aburrida. Y demasiado precavida…

«¡Déjalo ya!».

Se alisó la falda, humedeció los labios que Reese acababa de besar y abrió la puerta.

Cash salió corriendo, aunque no llegó demasiado lejos.

—Hola, Rowdy —saludó ella mientras agarraba al perro por el collar. Por suerte, ser vecina de Reese le había acostumbrado a los hombres corpulentos.

Porque Rowdy Yates lo era, y de qué manera.

También era guapo hasta morir, de un modo inconsciente, travieso e irritante. Mientras que Reese controlaba su sex-appeal, Rowdy lo lanzaba a la cara sin reservas, golpeando a los inocentes transeúntes con su rudo magnetismo.

—Hola —Rowdy se arrodilló para saludar al perro—. ¡Menudo recibimiento! Yo también te he echado de menos, amigo.

—Qué raro —observó Alice ante la reacción de Cash—. Apenas te conoce.

—Somos almas gemelas.

Ella lo dudaba mucho. El perro era cariñoso y, casi siempre, delicado. Pero Rowdy Yates significaba, en más de una manera, problemas.

A diferencia de Reese, no le hablaba al perro con voz de falsete. Y había muchas otras cosas en las que se diferenciaba de Reese. Mientras que su vecino generaba confianza, Rowdy provocaba sonrojos y palpitaciones.

De pie, con una mano sobre la garganta y la otra sobre el estómago, Alice se preguntó a qué demonios había ido a su casa.

Los rubios cabellos, más oscuros que los de Reese, eran un poco demasiado largos y revueltos, como si el viento, o las manos de una mujer, hubieran estado jugueteando con ellos. Lucía una incipiente barba, no porque acabara de levantarse, sino porque no se había molestado en afeitarse. Combinaba la camiseta blanca con unos vaqueros tan viejos que se deshilachaban en algunas partes.

Con todo, resultaba un ejemplar que conseguía que a una se le hiciera la boca agua.

—¿Buscas a Reese? — preguntó Alice en tono esperanzado tras tragar saliva.

—No —él tomó al perro en sus brazos—. En lugar de quedarnos aquí fuera mientras me sometes a tu escrutinio, ¿por qué no trasladamos la fiesta adentro?

¡Pero aquello no era ninguna fiesta! ¿Y cómo se había dado cuenta de que lo estaba analizando?

—Yo, eh...

Como si Alice no tuviera voz ni voto, Rowdy entró en el apartamento. Ella se apartó, pero hubiera jurado que Cash le había dedicado una sonrisa al pasar a su lado.

La visión trasera de ese hombre revelaba una atlética musculatura, y el borde de una navaja que asomaba del bolsillo trasero del pantalón. Apenas conocía a Rowdy, pero no le sorprendía que fuera armado. En realidad, apostaría a que llevaba más armas ocultas entre sus ropas.

¿Qué hacía allí?

No tenía ningún motivo para desconfiar de Rowdy, pero tampoco lo tenía para confiar en él.

Dejando la puerta entornada, lo siguió al interior del apartamento.

No habían sido presentados formalmente, pero ella lo había reconocido como uno de los hombres implicados en el incidente del día anterior.

—Eres Rowdy Yates, el hermano de Pepper.

—Y tú eres Alice, la vecina de Reese —la sonrisa que le dedicó estaba concebida para hacer temblar las rodillas de cualquier mujer.

Alice no dudó de su eficacia, pero con ella perdía el tiempo. De momento, únicamente Reese había tenido la habilidad para ablandarla con su presencia.

—Alice Appleton —dado que Reese ya conocía su apellido, no había motivo para secretos, al menos no en eso—. ¿Va todo bien? —preguntó con el ceño fruncido.

—Dímelo tú —él se dirigió hacia el sofá, como si fuera allí todos los días, como si fueran viejos amigos, en lugar de recién conocidos. Se sentó con Cash en el regazo y una expresión de éxtasis en el lúgubre semblante.

Dado su excepcional atractivo, analizar a ese hombre no resultaba nada penoso. Y en el análisis, ella descubrió muchas emociones. Seguridad en sí mismo. Incluso arrogancia.

Pero también percibió unos pensamientos cargados de inquietud. ¿Sobre qué? El día anterior se había visto atrapado en unas circunstancias extremas. Reese le había explicado que la hermana de Rowdy había sido amenazada. Qué desvalido debía haberse sentido.

Parecía una persona sobreprotectora. Pero su hermana se encontraba junto al amigo de Reese, el detective Logan. ¿Se sentía Rowdy desplazado? ¿Tenía alguna otra familia a la que acudir?

Ella tenía familia, desde luego, pero aun así estaba... sola.

—¿Cuándo vas a dejar de hacer eso?

—En breve —la preocupación le impedía sentirse avergonzada y anuló su habitual reserva.

—Bien —Rowdy se puso cómodo y estiró un brazo sobre el respaldo del sofá—. No me importa llamar la atención de una mujer.

—Estoy segura de que estarás acostumbrado.

—Pero empieza a incomodarme. Es como si me estuvieras diseccionando o algo así.

—Lo siento —tras un momento de duda, Alice se acercó, se sentó a su lado e incluso le tomó una mano.

La desconfianza sustituyó a la postura habitualmente relajada de Rowdy.

Ella ignoró su inquietud y continuó dejándose llevar por su instinto.

—¿Cómo estás, Rowdy?

—Esa era mi pregunta para ti —espetó él, visiblemente, sorprendido.

—Yo no era la que corría peligro ayer.

Rowdy intentó recuperar su mano, pero Cash se lo impedía, y ella no la soltó.

—No fue realmente...

—¿Para tanto? —Alice le dio unas suaves palmadas en la mano—. Por supuesto que lo fue. Te apuntaron con armas, y eso significa que en cualquier momento podrías haber perdido la vida.

—Supuse que saldríamos bien de aquello.

¿O se había resignado a morir? Dado que se había instalado cómodamente, ella supo que no le resultaría fácil hacer que se marchara. En lugar de intentarlo siquiera, tomó su mano con las dos suyas y probó con otra táctica.

—Ayer conocí a tu hermana. Solo durante unos minutos y, por supuesto, no en las mejores circunstancias. Es muy hermosa, y muy valiente.

—Sí, esa es Pepper.

—¿Estáis muy unidos?

—Mucho —él dejó de intentar soltarse y miró fijamente a Alice.

—Tengo entendido que ella también sufría amenazas —prosiguió ella sin ninguna emoción en la voz—. Trata de blancas, ¿no es así?

—Eso jamás habría sucedido —contestó él con la mandíbula encajada—. Habría descuartizado a esos bastardos con mis propias manos antes de permitirles...

—Lo sé —ella le apretó la mano en un gesto de consuelo, y para que supiera que las rudas palabras no le habían ofendido. Tenía unas manos grandes y ásperas. Manos hábiles, aunque eso no habría importado—. Los hombres buenos siempre se sienten así, pero, aun así, las mujeres siguen resultando heridas.

—¿Qué sabes tú de eso, Alice? —Rowdy entornó los ojos.

Pobre Rowdy, estaba intentando desviar la conversación hacia ella.

—Veo tu preocupación, Rowdy —ella no se lo iba a permitir—. Tu vulnerabilidad.

—¡Qué demonios! —la indignación fue la única emoción que tiñó su risa—. Yo no soy vulnerable.

—Las palabras no te servirán de escudo. En realidad, revelan tu preocupación.

—Tampoco estoy preocupado —masculló él entre dientes.

—Pues claro que lo estás —lo sabía por el tono elevado de su voz y por la expresión de su mirada—. Por tu futuro —insistió ella—, por no saber qué hacer a partir de ahora, ni cómo proceder.

—¿Proceder con qué? Lo siento, nena, pero lo que dices no tiene sentido.

Había comenzado a dedicarle apelativos cariñosos. La clásica táctica para reducir sus conclusiones a la insignificancia. Una mujercita balbuciendo incoherencias. Alice sacudió la cabeza. Rowdy no la conocía, no sabía que hacía falta mucho más que eso para desbaratarla.

—Tu hermana está enamorada de un detective. ¿En qué lugar te sitúa eso?

—No sé de qué estás hablando.

—Para ser un hombre siempre a caballo entre el bien y el mal, debe ser difícil tener a un policía como cuñado.

—Aún no se han casado —él respiró hondo. Apartó la mano y, tras dejar a Cash en el suelo, se levantó del sofá—. Pero es cierto —se encogió de hombros—, la he visto hoy y parecen estar haciendo planes a toda velocidad.

—¿Te opones a la boda? —Alice lo miró.

—No —Rowdy empezó a caminar por el salón—. Logan es un buen hombre. Me gusta.

—Confías en él.

—Pues claro. ¿A qué viene toda esta psicología barata? ¿Ahora resulta que eres un psiquiatra?

—¿Sabes abrir una cerradura, Rowdy? —ella sonrió comprensiva.

—Sí, claro —la aparente despreocupación no conseguía ocultar lo que sentía.

—Y sin embargo, no eres cerrajero.

—Aprendí en la calle —Rowdy dio un paso hacia ella—. Aprendí a abrir cerraduras junto con un montón de cosas más. Una habilidad nacida de la necesidad.

Igual que ella había aprendido a interpretar a las personas, por pura necesidad. Dado el cambio en la expresión, más preocupada que combativa, él debía haber llegado a la misma conclusión.

—¿Te tranquiliza saber que Pepper estará protegida? —para evitar preguntas invasivas, Alice intentó reconducir la conversación.

—¿Qué te hace pensar que necesita protección? —saltó Rowdy sin pensárselo dos veces.

¿Cómo responder a eso? ¿Cómo explicar que había hecho muchas conjeturas en muy poco tiempo? Alice le dio una palmada a Cash y se puso en pie.

—Llámalo una corazonada.

—Te diré una cosa, cielo —él cruzó los brazos sobre el pecho—. Tú no eres la única que tiene corazonadas. Y por eso estoy aquí —la agarró por debajo de la barbilla—. Y mi corazonada es que huyes de algo. Sería mucho más fácil que te tranquilizaras y me lo contaras.

Alice no se asustaba fácilmente, estaba claro. Aunque la estaba presionando, no era capaz de romper la fachada de calma que ella exhibía.

Cuando había empezado a escarbar en su cabeza, en sus motivos, Rowdy se había dicho a sí mismo que mejor largarse. Si Alice no quería compartir, que se fuera al infierno. Mejor que fuera el problema de Reese, no el suyo. Cierto que disfrutaba despertando las dudas de todo y todos, pero, eso no era del todo justo. Le había dado a Reese, astuto bastardo, buenos motivos para dudar.

—¿Sabe Reese que estás aquí? —preguntó ella, como si le hubiera leído la mente.

—No —él rio.

—¿No confías en él?

—Es al revés, cariño —todavía le escocía, pero ¿qué demonios? ¿Por qué no contárselo?—. ¿Qué sabes de Reese?

—Que es un buen hombre —contestó Alice sin dudar.

—Sí, supongo que lo es. Aunque no siempre lo creí así.

—Será que no lo conoces bien.

Porque, si lo hiciera, ¿lo nominaría para un puesto entre la santidad? Rowdy reprimió un bufido.

—Pues no. En realidad, apenas lo conozco —sonrió—. Tuvimos un problemilla de identidades confundidas. Logan y Reese creían que yo había sido testigo de un asesinato hace dos años, pero en realidad fue mi hermana... —Rowdy se sintió enfermo y la bilis ascendió hasta su garganta.

Fingir ser un caballero cada vez se ponía más difícil.

Aunque la señorita Alice Appleton no era precisamente fácil de engañar. Él se frotó las doloridas sienes.

—Borra todo eso, ¿de acuerdo? El bastardo está muerto, y bien muerto está.

—¿De modo que el hombre que murió en el apartamento de Reese era el asesino? —preguntó ella con voz dulce.

Era una afirmación, no una pregunta, pero Rowdy lo confirmó de todos modos.

—Sí. Por su culpa, por culpa de lo que habría hecho de saber que Pepper era su testigo, tuvimos que vivir en las sombras —era incapaz de mirar a esa mujer porque, maldita fuera, seguramente vería demasiado en sus ojos, mucho más de lo que ya había adivinado—. Conseguimos ocultarnos durante dos años, pero, después de que Reese y Logan nos expusieran, nos convertimos de inmediato en unos cabos sueltos.

—¿Y os habrían matado?

—Y también a Reese, a Logan, y a los demás —Rowdy se

encogió de hombros en un intento de soltar la tensión que agarrotaba todos sus músculos.

—A todos, excepto a tu hermana —susurró ella, sumida en profundos pensamientos—. La habría mantenido con vida para poder venderla.

La ira prendió en Rowdy, impidiéndole articular palabra, responder. Y se limitó a asentir casi imperceptiblemente.

—Pues menos mal que está muerto —Alice se sentía en sintonía con ese hombre y no estaba acostumbrada a sentirse así con nadie. Le acarició un brazo.

Y allí estaba el quid de la cuestión: la facilidad con la que aprobaba esa clase de cosas, una disposición a creer que la muerte podía ser la respuesta a un problema.

Rowdy decidió centrarse en Alice e ignorar todo lo demás.

—Menudo punto de vista, cielo —él le cubrió la mano con la suya y con presteza se centró en el propósito de su visita—. ¿Cómo llega una chica tan modosita como tú a volverse tan indiferente hacia la muerte?

—¿Modosita?

—Modosa, formal —ante la mirada confusa de Alice, le propinó un pequeño codazo—. Vamos, Alice, eres una mujer inteligente. No te estoy contando nada que tú no sepas.

Distraída, quizás un poco ofendida, ella se apartó de él y se sentó en el sofá.

Rowdy se unió a ella y Cash se tumbó entre los dos, suspirando feliz. Alice acarició al perro.

—Me preocupas, Alice.

—Pues no tienes motivo —contestó ella distraídamente.

No bastaba. El día anterior, cuando esa mujer había irrumpido en medio de todo ese caos, muerte y sangre, él había percibido que algo en su persona estaba mal. Tenía la misma desesperada resignación que había visto en su hermana. Antes de que se hubiera liado con Logan.

Le preocupaba porque, casi de inmediato, había reconocido en Alice a una mujer con oscuros secretos y una buena dosis de miedos. ¿Cómo podía estar un hombre ciego a algo así?

—El caso es, Alice, que conozco a las mujeres —insistió él

muy serio, midiendo las palabras, esperando conmoverla—, por eso sé…

Ella soltó una carcajada. ¡Se reía de él!

—¿Te parece gracioso? —furioso, esperó a que ella dejara de reír.

—Desde luego —ella sonrió coqueta y pareció, de inmediato mucho más guapa—. Eres incorregible e indómito.

—¿Indómito? —¿qué demonios se suponía que significaba eso? Le hacía parecer una especie de animal salvaje.

—Eso es —Alice se acercó un poco más, lo miró a los ojos y fingió compartir un secreto con él—. También eres increíblemente fornido e innegablemente atractivo.

Con las orejas ardiendo, él intentó apartarse de ella sin que se notara demasiado. No era habitual que esquivara a una mujer. En realidad, no lo había hecho jamás. Pero no podía permitir que aquello ocurriera, de modo que intentó ser amable, aunque directo.

—Supongo que sabes que estoy aquí como amigo, ¿verdad?

De los deliciosos labios escapó otra estúpida carcajada, y el sonido era tan dulce que casi le hizo sonreír.

—Yo no diría que seamos amigos, Rowdy.

La traviesa mirada de Alice le previno.

—Podríamos serlo —«si dejaras de reírte de mí».

—Me gustaría —ella suspiró—. Gracias.

La verdad lo golpeó en la frente y se sintió a la vez aliviado y avergonzado.

—No te estabas insinuando, ¿verdad?

—No, lo siento. Sinceramente, no sabría ni por dónde empezar.

Rowdy no estaba dispuesto a explicarle que lo había hecho condenadamente bien sin siquiera intentarlo.

—Reese y tú os parecéis —Alice continuó acariciando al perro.

—¿En serio? —dado que Reese era una persona refinada e inteligente, Rowdy no veía las semejanzas. Bueno, salvo por el hecho de que ambos eran altos y rubios.

—Por lo grandes que…

Una manifestación como esa encerraba múltiples connotaciones y Rowdy tuvo que carraspear para contenerse de hacer un chiste. Con otra mujer lo haría, pero se trataba de Alice.

—Y eres muy atractivo —Alice hundió la mano en los rubios cabellos—. Estoy segura de que a las mujeres les gusta ese aire de chico malo que cultivas.

¿Chico malo? ¿Cultivar? El cuello de Rowdy se tensó.

—Yo no he cultivado…

—Pero Reese también es grande —apartando la mano, ella sonrió despreocupada—. Y muy atractivo. Y él es… —su voz se apagó—. Es tan…

—¿Qué? —la curiosidad le pudo.

Alice se humedeció los labios y respiró hondo antes de suspirar.

—Si empiezas a ronronear, me largo de aquí —él la miró contrariado.

—Lo que quiero decir es que Reese y tú podéis pareceros en algunas cosas, pero también sois muy diferentes —ella se irguió y lo miró con las mejillas arreboladas—. Como ese descarado contoneo.

—Yo no me contoneo —¿lo hacía?

—Y que grita a los cuatro vientos que eres un rebelde —con una simple mirada le indicó que simpatizaba con él—. Te gusta provocar a la ley, caminar por el estrecho filo entre la santidad y el pecado, y los dos lo sabemos. Creo que disfrutas con ello.

La parte pecadora era innegable, pero ¿de dónde se había sacado lo de la santidad?

—Lo siento, muñeca, no me conoces en absoluto. No tienes ni idea de lo que me gusta y lo que no. Con quién me divierto —Rowdy estaba dispuesto a tomar la delantera, librarse de la prisión de terciopelo de esa mujer—. En realidad…

De repente, Alice se irguió, y alzó la cabeza como si hubiese oído algo.

—¿Qué sucede?

Ella se llevó un dedo a los labios, a modo de advertencia y sacudió la cabeza.

Cash la observaba aparentando la misma confusión que sentía Rowdy.

—¿Has visto hoy a tu hermana? —lentamente, ella se levantó del sofá y se dirigió hacia la puerta—. ¿Qué tal está el detective Riske?

¿A qué demonios estaba jugando? Sin hacer ni un ruido, llegó hasta la puerta.

—Está de mal humor —fascinado, Rowdy observaba sus movimientos—. Me parece que le gustan los mimos tanto como a mí.

Ella le hizo un gesto para que continuara y él lo hizo, aunque, por si acaso, también se levantó del sofá.

—Pepper no es la típica mamá gallina. Al contrario. Sus esfuerzos sin duda van a volver loco a Logan.

Mientras hablaba, Alice se puso de puntillas para mirar por la mirilla. La aprensión le hizo echarse hacia atrás.

—Me has asustado —exclamó mientras abría la puerta de golpe.

—Lo siento —allí estaba Reese. Y era evidente que había estado escuchando, aunque solo le llevó un segundo recuperar el aplomo—. Estaba a punto de llamar.

Ella soltó un bufido.

Ese sonido en particular, viniendo de esa mujer en particular, podría haber resultado divertido para Rowdy. Pero, dadas las circunstancias, no consiguió traspasar su irritación.

—Maldita sea —no había oído absolutamente nada, ni siquiera se había dado cuenta de que Alice había dejado la puerta entornada—. Estoy perdiendo facultades.

—No te preocupes —Alice agitó una mano en el aire—. Es que estoy familiarizada con los sonidos de mi apartamento.

—Él no estaba en tu apartamento —observó él—. Estaba merodeando en el pasillo.

—¿Merodeando? —Reese enarcó una ceja, aunque tampoco podía negarlo del todo.

—También estoy familiarizada con esos sonidos.

Avergonzado, Reese contempló a Alice, sonrió tímidamente y desvió su atención a Rowdy.

—Me has pillado —el otro hombre alzó ambas manos en gesto de rendición.

Había esperado haberse marchado mucho antes de que Reese supiera que había estado de visita. Pero ya era demasiado tarde para intentar disimular.

Reese entró en el apartamento con una bolsa de viaje y algo de ropa en los brazos.

—¿Te importaría explicarme qué estás haciendo aquí? —ni siquiera se molestó en disimular su descontento.

—He venido de visita —Rowdy señaló con la cabeza la carga que llevaba el policía consigo—. Pero tú parece que te estés mudando.

—¿Qué?—Alice saltó como si alguien la hubiera pinchado—. No.

—No has perdido el tiempo, Reese —ignorando sus palabras, Rowdy continuó—. No tenía ni idea.

—Bueno, pues ahora ya lo sabes —intervino Reese, viendo que Alice estaba a punto de hablar de nuevo—. Y más vale que tomes nota.

Alice cedió, mirándolo sorprendida con ojos desorbitados.

De modo que así estaban las cosas. El interés de Alice por Reese era evidente. Demonios, se lo había dejado claro con esos ojitos. Cierto que no conocía tan bien a Reese, pero jamás lo habría señalado como el tipo de Alice. Aun así, cosas más raras había visto.

Cash ofreció a su dueño la misma bienvenida con la que había obsequiado a Rowdy.

—Ese perro quiere a todo el mundo —gruñó Rowdy.

—No —le corrigió Alice—, eso no es verdad —con los brazos en jarras, se volvió hacia Reese—. Estabas escuchando la conversación.

—Alice, soy policía, ¿recuerdas? Estoy entrenado para cotillear —Reese se frotó la nuca antes de agacharse y cubrir los labios de su vecina con los suyos.

Alice se quedó paralizada, pero no se lo impidió.

Eso sí que era trabajar con rapidez.

El beso se prolongó mientras Rowdy arqueaba ambas cejas. Había dicho la verdad cuando había asegurado que conocía a las mujeres. Y por eso sabía que Alice no era de las que se liaba enseguida con alguien. Ese policía debía haberla hechizado.

No era asunto suyo, pero se sentía protector, quizás lo fueran ambos. Y todo eso no era más que un montón de mierda. Demonios, Reese era un corpulento, astuto y bien entrenado policía.

Alice necesitaba ternura, pero Reese... Esa mujer ocultaba algo oscuro y peligroso. Rowdy lo leía en sus ojos, eran las mismas sombras a las que se enfrentaba cada vez que se miraba al espejo. ¿Supondría el pasado de Alice un problema para la reputación de un policía?

—Vas a conseguir que se desmaye —harto de ser un fisgón, decidió intervenir.

Con evidente fastidio, Reese se apartó y Alice se esforzó por recuperar la compostura. En el fondo resultaba divertido observar el rubor de sus mejillas, tan bonito como su sonrisa, tan edificante como su risa.

—Compórtate, Rowdy —ella se humedeció los labios, comprendió lo que acababa de hacer y miró furiosa a ambos hombres.

Rowdy reprimió una sonrisa. Esa dama tenía agallas, lo cual significaba que no podría ser amedrentada o intimidada con facilidad. Fuera lo que fuera lo sucedido en su pasado, debía ser algo de peso.

Estaba bien que contara con la atención de Reese, pero eso no le impediría protegerla también a su manera. A fin de cuentas, Reese estaba limitado por la legalidad.

Él... no tanto.

A juzgar por el gesto posesivo del policía, tanto hacia el perro como hacia Alice, las cosas empezaban a ponerse muy interesantes.

Y así era como le gustaban a Rowdy.

CAPÍTULO 5

La expresión disgustada de Alice no desalentó a Reese, que hizo caso omiso, igual que hizo con el petulante gesto de diversión de Rowdy y su embelesada atención.

Y porque lo deseaba, porque por algún motivo esa mujer era demasiado tentadora, volvió a fundir los labios con los suyos. Un beso breve hasta la frustración. Cuando levantó la cabeza, le acarició el carnoso labio inferior con el pulgar.

—¿Dónde puedo dejar mis cosas?

Algo aturdida y muy arrebolada, ella miró a su alrededor como si no conociese su propio apartamento.

—Puedo colgar mi ropa en el armario del pasillo si te va bien.

Alice no miró a Rowdy. En realidad, tampoco miró a Reese.

—¿Alice?

—¿Eh? ¡Oh! —tras soltar un tembloroso suspiro, Alice se recompuso—. ¿Por qué no dejas tus cosas de afeitar en el cuarto de baño? Yo, eh..., hay una estantería, para que lo tengas todo a mano... mañana supongo. Para afeitarte —tenía que esforzarse para no balbucear—. Por favor, utiliza el armario del pasillo para tu ropa. Está casi vacío, debería haber sitio de sobra.

—De acuerdo —de momento estaba vacío, pero, en cuanto Logan le devolviera la pistola, Reese supuso que allí habría un arma más—. Gracias.

Tras dedicarle una sonrisa de compromiso, ella salió corriendo. Reese desvió su atención a Rowdy y lo vio pendiente de la huida de Alice.

¡Ni hablar! ¿Eso que había en la mirada de Rowdy era interés? Sería mejor que no fuera así. Más le valía que fuera otra cosa. ¿El qué? No tenía ni idea.

Encarándose con él, esperó a tener toda su atención y, para asegurarse de que Alice no lo oyera, mantuvo el tono de voz bajo.

—¿Qué haces aquí? Y no me cuentes esa mierda de que has venido de visita.

—Da miedo —contestó Rowdy en un susurro.

—¿Alice? No seas imbécil.

—El perro que no ladra es siempre el más peligroso.

—¿La estás llamando perro?

—Digo que es demasiado silenciosa y demasiado formal —Rowdy volvió a sentarse y Cash abandonó a su dueño para sentarse junto a él—. También aparenta una valentía que no siente, como si llevara tanto tiempo fingiendo que ni siquiera se da cuenta.

Eso ya lo había notado Reese él solito.

—¿Y tú qué sabes?

—Solo digo que me preocupa.

De modo que Alice tampoco había confiado en Rowdy. Bien. Reese quería que, sobre todo, confiara en él y en nadie más.

—No te preocupes por ello —aconsejó al otro hombre mientras llevaba su ropa al armario—. Lo tengo controlado.

—Pues no sé por qué, Reese, pero me parece que no es así.

Y justo cuando Reese estaba a punto de despedazarlo, Alice regresó al salón.

—Pero ¿dónde están mis modales? Rowdy, ¿te apetece tomar algo?

—No —contestó Reese—. No le apetece.

—¿Ya se lo habías preguntado?

—No.

Alice frunció el ceño.

—No quiero nada, Alice —Rowdy sonrió satisfecho—, pero gracias de todos modos.

Antes de que Alice pudiera protestar, Reese continuó.

—¿Entonces has visto a Logan? ¿Está bien?

—Está de un humor pésimo y se queja todo el rato de que Pepper intenta hacerle tragar un analgésico.

—¿No se está tomando las medicinas?
—Los antibióticos sí. Pero los analgésicos le dan sueño y prefiere aguantar el dolor. La cuestión es que Pepper no soporta verle hacer ningún gesto de incomodidad. Está empeñada en que esté lo más cómodo posible.

Reese sonrió al imaginarse la escena. A Logan no le gustaba que lo mimaran. Hacía que un hombre, sobre todo un hombre al que le gustaba cuidar de las mujeres, se sintiera castrado.

—Entiendo por qué está de mal humor. Al menos tiene un buen motivo para quedarse en la cama... con Pepper —añadió para mortificar a Rowdy.

—Si no estuviera Alice delante, te diría qué hacer con esa opinión.

—¿Y qué más da si estoy...? —Alice pareció despertar de un fuerte ensimismamiento.

—No me gustaría ensuciar tus oídos, cielo —Rowdy se levantó del sofá.

—¡Oh!

¿Cielo? Reese volvió a atraerla hacia sí.

—Tenía pensado ir a ver a Logan. Puede que le venga bien algo de distracción —de repente se le ocurrió una idea y contempló a Alice—. ¿Qué tenías pensado hacer hoy?

—Nada especial. Terminé todas las tareas mientras tú —señaló el sofá— dormías. Había pensado bañar a Cash.

El perro agachó las orejas, saltó del sofá y se escondió detrás de una silla.

—Quizás sea mejor que vaya a comprar al supermercado —Alice lo contempló estupefacta.

—¿Te hace falta algo?

—Me apetece algo dulce —ella se mordió el labio.

La manera en que lo había dicho sonaba a confesión. Reese percibió en la mirada de Rowdy la misma confusión que él sentía.

—A mí también.

—Pues ya somos tres —admitió Rowdy.

—Me encantan las gominolas —Alice contempló a los dos hombres.

—Helado de chocolate —contestó Rowdy sin dudar.

Reese se preguntó si alguna vez conseguiría entender a esa mujer.

—A mí me gusta todo, pero sobre todo me encantan los caramelos y la tarta caliente de melocotón.

—Eso suena delicioso —asintió ella—. Los dos estáis en muy buena forma, seguramente os podéis permitir comer cualquier cosa sin preocuparos.

—Tú estás delgada —observó el detective—. No me digas que haces…

—¿Dieta? —Alice sacudió la cabeza—. No, pero utilizo la comida como… —su voz se apagó.

—Consuelo —Rowdy terminó la frase por ella—. Pepper hace lo mismo. Según ella, lo peor eran las noches. Pero, en lugar de unas cuantas gominolas, solía zamparse una pizza entera.

—Yo suelo comerme una bolsa de gominolas por semana —ella sonrió—. A veces dos —se volvió hacia Rowdy—. Tu hermana es muy guapa.

—Sí, lo es —asintió Reese—. Logan es un tipo con suerte.

Demasiado ocupado en adivinar los pensamientos de Alice, Reese no estaba prestando atención a sus propias palabras. ¿Se estaba comparando con la otra mujer? Esperaba que no, pues Pepper Yates era una mujer realmente excepcional.

Claro que Alice también lo era, solo que de otro modo.

—A lo mejor podríamos hacer la compra juntos después de visitar a Logan —el detective le tomó una mano y le acarició los nudillos con el pulgar—. Vendrás conmigo, ¿verdad?

—¿Tú quieres que vaya? —Alice apenas lograba disimular el placer que sentía.

—Estoy seguro de que a Pepper le encantará volver a verte —si la llevaba con él podría mantenerla cerca, y de paso serviría para que Pepper se distrajera de su principal propósito. Aunque no estaba muy seguro de si Logan se lo iba a agradecer o no.

—¿Cuándo tenías pensado ir? —preguntó ella mientras se atusaba los cabellos.

—Ahora mismo si quieres —el detective miró fijamente a Rowdy.

—Ahí está la señal para que me largue —Rowdy se acercó a Alice y Reese no pudo evitar percibir crecer la ansiedad en la joven.

—De nuevo, gracias por todo —sin embargo, Rowdy, fingió no haber notado nada.

¿Todo? ¿Qué demonios significaba eso?

—Me ha alegrado volver a verte —Alice le estrechó la mano.

Ignorando el gesto tan impersonal, Rowdy se fundió con ella en un fuerte abrazo, levantándola del suelo.

La mano de la joven quedó atrapada entre ambos cuerpos, justo por debajo de la cintura. Reese empezó a verlo todo rojo.

Ella prácticamente lo estaba toqueteando, involuntariamente sin duda. Por accidente. Aun así...

Él dio un paso al frente y Alice se soltó.

Sin embargo, no se alejó mucho.

—Si alguna vez te apetece hablar, aquí estaré —se despidió ella en voz muy seria y baja, como si Reese no estuviera allí y fuera perfectamente capaz de oír cada palabra.

No, no lo estaría.

—¿Y de qué demonios iba a querer hablar él?

—De nada —contestó Rowdy, su buen humor aniquilado por el ofrecimiento—. Me has vuelto a robar la frase, cielo —añadió exasperado.

—Estás tentando a la suerte —Reese dio un amenazador paso al frente.

—Sí, y no quisiera hacerlo —contestó él divertido.

—Te acompaño a la puerta —el detective echaba humo, y Alice decidió intervenir.

Cash empezó a dar saltos, siempre dispuesto a darse un paseo.

Reese pensó que era una excusa tan buena como cualquiera y tomó la correa del perro.

—No, yo le acompaño. Sacaré a Cash y así te doy tiempo para que te prepares para marcharnos.

—Gracias —sonrió ella—, solo necesitaré unos minutos.

Rowdy no se molestó en esperar, y Reese tuvo que darse prisa para enganchar la correa de Cash y seguirlo.

—Espera, maldita sea —alcanzó a Rowdy en el aparcamiento.

El otro hombre se detuvo y, tras encogerse de hombros, se dirigió a la zona de césped.

Se quedaron allí en silencio, observando a Cash, que perseguía a una abeja a la vez que intentaba mear. Daba saltitos sobre tres patas, la cuarta en el aire, hasta que se le acabó la correa y cayó de culo.

—Me encanta ese perro —observó Rowdy.

—A Alice también. El bueno de Cash fue mi rompehielos —unas oscuras nubes cubrieron el sol y la brisa les llevó el olor a lluvia. Reese observó el cielo con interés—. No dejó de ignorarme hasta que vio al perro.

—Pero ya ha dejado de hacerlo.

—Me alojaré en su casa unos días —el detective asintió satisfecho—, mientras limpian mi apartamento.

—¿Te estás pavoneando? Demonios, Reese, solo te falta marcarla con un hierro —a lo lejos, los truenos anunciaban la tormenta que amenazaba—. Relájate, ¿quieres?

—¿Qué interés tienes tú? —recibir consejo de otro hombre, un hombre que acababa de estar en el apartamento de Alice no era plato de buen gusto.

—No lo sé —Rowdy se agachó y arrancó un diente de león—. Hay algo en esa mujer, como si estuviera en guardia. Como si la hubiesen herido. A diferencia de la mayoría de las personas, está demasiado en alerta, es demasiado intuitiva, como si estuviera esperando a que sucediera algo.

—Algo malo.

—Sí. Y el modo en que manejó toda esa mierda ayer. Los cadáveres no le asustan. Y las cosas que dice, cómo las dice...

—Lo sé —a Reese también le inquietaba y le despertaba deseos de protegerla.

—Quiero descubrir qué le sucedió para que se comporte así.

—Yo me ocuparé de eso —el detective perseguía lo mismo.

—Yo también me ocuparé —Rowdy arrojó la flor al suelo—. No empieces a resoplar, Reese, no te va. Lo tuyo es más bien el sarcasmo, la agudeza, el ingenio.

Reese se mantuvo en silencio. A su mente no acudía la menor agudeza o ingenio.

—Sabes que puedo descubrir cosas que tú no puedes. No, no me refiero a interrogar a Alice. No le haré tal cosa —la brisa le revolvió el pelo y Rowdy se lo mesó con ambas manos—. Demonios, si lo intentara, ella sin duda me haría sufrir una inquisición sin dejar de mostrar su preocupación por mí.

—¿Eso fue lo que hizo? —qué interesante observación.

—Me noqueó por completo. Ni siquiera mi hermana intenta meterse tanto en mi cabeza —él entornó los ojos—. Me trató como a un maldito chucho apaleado al que quisiera cuidar.

Como Reese bien sabía, Rowdy tenía unos cuantos demonios con los que lidiar. Su hermana y él no habían tenido vidas fáciles. Y, al parecer, Alice también lo había percibido.

Sin embargo, ¿era ese su único interés por Rowdy?

—¿Qué le dijiste?

—Lo negué todo —Rowdy no consiguió que su intento de sonrisa se materializara—. A esa mujer le pasa algo, y ambos lo sabemos. Sospecho que ya te has propuesto averiguarlo, pero estás limitado por la legalidad.

—Mensaje recibido —ceñirse a los canales legales había conseguido que casi mataran a sus amigos, y a él mismo, en su maldito apartamento.

—Déjalo estar, Reese —el otro hombre lo miró detenidamente—. No fue culpa tuya y nadie te culpa por ello —desvió la mirada hacia el perro, que estaba escarbando en la tierra—. Me alegra que todo haya terminado.

Y sin embargo no era así. Quizás hubiera muerto un cabrón, pero aún quedaban más. Los tentáculos del mal eran extensos y alargados.

—Pensé que a estas horas serías un problema para la teniente Peterson. Ayer reunimos a una buena parte del cártel del tráfico humano, pero hay más conexiones, más personas a las que hacer salir de su escondite.

—¿Y creíste que yo estaría siguiendo las pistas? —Rowdy observó las primeras gotas de lluvia que aterrizaban sobre su brazo—. ¿De verdad crees que desobedecería una orden directa de tu teniente para que me mantuviera fuera del asunto?

Sí, lo creía. En cuanto a mujeres inocentes, pocos hombres

serían capaces de mantenerse al margen. ¿Un hombre como Rowdy? De ninguna manera.

—Si metes la pata, Peterson pedirá tu cabeza.

—Mi cabeza y mis pelotas, al menos eso fue lo que me dijo.

Ambos compartieron una breve sonrisa antes de que el semblante de Rowdy se volviera de nuevo serio.

—Una ventaja de vivir fuera del alcance del radar es que se hacen contactos en la calle. Y antes de que digas nada, sí, sé cómo obtener información sin llamar demasiado la atención. Alice no sufrirá ninguna represalia.

—Si no es de por aquí, no encontrarás una mierda —por muchos amigos que hubiera hecho Rowdy, tanto en los altos como en los bajos fondos, sus fronteras no eran ilimitadas.

—Cierto. La cuestión es que me preocupa más la existencia de una amenaza latente contra ella. Si tiene motivos para estar preocupada, los descubriré.

Reese odiaba que otro hombre fisgara en los asuntos de Alice. Pero sabía que estaba en lo cierto. Rowdy tenía conexiones que podrían eludir la ley.

Pero ¿y si simplemente estaba asustada por culpa de algún suceso traumático del pasado?

—Mantenme informado.

—Yo no informo a nadie.

—Pues quizás ha llegado el momento de que empieces a hacerlo —Reese se mantuvo firme mientras sentía crecer su malhumor.

La tensión se palpaba en el aire. Rowdy miraba fijamente a Reese y, de repente, le sonrió resplandeciente.

—Sí, de acuerdo. No te sulfures. Solo quería tantear el terreno.

—Pues mantente alejado de este terreno.

—Si descubro algo —el otro hombre soltó una carcajada—, lo compartiré contigo. ¿Harás tú lo mismo?

Maldito fuera, pues no le apetecía. Sin embargo, quizás una alianza con Rowdy no sería una mala idea. Podría utilizarlo como soplón, aprovechar sus talentos de diferentes maneras.

—Estamos en el mismo bando en esto, Reese. Es una actriz condenadamente buena y está fingiendo una valentía que no siente. Quiero saber por qué, y tú quieres saber por qué, y los dos queremos asegurarnos de que sea lo que sea lo que le haya ocurrido no vuelva a pasarle.

—De acuerdo —el detective echó una ojeada a Cash antes de continuar—. Te contaré lo que sé hasta ahora. Pero, entiéndelo bien, Rowdy, ella está fuera de tu alcance.

—¿Por qué?

¡Por Dios cómo odiaba descubrirse! De no haber sido tan importante, jamás lo habría hecho.

—No es nada personal —le aclaró Reese—. En lo que a mí respecta, ella está fuera del alcance de cualquier tipo que no sea yo.

Cuando Rowdy por fin consiguió dejar de reír, él le habló del secuestro. Cuando los dos hombres se despidieron, sus gestos eran lúgubres como la muerte.

Alice miraba por la ventanilla del acompañante. El viento movía las ramas de los árboles y la lluvia inundaba las calles. Los limpiaparabrisas se movían frenéticamente y la calefacción funcionaba al máximo.

A punto de llegar al coche de Reese, los cielos se habían abierto y el diluvio entero había caído sobre ella, empapándola antes de que tuviera tiempo de abrir el paraguas. Peinarse sería inútil. Sus cabellos ya habían empezado a rizarse.

Por suerte no llevaba maquillaje. De lo contrario, lo tendría esparcido por toda la cara.

Llevaba un vestido de verano con estampados en tono oscuro y unas bailarinas planas. Debería haber tenido un aspecto sencillo y confortable, pero la tela mojada se pegaba a sus pechos, el vientre y los muslos. A pesar del calor en el interior del coche, tenía los brazos helados.

Y le encantaba.

No era habitual que pudiera relajarse cuando iba a algún sitio. Siempre estaba demasiado ocupada buscando peligros, observándolo todo y a todos. Se preguntó cómo podía ser el resto de la gente tan diferente de ella.

Y se preguntó si el mal se mezclaba con lo mundano.

Ante las mismas narices de las confiadas personas, otras eran secuestradas, retenidas. Maltratadas.

Forzadas a hacer cosas que no querían hacer.

Nunca más sería ignorante de lo que le rodeaba. Se mantenía siempre en alerta, por ella misma y por los demás.

Sin embargo, en esos momentos, en esa tarde tormentosa, había muy pocas personas en la calle. Mejor. Estaba sana y salva en un coche con el guapísimo detective Reese Bareden.

Un relámpago atravesó el cielo delante de ellos y el aguacero se convirtió en una salvaje tormenta.

Sintiéndose contenta, un poco perezosa, y demasiado cómoda a pesar del tiempo y de su vestido empapado, suspiró.

—Adoro las tormentas —siempre le habían resultado sexys. Pacíficas. Un signo de renovación.

—Yo también —murmuró Reese, algo tenso.

Aminoró la marcha cuando una mujer, que llevaba a un niño pequeño de la mano, cruzó la calle a la carrera. El viento casi le arrebató el paraguas y el niño reía mientras pisoteaba todos los charcos. A la mujer no parecía resultarle tan divertido.

Alice los vio entrar corriendo en un restaurante y, de repente, se dio cuenta de que sonreía.

—¿Te gustan los niños?

Dirigió la sonrisa hacia Reese. Él también estaba empapado. El oscuro polo se pegaba a los anchos hombros y fornido pecho. Los cabellos mojados lucían revueltos y sexys. Las largas pestañas eran un pegote sobre los resplandecientes ojos verdes.

—Me encantan.

¿Qué aspecto tendrían los hijos de Reese? Serían altos y, sin duda, rubios. Confiados y felices, como su papá.

—¿Tienes hijos?

—No, claro que no —Alice despertó de su ensimismamiento.

¿Qué se había creído ese hombre? ¿La veía capaz de abandonar a un hijo, de separarse de él?

—Nunca me he casado, ni mantenido una relación seria. Quiero decir, lo bastante seria —desde el secuestro ni siquiera había vuelto a mirar a un hombre con interés—. Sin embargo, algún día me gustaría tener hijos.

—¿Niños o niñas?

—Da igual —el cielo se volvió más negro aún y casi parecía de noche. Las luces de los coches se reflejaban sobre las calles mojadas y arrancaban destellos de los carteles, edificios y otros coches—. Creía que a los hombres no os gustaba hablar de estas cosas.

—¿De qué cosas?

—Ya sabes a qué me refiero —Alice eligió con cuidado las palabras—. Cosas tan personales. Tan... íntimas.

—¿Íntimas? —Reese permanecía con la mirada fija en la carretera.

Si tenía ganas de discutir, por ella bien.

—Hablar de niños normalmente sugiere una relación de cariño y compromiso.

—Me gusta hablar contigo sobre cualquier cosa —Reese encajó la mandíbula.

¿Sería eso cierto? Ella no pudo ignorar la rigidez de los anchos hombros, la fuerza con la que las manos agarraban el volante. Algo no iba bien, pero, a diferencia de lo que le sucedía con la mayoría de las personas, a menudo le resultaba muy difícil adivinar los pensamientos y estado de ánimo de su vecino.

—¿Estás enfadado?

—¿Qué? ¡No! —Reese intentó visiblemente relajarse.

—¿Tú me mentirías? —Alice lo analizó detenidamente.

Los segundos pasaban y Reese daba la impresión de estar conteniendo la respiración.

—Si fuera necesario, sí —contestó al fin—, lo haría.

A Alice le agradó su sinceridad y le sonrió para hacérselo saber.

—¿Quieres que te mienta? —preguntó él confuso.

—Creo que no lo harías, no sobre cosas importantes —ella ladeó la cabeza—. ¿Dices que no estás enfadado?

—No lo estoy.

—Entonces, ¿qué sucede? —qué maravilloso sería poder confiar en un hombre. ¿Se atrevería a hacerlo?

—Nada —insistió él con una carcajada áspera.

Algo. Quizás necesitaba más información.

—¿Reese?

—¿Sí?

—Ya me has besado unas cuantas veces.

—Sí —contestó él con voz ronca—. Y te ha gustado.

Qué confianza y conocimiento de las mujeres. ¿Podría un hombre ser más sexy?

—Sí —admitió ella—. Y espero que tengas ganas de volver a besarme.

—Cuenta con ello —Reese le echó una rápida ojeada—. Pero la próxima vez, habrá más.

—El caso es que... —Alice casi dejó de respirar ante el ardor con el que él había hablado— no estoy segura de estar preparada para algo más que eso. Aún no.

—No —él sacudió la cabeza—, yo me refería... el modo en que te he besado hasta ahora apenas puede considerarse un beso —de nuevo la miró antes de devolver su atención a la resbaladiza carretera—. Quiero saborearte de verdad, Alice. Quiero sentir tu lengua —respiró hondo y se removió en el asiento—. Quiero que el beso sea algo más.

—¡Oh! —el vestido empapado de repente pareció oprimirla, sobre todo en el pecho. Sospechaba que Reese podía ver claramente los pezones marcados—. Eso me gustaría —«muchísimo».

—Me alegra saberlo.

Alice se preguntó cómo era posible que el coche no se hubiera llenado de vapor. Tironeó del vestido en un intento de recolocarlo, pero al final tuvo que desistir ante lo inútil del empeño.

—Necesito que sepas, sin embargo, que si pretendes acostarte conmigo...

—No lo dudes ni por un segundo.

Ella no lo dudaba. Sintió que el corazón se henchía.

—Gracias —Alice puso los ojos en blanco. ¿De verdad acababa de agradecerle que la deseara? Por Dios, sí que lo había hecho.

—No hay de qué —Reese sonrió.

—El caso es —ella tuvo que aclararse la garganta dos veces antes de poder hablar— que necesitaré algo más de tiempo. Ya he dejado claro que estoy interesada...

—¿Lo estás? Estupendo. Eso me parecía, pero agradezco la confirmación.

Aquello se ponía cada vez peor. «Al grano, Alice».

—No quiero crear confusión o animarte en exceso.

—De acuerdo.

La facilidad con la que ese hombre accedía, le ponía cada vez más nerviosa.

—Entenderé que no quieras esperarme. Quiero decir, esperar a que esté preparada —cada palabra le sonaba más ridícula que la anterior—. No sé cuánto tiempo me llevará, si será mañana o la semana que viene, puede que dentro de un mes...

—Alice —el semblante de Reese se tornó serio.

—Y sé que tienes otras opciones. Pam y Nikki lo dejaron claro. Es evidente que eres un hombre muy... sexual.

—Como todos los hombres, sin duda, pero eso no significa...

—No quiero hacerte sentir incómodo —incapaz de soportar sus excusas, ella lo interrumpió—. Ojalá fuera diferente, pero no lo soy.

—Alice —él hizo ademán de tomarle una mano, pero ella la retiró.

—Aunque ahora pareces tener algún interés en mí —Alice prosiguió con las manos entrelazadas sobre el regazo.

—En realidad, mucho interés.

—Yo no soy como la mayoría de las mujeres —en el fondo se alegraba de que las demás mujeres fueran diferentes, pues no les deseaba los sufrimientos que había padecido—. Es que no puedo...

—Cállate, Alice.

La orden la sobresaltó, y garantizó que no la cumpliera.

—¡Yo no acepto órdenes de nadie! —había intentado ser sincero con él, y él...

—Era más bien una petición —gruñó Reese.

¡Y encima tenía la osadía de parecer enfadado! Eso la irritó lo suficiente como para hacerle olvidar las inconexas explicaciones sobre sus probables traumas.

—Quizás lo haría si me lo expusieras de otro modo.

—Por favor, Alice, cállate un momento. Déjame pensar.

Ella apretó los labios, aunque no le resultó fácil permanecer en silencio, sobre todo después del primer minuto.

—Si estamos mostrando nuestras cartas, de acuerdo —comenzó él al fin—. Te deseo. Eso ya lo sabes. Cada vez que estoy cerca de ti me pongo duro, de modo que no creo que te haya pasado desapercibido.

—¡Fanfarrón! —Alice estaba irritada y la acusación surgió de sus labios sin que pudiera contenerse.

—Yo no… —Reese la miró enfadado, aunque rápidamente sonrió—. Se ve a simple vista, y tú lo sabes.

—Sí —ella asintió, más calmada, y a punto de sonreír también. Desde luego se notaba a simple vista.

—Esto es de locos —Reese volvió a intentar tomar su mano y, en esa ocasión, ella se lo permitió. La mano, grande y cálida, la sujetó protectora—. Hay algo único, muy especial, en ti.

Ella lo habría definido como raro.

—Pero no soy un crío incapaz de controlarme. Y saber que fuiste secuestrada… —él le apretó la mano—. Lo último que haría sería presionarte o incomodarte.

La sonrisa de Alice se esfumó. El hielo se expandió por su interior, agarrotándole el estómago.

—Por favor, no te apiades de mí, Reese —era capaz de soportar casi cualquier cosa, salvo eso.

—Créeme, Alice —él soltó un bufido—, sentir piedad por una mujer no es lo mío —le soltó la mano para girar en una calle—. Te veo y reacciono. No puedo evitarlo, como no puedo ignorar lo que me contaste.

—No tiene importancia.

—¿El que te secuestraran? Y una mierda que no la tiene. Necesito saber qué sucedió, si es el motivo de tus reservas. Si hay algo más…

—No me violaron —ella le sorprendió con la franqueza de la afirmación.

—Me alegro —él tragó saliva y asintió.

—Pero fue muy feo y horrible y… —¿cuánto debería contarle?

Como policía, sería capaz de descubrir algunos detalles por sí mismo. Quizás podía limitarse a ilustrarle un poco más sobre ellos. Alargó una mano hacia él, pero al darse cuenta de que temblaba, volvió a dejarla sobre el regazo.

—Tardé un tiempo en conseguir escapar.

—¿Días? —él encajó la mandíbula—. ¿Semanas?

—Lo importante es que me escapé —Alice sacudió la cabeza, incapaz de admitir la verdad—. Y ahora… no sé. Si dudo es porque hace mucho tiempo que no me he sentido como una mujer, y solo me he fijado en los hombres para evitarlos —contempló el masculino perfil y suspiró—. Hasta que te vi a ti.

—Y a mi perro.

—Sí, y a tu perro —el humor consiguió atravesar la negra barrera de sus recuerdos.

—Bendito sea Cash.

—Estoy segura de que él piensa lo mismo de ti —a Alice casi se le saltaron las lágrimas. A fin de cuentas, ese hombre había rescatado a Cash de una muerte segura.

Sin embargo, no deseaba que la rescatara a ella del aislamiento y la incertidumbre que se había autoimpuesto.

De eso se rescataría ella misma.

—Puede que necesite un poco de tiempo para acostumbrarme —ella se giró en el asiento y lo miró de frente—, pero quiero darte lo que tú quieras de mí.

—Lo quiero todo —él asintió.

—¡Oh! —Alice abrió la boca dos veces antes de soltar con voz chillona—. De acuerdo.

—Y mientras todo vuelve a su ser, pienso quedarme contigo —Reese paró en un cruce—. Quiero sexo, Alice, eso por descontado, pero también quiero que tú lo quieras.

Jamás se había imaginado mantener una conversación como esa. Claro que tampoco se había imaginado desear a un hombre de nuevo. No después de todo lo que le había sucedido.

—De acuerdo.

—Y ya que te muestras tan complaciente —él volvió a arrancar—. No quiero tener nada que ver con Pam o con Nikki o, ahora mismo, con ninguna otra mujer. De modo que quítate eso de la cabeza —la miró con gesto severo—. Y tampoco quiero que tú te líes con algún otro.

La carcajada surgió de sus labios antes de que pudiera reprimirla. Reese la fulminó con la mirada y ella frunció los labios para contenerse.

—Prométemelo.

—Tienes mi palabra.

—Bien —el coche aminoró de nuevo la marcha—. Podremos trabajar todo lo demás, paso a paso. Y empezaremos por ese beso más apasionado. ¿Te parece bien?

—Yo... sí.

Reese detuvo el coche y se volvió hacia ella. Recorrió todo su cuerpo con la mirada, entornando los ojos al llegar a los pechos y el estómago. Alargó una mano y le acarició la mejilla, retirándole un mechón de húmedos cabellos.

Con la respiración entrecortada, ella aguardó el beso prometido.

—¿Alice?

—¿Eh?

—Esto es una mierda, créeme, pero ya estamos.

—¿Estamos? —ella alzó la vista y comprobó que, en efecto, estaban aparcados frente a una impresionante casa junto a un garaje para tres coches.

¡Había olvidado adónde se dirigían!

—Anímate, cariño. No nos quedaremos mucho tiempo.

Dado que seguía lloviendo, Reese sacó el paraguas del coche y lo abrió antes de dirigirse corriendo al lado del acompañante.

CAPÍTULO 6

Reese dejó el paraguas junto a la puerta y siguió a Pepper hasta el salón. Sin embargo, se quedó paralizado al ver a Logan sentado en el sofá, los pies apoyados en la mesita de café, una almohada en su espalda y una mantita sobre el regazo. Sabía que todo aquello era obra de Pepper y no pudo evitar reír.

—No me gustaría tener que echarte en medio de esta tormenta —Logan lo fulminó con la mirada.

—Ni siquiera Pepper sería tan cruel.

—¡Ja, ja! —exclamó la aludida.

—Ella no, pero yo sí —insistió Logan.

—No le gusta estar enfermo —explicó Pepper.

—No estoy enfermo, ¡maldita sea!

—Pues herido —espetó ella—. Ya oíste al doctor. Tienes que tomártelo con calma.

—Estoy descubriendo todo un aspecto nuevo de su personalidad —Logan apartó la mantita de sus piernas—. No me dejaba levantarme de la cama.

—¿Y te quejas? —preguntó Reese—. Si no recuerdo mal, en la cama es donde siempre te ha querido tener.

—Estará más dispuesto después de que se le haya curado el brazo —Pepper sonrió.

—Sin duda.

—Estaría dispuesto ahora mismo —gruñó Logan—, si tú...

—Compórtate —Pepper se llevó un dedo a los labios.

—Gracias por dejarnos venir de visita —Alice dio un paso, se quitó los zapatos y los dejó sobre la alfombra de la entrada—. Me alegra veros de tan buen humor.

La atención de Logan se detuvo en ella.

Aunque Reese sabía lo que estaba viendo su amigo, él también miró a Alice. La imagen lo dejó sin respiración.

Normalmente mostraba una apariencia rígida, distante, remilgada.

Pero la lluvia se había ocupado de eso.

Tenía las mejillas sonrosadas, los cabellos revueltos y la piel húmeda. El bonito vestido de verano marcaba cada una de las curvas de su esbelto cuerpo. Se parecía a la mujer de sus sueños.

Y resultaba endemoniadamente sexy.

—Quizás quieras secarte un poco —observó Reese—. El cuarto de baño está al final del pasillo, pasadas las escaleras y la puerta de la cocina, la última puerta a la derecha.

—Por supuesto —ella se llevó una mano a los cabellos—. ¿Puedo utilizar una toalla?

Logan seguía mirándola fijamente, de modo que Alice se dirigió a Pepper.

—Lo siento —la otra mujer al fin salió de su ensimismamiento—. Yo también soy nueva aquí y no estoy segura de dónde están las cosas —le propinó un codazo a Logan.

—En el armario de la ropa blanca enfrente del cuarto de baño —consiguió responder Logan al fin. Tras recorrer el femenino cuerpo con la mirada una última vez, desvió su atención al rostro—. Sírvete tú misma.

Reese sabía muy bien por qué tanto Logan como Pepper la miraban fijamente. ¿Tenía Alice la menor idea de la imagen que proyectaba?

—Gracias —contestó ella con naturalidad. Era evidente que no tenía ni idea.

Los tres la siguieron con la mirada.

Irritado, Reese se quitó los zapatos empapados y se acercó a Logan.

—Basta ya.

—Tío, es que verla tan mojada... —Logan parpadeó.

—Si no estuvieras herido, yo... —cada músculo del cuerpo de Reese se tensó.

Pepper le propinó al enfermo una palmada en el hombro bueno.

—¡Ay! —Logan dio un respingo y contuvo la respiración ante el dolor que le causó el gesto—. Maldita sea.

—Lo siento —Pepper lo acarició, arrepentida por haberle pegado—, pero la estabas devorando con la mirada.

Logan apretó los dientes y, de inmediato, intentó borrar la expresión de dolor del rostro.

Reese hizo una mueca. Sin duda su amigo se estaba haciendo el fuerte, intentando quitarle importancia al hecho de haber recibido un disparo, pero el menor movimiento le provocaba un intenso dolor. Al recordarlo, se frotó el muslo.

—No la estaba devorando, cariño —tras respirar hondo varias veces, Logan tomó la mano de Pepper y le besó los nudillos—, solo hacía un comentario.

—Un comentario que sobraba —insistió Pepper inapelable mientras intentaba retirar la mano.

—Tú también la mirabas —Logan se mantenía en sus trece.

—Yo puedo.

Reese soltó una carcajada. En el futuro de Logan se vislumbraban muchos fuegos artificiales.

—En serio, Reese —Logan se dirigió a su amigo—, tú sabes a qué me refiero, sobre el pelo y la ropa, ¿verdad? No me refería a mojada en el sentido...

—Rowdy fue a visitarla hoy —Reese interrumpió la lamentable explicación antes de que Pepper lo asesinara.

—¡No me digas! —Logan enarcó las cejas. Estaba tan sorprendido que soltó a Pepper—. ¿Por qué?

—No por el motivo en que estás pensando —furiosa, ella se apartó.

—Puede que te sorprenda, cielo, pero no siempre sabes lo que pienso.

—Tonterías —Pepper se cruzó de brazos—. Crees que Rowdy intentaba ligársela, pero te equivocas.

—Yo no sé nada de eso —A Reese no le gustaba tener a Pepper a su espalda. Desde que la conocía, la encontraba bastante impredecible, y un ejemplo era cómo mimaba a Logan como si se tratara de un jeque y a continuación le sacudía un golpe en el hombro. Su vida no había sido convencional, y sus reacciones a menudo tampoco lo eran.

—Alice no es su tipo —ella se detuvo frente a Reese.

Con el brazo bueno, Logan la agarró por el codo y tiró de ella para que se sentara a su lado.

—¿Estás segura de que sabes cuál es su tipo? —agradecido, Reese se volvió a relajar.

—Ya te digo que sí —ella reflexionó durante unos segundos—. Apuesto a que está preocupado por ella y quiere protegerla. Ayer… bueno, no muchas personas habrían actuado como lo hizo ella.

—Sí —Reese estaba atento al regreso de Alice—. Eso dijo Rowdy.

—Pues ya está —Pepper entornó los ojos—. Mi hermano no mentiría sobre algo así.

—Me rindo, Pepper —Reese alzó ambas manos en el aire—. No estaba calumniando a tu hermano —si bien en el pasado había calumniado a ambos hermanos más de lo necesario para justificar esa actitud abrasiva que mostraba hacia él.

—No, solo estaba exhibiendo su carácter posesivo —Logan sonrió—. ¿Verdad, Reese?

—Pensé que podríamos celebrar un amistoso alto el fuego —él se encogió de hombros y se negó a confesar. Mejor se concentraría en Pepper.

—Pobre Reese. ¿Te estoy disparando?

—No, claro que tampoco vas armada —gracias a Dios—. ¿Qué me dices, pues?

—Puedes atribuir todos sus pecados del pasado al hecho de que es un policía —Logan le apretó el hombro a Pepper—. Un buen policía siempre sospecha de todo el mundo.

—Puede que sí —concedió ella. De nuevo se levantó y se acercó a Reese—. Si considero la posibilidad de perdonarte será porque eres amigo de Logan. Pero jamás sucederá si empiezas a insultar a mi hermano.

—Me alegra oírlo, porque tanto Rowdy como tú me caéis bien —él alzó una mano para impedir que se acercara más—. Es cierto. Y sobre todo me gusta que hagas feliz a Logan.

Logan, que parecía cualquier cosa menos feliz, volvió a atraer a Pepper a su lado.

—Cariños aparte, si Alice necesita protección, la obtendrá de mí.

—¿Quién ha hablado de protección? —Logan se removió e intentó disimular un gesto de dolor—. Preocuparte por una mujer y protegerla son dos cosas diferentes.

—Pero en el caso de Pepper, ambas fueron necesarias.

—Todos los hombres sois iguales —tras una prolongada mirada, Pepper soltó un bufido.

—De eso nada —objetó Reese—, pero, si quieres mantener esa estrechez de miras, no seré yo quien te lo discuta.

Logan soltó un gruñido.

—Hasta aquí llegó nuestra tregua —ella se volvió a poner en pie—. Creo que iré a ver qué tal está Alice.

¡Maldito fuera! ¿Por qué era incapaz de estar frente a Pepper sin disparar a matar? También se levantó del asiento. Incluso se atrevió a agarrar a la mujer del brazo.

—Me encanta medir mi ingenio contigo, Pepper, en serio.

—¿Eso hacías?

—Pero, si vas a enfadarte cada vez, dejará de ser divertido.

—Para una disculpa, eso ha sido muy flojo.

—Quizás porque no ha sido…

—No te esfuerces —ella le dio una palmada en la mejilla, quizás un poco más fuerte de lo necesario—. Por esta vez te dejaré en paz, pero solo porque todos seguimos alterados.

—Yo no estoy alterado —protestó Logan.

—Yo tampoco —añadió Reese.

—¡Hombres! —exclamó Pepper mientras ponía los ojos en blanco.

—Por Dios que tiene razón, Logan —Reese esperó a que abandonara el salón para volver a sentarse—. Estoy a la que salta. Apenas he dormido, mi apartamento está hecho un asco y… —dudó un instante. Sin embargo, confiaba lo suficiente en Logan como para hacerle partícipe—. Alice me contó que fue secuestrada.

—¿Cuándo? —Logan dio un salto en el asiento, olvidándose del dolor—. ¿Quién?

—Se niega a contarme los detalles —él sacudió la cabeza—, pero insiste en que no fue violada.

—¿Y tú la crees? —preguntó su amigo tras un prolongado silencio.

—No lo sé. Espero que sea verdad. Pero lo que le pasó cambió su vida —miró a Logan a los ojos teñidos de preocupación—. Sea como sea, tengo que averiguarlo todo.

—Sigue teniendo miedo —el otro hombre asintió.

Reese sabía que Logan estaba recordando el momento en que Alice había irrumpido en su apartamento, pistola en mano. «A veces es mejor que estén muertos». Jamás olvidaría cómo había pronunciado esas palabras, la expresión en su mirada. Cerró los ojos, enfermo de una necesidad anómala.

—No tengo mucho para empezar, pero creo que es posible que siga corriendo peligro.

—¿Por eso fue Rowdy a verla?

—Sospechó algo —cualquier hombre mínimamente astuto percibiría el aura de miedo que envolvía a Alice como un frágil velo—, lo mismo que yo —Reese se dirigió al pasillo. ¿Qué estaba reteniendo a Alice?

—Estará a salvo con Rowdy, lo sabes, ¿verdad? —Logan intentó encontrar una postura más cómoda—. Es una especie de alma perdida, pero no es abusón, sobre todo con las mujeres.

—¿Un alma perdida? —qué melodramático, aunque apropiado en el caso de Rowdy—. Está tan acostumbrado a cuidar de su hermana que seguramente necesitará buscarse un nuevo objetivo para mantenerse ocupado —Reese miró a Logan—. Dado que le has usurpado el puesto y todo eso.

—Dice que lo entiende, y sé que se alegra por Pepper —Logan suspiró—. En cuanto nos casemos podremos entablar una relación normal.

Reese volvió a mirar hacia el pasillo, pero la puerta del cuarto de baño permanecía cerrada. ¿Estaría Pepper dentro con ella? ¿De qué demonios estaban hablando?

—Al principio no me gustó que Rowdy fuera a husmear, pero, como bien has dicho, me cegaban los celos.

—¿Lo admites? —Logan miró incrédulo a su amigo.

—Es lo que es —en lo que respectaba a Alice, se sentía muy posesivo—. Y dado que no podré estar siempre con ella, es bueno saber que Rowdy puede echar un vistazo también —llevaba los últimos años haciéndolo por su hermana. Pepper y él no podían estar más unidos.

Ambos hacían gala de una gran firmeza.

—Hasta ahora se las ha apañado muy bien sola, pero ya no tendrá que seguir haciéndolo.

Reese no estaba muy seguro de que Alice apreciara la intrusión, y por eso era preferible no decirle nada por el momento.

—Dios sabe que me sobra el tiempo libre, y necesito hacer algo para no volverme loco —Logan flexionó cuidadosamente el brazo herido—. Dime cómo puedo ayudar.

Mientras Alice intentaba pasar un peine por los enredados cabellos, Pepper la miraba, sentada en el borde de la bañera. No era una mujer charlatana, ni cotilla. Simplemente estaba... allí. Amistosa, pero silenciosa. Interesada, pero no curiosa.

—Esto es imposible —Alice dejó el peine a un lado y se alisó los cabellos con las manos. Estaban más o menos ordenados, pero sin dejar de retorcerse en salvajes ondas. Hizo una mueca ante el espejo—. De todos modos, da igual. En cuanto salgamos fuera volveremos a empaparnos.

—¿Te apetece un té o algo caliente? —Pepper la estudió con atención antes de caer en la cuenta—. Eso, suponiendo que Logan tenga té —acarició una gruesa toalla doblada sobre el toallero—. Todavía no he echado un vistazo a toda la casa.

—Estoy segura de que tenías otras cosas que hacer cuando regresasteis del hospital.

—Podría haberlo perdido —Pepper asintió y tragó saliva antes de cerrar los ojos.

—Pero no lo perdiste —rápidamente, Alice se sentó junto a la otra mujer. Había hecho todo lo posible por secar el vestido, pero seguía pegándose a su cuerpo de un modo muy poco atractivo—. Siento que lo hirieran, pero me alegro mucho de que apareciera para ayudar —imaginarse lo que podría haber sucedido en caso contrario era demasiado doloroso.

—Yo también —Pepper sonrió y miró a su alrededor—. Supongo que te habrás dado cuenta de que estamos sentadas charlando en el cuarto de baño.

—Lo sé —Alice rio. Pero no tengo demasiada prisa por reunirme con los hombres—. Al menos no mientras siga teniendo el aspecto de una rata a medio ahogar.

—Yo tampoco —Pepper ladeó la cabeza—. Gracias a Dios que tienes armas. De lo contrario, ayer puede que Logan no hubiera tenido tanta suerte.

—¿Tú también tienes?

—Puedes apostar a que sí —la otra mujer bufó—. Rowdy siempre ha insistido en ello, incluso me enseñó a disparar —miró a Alice con aire especulativo—. ¿Disparas bien?

—Lo bastante —al menos era capaz de alcanzar aquello a lo que apuntaba—. Suelo hacer prácticas de tiro una vez al mes.

—¿En serio? —Pepper se mostró complacida—. Quizás podamos ir juntas alguna vez.

Un par de días atrás, Alice habría evitado tanta complicidad con otra persona, pero después de lo sucedido… le gustaba la idea. Y le gustaba Pepper Yates.

—Sería genial.

—No quiero agobiarte —la otra mujer sonrió resplandeciente—, pero ¿te gustaría asistir a nuestra boda? Ayer nos salvaste la vida, me parece de lo más adecuado que estés allí.

¿Salvarlos?

—Pero si yo no…

—Sí lo hiciste —insistió Pepper—, no te molestes en negarlo. Además, Reese también irá. Ya sabes que es el mejor amigo de Logan.

Aquello sonaba muy bien, y ella se moría por aceptar, pero no quería hacer suposiciones sobre su nueva relación con Reese.

—¿Estoy siendo demasiado insistente? —su nueva amiga malinterpretó el prolongado silencio y arrugó la nariz—. No pretendía presionarte.

—No es eso. Me encantará asistir —a Alice le sorprendió lo mucho que le apetecía—. Es que no me gustaría que Reese se hiciera una idea equivocada —ni que se sintiera agobiado.

—No tiene por qué. Tengo derecho a invitar a quien yo quiera.

Pero si lo suyo no funcionaba con Reese, ¿acudiría él acompañado de otra mujer? ¿Qué pasaría si tuviera que aguantar la ceremonia viéndolo con otra?

—Casi puedo leer tus pensamientos —Pepper le propinó un empujón con el hombro y sonrió—. Confía en mí, Reese no se atrevería. Además, los únicos invitados serán los míos y los de Logan. Y, dado que me apetece que haya poca gente, no vamos a invitar a ningún acompañante.

Alice se mordió el labio. ¿Tan transparente resultaba?

—En ese caso, gracias. Será un honor.

—¡Estupendo! Te comunicaré los detalles cuando lo tenga organizado —Pepper arqueó la cejas—. Esperaremos a que Logan se recupere, para que podamos celebrar una noche de bodas de verdad.

Las dos mujeres estallaron en carcajadas. Era muy agradable tener a otra mujer con la que charlar, una mujer que no se pareciera en nada a Nikki o a Pam.

La idea le hizo reflexionar. Pepper era diferente, pero seguía sin ser como ella.

—Soy capaz de la máxima discreción — de nuevo su amiga le propinó un empujón con el hombro.

Alice no comprendió.

—Si quieres hablar de… cosas —Pepper suspiró—. Reconozco la máscara, porque yo también solía llevar una.

—Yo no llevo ninguna máscara —Alice sacudió la cabeza confusa.

—Claro que sí —la otra mujer sonrió mientras retorcía un mechón de los cabellos de Alice entre sus dedos—. La lluvia te ha transformado.

Los hombros de Alice se hundieron. Se enorgullecía de mantener un aspecto impecable siempre, y no había previsto verse atrapada por la tormenta.

—Lo sé...

—No, yo creo que no lo sabes. Estás estupenda, Alice. No es que no lo parecieras ayer, pero ahora, con esos cabellos un tanto salvajes y el vestido que marca tu figura... te va muy bien.

—Parezco una fregona sin escurrir —contestó ella con los ojos muy abiertos.

—De eso nada —Pepper la observó detenidamente—. Lo cierto es que estás muy sexy.

—Eso no es verdad —Alice sintió que le ardían las mejillas. Se sentía al mismo tiempo halagada y horrorizada y se llevó una mano al pecho mientras contemplaba el vestido—. ¿O sí?

—¿No te diste cuenta de la cara de tontos que se les puso a esos dos? Solo les faltaba babear. Reese estaba a punto de darse golpes en el pecho, estilo simio posesivo.

Sin acabar de creérselo, ella volvió a sacudir la cabeza. Ella no era sexy. Pulcra, elegante, bien peinada, eso sí. O, tal y como había asegurado Rowdy, modosa y, tristemente, formal.

Pero desde luego no era...

—Da igual —continuó su amiga, interrumpiendo sus pensamientos—. Vas disfrazada. Seguramente a propósito. Hasta hace poco yo también me ocultaba. El cretino ese que murió en el apartamento de Reese ayer...

—¿Sí? —Alice escuchaba fascinada.

—Hace unos años, Rowdy y yo trabajábamos en su club. Una noche, lo vi matar a un concejal del ayuntamiento. También había algunos policías implicados, de modo que no podía acudir a la justicia. Intenté hablar con un periodista, y él también acabó muerto.

—¡Cielos, qué horror!

Rowdy ya le había dejado caer algunos detalles al mencionar por qué Pepper y él habían vivido como lo habían hecho. La empatía se infló en su interior como un gigantesco globo, arrinconando cualquier otra idea y emoción. Pudiera ser que Pepper y ella tuvieran más en común de lo que le había parecido.

—¿Por eso iba tras de ti?

—Y de mi hermano —la otra mujer asintió—. Rowdy jamás huye de nadie, pero lo hizo para protegerme.

Eso hablaba mucho de Rowdy. ¿Cómo sería tener a alguien tan volcado en tu bienestar? Sus padres se preocupaban por ella. Su hermana también.

Pero aquello era diferente. Alice acarició comprensiva la mano de su amiga.

—He conocido a tu hermano, y estoy convencida de que haría lo que fuera por ti.

—Desde luego —Pepper no retiró la mano. Durante un segundo bajó la mirada a los pies—. Nos estuvimos escondiendo durante demasiado tiempo. Yo debía tener el aspecto de una vieja decrépita para que nadie me reconociera si me veía —hizo un gesto de desagrado al recordarlo y apretó la mano de Alice—. Tener mal aspecto siempre... resultaba agotador.

—Eres tan atractiva que no me imagino cómo lograste tener mal aspecto —Alice era incapaz de figurárselo.

—Deberías haber visto a Logan cuando me quité los harapos y volví a ser yo misma —Pepper rio—. Soltó una especie de aullido, aunque en su momento no me di cuenta porque tenía otras muchas preocupaciones —se acercó a Alice y susurró—. Logan trabajaba infiltrado y yo no tenía ni idea de que era policía cuando me acosté con él.

—¡Vaya! —a Alice no se le ocurría nada más que decir—. Debió de ser muy... interesante.

—Sí, imagínate la impresión cuando contactó con Reese para que detuviera a mi hermano.

Eso, sin duda, explicaría en parte la mala relación entre Reese y Pepper. El corazón se le partió al imaginarse lo que había sufrido esa mujer.

—Eso debió ser horrible.

—¡Ya te digo! Estaba tan furiosa que sentía deseos de descuartizarlos a los dos.

—Furiosa y, ¿dolida?

—Al final se arregló —Pepper se encogió de hombros—. Y, gracias a ellos, Rowdy y yo somos libres.

—¿De modo que les has perdonado por la traición? —esconderse se había acabado para ellos. Alice sintió una profunda envidia.

—Sí, desde luego. Pero no se lo digas a Reese —la otra mujer sonrió traviesa—. Me gusta hacerle sufrir.

Ella no lo dudó ni por un instante. Pepper parecía realmente feliz, y muy querida.

—Me alegra que os encontraseis Logan y tú, independientemente del camino que te llevó hasta aquí.

—Y ya está —su amiga tamborileó sobre la bañera—. Es agradable hablar contigo. Quiero decir que eres... comprensiva.

—Gracias —Alice soltó una carcajada—. Yo también he disfrutado.

—Quizás sea porque somos diferentes.

No era una indirecta muy sutil, pero ella sonrió.

—A lo mejor —en tan breve periodo de tiempo se habían acoplado con facilidad—. Balazo aparte, me alegra ver que el detective Riske y tú hayáis acabado tan bien después de todo lo sucedido ayer.

—Te preocupas mucho, ¿verdad?

—A veces —en realidad por todo y por todos—. Tal y como has dicho, soy... diferente.

—Diferente está bien —Pepper la estudió detenidamente—. ¿Sabes qué? Creo que deberíamos hacerte una pequeña sesión de maquillaje.

—¿A mí?

—No es un insulto, te lo juro.

—No me he sentido insultada —más bien intrigada—. Nunca he trasteado con las habituales cosas de chicas.

—Es que no te hace falta realmente. Con esas pestañas y cejas tan oscuras... pero no te haría ningún daño soltarte un poco.

—¿Soltarme?

—¿Hay eco aquí? —bromeó Pepper antes de callarse bruscamente—. ¿Te estoy presionando?

—No, claro que no —Alice agitó una mano en el aire.

—Seguramente tienes mejores cosas que hacer.

—Me parece una idea maravillosa —¿disfrutaría soltándose

un poco? Seguramente—. No me importaría tener un aspecto más moderno, es decir, si no te supone mucha molestia.

—¿Bromeas? Será divertido —Pepper respiró hondo—. Hace muchísimo que no me he divertido, sobre todo con otra mujer.

—Supongo que no me obligarás a andar por ahí con ropa mojada —Alice intentó reprimir su entusiasmo.

—Necesitamos que Reese sea capaz de funcionar, de modo que no.

Ambas rieron a carcajadas hasta ser interrumpidas por un golpe de nudillos en la puerta.

CAPÍTULO 7

—¿Estáis celebrando una fiesta privada ahí dentro? —la voz de Reese llegó desde el otro lado de la puerta cerrada.

—No te metas donde no te llaman, Reese —gritó Pepper después de guiñarle un ojo a Alice.

—De acuerdo, pero deberías saber que Logan está a punto de levantarse del sofá para venir a buscarte.

—No se atreverá —Pepper se levantó de un salto, abrió la puerta y corrió por el pasillo hasta el salón.

Todavía sentada, las manos sobre el regazo, los tobillos pegados, Alice se preguntó qué opinión despertaría en Reese al verla.

¿Tenía razón su amiga?

¿Sería posible que la encontrara sexy? ¿No solo disponible, sino una mujer deseable? La idea le resultaba tan extraña que se concentró en ella hasta que miró por el rabillo del ojo y vio el ardor reflejado en la mirada de Reese.

Le miraba fijamente los pies descalzos, las pantorrillas, y se deslizó hasta las manos entrelazadas sobre el regazo. De ahí siguió hasta los pechos que se elevaban con la respiración entrecortada.

—¿Reese?

—¿Qué haces escondida aquí dentro? —los ojos verdes se fundieron con los de ella y la voz surgió profunda y ronca.

—No me escondo —consciente de que la imagen que ofrecía podía ser muy distinta, y descubrir que lo deseaba, lo cambiaba todo. Alice se puso de pie. Se sentía tímida e indecisa—. Pepper y yo estábamos charlando.

—¿En serio? —él hundió las manos en los bolsillos y siguió deslizando su mirada por el cuerpo de Alice. Apoyado en la pared, bloqueaba el paso hacia el pasillo y la mantenía encerrada en el cuarto de baño—. ¿Y se puede saber de qué?

—De su boda —balbució ella.

—Una charla de chicas, entonces —Reese sonrió.

—Más o menos —¿qué consideraría ese hombre «charla de chicas»?—. Hablamos de muchas cosas. Es muy agradable.

—Tiene sus momentos.

Ella no era la única que tenía la ropa mojada y pegada al cuerpo, y Alice no pudo apartar la mirada del ancho torso. Mejor hubiera sido sin camiseta, pero ¿una camiseta mojada que marcaba todos los músculos? No estaba mal del todo.

—Hemos hecho planes para salir juntas.

—¿No me digas? —él no cambió de postura, pero sí parecía más alerta—. ¿Qué clase de planes?

—Quiere maquillarme.

—¿Puedes repetir eso? —él se irguió bruscamente.

—Y puede que también vayamos juntas a la galería de tiro para practicar un poco —Alice se sentía ridícula y optó por no responder a su pregunta.

—¿Prácticas de tiro? —él la miró estupefacto—. ¿Tú y... Pepper?

—Y me encantará asistir a la boda en cuanto la tengan organizada —también le pareció lo mejor ignorar esa pregunta—. Suponiendo que a ti no te moleste.

—¿Y por qué iba a molestarme? —la perplejidad de Reese, que entró en el cuarto de baño, iba en aumento.

—Porque tú también estarás allí, y no quisiera que te sintieras... no sé. Acorralado o algo así.

—No entiendo a qué te refieres, Alice —él siguió acercándose hasta que solo les separaron unos centímetros.

Olía muy bien, mojado y cálido. Ella respiró hondo y se llenó los pulmones con el aroma, suficiente para marearla.

—¿Alice? —Reese le sujetó la barbilla y le alzó el rostro.

—No quiero que te hartes de mí.

—Eso no va a suceder —frunciendo el ceño, él le tomó el

rostro entre las manos y le acarició la mejilla con el pulgar—, de modo que no te preocupes.

Quizás no sucedería en un día, pero claro que podría ocurrir. Y si Logan y Pepper se casaban pronto, quizás en el momento de la boda aún no se hubiera cansado de ella. Pero Reese no podía saber qué le tenía reservado el futuro.

—¿Cuántos años tienes, Reese?

—Treinta —sorprendido por la pregunta, Reese enarcó una ceja.

Y aun así no estaba casado. Eso debía significar que evitaba el compromiso, ¿no?

—¿Y tú, Alice? ¿Veintitantos?

—Has acertado. Estoy exactamente en la mitad de la veintena —y sin embargo se sentía mucho mayor.

En ocasiones hasta se sentía emocionalmente agotada. Derrotada.

—¿Veinticinco?

—Eso es —Alice cometió el error de levantar la vista hacia su rostro—. ¿Reese?

Él la miró fijamente mientras le acariciaba el labio inferior con el pulgar.

—Sobre ese otro beso del que hablamos…

La voz ronca hizo que a Alice se le acelerara el pulso. De puntillas, se apretó contra él.

—¿Sí? —estaba preparada.

—No quiero que sea aquí, en el cuarto de baño de Logan.

—¡Oh! —la decepción le hizo apoyar de nuevo los talones en el suelo.

—De todos modos, deberíamos irnos —Reese la obsequió con una sonrisa.

¿Tan pronto? Ni siquiera había conseguido salir del cuarto de baño.

—¿Sucede algo?

—¿Aparte del hecho de que me apetece seducirte en el cuarto de baño de un amigo? —él le besó la frente—, no, no sucede nada. Parece que la tormenta no amaina y estoy un poco preocupado por Cash, eso es todo. Espero que no tenga miedo de los rayos y los truenos.

El tierno sentimiento hacia el perro la caldeó más que la anticipación del beso. ¿Podía resultar Reese Bareden más atractivo?

No, no podía, concluyó tras tantear los atléticos músculos del brazo.

Todo en él era tamaño extragrande, el físico, su actitud y el buen corazón.

—Le dejé abierta la puerta del dormitorio, y la radio encendida. Seguramente estará debajo de la cama. Suele esconderse allí a veces cuando trabajo.

—Eres muy buena con él —un relámpago iluminó el cuarto de baño, seguido de un trueno que hizo vibrar el suelo bajo sus pies—. Con los dos.

—¿Entonces ha terminado ya la visita? —Reese se había equivocado por completo, pero Alice decidió no sacarle de su error.

—Sí. Logan nos invitó a cenar, pero le dije que teníamos otros planes.

—¿Y los tenemos? —eso era nuevo para ella.

—Vamos a hablar mientras compramos tus gominolas —Reese volvió a besarla, en esa ocasión en la mejilla, y continuó dibujando un húmedo rastro hasta la barbilla—. Compraremos también algo para cenar... mientras seguimos hablando. Y, en cuanto lleguemos a casa y comprobemos que Cash está bien...

—¿Seguiremos hablando? —Alice sentía vibrar la piel allí donde el detective la besaba. De algún modo, conseguía que la idea de hablar resultara de lo más seductora.

—Quiero conocerte mejor —le susurró él al oído.

Dado que ella también deseaba saberlo todo sobre él, el plan le pareció bien.

—De acuerdo —asintió mientras le acariciaba el fuerte torso.

—Maldita sea, Alice —la boca de Reese, húmeda y ardiente, se abrió sobre su cuello y ella lo sintió succionar mientras se le encogían los dedos de los pies—. Las mujeres complacientes resultan muy excitantes.

—Sal de mi cuarto de baño. Esto es un nido de perversión —resonó la voz de Logan.

Alice dio un brinco, abrumada por el remordimiento, y Logan se apresuró a aclararle sus palabras.

—Me refería a él, no a ti.
—¿Te ha dejado Pepper levantarte del sofá? —preguntó Reese—. ¿Has conseguido convencerla de que un balazo en el brazo no te ha paralizado las piernas?
—Cuando hace falta, puede mostrarse de lo más razonable —Logan aguardó a que abandonaran el cuarto de baño, pero Pepper apareció de improviso y lo siguió dentro.
—¿Vas a echarle una mano? —Reese reprimió una carcajada.
Logan se quedó con la boca abierta, preparado para decir algo, pero su chica cerró la puerta en las narices de Reese y Alice antes de que pudieran oír su respuesta.
—Son una pareja muy graciosa —Alice sonrió.
—Mucho más que cuando están separados —él le tomó una mano y la condujo de regreso al salón. Las zancadas eran tan largas que a ella le costaba mantenerse a su lado.
—¿A qué tanta prisa?
—Lo siento —él aminoró de inmediato y la atrajo hacia sí—, pero necesito sentarme.
—¿Por qué? —el recuerdo de los moratones en las muñecas del detective despertaron la preocupación de la joven—. ¿Pasa algo malo? ¿Estás herido?
—Creo que lo llamaré el Síndrome de Alice.
Aquello no tenía ningún sentido.
—La atracción que siento por ti es difícil de contener —él le mordisqueó una oreja—, sobre todo cuando tu sabor es tan delicioso.
Ella se sintió sonrojar e intentó echarse a un lado para ver algo, pero Reese no se lo permitió.
—De momento no hay nada que ver, y me gustaría que siguiera así. De modo que compórtate.
—Si insistes —Alice suspiró. Si algo hacía ella siempre, era comportarse.
Él la contempló un instante, sacudió la cabeza y reanudó la marcha.
Alice aprovechó la oportunidad para echar un vistazo a la casa de Logan. Pasaron delante de la cocina, moderna y espaciosa, an-

tes de dejar atrás las escaleras que conducían a la segunda planta y, presumiblemente, a los dormitorios.

La casa estaba limpia y despejada, sin resultar demasiado masculina.

—El detective Riske tiene una casa preciosa.

—A mí también me gusta —Reese se sentó en el sofá junto a ella—. Logan hizo la mayor parte de la decoración.

—Resulta casi demasiado perfecto, ¿verdad? —observó Pepper, que había vuelto al salón.

—Solo necesito ser lo bastante bueno para poder conservarte a mi lado —Logan, que no se comportaba como un hombre al que acabaran de disparar, rio.

—Estás unido a mí, y lo sabes —tras un pequeño beso, ella ayudó a Logan a sentarse, pero él la agarró y la sentó sobre su regazo—. Por suerte —observó ella dirigiéndose a Alice—, se le dan bien las tareas del hogar, porque yo no he heredado el gen doméstico.

Logan acababa de acomodarse cuando su móvil empezó a sonar. Alice le hubiera concedido un poco de intimidad, pero Pepper no se movió de su regazo, y Reese no parecía capaz de ponerse en pie.

Tras intercambiar un breve saludo, enseguida comprendió quién había llamado: la teniente Peterson. Trabajar para una mujer como ella debía ser todo un desafío para un hombre alfa, aunque a ninguno de los dos parecía importarle.

—Reese está aquí —contestó Logan—. Se lo diré. Claro, ningún problema. Espera —pegando el teléfono a su pecho, se volvió hacia Reese—. Interrogatorio mañana. A las ocho de la mañana. ¿Te va bien?

—Claro —contestó Reese—. Ninguno de los dos trabaja.

—Pues claro que Logan no trabaja —espetó Pepper—. Necesita tiempo para sanar —se volvió hacia Logan—. Ya os interrogaron en el hospital. ¿Para qué necesitan veros otra vez?

—Eso fue algo preliminar porque Logan estaba ingresado.

—Mañana será en comisaría, y en profundidad —Logan asintió.

—Te dispararon.

—¿Te crees que no se ha dado cuenta? —intervino Reese.

—Y por eso no ha llamado hasta ahora —Logan sujetó a Pepper antes de que pudiera volcar su enfado en Reese—. Toda esta mierda suele hacerse en las siguientes veinticuatro horas.

—Si no responde a las preguntas —explicó Reese—, podría perder su trabajo.

Pepper se quedó mirándolo perpleja, cada vez más enfadada.

—Cállate, Reese —su amigo tomó el rostro de Pepper entre las manos—. Confía en mí, no es para tanto. Soy perfectamente capaz de soportar un interrogatorio, y no, no necesito que me acompañes —de inmediato suavizó el tono de voz—. Te amo, pero hay cosas que un hombre debe hacer solo.

—Dice el hombre al que acaban de acompañar al baño —Reese rio.

—Nuestra tregua pende de un hilo —Pepper lo miró con los ojos entornados.

—Por si sirve de algo —Reese levantó las manos en gesto de rendición—, habrá un representante del sindicato presente —le dedicó una sonrisa traviesa—. Te prometo que nadie abusará de él.

—En cuanto se me haya curado el brazo... —Logan lo fulminó con la mirada.

Saber que todo era una broma, evitó que Alice se sintiera excesivamente angustiada por el duelo verbal. En cierto modo, era divertido ver a unos amigos discutir así.

Era la verdadera medida de la amistad.

—Allí estaremos —tras susurrar algo al oído de Pepper, Logan retomó la conversación por el móvil—. Sí, Reese también. Entendido. Gracias —se despidió.

—¿Quién está siguiendo la pista de... —Reese se interrumpió y miró a Pepper y luego a Alice— de la información que obtuvimos ayer?

Evitó mencionar a los traficantes. Después de lo que había soportado Pepper, y las amenazas que había sufrido, Alice agradeció su contención. Su amiga era, visiblemente, una mujer fuerte, una superviviente, pero los recuerdos debían ser horribles.

Y Alice sabía mucho de recuerdos horribles.

Durante unos minutos, los hombres hablaron de trabajo, y Pepper intervino ocasionalmente. Alice hizo todo lo posible por no interrumpir.

—No puedes conducir —cuando terminaron, la otra mujer seguía sin estar conforme—, no con el brazo en cabestrillo.

—Reese me recogerá —Logan miró a su amigo.

—Por supuesto, siempre que tu novia comprenda que no soy más que un testigo inocente.

—¿Y durante cuánto tiempo estaréis fuera? —Pepper pareció calmarse.

—Podrían ser unas horas, o todo el día —Logan la abrazó con el brazo bueno—, depende de las preguntas que nos hagan y de las respuestas que demos. Normalmente, el fiscal es quien hace las preguntas y los de asuntos internos observan el interrogatorio por vídeo. Cuando el fiscal termina, los de asuntos internos pueden hacer alguna pregunta más.

—En ese caso —Pepper se volvió a Alice—. Podríamos ir de compras mañana. ¿Qué me dices? ¿Estás libre?

Dado que era ella quien establecía sus propios horarios, no suponía ningún problema. Pero ¿estaba preparada?

—Dios sabe que necesito ropa nueva ahora que ya no ejerzo de la fea del baile —continuó Pepper—, y comprar me mantendrá distraída de otras cosas.

—De acuerdo entonces.

Reese hizo ademán de protestar, pero Logan le interrumpió.

—Una idea genial.

Y antes de que Alice se diera cuenta, ya le habían organizado los planes.

De repente se le ocurrió que no solo había dejado entrar a Reese en su vida, sino también a Rowdy, Logan y Pepper. Reese y sus amigos la arrastraban con su camaradería, su franqueza y su cariño.

Hacía poco que los conocía, pero ya le habían causado un gran impresión, y era consciente de que no deseaba perderlos. Sin embargo, como de costumbre, una gran parte quedaba fuera de su control. Pues todo cambiaría en cuanto conocieran su pasado.

Y con dos detectives implicados, ¿cómo iba a poder mantenerlo en secreto?

A medio camino de su casa, la lluvia se convirtió en una llovizna. Sentada junto a Reese, Alice parecía somnolienta, casi lánguida, con suerte relajada.

Al detective le gustaba que Pepper y ella se hubieran hecho amigas, pero le preocupaba que salieran solas por ahí.

Logan, desconocedor de sus planes, las había animado.

Con suerte, Rowdy estaría disponible para echar un vistazo. Después lo llamaría, sin que Alice estuviera al corriente.

—¿En qué piensas? —preguntó ella—. Estás muy callado.

—Me estaba preguntando por esa salida de compras vuestra.

—Hace mucho tiempo que no he ido de compras con otra mujer —Alice sonrió y se alisó el bajo del vestido, arrugado por la lluvia—. Mi hermana y yo solíamos salir mucho juntas. La última vez que fuimos de compras, fue para su vestido del baile de graduación.

—¿Tu madre no os acompañó? —a menudo era lo que ella no decía lo que llamaba la atención de Reese.

—No en esa ocasión. Mi padre y ella estaban de viaje de negocios. Mi hermana había decidido no asistir al baile de graduación y mamá pensó que no hacía falta que se quedara. Y entonces, Amy recibió la invitación de un chico especial y tuvimos que organizarlo a toda prisa. Fue maravilloso y ella estaba hermosísima aquella noche.

—¿Eres mayor que ella? —no resultaba fácil imaginarse sombras en la dulce escena que Alice acababa de describir.

—Seis años mayor.

—De modo que no estabais tan unidas...

—A pesar de la diferencia de edad —ella dudó antes de contestar—, sí solíamos estarlo —volvió el rostro para mirar por la ventanilla—. Ya no la veo tan a menudo.

—¿Y a tus padres? —Reese quiso saber el motivo, pero se abstuvo de preguntar.

Alice se mantuvo callada.

—Sabes que me lo puedes contar.

Los segundos pasaron y lo único que Reese oía era el ruido de los neumáticos sobre el pavimento mojado y el rítmico vaivén de los limpiaparabrisas.

Y el latido del corazón en sus oídos.

Alice se volvió hacia él, se retrepó en el asiento y apoyó la mejilla en el respaldo mientras se rodeaba la cintura con los brazos.

Suspiró.

Reese sentía su mirada sobre él, y supo que estaba eligiendo sus palabras.

—Mi familia es maravillosa. Siempre brindando apoyo y afecto. Inteligente y amistosa.

Como Alice.

—Mamá es profesora, papá, arquitecto. Amy sigue estudiando. Va a ser enfermera.

—¿Y por qué no los ves a menudo? —al detective le sonaba a la típica familia de clase media.

—Porque los amo —contestó ella, la voz cargada de emoción—. Muchísimo.

—¿Y ellos no sienten lo mismo? —aunque no se imaginaba a alguien incapaz de amar a Alice, tenía que preguntarlo.

—Después del secuestro, las cosas cambiaron —ella sacudió la cabeza y se corrigió—. Quiero decir que yo cambié. Ellos estaban muy felices cuando regresé, pero había pasado tanto tiempo —se interrumpió—. Yo ya no era la misma persona.

Para un secuestrado, un día podía parecer una semana, y una semana un mes. Reese elevó una plegaria silenciosa para que Alice hubiera sido rescatada en menos tiempo.

—Seguías siendo su hija, su hermana. Sin duda ellos...

—¿Seguían amándome? Sí —Alice desvió la mirada con expresión severa—. Pero él me retuvo durante un año.

—¡Jesús! —Reese encajó la mandíbula espantado y con el estómago encogido. Deseando poder cambiar lo que había sucedido.

—Pensé que nunca escaparía —ella se abrazó a sí misma y habló con voz entrecortada—. Pensé que esa sería mi vida.

Él sintió el dolor de los recuerdos. Alice había sobrevivido, y le había asegurado que no la había violado. ¿Qué podía querer de ella el secuestrador?

El silencio se hizo cada vez más espeso, casi sofocante. Reese intentó adoptar el papel de policía, pensar con la lógica y no con la emoción.

—Has dicho él. ¿Te secuestró un hombre?

—Fue un hombre el que hizo que me secuestraran.

—¿Lo conocías?

—No —Alice sacudió la cabeza y se encogió aún más.

El corazón del detective latía con fuerza. Quería aparcar el coche y consolarla. Quería hacer promesas absurdas que no estaba seguro de poder mantener.

Pero no se atrevía a interrumpir la confesión.

Necesitaba saber.

—¿Sabes por qué te secuestró? —Reese habló en tono pausado, serio.

—Sí.

Alice no explicó nada más. Como hombre, él quería dejarlo estar, ver desaparecer las sombras de preocupación de su mirada. Pero, como policía, la lógica venció y se obligó a insistir.

—¿Qué te obligó a hacer, Alice?

—Lo único que se me da bien —ella tragó saliva—. Tenía que ser su secretaria.

Eso… no tenía mucho sentido. Él la miró de reojo y vio que se había acurrucado lo más lejos posible de él, una pequeña y vulnerable forma humana.

—¿Me lo podrías explicar?

El sol asomó entre las nubes, lanzando destellos sobre todas las superficies mojadas. Del suelo se elevaban sofocantes nubes de vapor. Los pájaros empezaron a cantar.

—Seguramente ya has estado husmeando en mi pasado.

—Es verdad —Reese no vio ningún motivo para negarlo. Era un detective, y ella lo sabía.

—De todos modos lo acabarías descubriendo —ella se encogió de hombros y respiró hondo—. Pero no me gusta hablar de ello.

—¿Por eso evitas a tu familia?

—No soporto incomodarles. Ellos son tan felices que no me parece justo agobiarles con problemas de verdad, con la vida real, la que yo conozco.

—¿Una vida junto a secuestradores?

En el cielo apareció el arcoíris. Los neumáticos del coche pisaron un charco y salpicaron una gran cantidad de agua a su alrededor.

—Una vida junto a traficantes de personas —Alice respiró entrecortadamente y lo miró.

Reese sintió que se le helaba la sangre y aferró con fuerza el volante.

—¿Eso era tu secuestrador?

—Fingía ser un triunfador hombre de negocios. Y supongo que también lo era. Pero sobre todo se dedicaba a comprar y a vender mujeres —ella hizo una pausa y se mordió el carrillo por dentro—. No hay mucha gente que lo sepa.

—¿Por tratarse de un asunto muy feo?

—Tú eres detective y ya has visto cosas como esa —Alice asintió—. Puedes soportarlo.

—Sí —pero ella creía que su familia no sería capaz—. Puedes contarme lo que sea, no lo olvides —incapaz de mantener la distancia emocional, Reese le tomó una mano—. A mí no me agobiarás.

—Le conté algunas cosas a mi familia, y se pusieron enfermos. Mi hermana sufrió pesadillas, mi madre lloró. Y mi padre… —gruesas lágrimas se aferraron a las negras pestañas—. Mi dulce y delicado papá se rompió la mano al dar un puñetazo contra la pared.

—No me imagino a un padre reaccionando de otro modo —no era la primera vez que el detective había presenciado la reacción de un padre ante la pérdida o el daño sufrido por un hijo—. No fue culpa tuya —la respiración entrecortada de la joven le partía el corazón—. Así es la naturaleza humana.

—Así es la pérdida de la inocencia. Así es la realidad, una realidad a la que pocos tendrán que enfrentarse —apartando la mano de él, Alice se irguió—. Ya no quiero seguir hablando de esto. Ahora no.

Reese necesitaba saber más. Necesitaba saber el nombre del secuestrador, y necesitaba saber si se había hecho justicia.

Porque, si no se había hecho justicia, se ocuparía de ello personalmente.

Repasó todo lo que ella le había contado y ató algunos cabos.

Durante más de un año le habían obligado a ejercer de secretaria de un cabrón traficante. Inconcebible.

No la habían violado. Había escapado. ¿Cómo? ¿Quién la había ayudado?

Casi habían llegado al supermercado y Alice seguía temblando. Si la presionaba más, perdería el poco control que le quedaba. Como detective, sabía que conseguiría respuestas, la gente escupía las entrañas en los momentos de debilidad.

Pero no podía hacerle eso.

A Alice no.

Una vez tomada la decisión, volvió a alargar una mano en busca de la de ella. Necesitaba ese breve contacto, lo quisiera ella o no.

—Tranquilízate, cielo. De momento lo dejaremos estar.

—Gracias —Alice dejó caer los frágiles hombros y se aferró a su mano como si se tratara de un salvavidas.

Reese se sentía como un cerdo abusador, pero asintió aceptando su... gratitud.

¡Mierda! Quería muchas cosas de Alice, pero eso no. Ni siquiera se le acercaba. Desde luego no lo quería a través de una confesión arrancada bajo presión.

Aparcó el coche y ella se quitó el cinturón, esperando hasta que el motor se hubiera apagado. Los ojos marrones reflejaban una gran inseguridad.

—Cuando lo hayas oído todo, seguramente nada será igual.

—¿Te refieres a mis sentimientos hacia ti? —Reese comprendió que empezaba a interpretar sus gestos, a comprender lo que callaba.

—Sí... sea lo que sea que sientas —añadió.

—No sé por qué, pero lo dudo —sentía muchas cosas, todas desconcertantes y nada familiares—, de todas formas, supongo que tendremos que averiguarlo —se inclinó hacia ella y le dio un delicado beso—. Mientras tanto, podrías intentar confiar en mí, ¿de acuerdo?

En lugar de asentir, ella se llevó los dedos a los labios y emitió un profundo suspiro antes de bajarse del coche. Reese tuvo que apresurarse para alcanzarla.

Tenía la sensación de que Alice siempre iría un paso por delante.

CAPÍTULO 8

Era ridículo, pero, cuanto más se acercaba la hora de ir a dormir, más ansiosa se sentía.

En parte por lo que le había contado a Reese.

Pero, sobre todo, por lo que no le había contado.

Él se comportaba como siempre, algo escandaloso, demasiado atento, sexy y sencillamente maravilloso. En todo.

La ayudó a preparar la cena. La ayudó a fregar después. Jugó con Cash mientras ella comprobaba su correo electrónico y mensajes.

A la velocidad de la luz ya había llenado su vida.

Pero Alice deseaba más. Más que una relación de amistad. Más que sexo.

Más que temporal.

Sin embargo, un hombre como Reese siempre exigiría sinceridad, y su verdad lo alejaría de ella.

Todo un dilema. Un ejercicio de equilibrio.

Oyó regresar a Reese después de sacar al perro y apagó el ordenador. Afinando el oído, lo oyó echar el cerrojo a la puerta y hablar dulcemente con Cash.

Oyó sus pisadas en el pasillo.

Sin tener las ideas claras, giró la silla, anticipando... Y allí estaba. Cash hizo amago de avanzar hacia ella, pero Reese lo detuvo.

—Está todo lleno de barro ahí fuera y he tenido que lavarle las patas. Intenté secarlas, pero no es tan fácil como parece.

—Está bien —Alice sonrió.

Sus emociones estaban tan revueltas que no le iría mal un poco del amor incondicional de un cachorro. Se dio una palmada en el muslo y Cash corrió hacia ella.

—Se comporta como si no te hubiera visto en días, en lugar de en minutos —Reese hundió las manos en los bolsillos y sonrió mientras se apoyaba en el quicio de la puerta.

—Es el perro más cariñoso del mundo —Alice lo abrazó.

—O quizás tú seas una mujer muy comprensiva —él entró en el despacho—. ¿Hemos interrumpido tu trabajo?

—No. Acababa de terminar.

Reese levantó un pisapapeles de cristal con forma de rosa. Grabado en la parte delantera había una leyenda.

—«Las hermanas son para siempre» —leyó—. Qué bonito.

—Mi hermana me lo compró —era obvio.

—¿Para una ocasión especial?

—Cuando yo… —Alice empezó a ponerse visiblemente nerviosa—, cuando regresé a casa —tenía un nudo en la garganta y abrazó a Cash con más fuerza—. Tras el secuestro.

Como si el perro lo hubiera comprendido, gimió y apoyó la cabeza en el muslo de Alice.

—Entiendo —Reese dejó el pisapapeles en la mesa y miró a su alrededor—. Cuéntame a qué te dedicas.

—¿Como secretaria virtual?

—Sí. No sé mucho de esa profesión.

Alice sintió que parte de la tensión la abandonaba. Al parecer, no tenía intención de insistir en el interrogatorio. Su trabajo era un tema de conversación seguro y cómodo.

—Hago muchas cosas.

—¿Por ejemplo?

—Programación, marketing, publicidad. Redacto textos para presentaciones y gestiono agendas sociales. Archivo, organizo viajes, a veces incluso ayudo a desarrollar marcas para pequeños negocios —observó a Reese detenerse ante un elaborado reloj de pared. Eran casi las diez y media.

Su hora de irse a dormir.

Reese se acercó al archivo y leyó los nombres en cada cajón.

—Parece que lo haces tú todo.

¿Qué hacía Reese? Un armario archivador no podía resultar de ningún interés.

—Suelo ser capaz de ocuparme de cualquier cosa que necesite el cliente —era una secretaria de primera, una maldición con la que tendría que vivir para siempre.

—¿Te comunicas a través del correo electrónico?

—Casi siempre —un fuerte golpeteo se inició en las sienes ante la intrusión de unos feos recuerdos—. A veces con llamadas telefónicas —evitaba Skype y conferencias virtuales porque no quería ser identificada.

—¿Nunca recibes artículos físicos? —Reese reflexionaba sobre la cuestión. Sus pensamientos resultaban casi visibles. Diseccionaba sus métodos y buscaba motivos—. ¿Correo físico o algo así? ¿Quizás algún artículo que el cliente quiere que revises?

—No es normal, porque yo no formo parte del desarrollo del producto. Pero, si el cliente insiste, tengo un apartado postal que compruebo dos veces por semana.

Tenía que atravesar dos ciudades para llegar, para no dejar ningún rastro. Tenía que mantener el anonimato como fuera. No era fácil, pero sí factible cuando se tomaban las suficientes precauciones.

Y ella era muy, muy, precavida.

—Entiendo —él deslizó un dedo por el inmenso monitor—. ¿Y cómo te pagan?

El torrente de preguntas volvió a ponerla nerviosa. Aunque confiaba en Reese, y disfrutaba con su compañía, incluso la anhelaba, cada vez se sentía más nerviosa. Agarró con fuerza los brazos del sillón mientras, instintivamente, rechazaba la intrusión en su intimidad.

—Me pagan a través de cuentas bancarias online.

—Muy conveniente.

—Sí —¿era eso una acusación?

—¿Alguna vez has conocido a un cliente? —Reese no la miró y rodeó el escritorio, la atención fija en las carpetas, incluso en los clips.

—No —contestó ella con excesiva rapidez.

El detective asintió, como si comprendiera las reticencias de Alice a conocer a otras personas, su necesidad de aislarse.

Alice se preparó para las preguntas más íntimas que llegarían. Seguro que Reese insistiría en saberlo todo. Y no estaba preparada. La aprensión inundó su organismo, pero mantuvo la expresión controlada.

Había aprendido a ocultar toda emoción durante su cautiverio. Las reacciones llamaban la atención y, a veces, provocaban represalias. Mejor fundirse con el decorado, hacer su trabajo llamando la atención lo menos posible.

Silenciosa y eficaz.

Ciega a la crueldad.

Cobardemente.

—¿Alice? —tras haber rodeado el escritorio por completo, Reese se detuvo frente a ella.

Una profunda angustia la inundó y, mirándolo a los ojos, deseó poder borrar el pasado, deseó poder convencerle para que se quedara, deseó poder posponer para siempre la inevitable confrontación.

—Se hace tarde —él la miró fijamente con gesto de preocupación.

Era la hora de irse a la cama. El momento del día en que su mente empezaría a girar en torno a unos recuerdos que intentaba desesperadamente enterrar.

—Sí.

—No te asustes.

¿Se le notaba que lo estaba?

—No me entusiasma la idea de encogerme de nuevo en tu sofá —Reese le acarició la mejilla.

Eso lo confirmaba: quería marcharse. El corazón de Alice dio un vuelco y, poniéndose de pie, buscó en su mente algo que decir, algo que le convenciera de quedarse.

Cash pasó entre ellos y para dirigirse, seguramente, al sofá.

—Yo... yo no quiero que te marches —anunció ella con voz temblorosa mientras sus miradas seguían clavadas.

—No voy a irme a ninguna parte —él se mantuvo inmóvil.

—¿No? —la ansiedad desapareció de golpe.

—Tus ideas van por otros derroteros —Reese sacudió la cabeza y sonrió seductoramente—. Lo que quiero es compartir tu cama, cariño.

¿Compartir su...? Se refería sin duda a dormir con ella, bajo las mantas con ella, el robusto y fornido cuerpo, ardiente, allí mismo, reconfortante y tentador.

—De momento solo para dormir. Nada de sexo. Pero esta noche me gustaría estar un poco más cerca —le sujetó la barbilla y alzó su rostro hacia él—. ¿Puedo, Alice?

—De acuerdo —en realidad, estaba más que de acuerdo. Estaba encantada. Los dedos de los pies se le encogieron y la respiración se le aceleró.

—Nada de sexo —le advirtió él.

—De acuerdo —esa noche, en esos momentos, aceptaría lo que fuera.

—Al menos aún no —la sonrisa de Reese se hizo más amplia.

Alice asintió. Todavía no estaba preparada, pero sabía que algún día lo estaría, y pronto.

—Este me parece un buen momento para ese beso del que hemos hablado —él deslizó una mano hasta la nuca de Alice y su gesto cambió, casi imperceptiblemente, volviéndose más intenso.

Y antes de que ella pudiera asimilar lo que le acababa de anunciar, él tomó sus labios, tímidamente al principio, más intensamente después. Movió los labios sobre los suyos, abriéndole la boca, ladeando la cabeza para acoplarse mejor.

Emitiendo una exclamación de sorpresa, Alice se apretó contra él.

Reese la abrazó y la atrajo hacia sí hasta sentir sus pechos aplastados contra el fornido torso. El corazón de Alice inició un alocado galope.

Y el suyo también.

Alice sintió la lengua de Reese, tanteando al principio, deslizándose por su labio inferior, por el borde de los dientes.

Y se abrazó a él con más fuerza.

La exploración del detective se hizo más curiosa, más profunda, osada, mientras se batía en duelo con la lengua de ella, y finalmente seductora, arrolladora.

Y ella lo saboreó. Eso, combinado con sus caricias, su olor, la sobrecogió. El calor se acumuló entre sus piernas, los pezones se tensaron...

Qué bueno era sentirse de nuevo excitada, reaccionar con normalidad, desear a un hombre. Y no cualquier hombre, sino ese hombre. Reese Bareden. Masculino, sexy, considerado.

Todo el lote.

Y estaba allí, junto a ella. Y, a juzgar por la protuberante dureza, la deseaba tanto como ella a él.

Increíble.

Un gemido escapó de sus labios al deslizar las manos por el fornido torso hasta los hombros, y de ahí a los fuertes brazos. Era un hombre ardiente. Alice se aferró a él para asegurarse de que no la abandonara. Todavía no.

Reese hundió las manos en los suaves cabellos, abrazándola con fuerza. Sorprendida, increíblemente excitada, ella se deleitó ante el modo en que él le devoraba la boca.

El brazo que la rodeaba aflojó su agarre, pero solo para poder deslizar la mano por su espalda. Tras detenerse justo por encima del trasero, volvió a deslizarse hacia arriba. Y de nuevo hacia abajo, más lentamente, casi como si se estuviera conteniendo, hasta que...

Reese extendió la mano sobre un cachete, acarició, siguió descendiendo...

La presión de sus dedos casi paralizó el corazón de Alice.

Y, de repente, con un profundo gemido, la soltó.

Los labios de Alice vibraban y la adrenalina surcaba todo su cuerpo. Ella levantó la vista a unos ojos verdes que nunca habían parecido tan brillantes, tan ardientes.

—Me va a costar un montón dormirme —se quejó él con voz ronca—. Si seguimos así, voy a tener que acostarme en el sofá.

—Pero ya habías prometido dormir conmigo —Alice le agarró compulsivamente la camiseta. Lo estaba deseando de todo corazón.

Iba a obligarle a cumplir su promesa como fuera.

Reese soltó una carcajada que se convirtió en un gemido. Le tomó las manos, no para apartarlas, sino para tranquilizarla.

—Deja de pensar que voy a dejarte tirada, o lo que sea. ¿De acuerdo?

—De acuerdo —¿entonces no iba a hacerlo? Alice asintió, todavía sin aliento—. Bien. Gracias.

—Tienes un culo impresionante —él le acarició las muñecas con los pulgares.

Nadie le había dicho algo tan escandaloso, tan maravilloso, jamás. El cumplido le llegó directo al alma. Alice sonrió.

—Vete —él sacudió la cabeza y la empujó con una pequeña palmada en el trasero—. Haz lo que tengas que hacer antes de meterte en la cama. Ya es hora de irnos a dormir... antes de que pierda el control. Otra vez.

Alice contaba con que hiciera precisamente eso. Pronto. Muy, muy pronto.

Llevaba un camisón blanco largo que parecía sacado de un catálogo de la era victoriana. Vaporoso y sin mangas. Y lo bastante tupido para que solo se vieran sombras, una prueba para su delicado control.

Ya estaba tenso en partes de su cuerpo que no soportarían un escrutinio de cerca. Reese intentó no recrearse en la imagen que ella había proyectado al entrar en el dormitorio: la cara recién lavada, los cabellos cepillados, los pequeños pies descalzos y ese camisón bailando alrededor de los finos tobillos mientras se dirigía hacia la cama con evidente ansia.

Debería haberle destrozado el ego saber que una mujer deseaba dormir castamente con él en lugar de regalarse una sesión de sexo ardiente y salvaje. Sin embargo, con Alice, solo le rompió un poco el corazón.

Si lo supiera, la destrozaría. La piedad no era un sentimiento que ella recibiera de buen grado.

Tampoco le gustaba que se preocuparan por ella.

Y odiaba que se entrometieran en su vida.

Una pena, pues no iba a dejarlo estar. Si fuera cualquier otra mujer, tomaría lo que deseaba de ella y se olvidaría del resto. Pero con Alice no era posible.

Ella lo miró resplandeciente desde el otro lado de la cama hasta que, con la mandíbula encajada, él se quitó la ropa y se metió bajo las sábanas. Suerte que no le había dado tiempo de ver la erección bajo los calzoncillos de algodón.

¡Ja! Alice no vacilaba en echar un vistazo siempre que podía.

Pero no se había fijado. Se había limitado a acostarse a su lado, sonriente, oliendo a loción y a pasta de dientes, y a Alice, cálida y dulce, y tan deseable que los dientes le dolían.

Cash, el rabo golpeando el suelo, feliz de tenerlos a los dos juntos, se subió a la cama de un salto y, tras describir un círculo y saludar a uno y después al otro, se tumbó a los pies. Reese apagó la luz y se tumbó de espaldas. Un segundo después, Alice se acurrucó contra él.

—¿Estás bien? —le preguntó.

—Perfecto —torturado, en realidad.

Media hora más tarde, los ronquidos del perro flotaban en el aire, mezclados con el sonido del aire acondicionado.

Gracias a Dios esa mujer no dejaba las ventanas abiertas por la noche, claro que no le sorprendía que lo cerrara todo a cal y canto, comprobándolo todo un par de veces. Y una vez más.

De repente, como si hubiesen dormido juntos docenas de veces, ella se volvió, acurrucándose contra él, adoptando la postura de la cuchara. El delicioso trasero le presionaba la entrepierna, poniendo a prueba su control y caballerosidad.

Reese apoyó un brazo sobre el valle de su cintura. Deseaba desesperadamente abrir la mano sobre la tripa, tanto que la palma de la mano ardía. La fina barrera del camisón no impediría la caricia.

No.

Dejando la mano laxa sobre el colchón, cerró los ojos y resistió la tentación.

Pero sus revueltos pensamientos se negaban a calmarse. Por su mente pasaba una imagen tras otra. Y sin pretenderlo, hundió la nariz en los cabellos de Alice y aspiró profundamente.

Sin decir una palabra, ella le tomó la mano y entrelazó los dedos con los suyos.

Había momentos en que Alice podía ser engañosamente tranquila.

La conocía lo bastante para saber que se trataba de un truco. Alice siempre se mantenía en alerta. Sobre todo.
Cada instante le sorprendía. Con su dolor. Con su valor. Con su franqueza sexual.
Podría tomarla en ese preciso instante. Lo sabía con total seguridad, aunque no fuera el caso de ella. Quizás el deseo de Alice se viera empañado por sus problemas, pero sabía que podía sortearlo con facilidad. Unos pocos besos, una caricia, y estaría lista.
Pero con Alice, maldita fuera, deseaba más.
De modo que esperaría. Necesitaba saber todo aquello que tanto se esforzaba en ocultarle. De no ser un detective quizás, y solo quizás, lo dejaría estar. Lo dejaría todo en el pasado.
Pero no podía. Estaba en su naturaleza desvelar misterios. Sobre todo cuando temía que hubiera algún peligro implicado.
Peligro para Alice.
Quizás debería decírselo. A lo mejor si ella supiera que el sexo dependía de la más completa sinceridad, sería un incentivo para que se sincerara con él. Para que le abriera el alma.
A él.
Se centraría en ello.
—¿Reese?
—¿Sí? —incluso la dulce voz flotando en la oscuridad lo excitaba.
Soltando la mano, ella se volvió hasta colocarse de frente, pecho contra pecho, la rodilla tan cerca de su miembro viril que él tuvo que retorcerse.
—Pareces inquieto. ¿Estás bien?
¿Una erección de caballo era para ella estar inquieto? Reese contó hasta tres para eliminar la irritación en su voz.
—Crispado por el deseo, pero por lo demás bien —el rostro de Alice se elevó hacia el suyo—. Tranquila —susurró casi con desesperación—. Está bien. Estoy disfrutando con abrazarte —era una tortura, sí, pero de lo más dulce.
—Yo también —ella se retorció un poco más contra él y, de nuevo, clavó la pierna contra su erección.
¡Por Dios! Reese apretó los dientes.
—Nunca había dormido con un hombre.

Él la miró en la oscuridad, los ojos muy abiertos.

—He tenido sexo —aclaró ella con dulzura mientras sus dedos jugueteaban con el vello del torso—. No me refería a eso.

Reese intentó relajarse. Imposible cuando ella desplegaba su exclusivo juego preliminar.

—Solo unas pocas veces, y no fue para tanto. Eso fue antes de...

—Lo sé —le interrumpió él. Si empezaba a hablar, no iban a dormir en absoluto. Y él la quería descansada. El día siguiente sería el día D, el día en que obtendría respuestas. Pero, si ella lo supiera, jamás conseguiría que se durmiera.

Alice creía que disimulaba bien ante él, pero Reese reconocía claramente su angustia cada vez que creía que iba a presionarla para sacarle más información. Le ofrecía detalles a cuentagotas, quizás con la esperanza de suavizar el impacto de... ¿de qué?

¿Qué reacción esperaba de él?

Sabía que estaba familiarizada con armas, que guardaba la calma en momentos de crisis. Sabía que saltaba al menor susurro del viento.

Todo un enigma.

Y aun así, su manera de conducirse, el gesto impertérrito, le decía más de lo que habría hecho el mayor estallido de emoción.

Era en esos momentos de contención cuando más agudo sentía su dolor. Independientemente de lo que hubiera pasado, de lo que ella hubiera hecho, de los remordimientos que sintiera, nada podía compararse con su sufrimiento.

—Incluso entonces —susurró Alice sin dejar de acariciarle el torso, muy cerca del pezón—, jamás pasé la noche con un hombre.

El corazón de Reese latía con tanta fuerza que le extrañó que no se moviera la cama. Le sujetó la mano contra el pecho para mantenerla quieta.

—Necesitas una cama más grande.

El colchón de matrimonio no era lo bastante grande para ella, él y Cash. La proximidad del cuerpo de Alice era casi obligatoria, y no había espacio para que él se apartara.

—Hasta ahora, nunca fue un problema —la sonrisa de Alice se traslució en su voz.

—Yo tengo una cama extragrande.
—Mucho más adecuada a un hombre de tu envergadura.
¿El movimiento de la pierna al hablar de su tamaño había sido a propósito?
—Permaneceremos muy juntos —él la abrazó con fuerza, era su única defensa—. Está bien.
—Si estás seguro… —ella se relajó de nuevo.
Reese palpitaba de pies a cabeza. La piel ardiente, los músculos tensos, el deseo escalando con cada caricia del húmedo aliento de Alice. Pero no era ningún quejica, de modo que no se movería, no cuando sabía que ella deseaba que se quedara.
—Duérmete —le besó la frente y fingió dormirse. Al día siguiente se ocuparía de sus obligaciones en comisaría.
Y después… se ocuparía de Alice.

La tormenta había dejado un aire demasiado bochornoso para respirar. Incluso dentro del bar, el aire acondicionado era incapaz de luchar contra la humedad. Rowdy se frotó la nuca. El sudor le pegaba la camiseta a la espalda y le rizaba los cabellos.
Y no le podía importar menos.
Inquieto, bebió la cerveza a sorbos y pensó excesivamente en demasiadas mujeres.
Incluso sin ninguna razón para preocuparse, no se quitaba a su hermana de la cabeza. Debería traspasar ese asunto a Logan, pero no podía. Pepper era la persona más importante en su vida. Hasta el día en que exhalara el último suspiro, haría lo que fuera para mantenerla feliz y a salvo.
Y eso llevó sus pensamientos hasta Alice, una mujer demasiado intuitiva para su propio bien, que lo irritaba en muchos aspectos. Aunque sus intereses no eran de carácter íntimo, independientemente de la preocupación de Reese, esa mujer estaba sola, vulnerable, emocionalmente reprimida. Por supuesto lo negaría, al menos ante él. Quizás no ante Reese.
En cualquier caso, eso no cambiaba los hechos. Algo, o alguien, la había destrozado. Y él estaba decidido a averiguarlo.
Una decisión que se veía complicada por el modo en que

ella le hacía ponerse a la defensiva. Le hacía desconfiar. ¿Cómo demonios lo hacía? ¿Y qué interés tenía esa mujer en indagar en su mente? Las mujeres lo abordaban continuamente, pero no porque tuvieran ningún interés en comprenderle.

Afortunadamente.

Mientras bebía su cerveza, Rowdy se quedó mirando una mesa llena de mujeres, sin ver realmente a ninguna. Las preguntas que rondaban en su cabeza aquella noche seguían sin respuesta. Había conseguido algunas pistas, pero nada sólido. Unas pocas fuentes comprobando unos hechos, pero nada fiable.

Aun así, no se iba a dar por vencido.

Paseó la vista por la habitación y una mujer le sonrió, aunque él no le hizo caso. Otra alzó su copa en un sugerente brindis. Pero él actuó como si no existieran.

Regresó al punto de partida al comprender que estaba buscando a Avery Mullins, la tercera mujer que ocupaba su mente.

Su hermana ocupaba el lugar preponderante en sus pensamientos. Había perdido a todo el mundo excepto a ella. Y desde que Pepper era feliz con otro tipo, se sentía un poco a la deriva. De ahí su obsesión por proteger a Alice.

Cuando hacía falta, era muy capaz de encajar los golpes, pero le gustaba más ejercer de perro guardián. Alice podía beneficiarse de su experiencia en las calles, y ayudarla le proporcionaba un sólido propósito en la vida. Y por eso ocupaba otro lugar en su mente. Tenía sentido.

Hasta ahí, ningún problema.

Pero, ¿Avery? ¿Qué demonios hacía ella allí? En lugar de mentirse a sí mismo, optó por admitir que había acudido a ese local, repetidas veces, con la esperanza de verla.

La última vez que sus caminos se habían cruzado, él estaba siendo perseguido por unos matones empeñados en darle una paliza. Cuando se vivía como él, era imposible no hacer enemigos a diestro y siniestro. Por cauteloso y escurridizo que fuera, a menudo despertaba el descontento en algún bastardo al que había ayudado a capturar.

De no ser por Avery, que lo había ayudado a escapar por la puerta trasera, habría salido del bar a gatas, escupiendo sangre y apaleado. Con dos hombres podía. Quizás incluso tres. Pero cinco fornidos hombres armados, disminuían sus posibilidades de salir airoso y por sus propios medios.

Sin hacer demasiadas preguntas, y con una ligera recriminación, Avery lo había protegido. Y él le había devuelto el favor robándole un par de besos.

Unos ridículos piquitos en unas condiciones de mierda y con muy poco tiempo. Eso era todo lo que habían compartido.

A eso había que sumarle que los besos, en total, no habían durado más de cinco segundos, de modo que apenas contaban.

Y sin embargo, le habían afectado. Ella le había afectado.

No porque le divirtiera sin siquiera proponérselo. O porque su manera de conducirse fuera adorablemente sincera. Ni siquiera por el modo en que lo miraba con consciente ardor, y al mismo tiempo negaba sentirse atraída.

Con Avery era más probable que recibiera insultos a ánimos.

Y se había quedado a su lado porque sabía que él la necesitaba.

Y no había más, no habría más. En cuanto Avery cediera a la química, la tendría desnuda, encima o debajo, para poderse saciar hasta que se la hubiera arrancado de la mente.

Después seguiría adelante, como siempre.

Siempre que acudía a ese bar con la esperanza de verla, ella lo evitaba. Pero la última vez, junto con los besos, había conseguido arrancarle el nombre.

Mientras había evitado darle el suyo.

En aquellos momentos había sido necesario, pero ya no. Pues ya no se ocultaba. Podía presentarse debidamente.

Si ella se dignara a dejar de evitarlo.

Sin dejar de pensar en Avery, su mirada se posó en una pequeña rubia vestida con un minúsculo vestido. Unas piernas estupendas y diminuta cintura. Y una sonrisa que invitaba a abordarla. Debería hacerlo, salvo que no le despertaba tanto interés. Maldito fuera.

A continuación dirigió su atención a una alta y juncal morena. Ella lo miró fijamente, invitándolo. Las tetas eran postizas, pero ¿qué le importaba?

Pero no. Seguía sin sentir nada.

Terminó la cerveza enfurruñado, él que nunca se enfurruñaba, y preguntándose si no debería tomar a una mujer, cualquiera, para demostrar... ¿el qué?

En esa noche en particular, no necesitaba compañía. Tenía muchas cosas en la cabeza, pero no de la clase que en ocasiones lo atormentaban en sueños. No tenía nada que ver con el infierno de su pasado, oscuro y descarnado, y agudo, plagado de inquietantes imágenes de lo que...

—Si yo fuera lesbiana, nos llevaríamos muy bien.

CAPÍTULO 9

Sobresaltado, arrancado de su ensimismamiento, Rowdy se volvió para encontrarse con Avery Mullins, ni más ni menos. El impresionante pelo rojo estaba apartado del rostro por una diadema. Por el tono de su nariz y mejillas, debía haber pasado unas cuantas horas al sol.

De poco más de metro y medio, y ligera como una pluma, todo su atractivo quedaba encerrado en un pequeño envase. Un envase que le tensaba todos los músculos.

Aunque el saludo había sido bastante descarado, la mirada azul evitaba todo contacto con la suya mientras se ataba el delantal a la cintura. ¿Había acudido directamente a él nada más comenzar su turno?

Eso parecía.

—Pues es todo un alivio descubrir que no lo eres —rebosante de satisfacción y anticipación, Rowdy se relajó en el asiento.

—No tienes por qué sentirte así. No es asunto tuyo.

—Siento curiosidad sobre lo que querías decir con llevarnos bien — se sentía bastante impertinente, y desafiado. ¡Demonios!, se sentía vivo.

—Me refería a las mujeres a las que devoras con la mirada —Avery terminó de atarse el delantal y tomó la jarra vacía de Rowdy—. Demuestras muy mal gusto, si me permites la observación.

—¿En serio? —a él le daban igual sus observaciones, siempre que se mantuviera cerca.

—Si yo cortejara mujeres, jamás competiríamos, te lo aseguro.

—Siéntate y cuéntamelo todo —Rowdy aprovechó para acercarle una silla.

—No puedo —ella señaló el abarrotado local con la cabeza—. Es mi día libre, pero me han llamado porque alguien se puso enfermo. Con solo una camarera a tiempo completo y dos a media jornada, el local siempre ha estado falto de empleados. De modo que, desde hace cinco minutos estoy trabajando.

—Y yo soy un cliente —¿su día libre? Y solo trabajaba a media jornada. Interesante.

—Es verdad —Avery alzó la jarra vacía—, por eso te voy a traer otra.

—Todavía no —a lo mejor nunca. Necesitaba mantenerse sobrio si esperaba poder husmear en el pasado de Alice.

—¿No? —ella lo miró con gesto de escepticismo—. Dado que sueles tomarte dos, supuse...

—¿Conoces mis hábitos? —¿lo había observado en sus visitas al bar sin que él se diera cuenta? Antes de marcharse de allí conseguiría sus horarios—. En ese caso, debería presentarme, ¿no?

—¿Ya no te ocultas?

Ya no había ninguna espada de Damocles sobre su cabeza, pero no había motivo para abrirle su sórdido pasado.

—Rowdy Yates.

—¿Como el personaje de la película de Clint Eastwood?

—Supongo que mis padres tenían sentido del humor —o estaban demasiado borrachos para tomar una decisión coherente.

—Es más probable que te lo estés inventando.

—Acabaremos juntos —Rowdy sacudió la cabeza. Su principal prioridad era regalarle un inolvidable orgasmo—. Y, cuando lo hagamos, te aseguro que quiero que grites el nombre adecuado.

—Yo... —como si le hubiera leído el pensamiento, ella se tragó lo que fuera que estuviera a punto de decir—. Debería estar trabajando.

—Puedes tomarte un descanso, ¿verdad? —él la contempló detenidamente. Le encantaba cómo lucía los vaqueros y la camiseta—. Te lo compensaré con una buena propina.

—Mi presupuesto es muy ajustado —le confió Avery.

—Pues entonces haznos un favor a los dos, y cuéntame por qué no competiríamos por el sexo débil.

—Claro, ¿por qué no? —ella aceptó el desafío y se dejó caer en la silla antes de apoyar los codos en la mesa—. ¿Esa rubia? —con la jarra de cerveza señaló en la dirección adecuada—. Le huele el aliento. Es una fumadora empedernida. Ha salido al menos un par de veces ya para fumar. Cuando llegue la noche, apestará tanto que lo sentirás a varios metros.

Rowdy no lo consideraba motivo para echarla de su cama, pero tampoco le atraía el olor a tabaco.

—¿Y la morena?

—Muy desagradable —Avery se interrumpió y cerró la boca antes de sacudir la cabeza, rindiéndose—, es una arpía.

¡Vaya! Rowdy enarcó las cejas. Era la primera vez que oía ese vocabulario en boca de la camarera.

—¿Contigo?

—Con todo el mundo. Si no tiene motivo de queja, se lo inventa. Es irritante, y yo soy la única dispuesta a servirle.

Seguramente era una mujer insegura. Desde luego no su tipo.

A él le gustaban las mujeres fuertes. Seguras de sí mismas.

Pelirrojas.

¿Tanto había echado de menos a Avery?

—¿No estás un poco criticona hoy? —bromeó Rowdy.

—No han sido más que unas cuantas observaciones.

—Pues las tacharé de mi lista, entonces —le prometió él.

—Oye, que si no te importa besar a un cenicero, o escuchar una queja tras otra, adelante. Las dos parecen dispuestas.

Claro que iría adelante, pero con Avery, no con una sustituta.

—Gracias por la información. ¿Alguien más a quien debería evitar?

—Cada cual a lo suyo —ella se encogió de hombros—, pero yo me mantendría alejada también de esa del rincón, la del pelo castaño y corto.

Rowdy la miró con gesto apreciativo. Bonita. Largas piernas, buen cuerpo, mucha personalidad.

—¿Qué le pasa a esa?

—Nada si te chifla la tinta.
—¿Un tatuaje?
—En plural. Y son de lo más raro. No lo que sueles encontrarte sobre el cuerpo de una mujer. No son bonitos, solo muy llamativos.
—Pues no los veo.
—Porque está de frente. Lleva uno todo lo largo de la pantorrilla, y otro le cruza los hombros.

Rowdy asintió aunque, nuevamente, si bien los tatuajes no lo volvían loco, tampoco le molestaban.

—Gracias. El caso es que no estaba mirando a ninguna mujer en particular —Rowdy se incorporó y apoyó los brazos sobre la mesa, atento, incluso encantado.

Avery contempló sus hombros, el torso y… desvió la mirada.

Esa fugaz atención le había alcanzado como una caricia. Al final esa mujer dejaría de evitarlo.

—Si quieres que te diga la verdad, estaba pensando en una dama a la que había visto antes.

—¿Solo una? —Avery se puso visiblemente tensa—. Me escandalizas —hizo ademán de levantarse.

Pero Rowdy la agarró por la muñeca.

Ambos quedaron petrificados ante la sacudida que recorrió sus cuerpos, ella contemplando la fuerte mano, él apreciando la suavidad y calidez de la piel.

Le acarició la muñeca con el pulgar y percibió el sonrojo que asomó a las mejillas de la camarera.

—¿Quieres que te hable de ella? —el pulso se marcaba claramente en el delicado cuello. Allí quería poner su boca, su lengua. Quería soltar los sedosos cabellos, saborear la piel arrebolada, respirar su embriagador aroma…

—Supongo que será la mujer con la que estás pensando acostarte —Avery tragó nerviosamente.

—De nuevo te equivocas —por el momento, la camarera era la única mujer a la que deseaba—. No fui a verla por ese motivo.

—¿Es un pariente?

—Acabo de conocerla —él sacudió la cabeza.

—¿Demasiado vieja? ¿Demasiado joven?

—No, listilla —¿acaso pensaba que se acostaba con todas las mujeres a las que conocía?—. Tendrá unos veintitantos.

—Ya —ella se soltó y ocultó la mano bajo la mesa—. Supongo entonces que no es lo bastante sexy para ti.

—Pues te diré que, de un modo ingenuo, resulta muy sensual —Rowdy reflexionó un instante. También resultaba invasiva, pero podía perdonárselo, dadas sus buenas intenciones.

—Maravilloso —el tono de voz de la camarera se tornó alegre—. Me alegra oírlo. Parece que encajáis.

¿Eso eran celos? Perfecto.

—Ya te he dicho que no tiene nada que ver con eso. Creo que puede estar metida en un lío, y me gustaría ayudarla. Eso es todo.

—¿Qué clase de lío?

—Todavía no lo sé. Pero estoy trabajando en ello.

—Entonces —ella señaló la jarra vacía—, el que no estés acompañado, ni tengas interés en beber, ¿se debe a tu preocupación por ella?

¿Por qué tenía que hacer que sonara tan absurdo?

—Yo no me preocupo. Estaba elaborando una estrategia —y refunfuñando, aunque tal cosa jamás la admitiría ante otra persona.

—¿Puedo dar por hecho que no está casada? ¿Tiene a alguien que la ayude?

—No está casada, pero, por lo que sé, tiene a alguien en su vida.

—Ah... —Avery recuperó terreno—, supongo que eso la sitúa fuera de los límites.

—A veces —Rowdy no estaba dispuesto a dejarse avasallar.

—¿A veces? —ella parecía a punto de arrojarle la jarra vacía a la cabeza—. De modo que si la mujer que te gusta ya tiene a alguien especial...

—No se trata de que me guste —con cuidado de no revelar demasiado, demasiado pronto, él rodeó la mesa hasta situarse muy cerca de la camarera y así minimizar el riesgo de ser alcanzado por un proyectil—. Se trata de mi respeto hacia el otro tipo.

—¿Y en este caso es así? —Avery lo miró fijamente.

—Sí, lo respeto —Rowdy sonrió al admitirlo—. En realidad

le gustaba Reese, y respetaba sus habilidades e intuición, incluso disfrutaba con su compañía—. Una locura, ¿sabes?

—¿Y por qué debería ser una locura?

—Pues, para empezar, porque es policía.

—Y yo que pensaba que evitabas a la policía —contestó Avery con descaro.

Eso había hecho y, la mayor parte del tiempo, seguiría haciéndolo.

—Supongo que este policía es diferente.

—O —insistió ella, estudiándolo, diseccionándolo—, te lo parece porque tú has cambiado.

La verdad conmocionó a Rowdy. Sí, desde que Logan y Reese habían anulado la mayor amenaza contra su hermana, había cambiado.

Curioso que solo Alice y Avery se hubieran atrevido a analizar sus motivos. Le fastidiaba que Alice lo hiciera.

Pero con Avery…

—Maldita mujer —apreciando su intuición, él deslizó el dorso de la mano sobre un mechón de sedosos cabellos—. Acabo de darme cuenta de que has equivocado tu vocación.

—¿Quieres decir que no estoy hecha para ser camarera en un asqueroso tugurio a punto de quebrar?

¿Tugurio? Rowdy sonrió ante la actitud de la mujer. Le gustaba su frescura. Le gustaba ella. Quizás demasiado.

—No —él sintió deseos de tomarla en sus brazos, de besarla como sabía que necesitaba ser besada. Pero el nuevo y diferente Rowdy se contuvo—. Estás hecha para ser barman.

—¿Yo, el barman? —ella lo miró sorprendida.

Haciendo caso omiso de su confusión, él volvió a echar un vistazo a su alrededor, pero en esa ocasión fijándose en la estructura del local, el mobiliario, las mejoras que podrían hacerse.

Una buena limpieza y pintura fresca haría que pareciera menos cutre. Una iluminación más adecuada. Una pequeña reorganización para aprovechar más el espacio…

—¿Crees que debería ser barman? —Avery agitó la maldita jarra como si fuera una linterna—. ¿Aquí?

—Desde luego —aunque no presumiera de ello, esa mujer tenía un don para hacerse cargo de las situaciones, basado en la independencia no en la arrogancia.

Tenía un físico estupendo, sin llegar a alardear de él, lo que conseguía atraer más la atención sobre ella. Escuchaba, oía cosas y hacía siempre un análisis acertado de los clientes, como demostraban sus observaciones.

—Estás loco —ella dio un golpecito en el pecho de Rowdy.

Pero en cuanto su mano contactó con el fuerte torso, el golpecito se transformó en una caricia, hasta que recuperó la compostura y la retiró.

—Podríamos seguir hablando en privado —el interés de Rowdy iba en aumento.

—Sí, eh… —ella carraspeó—. Gracias, pero no. Estoy trabajando.

¿Era su único motivo para rechazarlo en esa ocasión? Aunque esperaba haberlo disimulado, la caricia casi lo había noqueado, y había aumentado su empeño en salirse con la suya.

—Creo que te gustará ser barman, en cuanto este lugar pase de tugurio a próspero.

—No lo veo posible.

—¿Apostamos algo? —al fin había encontrado otra motivación. Una que no sería menos desafiante que revelar el peligro al que estaba expuesta Alice Appleton. Sintió un brote de adrenalina y apenas fue capaz de esperar para hacer más planes.

—Yo no juego —Avery negó con la cabeza y se dispuso a marcharse.

—¿Dónde podemos encontrar al dueño del local? —Rowdy la agarró del delantal y la atrajo hacia él.

—Normalmente en cualquier lugar salvo aquí —ella contuvo el aliento al ver que él hablaba totalmente en serio y asintió hacia la parte trasera—. Esta noche estás de suerte.

Suerte, destino, lo que fuera. Lo aprovecharía, sobre todo cuando llegaba acompañado de Avery.

—Perfecto, gracias —él se dirigió hacia el lugar.

—¿Qué vas a hacer? —en esa ocasión fue ella la que lo retuvo, agarrándole de la camiseta.

Tenía planeadas muchas cosas, sobre todo para ella. Rowdy le quitó la jarra vacía de la mano y la dejó sobre la mesa.

—Rowdy... —le advirtió ella.

Sonriendo, feliz, la agarró de los brazos y la levantó hasta ponerla de puntillas. Los dulces labios se abrieron espontáneamente antes de que él los cubriera con los suyos. No resultó fácil dejar el beso en un ligero roce, no cuando el sabor era tan delicioso y la sensación tan correcta.

—Este ha sido el tercero —susurró él contra su boca—. No muy satisfactorio, lo sé, pero, si mi oferta es aceptada, prometo mejorarlo pronto.

—¿Tu oferta? —ella lo miró resplandeciente.

Esa mujer luchaba contra la química casi por costumbre, pero, en cuanto empezara a frecuentarla con regularidad, encontraría el modo de vencer sus reservas.

—Hazme un favor y quédate por aquí esta noche. No puedo ascenderte si no dejas de evitarme.

—¿Y cómo tienes previsto ascenderme? —Avery soltó una carcajada.

—Voy a comprar este lugar.

Ella lo miró con ojos desorbitados y abrió la boca, aunque sin decir palabra. Sí, le gustaba esa reacción.

—Déjame ocuparme de los negocios —Rowdy rio—, y luego hablaremos de tu nuevo sueldo —se acercó un poco más a ella para susurrar—. Te gustará trabajar para mí, Avery. Te doy mi palabra.

Mientras se daba la vuelta, oyó claramente el profundo suspiro, seguido de un pequeño gemido de frustración.

Rowdy no miró atrás, aunque sonrió triunfante.

«Pronto, Avery Mullins. Muy, muy pronto».

Confundido entre las sombras del bar, el hombre se apoyaba contra la pared, observando mientras Karia se dirigía hacia la presa. Sus dudas lo irritaban, pero ya aprendería. Se ocuparía de ello.

Al fin, sus labios se estremecieron de nerviosismo y se acercó a la barra. Sentándose en una banqueta, apoyó la espalda contra la barra y los codos encima, tal y como le habían indicado.

Dougie, el barman, contempló su espalda, el tatuaje visible sobre el hombro, y sonrió antes de acercarse a un grupo de hombres e iniciar una conversación con ellos.

Sin demasiado alboroto, los hombres abordaron a Karia y, segundos más tarde, con falsas sonrisas y siguiendo el guion, abandonaron juntos el bar.

Perfecto.

Satisfecho, él permaneció entre las sombras, la mirada fija en la puerta. Les daría tres minutos, ni uno más, después iría tras Karia.

No quería que ella se descarriara, escapara de él, o hablara en exceso sobre detalles que debían mantenerse en secreto, que constituían la base de su negocio.

No quería que ella perdiera los nervios, porque odiaría tener que matarla. Pero, si la fastidiaba, si no seguía las instrucciones cuidadosamente establecidas, se desharía de ella como de una colilla. Y luego se buscaría a otra.

Ya lo había hecho antes, y volvería a hacerlo.

Por suerte, las mujeres lo sabían. El miedo, había descubierto, era un excelente estímulo.

Alice despertó con un suave suspiro, se estiró lentamente. Aunque tenía los ojos cerrados, sabía que había salido el sol, lo cual significaba que había dormido hasta tarde. Increíble.

Ella nunca dormía pasado el amanecer. Lo cierto era que nunca dormía la noche entera. Dormir con tranquilidad era un lujo raro que luchaba siempre con su consciencia.

Y solía perder.

Pero la noche anterior había caído en un pacífico sopor, envuelta en calor y seguridad.

Abrazada por Reese.

Ese hombre le había dado tantas cosas... Le había permitido cuidar de Cash, le había dado afecto y cuidado, interés sexual.

Y después, eso.

El último beso había resultado ser revelador. Alice se acarició los labios, recordando, saboreando.

Anticipando más.

Girando la cabeza, miró hacia el otro lado de la cama y la encontró vacía.

El corazón se le hundió como una piedra. Sentándose, agarró las sábanas con fuerza y escuchó atentamente. Pero sus sentidos le confirmaron lo que su corazón temía.

El apartamento estaba vacío.

Una furiosa ansiedad se desató en su interior, intentando hacerse fuerte. Deliberadamente, Alice respiró una vez, y luego otra, una respiración lenta y profunda, buscando el control, esa calma que se le escapaba.

Había estado sola mucho tiempo, la mayor parte por elección propia. Estar sola en esos momentos no era diferente, era…

No. No podía. No lo aceptaría.

Echando a un lado la sábana, saltó de la cama y corrió fuera del dormitorio. La puerta del cuarto de baño y del despacho estaban abiertas, todo vacío. Sus pies golpeaban el suelo de madera.

El soleado salón la saludó con un ensordecedor silencio.

¿Cómo había podido Reese dormir con ella y marcharse sin más? ¿Cómo podía besarla y asegurarle que deseaba más y luego salir de su vida como si…?

Una llave giró en la cerradura y a Alice se le encogió el estómago. Con los ojos muy abiertos y el corazón acelerado, se quedó paralizada.

La puerta se abrió y Reese, completamente vestido, entró con Cash. Soltó la correa del perro mientras le hablaba en tono suave y la colgaba de la pared antes de cerrar la puerta.

Alice estaba tan inmóvil que al animal le llevó un segundo descubrirla. Iluminada la cara de alegría, saltó hacia ella mientras agitaba la cola.

El movimiento llamó la atención de Reese, que se volvió con una sonrisa en el rostro. Hasta que la vio.

La sonrisa sustituida por preocupación.

Y a continuación por simpatía.

Asqueada consigo misma, avergonzada incluso, Alice se agachó y abrazó a Cash. Amaba a ese perro, y necesitaba una excusa para ocultar su ardiente rostro.

Desgraciadamente, el perro estaba demasiado excitado para mantenerse quieto. No paraba de saltar y de empujar a Alice. Que perdió el equilibrio y aterrizó en el suelo.

Riendo de pura humillación, ella permitió que el perro trepara a su regazo y hundiera el hocico en su rostro y cuello. Las patas se le enredaron en el camisón y meneaba el rabo con tanta fuerza que todo su cuerpo se movía.

Sabía que Reese había percibido su expresión espantada y aguardó la inquisición, pero al levantar la vista lo vio dirigirse a la cocina sin decir palabra.

—Eh... —susurró al oído de Cash—. ¿Le he hecho sentirse incómodo?

La única respuesta del animal fueron más lametones y meneos de rabo.

—Cash, ven aquí, chico —Reese regresó con una taza de café en una mano y una golosina para perros en la otra.

Cash abandonó sin dudar a Alice en busca del premio que le ofrecía su dueño. Llevándose la golosina al otro lado del sofá, empezó a mordisquearla.

—Ya ha salido dos veces —le informó él—. Ha comido, ha paseado y está juguetón como nunca.

—Gracias —todavía sentada en el suelo, las piernas extendidas y el camisón retorcido, Alice lamentó la postura en que había quedado tras la deserción de Cash.

—Menuda estampa —Reese se quedó de pie junto a ella—. Pareces el resultado de un colapso.

Ella no le comprendió, de modo que no contestó.

—O te levantas del suelo o tendré que sentarme yo —él le ofreció una mano—. Y, si me siento contigo mientras estás así, puede que no pueda controlarme.

¿Qué demonios significaba eso?

—Eres la única mujer que conozco capaz de resultar tan malditamente deseable recién levantada, toda encogida y acobardada, a saber por qué.

—¡Yo no estoy acobardada! —pero sí lo había estado. Mordiéndose el labio inferior, frunció el ceño y aceptó la mano que le ofrecía.

Él tiró de su mano y la puso en pie, y contra su cuerpo, como si no hubiera sucedido nada.

—Buenos días, Alice.

—Buenos días —murmuró Alice. Jamás lograría estar a su altura.

—¿Todo bien? —Reese mantuvo la taza de café alejada de su cuerpo mientras con el otro brazo abrazaba a Alice y la besaba en la frente.

Se sentía como una niña desvalida, pero había trabajado demasiado para lograr su independencia como para echarse atrás. Levantó la barbilla y lo miró a los ojos mientras se obligaba a hablar en un tono fuerte y calmado.

—Creía que te habías marchado.

—¿Pensaste que te iba a abandonar mientras dormías? —él dio un paso atrás y le entregó la taza de café—. Me gusta creer que soy un poco más decente que eso.

—Eres muy decente —Alice bebió el café a sorbos. En realidad era pura perfección. ¿Había algo que no hiciera bien? Hasta donde ella supiera, no.

Y, por supuesto, eso significaba que también se le daba bien mantener relaciones, incluso una relación disfuncional con una vecina necesitada y trastornada.

—Lo siento —ella quiso escabullirse, como un ratoncillo herido, y esconderse en algún sitio, pero eso no bastaría—. Debería haber sabido…

—Sí, deberías —él le hizo una seña para que lo siguiera hasta la cocina.

A regañadientes, Alice lo acompañó, sentándose en la silla que él le ofreció.

Tras servirse una taza de café, Reese se sentó frente a ella con el ceño fruncido, expresión severa, y la miró fijamente.

—Si paso la noche contigo y te despiertas sola, en lugar de ponerte en lo peor, busca una nota o espera una llamada.

Sabiendo que nada había cambiado, que Reese no se había marchado, no había perdido interés, Alice recuperó la sensatez.

—No te marches sin despertarme, así no tendré que preocuparme.

—De modo que debo darte una explicación de mis idas y venidas... —él enarcó una ceja.

—Sí —contestó ella tras dudar unos segundos. Tanta osadía hacía que le latiera el pulso con fuerza. Resultaba estimulante—. Si pasas la noche conmigo, me debes esa gentileza.

—De acuerdo —él sonrió tras un tenso silencio de varios segundos.

¡Vaya! Acababa de discutir con éxito con un macho alfa ultraatractivo. Se sentía cada vez mejor.

—¿Cuánto falta para que te tengas que marchar?

—Poco —Reese dejó la taza a un lado—. Mientras dormías hasta tarde, y no es que me queje, se me ocurrió que tú fuiste la única que se sinceró. Y eso no es muy justo, ¿no?

—No pasa nada —Alice se recogió los revueltos cabellos detrás de las orejas e intentó sostenerle la mirada—. Tenías —«tienes»— preguntas.

—Sí, y con cada respuesta tuya, surgen más —él alzó una mano en el aire—. No vuelvas a sacar conclusiones equivocadas. No estoy preparado para lanzarme a un interrogatorio.

Sí, claro.

—Pero me preguntaba —giró la taza de café en su mano— si no tendrías tú algunas preguntas también.

Ninguna que pudiera hacer recién levantada, tras haber hecho el ridículo, y con solo media taza de café en el estómago. Sin embargo, se notaba que él sí quería algo de ella.

—¿Sí? —se humedeció los labios.

—Adelante con ello —Reese sonrió y extendió una mano, demostrándole que estaba en lo cierto.

Alice lo miró perpleja.

—Las preguntas, Alice.

—Familia —tras estrujarse el cerebro, se le ocurrió un tema interesante.

—Todo el mundo tiene una, ¿verdad? —él tomó otro sorbo de café mientras, visiblemente, ordenaba sus ideas—. La mía es grande. Madre, padre, hermanos, hermana, sobrinos, una sobrina, tías y tíos, primos... incluso mis abuelos viven todavía.

—¡Vaya!

—Somos muchos y, a pesar de alguna discusión ocasional, estamos muy unidos. Papá es muy divertido. Muy culto, pero aun así un cómico. A mi madre la vuelve loca, pero lo adora.

—¿Heredaste la estatura de tu padre? —fascinada, Alice se los imaginó a todos juntos.

—Y él, de mi abuelo, y así sucesivamente. Los hombres son todos muy grandes, casi todos más grandes que yo. Algunas de las mujeres también son altas, pero, por supuesto, con rasgos más femeninos.

—¿Tu madre?

—De estatura media. Alrededor de metro sesenta y siete. A los doce años ya media más que ella. Cuando quería regañarme, me obligaba a sentarme en una silla frente a ella. Decía que, de lo contrario, le dolía el cuello.

—¿Has hablado de hermanos y hermanas? —ella sonrió.

—Dos hermanos. Una hermana. Y sí, siendo la única chica es una mandona, aunque amable. Por eso la aguantamos —Reese sonrió para indicar que estaba de broma—. Tiene hijos, y mi hermano mayor una hija.

—¿Cómo eras en el instituto? —preguntó ella, fascinada por el cuadro que su mente pintaba.

—El orgullo exigía que sacara buenas notas y fuera bueno en deportes. Era presumido, supongo. Pagado de mí mismo.

—¿Eras popular?

—No me faltaban amigos.

—¿Y novias?

—No, tampoco —él rio mientras le tomaba una mano y acariciaba la palma con el pulgar—. Durante mi primer año me pusieron el apodo de Bareden al Desnudo después de que un grupo de animadoras me pillara desnudo en los vestuarios.

—¡Eso debió resultar muy humillante! —ella casi se sonrojó en su lugar.

—Sería lo lógico, ¿verdad? —Reese se encogió de hombros—. Las chicas, quince en total, aseguraron que habían entrado allí sin darse cuenta. Lógico. ¿Quién pensaría que encontrarías a un jugador de rugby cambiándose en los vestuarios después de un entrenamiento? Además no había ningún compañero más. No me di cuenta hasta que salí de la ducha, en pelotas.

—¡Madre mía! —Alice se lo imaginó. Joven y desnudo, y húmedo…—. ¿Fue una encerrona?

—Digamos que los chicos ayudaron a las chicas a cambio de algún que otro favor —él le besó los nudillos, le dio la vuelta a la mano y besó la palma—. Los chicos de instituto son famosos por lo salidos que están, y hay pocas cosas que no harían a cambio de sexo.

—Parece que no te enfadaste —Alice intentaba ignorar las sensaciones que el beso en la mano le provocaba por todo el cuerpo. Quería oír el resto de la historia.

—¿Con las chicas? No. Ellas solo sentían curiosidad por los rumores que había.

—¿Qué rumores? —ella entornó los ojos.

—Sobre el tamaño —Reese la miró a los ojos.

Alice sacudió la cabeza, dejando claro que no entendía nada.

—Ya sabes —insistió él—. ¿Lo tendrá todo grande? Esa clase de cosas.

Ella recordó a Nikki y a Pam haciendo los mismos comentarios.

—Lo tienes —afirmó sin apartar la vista de su rostro.

—Sí, lo tengo —el verde de su mirada se oscureció y le besó la muñeca, prolongadamente, provocadoramente—. Por aquel entonces me gustaba presumir.

—¿Y ahora?

—Como el hombre adulto y maduro que soy —Reese sonrió tímidamente—, me gustaría asegurar que no le doy importancia.

La humedad de la ardiente lengua hizo que Alice se quedara sin respiración.

—Pero me sigue gustando hacer ostentación —Reese le mordisqueó la muñeca.

—¿Ostentación? —a pesar de estar sentada en una silla, ella sentía que perdía el equilibrio. La pregunta surgió con voz ronca.

Lentamente, sin soltar la muñeca de Alice, él se puso en pie y se acercó a ella, tirando para que se levantara, y apretándola contra su cuerpo. Con gesto serio, acalorado, buscó sus ojos y, finalmente, sus labios.

—Te llenaré por completo, Alice. Y te juro que disfrutarás.

Cuando se inclinó para besarla, a Alice no le cupo la menor duda de qué clase de beso sería.

—Lo siento, pero no —y antes de que sus labios hicieran contacto, dio un paso atrás, sorprendiendo a Reese.

—De acuerdo —a pesar de que el fuerte torso ascendía y descendía con la agitada respiración, no insistió.

Muy honorable por su parte.

—Me acabo de levantar —sintiéndose como una estúpida, sintió la necesidad de explicarse.

—Bonito camisón —Reese paseó la mirada por todo su cuerpo.

—Gracias —¿estaba Pepper en lo cierto? ¿Podría una sencilla prenda afectarle tanto? Al parecer. Alice se alisó el arrugado camisón—. La cuestión es que solo he tomado media taza de café. Y no me he cepillado los dientes aún —«y soy tremendamente cobarde»—. Pepper llegará enseguida, y no estaré preparada.

—No te estoy presionando.

¡Por Dios Santo! ¿Y cómo sería cuando la presionara? Se moría de ganas de descubrirlo.

—De acuerdo.

—Alice —la sonrisa de Reese se fue haciendo más amplia hasta convertirse en una carcajada—. No dejo de pensar en estar dentro de ti —le confesó acercándose a ella.

Alice soltó un gemido.

—Pero no digo que tenga que ser ahora mismo. Quiero que tú también me desees.

—Eso no es problema —sin duda debía haberse dado cuenta, ¿no?

Sin embargo, explicar el problema era complicado, porque el problema era complejo, una mezcla de pasado, propósitos para el presente, demonios y determinación.

—¡Eh! —él le sujetó la barbilla con una mano—. Me muero de ganas de solucionarlo.

¿Tan seguro estaba de que lo solucionarían? Alice esperó que fuera así. Lo deseaba más de lo que había deseado cualquier cosa desde… desde que había pasado la noche despierta, rezando para poder escapar, suplicando en silencio una salida a la pesadilla que vivía.

—De acuerdo —Alice se frotó la frente, negándose a hundirse de nuevo en los recuerdos. Mirar a Reese siempre la ayudaba a iluminar la oscuridad, y a sonreír.

—Eres la mujer más complaciente que conozco —él se inclinó y la besó antes de que ella pudiera esquivarlo. Consciente de sus sentimientos, fue un beso ligero, nada apasionado—. Tengo que irme. Diviértete con Pepper, pero ten cuidado. Tienes mi número por si sucediera algo.

CAPÍTULO 10

Alice salió del probador vestida con unos ajustados pantalones pirata, blusa de volantes y sandalias de cuña.

—Perfecto —exclamó Pepper tras contemplarla con una gran sonrisa.

Sería el quinto conjunto para ella, solo un tercio de lo que Pepper había comprado para sí misma.

—Es cómodo —Alice jugueteó con las cintas del escote.

De momento, todo lo que Pepper le había ayudado a elegir resultaba cómodo de llevar, asequible y combinaba bien.

—Ese conjunto, con tu nuevo peinado... —su amiga silbó—. Reese se volverá loco.

Ella se llevó una mano a los cabellos, que ahora llevaba con la raya a un lado, cortado para darle más volumen y despeinado a propósito.

—Al menos es fácil de peinar —a Alice también le gustaba.

—Igual que el maquillaje. Sinceramente, tienes una estructura osea divina, no puedes equivocarte.

Nadie se había fijado nunca en su estructura ósea, y se preguntó si sería cierto. El teléfono de Pepper sonó y ella corrió al probador para ponerse su ropa habitual.

Llevaban horas de compras, antes y después de la comida. A Alice le encantaba el tono pálido iridiscente de las uñas de manos y pies, gracias a una manicura y pedicura profesionales.

Pepper la había animado a retocarse entera, de pies a cabeza, y se había divertido muchísimo.

Salvo por la sensación que había tenido de ser vigilada.

Durante todo el día, se había sentido espiada, aunque no le había provocado ninguna alarma. A veces, ser tan observadora era una maldición.

Seguramente lo que había sentido eran las miradas de admiración hacia Pepper. Su nueva amiga era de las que paraba el tráfico y nunca fallaba a la hora de llamar la atención masculina.

Tras salir del probador, Pepper la acompañó hasta la caja.

—Era Logan. Ya han terminado en comisaría, de modo que supongo que deberíamos dar por concluida nuestra salida.

—Se nota que te mueres por volver a verlo —Alice sonrió.

—Es una sensación nueva para mí —admitió la otra mujer—. Seguramente lo estoy asfixiando, pero tendrá que acostumbrarse.

—Es evidente que te adora, y estoy convencida de que no le importa —Alice pagó con una tarjeta de crédito y recogió sus bolsas.

—Es verdad —Pepper suspiró feliz—. Siempre he adorado a mi hermano, pero no había habido muchas otras personas en mi vida por las que sintiera algo.

—Rowdy es una persona muy interesante —se dirigieron al aparcamiento.

Alice esperaba sinceramente que el hermano de su amiga encontrara su camino. Le parecía un hombre de muchos recursos.

—Es el mejor hermano del mundo, y un estupendo aliado, por si alguna vez necesitaras uno.

¿Había sido un ofrecimiento, una pista? Alice sonrió.

—¿Te contó Reese que vino a verme?

—Sí —Pepper se detuvo junto al coche de Alice—. No quiero agobiarte, pero, si alguna vez necesitas algo, yo también puedo ser una buena aliada.

—Gracias —pero de ninguna manera iba a cargar a esa mujer con sus problemas, sobre todo cuando acababa de encontrar la paz. Se merecía felicidad, no drama.

—No quiero que Logan se pase hoy, pero ¿qué te parece cenar juntos en cuanto se haya repuesto un poco? Podríamos salir los cuatro. Nada demasiado elegante. A mí no me gustan los sitios elegantes.

—Suena perfecto, gracias. Si a Reese le parece bien, me encantará.

—Reese está dispuesto a todo —bufó Pepper—. Lo único que tienes que hacer es subirte a bordo —rio—. Aprovecha estos días que no trabaja.

—Creo que lo haré —era un buen consejo.

Cargada con sus propias bolsas, Pepper se despidió de ella y se dirigió al otro extremo del aparcamiento, donde había dejado el coche. Alice esperó hasta verla subirse al coche y luego consultó su reloj.

Con suerte, estaría de vuelta en el apartamento antes de que Cash perdiera los nervios y se lo hiciera todo en el suelo. Era su hora de la siesta, pero cuando ella no estaba en casa solía alterar su rutina.

Abrió el coche, metió las bolsas en la parte trasera y abrió las ventanillas para dejar salir el húmedo calor. Mientras esperaba a que el aire acondicionado surtiera efecto, hizo su habitual escrutinio de cuanto le rodeaba.

Había mucho tráfico en el centro comercial, los coches llegaban y se marchaban continuamente, mujeres caminaban en pequeños grupos, parejas con niños. Alice apreció el ambiente de normalidad, hasta que el vello de la nuca se le erizó.

Mientras buscaba la fuente de su alarma, se fijó en una furgoneta que se movía a cámara lenta. Bonita, nueva, plateada, nada debería levantar sospechas. Hasta que se detuvo junto a una camioneta aparcada fuera del aparcamiento, lejos del barullo.

Alice entornó los ojos, puso el coche en marcha y se acercó. Poniéndose las gafas de sol para mayor seguridad, se detuvo al final de una fila de coches aparcados, lo bastante cerca para observar, pero, con suerte, no tanto como para llamar la atención. Otros coches pasaron a su lado y continuaron, ayudándola a vigilar con disimulo.

La puerta lateral de la furgoneta se abrió y una joven bajó de ella. Antes de que hubiera dado dos pasos, el conductor de la camioneta estuvo a su lado. El brazo derecho de la chica iba fuertemente vendado. Por lo demás, parecía estar bien, vestida con vaqueros y un top, los largos cabellos castaños estaban bien peinados.

Por algún motivo que Alice no atinaba a comprender, el corazón se le aceleró.

Sin soltar el codo de la chica, el conductor habló con alguien sentado en el asiento del copiloto. Sonreía y, aunque no conseguía oír sus palabras, la mente de Alice elaboró un diálogo horrible.

Palabras que había oído antes. Acuerdos. Tratos.

Quizás para el observador casual no fuera más que un hombre que ayudaba a una mujer a subir a una camioneta.

Pero Alice veía otra cosa.

¿Por qué la trasladaban de una furgoneta a una camioneta? ¿Por qué en un aparcamiento? ¿Qué le había sucedido en el brazo?

Aunque se decía a sí misma que quizás estuviera sobreactuando, al final cedió a sus instintos. Esperó a que la furgoneta se marchara antes de poner el coche en marcha y empezar a seguir al otro vehículo a una prudente distancia, siempre manteniendo al menos dos coches entre ellos. Por la ventanilla trasera de la camioneta veía al conductor y su pasajera, y prestó atención al lenguaje corporal.

Alerta.

Se sentía agarrotada, el estómago ardiendo, la boca seca.

Distintas posibilidades, ilustradas por recuerdos de cosas que había visto, cosas en las que había participado de mala gana, se mezclaron con una nueva resolución que empujó a un rincón de su mente la preocupación por todo lo demás. Cash estaba en casa, sano y salvo. Pepper ya se había marchado. Reese y Logan estaban juntos, en la comisaría.

No tenía nadie más de quien preocuparse, salvo la chica de la camioneta.

Agarró el volante con fuerza para intentar calmar los nervios y ayudarla a centrarse. Por fuera consiguió relajarse, pero por dentro seguía siendo un manojo de nervios.

La camioneta se dirigió en dirección contraria a donde ella vivía. Cada vez se alejaban más de su santuario personal, su exilio autoimpuesto, su solitario edén.

Cruzaron calles y más calles, cada vez más cerca de los suburbios.

En dos ocasiones, Alice estuvo a punto de perderlos. Aterrorizada, se acercó un poco más. Mientras racionalizaba sus acciones e intentaba idear un plan, unas molestas dudas devolvieron sus pensamientos a Reese.

No se hacía ilusiones sobre lo que pensaría de su decisión de correr ese riesgo. Pero su relación era nueva y lo normal era probar los límites, ¿no?

Ninguno de los dos había establecido sus condiciones.

«Mantente alejada del peligro». ¿Realmente hacía falta que se lo explicara?

Nunca había sido su intención mentirle descaradamente, pero sin duda le preguntaría. Llevaba fuera todo el día. Era casi la hora de la cena, y Pepper ya le había comunicado a Logan que se dirigía hacia su casa, de modo que Reese esperaría encontrarla en el apartamento cuando llegara.

Suponiendo que él regresara directamente a casa.

Casa. No podía empezar a pensar así. En esos momentos, su relación estaba lejos de concretarse.

Y acababa de regresar a la casilla de partida.

Un sudor nervioso le humedecía las palmas de las manos y la nuca. Con cada kilómetro engullido, el barrio se volvía menos aconsejable. Aunque tampoco importaba mucho la zona cuando los monstruos salían de sus guaridas. Estaban por todas partes, entre la alta sociedad y la pobreza, en los negocios y en la vida diaria.

Su valor empezó a flaquear al pasar frente a la estación de autobuses. No había muchas personas bajo el ardiente sol. Dejaron atrás la zona comercial y se adentraron en un barrio residencial que parecía abandonado.

El conductor giró en la esquina de una calle, oscura y siniestra, que parecía vacía salvo por la decrépita fachada de ladrillo de un viejo motel con habitaciones de una planta formando una «L». El conductor se dirigió a la parte trasera.

Antes de caer en la trampa, Alice se detuvo. Las puertas del coche estaban cerradas y sus sentidos alerta a cualquier señal de peligro. Hizo un rápido barrido de la zona y decidió proseguir por una calle adyacente, separada del motel por un aparcamiento abandonado. Esperó hasta que vio la camioneta pararse en una zona abierta junto a la entrada trasera.

El motel tenía un aspecto descuidado. De una ventana colgaba el cristal roto. Las hierbas crecían en lo que debía haber sido el aparcamiento. Los grafitis cubrían algunas puertas. Una marquesina colgaba descuidadamente, a punto de caerse.

Nadie había vivido en ese lugar abandonado desde hacía mucho tiempo.

Entonces, ¿para qué llevar allí a la chica?

Deseando equivocarse, Alice aparcó el coche y cerró las puertas mientras miraba a su alrededor, sin ver a nadie. Desde el final de la calle llegaba el sonido de una sirena y, a lo lejos, el tráfico de la autopista.

Con manos temblorosas, repasó el contenido de su bolso. Satisfecha, respiró hondo y corrió hacia la parte delantera del motel, en pos de la mujer. Sus apresuradas pisadas resonaban en las aceras rotas.

Rodeando el edificio, echó un vistazo y vio al hombre sujetar a la muchacha por la muñeca mientras probaba las llaves en la cerradura de una de las puertas. La habitación que había elegido estaba al final y disponía de ventanas en dos muros, pero estaban cubiertas por fuera con tablones.

¿Qué podía hacer? ¿Qué debía hacer? ¿Esperar a que entraran ocultándose de la vista de curiosos?

¿O actuar, en caso de que hubiera alguien más dentro?

Enfrentarse a un hombre ya sería bastante complicado, pero si debía hacer frente a dos, o incluso tres…

La decisión fue tomada por ella cuando la puerta se abrió y el hombre empujó a la chica al interior, siguiéndola a continuación.

¡Mierda, mierda, mierda!

Si cerraba la puerta…

—¡Hola!

El sonido de su propia voz casi le provocó un ataque de histeria.

Pero no retrocedió.

—Discúlpeme, por favor —Alice aceleró el paso, corrió hacia la puerta abierta y gritó más fuerte.

El hombre, estupefacto, asomó la cabeza. Tenía los cabellos rojizos, una cuidada perilla y complexión imperfecta, plagada de marcas. La miró furioso, miró a lo lejos, y a sus espaldas.

—¿Qué?

—¿Podría ayudarme, por favor? —Alice agitó una mano en el aire mientras fabricaba un simulacro de sonrisa—. Creo que me he perdido, y no veo a nadie más...

—Piérdase, señora —el hombre empezó a cerrar la puerta.

Alice hundió la mano en el bolso. Ya estaba muy cerca de la puerta.

—Mi teléfono está estropeado. Solo necesito hacer una llamada —el corazón le latía con tanta fuerza que le dolía—. Por favor.

Los ojos del hombre se oscurecieron de ira y la insultante mirada le recorrió todo el cuerpo. Una sonrisa curvó sus labios y, tras decirle algo a la mujer del interior, le sujetó la puerta abierta.

—De acuerdo. Pase y veremos si lo podemos arreglar.

La bilis empezó a subir por la garganta de Alice. No quería acercarse a él y empezaba a verlo todo borroso.

—Gracias —asintió—, eso me sería de gran ayuda.

La piel se le erizó al pasar junto a él, y al ver la habitación pensó que iba a desmayarse. Oscura, con el papel pintado cayéndose a trozos, las cañerías de una bomba de calor al aire, y una alfombra manchada en el suelo. Estaba desprovista de muebles, salvo por una vieja mesa de madera y un colchón en el suelo. La chica estaba de pie en un rincón, la espalda contra la pared, la expresión vigilante, horrorizada.

Alice se volvió a tiempo para ver al conductor echar el cerrojo a la puerta.

—Estúpida zorra —exclamó el hombre mientras se acercaba a ella.

Como única respuesta, Alice saco la Taser.

Rowdy conducía todo lo rápido que era capaz. ¿Qué demonios estaba haciendo? Había seguido a Alice desde el centro comercial, curioso, y un poco preocupado, al verla alejarse del apartamento.

Jamás, ni en un millón de años, se la imaginaba gastándole una broma así.

Le llevó cierto tiempo comprender que seguía a alguien. ¿Por qué? Lo ignoraba, pero pensaba averiguarlo en cuanto la alcanzara.

Desgraciadamente, se vio retenido en un semáforo, detrás de un par de coches. Vio a Alice girar por una esquina.

Conocía el barrio y sabía que allí no se le había perdido nada. Nada, salvo un montón de problemas.

Temblando de pies a cabeza, Alice sujetaba la Taser.

—¿Qué mierda es esta? —el hombre, los puños apretados, prácticamente escupió la pregunta.

—Ya he puesto el seguro en posición de disparo —le advirtió ella cuando consiguió recuperar la voz—. Sé cómo usarla y sé que te va a incapacitar.

—¡Estás loca!

—A veces me lo pregunto yo misma —llenar los pulmones de aire iba a resultarle imposible. Estaba casi jadeando y, aun así, la sensación de mareo no la abandonaba—. No te muevas, porque si lo haces... —la Taser tenía un alcance de casi cinco metros, pero en la pequeña habitación del motel, había mucha menos distancia.

Demasiado poca.

—¿Cómo te llamas? —preguntó, sin apartar la vista del hombre.

—Hickson.

—Tú no —Alice sacudió la cabeza—, tú no me importas —señaló con la cabeza hacia la chica—. Me refería a ella.

—Ella no es asunto tuyo —rugió Hickson.

—Acabo de convertirla en asunto mío —Alice se moría de ganas de disparar.

—Che... Cheryl —la chica se esforzaba por contener las lágrimas.

—¿Qué le sucede a tu brazo, Cheryl?
—Ta… tatuaje.
—¡Deja ya de tartamudear! —gritó el hombre.
Alice lo miró con el ceño fruncido.
—Lo… lo siento —continuó la joven, perdiendo el control.
—No me gustas —susurró Alice, el latido del corazón atronándole en los oídos. Y, sin más, disparó.
Con la mandíbula encajada, Hickson soltó un gutural alarido de dolor. Su cuerpo se volvió rígido mientras sus funciones motoras quedaban incapacitadas, robándole cualquier amenaza que hubiera podido suponer. Aquello continuó una y otra vez, pues Alice no dejaba de apretar el gatillo. Al final las rodillas del hombre cedieron y cayó al suelo. Alice miró a Cheryl. La chica se tapó las orejas y se puso en cuclillas, los ojos cerrados.
Verla hizo que se activara el piloto automático de Alice.
Con la mano izquierda, sacó las cuerdas del bolso. En cuanto soltó el gatillo de la Taser, saltó sobre Hickson y le ató los brazos a la espalda. Luego se apartó de otro salto.
Cheryl gimoteaba.
La simpatía que le despertaba esa chica le partía el corazón. Desearía golpear a ese hombre en la cabeza, pero, si lo hacía, quizás podría matarlo, ¿y qué pensaría Reese de ello?
Tener a un hombre en su vida ya empezaba a causarle problemas. Pero ya pensaría en eso en otro momento.
La Taser le permitía tres disparos de treinta segundos cada uno. Debía darse prisa o las posibilidades de escapar disminuirían por momentos.
No conocía las circunstancias, pero sí había reconocido en Cheryl a una víctima y en Hickson a la escoria. Seguro que en cualquier momento aparecería un socio, o un comprador. No lo sabía.
Respiró hondo y, sin dejar de apuntar al hombre con la Taser, sacó otra cuerda del bolso.
—Cheryl, cálmate.
—¡Oh, Dios! ¡Oh, Dios!
—No puedo sacarte de aquí si no me ayudas.
Las últimas palabras llamaron la atención de la chica, que sorbió las lágrimas y se secó la nariz con una mano temblorosa.

—¿Sacarme? —preguntó incrédula—. ¿Para ir a... adónde?
—Lejos de aquí —después, ya vería lo que hacía.
Hickson gruñó y Alice volvió a dispararle.
El cuerpo del hombre se derrumbó de nuevo.
Ella lo observó caer inane. Cheryl no le estaba siendo de gran ayuda, de modo que solo podía confiar en sí misma. Regresó junto a Hickson y apretó las cintas que le ataban los tobillos. Por suerte no llevaba botas y pudo apretarlas con fuerza.
Cuando terminó, arrojó una cuerda a la pobre chica que seguía encogida en el suelo, mirándola con los ojos muy abiertos, confusa.
—Cheryl, necesito que ates sus tobillos a esa tubería.
La chica se acercó a una tubería que sobresalía.
—No, la otra —Alice la observaba con atención—, la que gotea. La mohosa.
—¿Eres... policía? —preguntó Cheryl mientras obedecía las órdenes que había recibido.
—No, lo siento.
—¿Trabajas para alguien? —preguntó la chica tras dudar unos instantes.
—Trabajo para mí misma —sin desviar la atención de Hickson, Alice estaba preparada para el menor movimiento.
Pero lo único que hizo fue gemir.
Cheryl se alejó de él, gateando de espaldas todo lo deprisa que pudo, hasta terminar en medio del asqueroso colchón, rodeándose las piernas con los brazos.
El hombre estaba completamente inmovilizado, lo bastante lejos de la puerta para que pudieran salir sin problema, y atado a la tubería de manera que le iba a resultar muy complicado incorporarse.
Alice decidió que lo dejaría allí hasta que tuviera un plan. Sobre la mesa había un teléfono, algo de cambio y un trozo de papel con un número, y lo recogió todo.
—¿Lleva cartera?
—No lo sé.
—De acuerdo —Alice no tenía ninguna intención de volver a acercarse a él—. Acompáñame, deprisa.

Hickson volvió a gruñir cuando ambas pasaron a su lado, camino de la puerta, fuera de su alcance. Alice se volvió una última vez, guardó la Taser en el bolso e indicó a Cheryl que la siguiera.

Al pasar junto a la camioneta se detuvo y decidió arriesgarse.

—Espera —sacó una pequeña navaja del bolso y, arrodillándose en el asfalto, cortó la válvula de uno de los neumáticos.

Si Hickson conseguía soltarse, no podría ir a ninguna parte en esa camioneta.

La rodilla le dolía cuando se puso de pie, pero no le hizo ningún caso.

—Vamos.

Cheryl la siguió mientras corría de vuelta al coche, campo a través. Las plantas se le enganchaban a la ropa y unos molestos insectos zumbaron a su alrededor.

—¿Hay alguien más que conozca este lugar? —Alice intentaba mantenerse vigilante por si había alguien más por ahí, pero no vio a nadie.

—Sí —Cheryl corría tras ella, limpiándose el rastro de rímel que manchaba su lloroso rostro.

Debería habérselo imaginado. Los rufianes solían ir en manadas, como los perros salvajes.

—¿Sabes cuándo piensan volver aquí?

La chica sacudió la cabeza.

—Ya lo averiguaré —contestó ella, aunque no tenía ni idea de cómo hacerlo. Al final iba a tener que confiarse a Reese. O, mejor aún, podría llamar… No, no podía.

Quizás podría confiar en Rowdy. Reese era la ley y solo veía blanco o negro. Pero Rowdy comprendía el delicado equilibrio entre el bien y el mal. No le importaría aventurarse en un terreno ilegal, como acababa de hacer ella misma. En esos momentos, Rowdy era su mejor opción.

A no ser que tuviera que informar a Reese. Los hombres honorables, lo sabía bien, se guardaban una extraña fidelidad los unos a los otros.

Decisiones, decisiones.

Abrió el coche con el control remoto antes de alcanzarlo.

—Entra.

La chica obedeció mientras Alice se subía al volante, seguida atentamente por la asustada mirada de la joven, esperando un nuevo ataque de algún lugar.

Alice arrancó el motor y aceleró, tomó la primera calle a la izquierda, y luego otra más. Nadie las seguía.

Estaban a salvo. De momento.

A su lado, Cheryl estaban tan tensa que Alice se preguntó si no estaría a punto de saltar del coche en marcha.

—¿Qué quieres que haga? Puedo llevarte a la policía o…

—No —la chica se agarró a la manija de la puerta.

—O —asintió Alice, comprensiva—, puedo pagarte una habitación de hotel, o comprarte un billete de autobús.

—¿Auto… autobús? —era evidente que Cheryl no confiaba en su ofrecimiento.

—Sin compromiso.

—¿Y por qué ibas a hacer algo así? —de la garganta de la joven surgió un sollozo.

—Quiero ayudar —contestó ella con dulzura—. Eso es todo. Lo juro.

—Sé que no eres policía —Cheryl parecía a punto de hiperventilar—. Pero ¿có… cómo puedo estar segura de que no trabajas para la competencia?

—¿Qué competencia?

—¿Otros tratantes? ¿Un traficante? —se acurrucó contra la puerta—. ¿Cómo sé que no me llevarás a alguna parte para hacerme co… cosas horribles?

Drogas y tratantes. ¿Qué cosas horribles?

—¿Todo esto va de drogas? —no era eso lo que se había imaginado. Alice agitó una mano en el aire. Daba igual—. Sea lo que sea que esté pasando, solo quiero llevarte a algún lugar seguro. Lo juro.

Durante largo rato, el único sonido fue la errática respiración de Cheryl. Alice eligió la zona de más tráfico. Para darle tiempo para pensar, para pensar ella misma.

De repente, la joven empezó a tirar del vendaje del brazo. Los sollozos fueron en aumento a medida que dejaba expuesto un extraño tatuaje compuesto de números y líneas superpuestas.

—Me marcó para que lo supieran —con la venda frotó la todavía irritada piel—. Por eso tenía que llevar el tatuaje. Cuando otros lo vean, sabrán que llevo las drogas. Sabrán con quién estoy, qué negocios se pueden hacer...

—Tranquila —sin apartar la vista de la carretera, Alice le acarició el brazo—. Por favor, no te hagas daño, Cheryl. Por favor.

—Quiero irme a casa —derrotada, Cheryl se acurrucó en el asiento.

—¿Tienes familia? —preguntó ella con cierto alivio.

La chica asintió con fuerza, los ojos cerrados, los labios temblorosos.

—Me escapé del instituto. Todo el mundo me decía que no era bueno, que acabaría haciéndome daño. Pero no les creí, y me escapé con él, y ahora mis padres segu... seguramente estarán...

—Muertos de preocupación —Alice terminó la frase por ella—. ¿Fue ese tipo, Hickson?

—No —la chica se estremeció asqueada—. Ese no es más que el tipo que nos tatúa.

¿Nos? ¿Había más de una chica?

—¿Tus padres viven lejos de aquí?

—A unas cuantas horas —Cheryl se frotó los ojos y se secó la nariz.

Conduciendo con una mano, Alice metió la otra en el bolso y sacó un paquete de pañuelos de papel.

—Mírate en el espejo e intenta limpiarte.

—¿Llevas de todo en ese bolso? —Cheryl soltó una mezcla de sollozo y carcajada.

—Me gusta estar preparada —al menos llevaba todo lo que podría necesitar.

Alice ya sabía qué hacer, y eso la armó de valor. Dirigió el coche hacia la estación de autobuses.

—Te voy a subir a un autobús, con dinero suficiente para que tomes un taxi al llegar y, antes de que sea de noche, estarás en casa. Todo irá bien. Te lo prometo.

Afortunadamente, en esa ocasión todo era diferente.

—Y mientras llegamos —Alice la miró de reojo—, quiero

que me lo cuentes todo, por favor. Sobre todo, lo de ese tatuaje.

Furioso, Rowdy contemplaba a través de unos prismáticos a Alice dirigirse a la estación de autobuses con una muchacha de aspecto desaliñado, de no más de diecinueve años, quizás veinte. Delgada, bonita, pero con los ojos rojos e hinchados y las mejillas sucias.

¿Qué se proponía Alice?

Tras perderla, le había llevado bastante tiempo volver a localizarla. Para acelerar su búsqueda, se había detenido junto a una pintoresca iglesia de piedra, situada en lo alto de una colina que dominaba toda la zona. Con la ayuda de los prismáticos había encontrado su coche, y luego la había localizado en el momento en que salía de ese motel, como alma que llevaba el diablo, con la otra mujer. Pensando que huía de alguien, Rowdy empezó a correr hacia ella, al rescate, pero la alarma se disipó cuando Alice se detuvo el tiempo suficiente para pinchar el neumático.

Nadie la seguía de cerca.

Tranquilizándose, la observó atravesar un descampado que seguramente albergaba serpientes, ratas y demasiados insectos. La siguió con la vista mientras conducía por el barrio y se dirigía hacia la autopista. Pensó que iría hacia su casa, con su invitada, hasta que la vio dirigirse a la estación de autobuses.

Muy extraño.

Veinte minutos más tarde, Alice salió de la estación. Sola. El sol arrancaba destellos de sus cabellos castaños. ¿Qué se había hecho en el pelo? Parecía diferente. Rowdy se frotó una mejilla, todavía en alerta.

Sonriente, ella se puso unas gafas de sol y, tras echar una ojeada al asiento trasero del coche, lo abrió y entró.

Indeciso, él hundió al fin la mano en el bolsillo y sacó el móvil. Antes de que ella hubiera abandonado el aparcamiento, ya había marcado un número.

—¿Hola?

Sonaba agitada, seguramente cargada de adrenalina.

—Soy Rowdy.
—¿Rowdy? —preguntó Alice—. ¿Estás bien? ¿Algo va mal?
Muchas cosas iban mal, pero lo reservaría para el cara a cara.
—Regresa a la estación de autobuses y espérame allí.
—A la... —ella se volvió en el asiento—. ¿Dónde estás?
—En un sitio desde el que puedo vigilarte. Y ahora mete tu culo ahí dentro y no te muevas. Llegaré en menos de media hora.
—¿Me estabas observando mientras iba de compras con tu hermana?
Ella salió del coche y, protegiéndose los ojos del sol, miró a su alrededor.
—¿Por qué lo dices?
—Sentía algo.
«Maldita sea». Por segunda vez desde que la conocía, él se preguntó si no estaría perdiendo facultades.
—¿Rowdy? ¿Por qué me estás siguiendo?
—Adentro, cielo. Te lo explicaré cuando llegue.
—No me gusta recibir órdenes de ti.
Incluso a través de los prismáticos, él la vio fruncir el ceño.
—¿Preferirías recibirlas de la policía? —Rowdy la vio quedarse muy quieta—. ¿Quizás del detective Reese Bareden?
—¡Eso es chantaje!
—Lo que haga falta —Reese y él tenían un acuerdo, de modo que iba a terminar por contárselo todo. Lo supiera Alice o no, era una cuestión sin importancia.
Tal y como le había explicado, lo que hiciera falta.
Con la cabeza agachada, ella describió un amplio círculo, sin duda calibrando sus opciones.
—Toma una decisión, Alice.
—¡De acuerdo! —tras volver a cerrar el coche, se dirigió con rigidez hacia la entrada de la estación—. Estaré dentro.
—Muy bien —repitió él mientras intentaba reprimir una sonrisa—. Enseguida te veo.
Rowdy colgó, pero permaneció quieto hasta que la vio entrar de nuevo en la estación. Esperó unos segundos para asegurarse de que no saliera.
Pero no lo hizo.

Afortunadamente. Porque su instinto le empujaba a regresar a ese motel, a registrarlo, y eso hizo. Tal y como había observado a Alice, observó el motel desde una distancia segura, desde la segunda planta de una casa abandonada.

El suelo temblaba con cada pisada, como si estuviera a punto de derrumbarse. Había estado en sitios peores.

Esperaría unos pocos minutos, no mucho más porque no quería dejar a Alice sin protección. Pero, si alguien aparecía, no quería perdérselo.

De vez en cuando comprobaba el perímetro. Lo último que deseaba era que lo pillaran espiando... lo que fuera que estuviera espiando. Mejor mantener la guardia alta.

A punto de marcharse, un SUV de color negro se acercó al maltrecho edificio. Dos delincuentes entraron en la habitación del motel.

Llevaban vaqueros y camisetas estampadas, y ambos iban armados.

Un hombre salió, miró a su alrededor e hizo una llamada urgente desde el móvil que llevaba en una mano. Rowdy no alcanzaba a oír la conversación, pero no hacía falta saber leer los labios para comprender que estaba enfadado.

Los otros dos se unieron a él mientras se frotaba las muñecas. Estaba pálido de dolor y caminaba con dificultad.

¿Qué le había hecho Alice?

Cuando vio la rueda pinchada de la furgoneta, empezó a soltar improperios hasta que uno de los otros hombres le agarró por la pechera y lo estampó contra la pared de ladrillo, al parecer amenazándolo.

Derrotados, con aspecto amenazador, los tres subieron al SUV. Rowdy memorizó la matrícula y bajó los prismáticos.

Fuera lo que fuera que hubiera sucedido allí, no era nada bueno.

«Alice, Alice, Alice».

La mosquita muerta se había metido en el ojo del huracán.

¿Qué hacer?

El teléfono se hizo añicos al estrellarse contra la pared. Alrededor del hombre, todos saltaron, asqueándolo con su debilidad.

—Fuera de aquí.

Todos obedecieron apresuradamente, saliendo por la puerta como ratones asustados. Idiotas.

Cruzó la habitación y miró por una ventana. ¡Dios, cómo odiaba cuando su gente la cagaba! Perder su precioso tiempo con disciplinas, o represalias, significaba no emplearlo en ganar dinero. Si Hickson no fuera tan competente en otros aspectos, le habría hecho apalear hasta la muerte y después habría arrojado su cadáver al río.

Sin embargo, iba a tener que encontrar el modo de revertir su enorme error, de asegurar que tamaña incompetencia no volviera a repetirse jamás.

E iba a tener que buscar a la zorra benefactora, porque de ninguna manera iba a permitir que su interferencia quedara sin castigo. Jamás mostraba debilidad. Solo exhibía poder, y eso era lo que les mantenía a todos firmes, y aseguraba que las ganancias siguieran llegando.

Sí, la zorra iba a tener que pagar.

Quizás, y solo quizás, iba a poder matar a dos pájaros de un tiro.

CAPÍTULO 11

Con el cuello tenso, agradecido de que las preguntas hubieran terminado, por el momento, Reese abandonó la sala. Se trataba de un interrogatorio de seguimiento, y no le sorprendería ser llamado a un tercero.

No pasaba todos los días que dos detectives, su teniente, un supuesto testigo y unos peligrosos delincuentes terminaran protagonizando un tiroteo en la residencia de uno de los policías.

Una cagada de tal magnitud que llevaría meses aclararla.

Un tiroteo en el que estuviera implicado un agente era algo gordo. Si añadía el reciente caso de corrupción en la comisaría, con la implicación de otros policías que trabajaban para la misma escoria que había muerto en su apartamento, no era de extrañar que el fiscal del distrito y los de asuntos internos estuvieran siendo tan minuciosos.

Sabía, sin asomo de duda, que tanto Logan como la teniente Peterson eran de los buenos. Cierto que hubo un tiempo en que había sospechado de Peterson. Ahí se había equivocado por completo.

—He averiguado algunas cosas —susurró Logan al oído de Reese.

—¿Sobre el secuestro?

—Sí —el otro hombre echó una ojeada en dirección a la teniente, que caminaba por delante de ellos—. Hubo mucho jaleo cuando Alice reapareció después de tanto tiempo. Por supuesto la prensa le sacó mucho jugo. La cuestión es que ella aseguró no saber demasiado, no sabía quién se la había llevado, ni adónde. Según ella, un hombre anónimo la rescató, y la dejó tirada con algo de dinero, y nada más.

—¡Y una mierda! —exclamó Reese en voz baja.

—Eso pensé yo también. El caso es que muchas mujeres regresaron a sus casas por aquella época.

Mierda.

—Alguien mató a los traficantes —Logan continuó sin quitarle ojo a la espalda de Peterson—, liberó a las mujeres y… desapareció.

—¿Interrogaron a las otras mujeres?

—Sí, y casi todas contaron la misma versión. Habían sido liberadas por un héroe anónimo.

¿Exactamente en qué había estado metida Alice?

—Si vosotros dos habéis terminado de cuchichear —la teniente Peterson se volvió hacia ellos—, ¿qué tal si nos tomamos un café?

Reese quería seguir hablando con Logan. Y necesitaba comer. Y necesitaba a Alice.

Pero, antes de poder elaborar una excusa para escaquearse, Logan consultó el reloj.

—Para una taza de café sí tengo tiempo.

Genial. Café. ¿No se habían visto ya bastante para un día? Por supuesto, en circunstancias normales, su instinto les empujaría hacia la máquina de café, de modo que quizás lo mejor sería no levantar sospechas en Peterson.

—¿Te molesta el brazo? —preguntó la mujer a Logan sin demasiada preocupación o simpatía. Peterson no era de las mimosas.

Era dura. Era fría. Y, afortunadamente, honrada.

—Lo que le pasa es que tendrá a Pepper Yates esperándolo para volver a arroparlo en la cama —contestó Reese en lugar de su amigo.

—Me sorprende que no te den más la lata con ese asunto —Peterson sonrió.

—Cualquier hombre que haya visto a Pepper, comprenderá el apuro de Logan.

Logan se limitó a sonreír.

Con treinta años, Peterson era la teniente más joven del

estado. De estatura más bien baja, engañosamente delgada, los cabellos castaños cortos y unos enormes ojos azules. Hubiera podido ser muy atractiva si no se empeñara en encerrar toda su feminidad en unos trajes de ejecutivo y una actitud de matón de barrio que ponía a más de un hombre en su sitio, el sitio que Peterson considerara adecuado para ese hombre en ese momento.

Y Reese dudaba que ese sitio estuviera alguna vez en una cama, desnudo, hundiéndose a fondo en ella. Podría estar equivocado, pero no lo creía.

—En realidad Pepper nunca fue un testigo —protestó Logan, casi en un susurro, consciente de que el fiscal del distrito y el agente de asuntos internos seguían cerca.

Habían empezado por responder preguntas para el fiscal del distrito, y todos sabían que el agente de asuntos internos estaba presenciando el interrogatorio al otro lado del espejo. Después el agente tuvo también su ronda de preguntas.

—¿Y tú qué? —preguntó Peterson—. ¿Has conectado con la vecina?

¿Se trataba de una simple conversación o de cotilleo? Reese no estaba seguro. Los motivos de Peterson siempre eran turbios, y eso explicaba en parte el que él hubiera dudado en una ocasión de su integridad. No había sido precisamente su mejor momento.

—Alice, se llama Alice —contestó Logan en su lugar—, son pareja.

—¿En serio? —Peterson enarcó una ceja—. Espero que la desarmaras antes de poneros demasiado cariñosos.

Reese jamás iba a olvidar el modo en que su vecina había irrumpido en escena, pistola en mano, la mirada angustiada.

«A veces, es mejor que estén muertos». La afirmación proveniente de una mujer como esa, subrayada por sus gestos, había dejado a todos boquiabiertos.

Él sacudió la cabeza.

—¿Qué sucede? —bromeó la teniente.

Desconcertando a ambos detectives, ella abrió la puerta de la sala de descanso.

—¿Reese Bareden no tiene respuesta? Me estoy imaginando toda clase de cosas.

—Es muy dulce —contestó él mientras entraba en la sala de descanso. Afortunadamente, no había nadie más allí.

—¿Tan dulce como Ma Baker? —Peterson cerró la puerta detrás de Logan.

—Sentaos —ordenó Reese a Logan a y a la teniente mientras se dirigía a la máquina de café y llenaba tres tazas. Intentaba que las bromas de su jefa no le afectaran. Si lo hacían, se convertiría en una presa fácil para el resto del departamento.

—Leche y azúcar para mí —pidió ella—. Y ahora, háblame de ella.

—¿De quién? —él ganó tiempo mientras buscaba una vía de escape.

Logan rio mientras intentaba ocultar su incomodidad.

—Alice... ¿cuál es su apellido?

Reese no quería decírselo. No quería que Peterson empezara a indagar. Alice tenía demasiados secretos, y hasta que supiera qué repercusiones tenían, no quería exponerla.

La imagen de Alice en la cama aquella mañana, los suaves cabellos extendidos por la almohada, la expresión pacífica, contradecía cualquier idea de que esa mujer pudiera estar relacionada con algún lío.

Pero había algo que seguía intranquilizándolo. Estaba dispuesto a protegerla todo lo posible, pero, ¿contra qué? ¿Contra quién?

—Siente algo por ella —contestó Logan para rellenar la pausa, excesivamente prolongada—. Dale tiempo para ajustarse. Aún está aturdido.

—¿Qué clase de algo?

Reese regresó a la mesa llevando las tres tazas en equilibrio.

—Un algo que no es asunto tuyo —dejó una taza frente a la teniente—. ¿Te gustaría que husmeara en tu vida amorosa?

Había esperado que ella negara la existencia de tal vida amorosa. Esperaba una respuesta sarcástica.

Sin embargo, su jefa se sonrojó.

¿Qué era eso? ¿La teniente Margaret Peterson se había puesto colorada? Reese miró a Logan y observó la expresión sorprendida de su amigo.

—Margaret —bromeó él, olvidando las formalidades y tomando asiento—. ¿Qué has estado haciendo?

—Trabajar —ella dejó caer una carpeta sobre la mesa y, evitando mirarles a los ojos, tomó un sorbo de café—. Los detectives Rhodes y Garland retomaron nuestra investigación tras el desastre en casa de Reese. Apresaron a los compradores, a algunos otros traficantes, liberaron una camioneta llena de víctimas y, en total, cerraron el caso bastante bien.

Reese decidió dejarlo estar. De momento. Buscar información sobre la trata de blancas era más importante para él que especular sobre el poco atrayente lado femenino de Peterson.

—Me alegra oírlo —tomó la carpeta y la abrió para examinar los nombres—. ¿Algún otro herido?

—No. Fue un golpe limpio. Los bastardos acababan de instalarse de modo que recogerlo todo resultó sencillo. El caso es que... —ella tomó otro sorbo de café, el gesto sombrío—. Cortaron los accesos al barrio, buscaron por toda la zona y encontraron un cuerpo en una casa derruida un poco más abajo. Una joven, atada y amordazada.

—¡Mierda! —Logan se mesó los cabellos, dando un respingo ante el dolor que le provocó el movimiento—. ¿Está identificada?

—Aún no. Es probable que no esté relacionada con los traficantes. La primera impresión es que murió recientemente, en las últimas veinticuatro horas.

Reese pensó en Alice y su oscuro pasado, y se mantuvo en silencio. Necesitaba verla, abrazarla.

—¿Algo con lo que empezar? —preguntó Logan—. ¿Alguna idea?

—Puede que no sea nada, aunque quizás sí —la teniente sacó una foto de la carpeta—. Tenía un tatuaje muy extraño en el antebrazo.

—¿Qué es eso? —Reese no conseguía identificar el dibujo.

—Líneas, números. Hasta ahora no tenemos ni idea de lo que

puede significar —contestó Peterson—, y es la única pista que tenemos. Esperemos que acabe por decirnos algo.

Rowdy observó a Alice aparcar el coche en el aparcamiento de los apartamentos antes de hacer lo propio. Tras recogerla en la estación de autobuses, le había sugerido, porque ordenárselo seguramente le habría hecho resistirse, que regresaran a su casa, no sin antes advertirle que la seguiría de cerca.

Afortunadamente ella había accedido.

No le había gustado dejarla conducir, pero no tenía otra opción. Caminando tras ella por la acera, veía claramente que la joven estaba temblando.

Nervios. La adrenalina liberada tras su huida.

Estaba loca.

Entornó los ojos para protegerse del sol que empezaba a adquirir tonalidades carmesí, rosa, morado y amarillo. Caminó junto a ella en silencio al interior del complejo de apartamentos. La sensación de preocupación no lo abandonaba, y le dolía la cabeza.

Sabía que Alice había sido víctima de un secuestro, aunque Reese todavía no conocía los detalles. Desde el día que la había conocido, se había dado cuenta de que tenía miedo de algo.

Y por lo que había visto ese día, a quien más debía temer era a ella misma.

—¿Vas a pasar? —preguntó ella cuando llegaron a su apartamento.

—Por supuesto.

—Cash necesitará que le saquen —ella lo miró contrariada y abrió la puerta—. Lo llevaré al jardín…

En cuanto la puerta comenzó a abrirse, el perro salió disparado por ella. El cuerpo se le movía entero, loco de excitación.

Alice intentó calmarlo mientras lo abrazaba y acariciaba, hablándole con voz dulce antes de descolgar la correa.

—Cuando se emociona —alzó la voz sobre los gemidos del perro—, solo dispongo de unos momentos antes de que se mee en el suelo.

—Te acompaño —Rowdy agarró la correa y ató a Cash.

Se habría ofrecido a sacar al perro él solo, pero… bueno, aún no confiaba del todo en Alice.

—Vamos. Tenemos mucho de qué hablar antes de que vuelva Reese.

El animal casi lo llevó en volandas escaleras abajo. Rowdy tomó a Alice de la mano y tiró de ella.

Una vez en la calle, Cash continuó con sus alegres saltos, mientras meaba. Era un perro muy gracioso. Por suerte habían alcanzado la hierba y Cash no había acertado en sus zapatos.

No había nadie más ahí fuera, seguramente todo el mundo estaba cenando. Correr tras Alice había abierto el apetito de Rowdy.

Quizás una vez hubiera terminado allí se dirigiría al bar, se pediría un sándwich… y a lo mejor una mujer.

A lo mejor Avery.

Esa idea le gustaba.

—Quiero que me expliques por qué me seguías —Alice se detuvo y cruzó los brazos sobre el pecho.

—Reese me pidió que te echara un vistazo —él se encogió de hombros y le dio un poco más de correa a Cash.

—¿Lo dices en serio? —ella lo miró perpleja.

—¿Por qué no? —las sombras del atardecer se extendían por la hierba y el aparcamiento—. Me dedico a eso.

Y era muy bueno. Tras preguntar a las personas adecuadas había averiguado que Alice era de la zona. Desconocía el motivo de su secuestro, pero sí sabía que alguien, conocido como el Espectro, la había liberado. Reese jamás encontraría una mierda sobre el heroico bastardo porque, al parecer, el esquivo Espectro tenía la ley bajo control. Se movía con impunidad y hermetismo.

Pero no había manera de acallar a la calle, y cuando hombres poderosos acababan muertos, la palabra se extendía como el fuego.

—Tú no eres Superman, ¿sabes? —Alice dio una patada en el suelo—. No necesitas transferir tu atención de Pepper a mí.

—Pues yo creo que sí lo necesito —él se encogió de hombros—. Sobre todo después de lo que he visto hoy.

—Jamás me acostaré contigo —ella se puso tensa.

—Lo siento, muñeca —¡vaya! Eso sí que había sido un cambio de tema—, pero no te lo he sugerido.

—¿Me encuentras atractiva? —Alice pareció desinflarse.

¿Y qué debía contestar a eso? Rowdy no tenía ni idea. Cuando las mujeres hacían esas preguntas tan raras, nunca había una respuesta correcta.

—Tienes algo, desde luego —recorrió la fina silueta y delicadas curvas con la mirada antes de devolver su atención al rostro—. Pero Reese ya te ha reclamado, por si no te habías dado cuenta.

—¿Así que crees que Reese está interesado?

—Sin ninguna duda —¿cómo demonios habían llegado a esa conversación? Cash tiró de la correa y Rowdy se adentró más en el parque.

—Y aún en ese caso —ella lo siguió—, tú no lo estarías. No de ese modo —se protegió los ojos del sol con una mano—. ¿Puedo preguntarte una cosa? Dado que no te intereso en ese sentido…

—Eh… —Rowdy tenía la sensación de haber perdido el control por completo e intentó una maniobra disuasoria—. Creo que Cash ha terminado. Quizás deberíamos regresar.

—De acuerdo —ella tomó la correa de su mano—. Vamos, chico. Te daré una chuche.

Por suerte, hablaba con el perro. Él los siguió, intentando pensar en algo para devolver la conversación a su cauce.

—Sobre lo de hoy… —empezó.

—Tengo sed. ¿Te apetece un refresco o algo? —ella abrió la puerta y dejó entrar a Cash, que corrió directo al sofá. Rowdy lo imitó. Le gustaba ese perro.

Y, demonios, también le gustaba Alice. Pero esa mujer lo confundía.

—Claro, cualquier cosa me vendrá bien.

—Ponte cómodo.

El perro debió pensar que se refería a él, porque se subió al regazo de Rowdy, sin dejar de menear la cola.

Sonriendo, él observó a Alice dirigirse a la cocina. Segundos después, oyó el chocar de unos cubitos de hielo contra un vaso.

Y supuso que Alice no iba a limitarse a ofrecerle una lata de algo.

Ella regresó con dos bebidas de cola, y se sentó muy cerca de él en el sofá.

¡Mierda! Era la mujer más insistente del mundo. La mujer más insistente del mundo que no buscaba sexo, que hubiera conocido jamás.

—Alice...

—Yo tampoco estoy interesada en ti... en ningún aspecto —ella le puso un vaso en la mano.

—Lo sé.

Cualquiera que tuviera ojos en la cara se daría cuenta de que estaba colada por Reese.

—Pero sí me gustas.

Él hizo un brindis y tomó un buen sorbo.

—Quiero el punto de vista de un hombre y, dado que ya hemos puesto las cosas en claro, debería poder hablar contigo sin que se produzcan malentendidos. Tú no estás interesado, yo no estoy interesada y, con suerte, Reese sí lo está.

¿El punto de vista de un hombre? ¿Sobre qué? Rowdy se temía lo peor.

—¿Reese no te lo ha dejado claro?

—Me ha besado unas cuantas veces —ella frunció el ceño mientras reflexionaba.

—Pues ahí lo tienes —a pesar de sus intenciones, la curiosidad le pudo—. ¿Solo unos besos?

—Reese besa muy bien —Alice asintió.

—Te tomaré la palabra.

Cash reptó hasta ella y, sonriente, Alice le dio la chuche prometida y le acarició el lomo.

—Me preocupa... todo lo demás.

—¿Todo lo demás relacionado con Reese? —a Rowdy le costaba seguir el hilo de la conversación.

—Con él saliendo conmigo. No estoy segura. Es decir... —era evidente que el valor de la joven flaqueaba—. Tengo miedo de que vea todo lo que soy y se sienta defraudado.

—¿Y por qué iba a...?

—Yo no soy como tu hermana.

—Mejor no vayamos por ahí —él sacudió la cabeza con fuerza.

—Ni las vecinas que andan tras él.

—¿Vecinas? ¿En plural?

—Yo no soy más que... —ella no pareció haberle oído—. Soy yo, del montón.

Esa mujer estaba muy lejos de ser del montón, pero nada de aquello tenía que ver con asuntos físicos. Rowdy intentó relajarse. Dejó el vaso a un lado y estiró las piernas.

—Las mujeres siempre se equivocan en eso. Cuando un tipo se siente atraído hacia una mujer, lo que quiere es verla desnuda. Y punto. Tetas grandes, tetas pequeñas...

—¡Eh!

—Con algo de sobrepeso o poco peso, ¿qué más da? Lo que queremos es que estén desnudas.

—¿Queremos?

—Cuando nos interesa una mujer —esa, en particular, se empeñaba continuamente en tenderle una trampa—. No me refiero a yo contigo, pero sí a Reese contigo.

Ella lo miró con mucha atención.

—Él no busca ningún defecto imaginario —Rowdy se aclaró la garganta.

—¿Y si no son imaginados?

¡Jesús! ¿Qué demonios ocultaba esa mujer bajo la ropa? Rowdy se mesó los cabellos.

—No es que se excite a pesar de la falta de curvas, o por su exceso, o... lo que sea —seguía sin entender de qué iba aquello—. Es que ni siquiera lo ve. Lo único que ve es a la mujer que desea, y la promesa de conseguirla.

—En la cama, te refieres.

—O en el sofá, el suelo, en la ducha o sobre la mesa. Da igual —esperando añadir una nota de humor, continuó—. Los tíos no somos tan quisquillosos como las mujeres.

—No es... —Alice se tomó unos segundos para digerir las palabras de Rowdy—. De acuerdo, supongamos que estoy a gusto con mi cuerpo. Quiero decir que es un cuerpo normalito, como yo, pero supongo que no está mal. ¿Estás seguro de que a él no le importará?

—Desnúdate, y te aseguro que Reese no se quejará —no le estaba resultando fácil aguantar la sonrisa.

—De acuerdo —asintió ella tras reflexionar unos segundos. ¿Ya estaba? Reese le debía una bien grande.

—El problema es —continuó Alice—, que también tengo defectos en mi... carácter.

—Eso no es verdad —le aseguró él abrumado por la compasión.

Aparte de su afición temeraria, era la mujer más dulce que hubiera conocido jamás.

—Sí los tengo, pero los disimulo.

Algo más que contarle a Reese. A Rowdy no le gustaba la idea de traicionar la confianza de Alice. A lo mejor si ella y el policía formaban pareja, acabaría descubriéndolo por sí mismo.

—Escucha —él le tomó una mano—. Da igual. Reese es un tipo astuto, y sensato. Sea cual sea el problema, puedes confiar en él.

—¿Por qué los hombres siempre decís lo mismo?

—¿Por qué las mujeres siempre sois desconfiadas? —aquello le llevó de nuevo al motivo de su presencia allí—. ¿Qué pasó hoy?

—Nada —Alice sacudió la cabeza—. Solo una joven que necesitaba un poco de ayuda.

—Y una mierda.

—Rowdy Yates, no me hables así.

—Entonces no me provoques —echándose hacia delante con los brazos apoyados en las rodillas, él la analizó—. Algo pasó. Algo feo. Metiste tu nariz en algo. ¿Fue planeado o casualidad?

—Si te lo cuento, ¿se lo dirás a Reese?

—A lo mejor —no lo haría si lograba convencerla para que se lo contara ella misma—. Déjame oírlo y después decidiré.

—Me doy cuenta cuando la gente está asustada o alterada —empezó Alice tras unos segundos de indecisión—. No sé cómo lo hago, pero lo hago.

—Como un sexto sentido o una reacción visceral —Rowdy también las experimentaba. Lo había sentido al conocer a Alice, de modo que no insistió—. Continúa.

—La vi, se llama Cheryl, pasar de una furgoneta a una camioneta en el aparcamiento del centro comercial. Sentí que algo iba mal y decidí seguirla.

Rowdy escuchaba atento mientras ella relataba los escalofriantes detalles y describía su temerario acto de valor. Podrían haberla matado. Si Hickson no hubiera estado solo en esa habitación, si ella no hubiera salido antes de que los otros dos hombres aparecieran, si no hubiera acertado con la Taser... tantas cosas podrían haber ido mal que se quedó helado.

—Dejé a Hickson en esa habitación, atado con cuerdas de nylon.

Él solo atinaba a mirarla estupefacto.

—Después de dispararle con la Taser y, mientras estaba aturdido, le até las muñecas y los tobillos —explicó—. Y luego hice que Cheryl lo atara a una tubería.

—Ya no está allí.

—¿No? —Alice hizo una pausa.

—Aparecieron otros dos matones y los soltaron justo después de que te marcharas —en realidad había pasado más tiempo, pero se merecía sentirse preocupada. Esperó a que apareciera la expresión de temor.

—Bueno —asintió ella con una falta de preocupación que se parecía bastante al alivio—, supongo que eso acaba con uno de los problemas. Ya no tengo que ocuparme en enviar a alguien en su busca.

—¿Y a quién habrías enviado? —sonaba muy sencillo y Rowdy sintió deseos de ponerla en un apuro.

—Pues había pensado en... ti.

—¿En mí? —él se irguió sorprendido.

—Por supuesto, Reese podría con ello —Alice le dio una palmada en la mano—, pero haría toda clase de preguntas y seguramente se enfadaría, siendo que es detective y todo eso.

—¿Y qué demonios se suponía que debía hacer yo con ese tipo?

—Había pensado que podrías interrogarlo —ella se acercó, la expresión inocente, como si estuviera compartiendo un secreto—. Quizás averiguar qué otras personas estaban implicadas para que pudiéramos atraparlos a todos.

¿Atraparlos a todos? Esa mujer era un peligro andante. Rowdy buscaba en su mente las palabras adecuadas, pero no surgió ninguna. Incapaz de formar una frase racional, la señaló con un dedo y se levantó del sofá.

—¿Qué? —ella se levantó tras él—. ¿Debería haber ignorado a esa chica?

—¡Deberías haber llamado a alguien! —al fin Rowdy encontró la voz, en un tono cargado de reproches, y se volvió hacia ella—. A Reese, o a mí. Pero antes de hacer nada, no después.

—Para entonces quizás hubiera sido demasiado tarde —ella alzó la voz también.

—Demonios, deberías haber llamado a la policía. ¡A cualquier policía!

—¡A ti no te gustan los policías!

—Yo no estaba implicado —exclamó él cada vez más furioso. Ambos se miraron fijamente, sorprendidos por el estallido.

Rowdy observó incrédulo la sonrisa que asomó en los labios de la mujer.

—Estás asustando a Cash.

Él miró al perro que lo miraba fijamente, mientras seguía mordisqueando su chuche. El perro parecía atento, pero en nada preocupado.

Alice y él tenían eso en común.

Mierda, mierda, mierda. Alice Appleton lo volvía loco cada vez que la veía.

—¿Te quedarás en casa el resto de la noche? —tras respirar hondo, intentó recuperar la calma.

—Sí —contestó ella modosa, formal, con las manos entrelazadas.

Menos mal.

—Reese debe estar a punto de llegar. Cuéntaselo todo. Se merece saberlo.

Huyendo del efecto enloquecedor que le producía esa mujer, Rowdy se dirigió hacia la puerta. No quería gritar a Alice. No quería darle órdenes.

¿Cómo iba a poder nadie cuidar de ella cuando tenía en tan poca estima su propio trasero?

—Pero... —ella lo miró con gesto, por fin, preocupado— ¿adónde vas?

—He quedado con un abogado de la propiedad —y después iría derecho al bar a buscarse un poco de compañía femenina, preferentemente Avery. Con un poco de suerte, ella le ayudaría a gastar parte de la energía que había acumulado, de la mejor manera que sabía un hombre: mediante un ardiente sexo.

—¿Qué? —Alice trotó tras él—. ¿Propiedades? ¿Por qué?

—Voy a comprar un bar —abrió la puerta y salió—. Cierra bien. Y, por favor, Alice, no te muevas de aquí.

Tras cerrar la puerta, esperó a oír la cerradura y se marchó a toda prisa.

Le había dado el resto de la tarde para que hablara con Reese, y después le ofrecería su propio informe. Pobre Reese.

Quizás aún no lo supiera, pero Alice iba a poner su mundo patas arriba.

Tras la marcha de Rowdy, todo el valor de Alice se esfumó y comenzó a temblar de nuevo. Hablar con él había provocado sus efectos, le había dado otra visión del conjunto.

De repente, todo regresó. La pequeña habitación sin ventilación, la agitada respiración de Hickson, cómo se había derrumbado su cuerpo al recibir el impacto de la Taser…

Los hombres habían aparecido en cuanto ella se hubo marchado.

¿Y si se hubiera demorado un poco más? ¿Y si Hickson se hubiera defendido o Cheryl se hubiera puesto histérica? No hubiera tenido suficientes herramientas en el bolso para ocuparse de la situación.

Su compostura se resquebrajó y se cubrió el rostro con las manos. Recuerdos de otro momento invadieron su mente, de una época en la que no había ayudado a nadie, ni siquiera a ella misma.

Jamás volvería a mostrarse tan vulnerable.

Debía tener más cuidado, mejorar sus habilidades. Y a lo mejor debería haber llamado a Reese. Pero el detective se encontraba lejos y ella no sabía que Rowdy la seguía.

De modo que, en parte, él era culpable. De habérselo contado, a lo mejor, seguramente no, pero a lo mejor, le habría pedido ayuda a Rowdy.

Confiaba en Reese, tanto en asuntos de seguridad como sentimentales. Tampoco tenía muchas opciones en cuanto a lo segundo, ese hombre le resultaba demasiado atractivo y le resultaba difícil mantener las distancias.

Pensar en Reese la llevó a imaginarse qué aspecto tendría cuando regresara, cómo olería, sabría y sentiría. Le iría muy bien un abrazo o dos en esos momentos. O un beso.

O más.

El consuelo que emanaba de ese hombre era como una droga excitante que espoleaba su confianza, haciéndola sentirse más guapa, valiente, menos culpable. Pensar en él borraba la sensación de pánico y de incertidumbre.

Si se dignara a aparecer y sonreírle, ella podría dejar de preocuparse por los «¿y si?», y todos los escenarios posibles que podrían haberse presentado si las cosas se hubieran torcido. Podría concentrarse en cómo proceder, cómo utilizar lo que sabía para ayudar a otros.

No hubiera sabido decir cuánto tiempo estuvo caminando de un lado a otro del apartamento.

Cuando Cash ladró, se sobresaltó y volvió a hacerlo cuando oyó girar la llave.

Reese.

Había llegado la hora de la confesión. Pero primero debía recomponerse. Debía ordenar todas sus preocupaciones, ordenarlas en un rincón de su cerebro, tal y como había aprendido a hacer para sobrevivir.

¿Debía bombardearlo con los sucesos del día nada más verlo? ¿Debería empezar por hablarle de su pasado para que lo entendiera mejor? ¿Debería...?

Reese entró y se desabrochó la camisa. Tenía un aspecto estupendo, fuerte, seguro, e increíblemente sexy. Y Alice supo qué era lo primero que deseaba, que necesitaba.

Necesitaba a Reese.

CAPÍTULO 12

Incluso mientras se agachaba para saludar a Cash, Reese notó la mirada de Alice sobre él.

Y la rodilla raspada.

—¿Qué te ha pasado? —él asintió hacia la pierna.

—No es más que un arañazo —la mirada oscura y cálida, Alice se fijó en la rodilla y se humedeció los labios—. ¿Te vas a quitar la camisa?

—Hace muchísimo calor ahí fuera, y el interrogatorio lo empeoró todo —pero lo que más le había hecho sudar había sido conocer los detalles del secuestro de Alice.

Tras terminar el café, y aprovechando que Peterson había recibido una llamada, Logan le había revelado lo que se había publicado en la prensa, lo que Alice había contado. Detalles imprecisos. Unos pocos nombres. Una franja de tiempo.

Logan también había confirmado que Alice tenía las licencias de armas en regla. «¿Para qué necesitará llevar esos permisos?». Tenía un millón de preguntas que hacerle, pero, sobre todo, le apetecía abrazarla.

—¿Todo bien? —ella se acercó un poco más.

—Bien —Reese no pudo evitar sonreír al fijarse en cómo ella tenía los ojos clavados en su pecho, no en su cara—. El lunes vuelvo al trabajo —¿cómo esperaba que mantuviera las manos quietas, que le diera el tiempo que le había pedido, cuando su mirada reflejaba tanto deseo?—. No es la primera vez que ves mi pecho, cielo.

—Me dejas sin aliento —ella asintió.

—¿En serio? —Reese le dio una palmadita a Cash y se irguió. Quitándose la camisa, la arrojó al sofá.

—Sí —Alice dirigió de nuevo su atención hacia él—. Es como si me vieras tú sin camisa.

—Ni se acerca —apenas podía esperar.

La ardiente mirada se deslizó hasta sus abdominales y directa a la cremallera del pantalón.

La manera en que ella lo miraba era casi como una caricia. Casi.

—Alice —Reese casi gemía—. Aquí arriba, por favor.

Ella se obligó a arrastrar la mirada hasta su rostro.

—Tengo que sacar a Cash. Y ponerme ropa más cómoda —y más fresca—. También me vendría bien algo de comer. Aún no he cenado y estoy...

—Lo siento —Alice asintió luchando visiblemente por recuperar la compostura—. No pretendía...

—No te disculpes —no por desearlo—. Me gusta cómo me recibes al llegar a casa.

Aunque, maldita fuera, con Alice cualquier lugar sería «casa».

—Cash acaba de salir —le explicó ella, ruborizada, evitando su mirada mientras se dirigía a la cocina—. Yo también me he saltado la cena, pero puedo prepararte un sándwich mientras te cambias...

—O podrías explicarme qué deseas hacer realmente —al demonio con la comida o la ropa más cómoda. Prefería estar desnudo con Alice.

—¿Podría? —ella lo miró con expresión ansiosa.

—Desde luego —Reese sintió que el calor lo invadía—. Tengo la tarde libre. Soy todo tuyo —lentamente, mientras la recordaba vestida con ese camisón, el delgado cuerpo acurrucado contra él toda la noche, se acercó a ella—. No quiero presionarte. Podemos ir despacio —una tortura—, pero sé que te gusta besarme.

—Es verdad —asintió ella entusiasta.

—Y también te gustó dormir pegada a mí —el deseo impregnaba su voz—. Sé que necesitas más tiempo, pero ¿qué tal si volvemos a repetir lo de anoche, todo junto esta vez?

—¿Besarnos, en la cama?

—A mí me suena bien —por Dios que esperaba que ella estuviera dispuesta. Le acarició el rostro y hundió una mano en los sedosos cabellos comprendiendo, de repente, que había algo diferente—. ¿Te lo has cambiado?

—¿El qué? —los grandes ojos marrones se posaron, ávidos, sobre su boca.

—Tu pelo.

—Sí —Alice deslizó las manos por los fuertes hombros y pectorales—. Mi pelo —murmuró como si no tuviera ni idea de a qué se estaban refiriendo.

—Me gusta —Reese sonrió. Le parecía divertido que fuera tan ignorante de su atractivo. Le tomó el rostro entre las manos y se acercó un poco más.

—¿Reese?

Él apoyó una mano en su espalda y la apretó contra su cuerpo. Imposible que no notara la erección.

—¿Sí?

—Ya no quiero esperar más —susurró Alice, pegándose a él.

Reese cerró los ojos y luchó contra el impulso de tomarla allí mismo, en el suelo. La urgencia en ese susurro casi lo había desarmado.

¿Cuándo había experimentado un deseo así? Nunca. Solo con Alice.

Pero no quería que la primera vez con ella fuera acelerada.

—¿Crees que Cash estará lo bastante distraído? —en cuanto la tuviera en la cama, solo quería concentrarse en ella, quería que resultara bueno para ella, tanto que deseara repetirlo.

—Le daré otra chuche —Alice corrió a la cocina antes de que Reese pudiera sujetarla y regresó con dos chuches que ofreció al perro tras darle una palmada en la cabeza.

Cash puso las orejas tiesas y sus ojos brillaron glotones.

—Ya está —irguiéndose de nuevo, con expresión expectante, Alice lo miró de frente mientras se mordía el labio inferior y basculaba su peso de un pie a otro—. ¿Deberíamos ir al dormitorio?

—Si es eso lo que quieres —Reese no comprendía el repentino cambio de comportamiento, pero no iba a hacer preguntas.

—Sí —ella lo tomó de la mano y lo arrastró por el pasillo, casi corriendo—. He pensado en ti todo el día, entre compras y manicuras y charlas con Pepper.

Alice lo empujó al interior del dormitorio.

—¿Lo pasaste bien? —Reese cerró la puerta y se volvió hacia ella.

—¿Cómo?

—Con Pepper —daba por hecho que a todas las mujeres les gustaba ir de compras, pero Alice no era como las demás mujeres que hubiera conocido.

—¿Qué tal día has pasado tú? —el rostro de Alice se tiñó de un rojo carmesí.

Interesante reacción. ¿La pregunta tenía por objeto evitar contestar la suya?

—Bien.

—Me alegro —ella desvió la mirada.

¿La había disgustado Pepper? Por Dios que esa mujer podía ser avasalladora...

—Dejemos la charla para después. —Alice alargó una mano hacia el cinturón del pantalón.

Y hablando de avasallar. No era normal que su vecina fuera tan enérgica. Reese no pudo evitar preguntarse a qué se debía el cambio.

—Tranquila, cielo —susurró él mientras le sujetaba las manos—. Llevo toda la vida esperando este momento.

—No hace tanto que nos conocemos.

—A mí me parece toda una vida —él intentó sonreír, pero estaba tan duro que le dolió—. Primero nos besamos, ¿de acuerdo? —antes de que ella pudiera objetar, tomó sus labios. Besarla era todo un placer—. Ábrete para mí, Alice.

Ella obedeció y Reese hundió la lengua dentro de su boca, saboreándola, acariciándola. El beso se hizo más intenso, ambos jadeaban, y las manos de Alice regresaron al cinturón.

Reese volvió a atraparlas y las llevó hasta sus hombros antes de empezar a desabrocharle la blusa.

—Tienes que ponerte al día —murmuró mientras le besaba la barbilla, el cuello.

Alice se detuvo y hundió los dedos en los hombros de Reese. A Reese le encantaba.

Cuando la camisa estuvo lo bastante abierta, él deslizó una mano en su interior y sobre el pecho izquierdo.

Alice apartó las manos, la respiración acelerada mientras él la acariciaba.

—Perfecto —qué delicia acariciar su piel. El pezón, pequeño y firme, se tensó.

El detective hundió también la otra mano bajo la camisa y pudo acunar ambos pechos, deslizando los pulgares por los pezones, tironeando ligeramente, mientras observaba su rostro.

Ella soltó un gemido antes de desembarazarse de la camisa. Que cayó al suelo.

Con las mejillas arreboladas y la mirada brillante, fija en él, Alice se quedó inmóvil.

El sujetador resultó ser toda una sorpresa. Beige, bordeado de raso negro.

—Eres una pequeña tramposa —susurró Reese con voz ronca. Jamás habría sospechado que Alice llevara una ropa interior tan sensual.

—Me gusta la lencería bonita —ella se mordió el labio, nerviosa, mientras los pechos subían y bajaban con la respiración acelerada.

—Estupendo, porque a mí también —sobre todo le gustaba verla puesta sobre ella.

¿Llevaría las braguitas a juego? Se moría de ganas de averiguarlo.

—Has estado paseando delante de mí vestida con esa ropa tan sexy y yo sin saberlo —nada en Alice era lo esperado, debería haberlo sabido. Detrás de esa fachada de rectitud había muchas cosas.

Aquello sí que lo excitaba, quizás porque él era el único hombre consciente de ello.

Deslizó los nudillos por el sedoso costado, la fina cintura y el estómago plano, hasta llegar al cierre del pantalón pirata.

Excitado, invadido por una insoportable lujuria, abrió el cierre.

—Rowdy dijo que te gustaría mi cuerpo —balbució ella de repente.

Reese se quedó inmóvil, congelado, mirándola fijamente con la boca abierta, aunque sin pronunciar palabra alguna.

Alice se limitaba a observarlo, esperando una confirmación.

—¿Rowdy dijo, qué? —preguntó él al fin con voz ronca.

Quizás fuera por la incredulidad en su voz, pero ella respiró hondo y sacudió la cabeza.

—Da igual —señaló las manos de Reese que seguían sobre su cintura—. Sigue.

¿Sigue? ¡Debía estar de broma!

—Ni lo sueñes.

Reese lo veía todo rojo. Dando un paso hacia atrás, lo único que se le ocurría era despedazar a Rowdy.

—¡No es lo que piensas! —Alice se bajó la cremallera del pantalón y lo deslizó por las caderas.

Incluso estando furioso, tuvo tiempo para fijarse en que, en efecto, las braguitas hacían juego. Minúsculas, apenas tapando…

—Estaba preocupada por si no me deseabas y Rowdy me aseguró que sí lo harías. Eso fue todo.

El cerebro de Reese palpitaba doblemente, por los furiosos celos y por la ardiente lujuria.

—¿Entonces…? —ella arrojó el pantalón lejos y se mantuvo, estoica, ante él.

Dios santísimo. ¿Podía una mujer resultar más atractiva?

Sinceramente, opinaba que no.

Incapaz de apartar la mirada de su cuerpo, Reese absorbió cada curva, cada protuberancia. Tenía unos muslos largos y finos, de una delicada estructura ósea.

—No deberías hablar de esas cosas con Rowdy —él sacudió la cabeza, debía corregir la afirmación—. Con ningún hombre. Si tienes alguna duda, pregúntamelo a mí.

—Tenía preguntas sobre ti —ella basculó el peso del cuerpo de un pie al otro y mantuvo las manos entrelazadas—. Reese, estoy sufriendo una agonía. No dejas de mirarme. Haz algo, por favor.

—De acuerdo —más tarde ya hablaría con ella sobre conversaciones inapropiadas y elección del momento más oportuno.

Atrayéndola hacia sí, tomó los dulces labios con ansia. Ella se mantuvo rígida durante un instante antes de lanzarse a una cooperación activa, sus manos deslizándose por el fornido cuerpo, su cuerpo retorciéndose contra él.

Chupó su lengua, jugueteó con la suya y, en esa ocasión, cuando volvió a agarrar el cinturón del pantalón, él la ayudó.

En cuanto los pantalones estuvieron abiertos, ella deslizó una mano en el interior.

—Alice —gimió él débilmente.

—Podría devorarte —Alice lo abrazó y besó sus hombros, su pecho, mordisqueó los pectorales.

Reese intentó borrar las imágenes que las palabras de Alice dibujaban en su mente. Si se dejaba llevar, estaría perdido. Sentir la pequeña mano sujetándole, acariciándole, apretándole, ya era bastante.

—Alice… nena… para. Estoy a punto de explotar —agarrándola por las muñecas, él las sujetó con una mano a su espalda, cautivas, y buscó en su rostro cualquier señal de incomodidad—. ¿Estás bien?

—Es enorme —ella asintió con los ojos entornados y los labios húmedos.

—Sí —tragar saliva resultaba cada vez más complicado—, pero encajaremos a la perfección —él se agachó y tomó un pezón entre sus labios, humedeciéndole el sujetador.

Alice arqueó la espalda con un gemido.

—Qué bonito —Reese contempló el resultado de su obra. El material humedecido se pegaba a su pezón, y repitió lo mismo con el otro pecho.

—¡El cierre es delantero! —exclamó ella con voz aguda.

¿Era una pista?

Sonriendo, y con dos dedos, desabrochó el sujetador. Unos pechos pálidos y suaves estuvieron a punto de dar al traste con sus buenos propósitos. Reese soltó las muñecas y le arrancó el sujetador antes de caer sobre una rodilla.

—¿Qué vas a hacer? —Alice le acarició los cabellos. Sentía curiosidad, y un poco de inseguridad.

—Lo mismo que le hice a tus pezones. Pero... —él rozó el sedoso triángulo de las braguitas con un dedo.

—¡Oh!

Inclinándose hacia ella, utilizó la lengua para acariciarla antes de abrir la boca por completo.

—¡Oh!

Con ambas manos sujetó el delicioso trasero para impedir que se moviera. El aroma que llegaba a su nariz era indescriptible y, con un sonido de avidez, se hundió más en ella.

—Yo... —un gutural gemido escapó de labios de Alice antes de que hundiera las manos en los rubios cabellos—. Yo también quiero.

—No hay problema —aunque estaba seguro de que jamás sobreviviría a la dulce tortura. Claro que entonces moriría de placer.

Consciente de que tenía que darse prisa para que no hubiera terminado todo antes de empezar, Reese deslizó lentamente las braguitas por los delgados muslos.

Por Dios, qué sexy era esa mujer, de pie ante él, una mezcla de nerviosismo y excitación. El sedoso interior de los muslos lo excitaba y besó uno y luego el otro, subiendo cada vez más, lamiendo la dulce piel, dejando un húmedo rastro con la lengua.

—¡Esto no es justo! —gimió Alice cuando él estaba a punto de saborearla sin la barrera de las braguitas.

—¿A qué te refieres? —él la cubrió con una mano.

—Quiero que tú también te desnudes. Quiero... quiero hacerte cosas yo también.

Reese se resistía a abandonar la exploración del cuerpo de Alice, pero tampoco quería verla tan tensa.

—¿Quieres que me quite los pantalones? —él se puso en pie.

—Sí, por favor —Alice asintió enérgicamente.

No era fácil encontrar humor en medio de tanta lujuria, pero allí estaba, tirando de las comisuras de los labios, obligándole a esforzarse para no abrazarla con fuerza y reír.

—No soy tímido —le advirtió mientras se quitaba los zapatos y se agachaba para deshacerse de los calcetines—. No hay motivo para que frunzas así el ceño.

—Estoy concentrada.

En su miembro viril, ya se había dado cuenta. Sentía la ardiente mirada prácticamente atravesar la tela del pantalón.

—El mote que me pusieron en el instituto tenía su razón de ser —bromeó Reese.

—Pues demuéstramelo.

—Qué impaciente —y maldito fuera si no empezaba a sentirse un poco nervioso ante el intenso escrutinio.

Nunca había hecho striptease. Antes de Alice, el sexo había sido una progresión natural, sin fanfarria ni discusión. Un beso, una caricia, fuera ropa, penetración, satisfacción.

Pero con ella parecía mucho más. Importante. Especial.

Algo incómodo con esa sensación, sacó la cartera y el móvil del bolsillo y lo dejó sobre la mesilla de noche antes de proceder a quitarse los pantalones y los calzoncillos a la vez.

—¡Madre mía! —Alice dio un respingo y los pezones se tensaron visiblemente.

Reese empezó a levantar los brazos para hacer algún estúpido comentario sobre darle lo que deseaba, pero ella se volvió de golpe y se subió a la cama. El corazón del detective casi se paralizó ante la visión que se le ofrecía.

Tumbándose de espaldas, Alice extendió los brazos.

—Ya basta de preliminares. Te necesito.

Los preliminares ni siquiera habían comenzado. Reese deseaba explorar cada centímetro del excitante cuerpo, pero se sorprendió a sí mismo dando dos grandes zancadas para unirse a ella. Desde el fondo de su mente, una vocecilla le recordó que no olvidara el preservativo.

Pero el resto de su ser, con cada fibra de su cuerpo, se fundió con la exclusiva sensualidad de Alice, su aroma, su sabor y el hermoso y delgado cuerpo.

—Sin prisas, Alice —Reese apretó los dientes con fuerza al sentir los pechos de Alice presionar su torso—. Necesito saber que estás preparada.

—Lo estoy —ella lo agarró con fuerza de los hombros—. Te lo aseguro.

—¿Y qué tal si lo compruebo por mí mismo?

Reese la besó en los labios y la mejilla mientras deslizaba las manos por su abdomen. Ella mantenía los muslos firmemente apretados y lo miraba atentamente con ojos muy abiertos.

—Abre las piernas.

Alice clavó las uñas en los hombros de Reese, pero, tras unos segundos, aflojó y abrió las piernas.

—Muy bien, Alice, gracias —él continuó regalándole sus húmedos besos.

Las manos continuaron su viaje descendente y ella contuvo la respiración al sentir sus dedos sobre el vello púbico, y más abajo.

—Respira, cariño.

—No puedo —estaba muy tensa, expectante.

Con un solo dedo, Reese la abrió y la acarició más íntimamente hasta que la sintió húmeda y caliente. Por último, introdujo un dedo.

—¿Qué tal ahora? —le susurró al oído.

Ella respiraba entrecortadamente y dejó escapar un gemido.

—Eso es —Alice tensó los músculos alrededor del dedo, humedeciéndose un poco más.

La erección de Reese presionaba contra su muslo. El deseo era tan grande que casi le dolía, pero, más que buscar su propio placer, deseaba el de ella.

Primero. Llenándola por completo.

Reese retiró el dedo antes de volverlo a hundir, ajustando sus movimientos a los jadeos de Alice. Bajó el rostro hasta dejarlo quieto entre los pechos.

—¿Qué te parece si probamos con otro dedo más? —mientras le mordisqueaba un pezón, introdujo un segundo dedo, llenándola, deleitándose en su reacción.

Con un gemido profundo y gutural, Alice levantó las caderas y separó las rodillas. Reese chupó el pezón con más fuerza, mordisqueándolo con delicadeza, y le acarició el clítoris con un pulgar.

—¡Oh, por Dios! —ella se movía al unísono con él, la cabeza echada hacia atrás, los ojos cerrados.

—Reese. Es... Yo...

La sensación de dejar a Alice Appleton sin habla era maravillosa.

Manteniendo el ritmo del pulgar, Reese se concentró en el otro pecho, rodeándole el pezón con la lengua con delicadeza. El aroma que desprendía Alice se intensificó, la dulzura del sabor de su piel y cabellos, el ardiente almizcle de su excitación.

—Esto —le explicó él sin dejar de mover la lengua alrededor del pezón—, sería mucho más agradable entre las piernas.

Sin previo aviso, Alice arqueó la espalda y, abriendo la boca, dejó escapar un silencioso grito mientras mantenía los ojos firmemente cerrados. Hundió las manos en los rubios cabellos y lo sujetó, retorciendo las caderas, inundando el dedo de Reese con la humedad al llegar.

Era tan ardiente, tan inesperado, que Reese supo que estaba perdido. En cuanto ella se relajó, se sentó y alargó una mano hacia la cartera. Con manos temblorosas, abrió un preservativo y se lo colocó.

Pero, al mirar a Alice, vio su sonrisa traspuesta y tuvo que volver a besarla. Y otra vez más.

—Eres increíble.

—Estoy paralizada.

Reese tomó la mano de Alice y la condujo hasta su miembro, rodeándolo con sus dedos.

—Eso está bien —le aseguró con un gruñido gutural—, siempre y cuando permanezcas conmigo.

—Estoy contigo al cien por cien —ronroneó ella mientras lo seguía acariciando, deslizando el pulgar arriba y abajo, sintiéndole estremecerse.

—La próxima vez —él le apartó la mano y se colocó encima—, será un poco menos voraz —acomodándose entre sus piernas, las separó un poco más con la rodilla.

—Espero que no —Alice le sujetó el rostro entre las manos y lo miró a los ojos mientras le rodeaba la cintura con las piernas.

Había tanta emoción en esa mirada, sorpresa y excitación, que debería haberle hecho sentirse intranquilo.

Pero con Alice no era así.

—¿Te gusto cuando pierdo el control? —Reese se colocó en posición y sintió la lechosa humedad bañándole el extremo del miembro viril. Ardiente. Resbaladiza. ¿Cómo demonios había sido capaz de formar una frase coherente?

—Creo —susurró Alice con gesto serio— que me gustas de cualquier modo que pueda tenerte.

Eso bastó para que él la besara con pasión y se hundiera en su interior.

Encajaba estrechamente. Siempre era así. Pero siendo Alice tan menuda y delicada, Reese pensó que moriría del exquisito placer de la sensación de sus músculos abrazándolo con fuerza.

Sintió que ella se paralizaba, sin respirar, las uñas clavándose de nuevo en sus hombros.

Sabía que necesitaba un momento, un momento que él no tenía. Se apoyó en los brazos, la mandíbula encajada, los hombros tensos mientras se esforzaba por no perder el control. Y supo que en cualquier momento se rompería.

—¿Reese?

La débil voz lo asustó. Reese se mantuvo todo lo inmóvil que pudo, pero de ninguna manera iba a ser capaz de responder.

Cubrió con su boca los jadeos de Alice. Ella se movió ligeramente, seguramente para intentar acomodarlo en su interior, pero lo que consiguió fue excitarlo aún más.

La lujuria parecía hervir en su interior, retorciéndose, creciendo.

—¿Reese? —volvió a susurrar ella.

La oyó tragar saliva, la sintió relajarse.

—Reese —suspiró.

Eso sonaba mejor.

La miró a los oscuros y ardientes ojos, vio su rostro arrebolado de deseo, y comprendió que estaba con él.

Lentamente se retiró, sin dejar de observarla, fascinado por su estremecimiento. Sabía que al volver a hundirse en su interior ella sentiría un ligero malestar.

Lo sintió en la respiración entrecortada, en el modo en que se arqueó y tensó. En cómo sus labios despegaron y sus muslos lo abrazaron con fuerza.

Pero también sintió el creciente placer que ella experimentaba.

Esa mujer era increíble.

Manteniendo el ritmo lento, aunque uniforme, le besó la barbilla y la comisura de los labios. Deslizó una mano bajo sus caderas, recolocándola lo justo para que cada penetración supusiera una caricia en el clítoris, haciendo que estuviera más mojada, más ardiente.

La anticipación se reflejó en los ojos entornados mientras le acariciaba los hombros, el torso y, al fin, fundió la mirada con la de él.

Reese se preguntó si alguna vez se cansaría de ser observado por Alice de ese modo. Y se hundió más profundamente, sacudiéndolos a ambos, arrancándole un pequeño grito.

—¿Estás bien? —preguntó mientras se hundía un poco más.

—Otra vez…¡ah! —ella se humedeció los labios y asintió.

Reese la sintió palpitar alrededor de su miembro.

—¡Otra vez, por favor!

La voz entrecortada le indicó que estaba cerca de otro clímax y, de repente eso fue más importante que su propia liberación. Inclinándose sobre ella, Reese embistió más fuerte, más rápido, sudando, envuelto en el aroma y los gritos cada vez más fuertes de Alice.

Ella se tensó y su menudo cuerpo se arqueó acompañado de un profundo y gutural gemido.

Y la sintió tensarse literalmente alrededor de su miembro, sintió los espasmos de su clímax, unos espasmos que parecían ordeñarle. Los sonidos que hacía, salvajes, reales, excitantes, lo llevaron a la cima.

Abrazándola, hundió el rostro en su cuello y obtuvo su propia liberación.

Pasado un tiempo que no supo medir, Reese despertó al oír a Cash moverse desesperado al otro lado de la puerta del dormitorio. Todavía flojo de cuerpo y mente, levantó la cabeza y miró a Alice.

Ella seguía tumbada en la cama a su lado, pero no acurrucada contra él como solían hacer las mujeres, sino estirada, agotada, paralizada.

Completamente desnuda.

Sin sábanas.

Los sedosos cabellos castaños envolvían su rostro, revueltos, como un halo, reflejando la luz del ocaso que se filtraba por la ventana.

Sin embargo, por dulce que fuera, Alice estaba lejos de resultar angelical.

Afortunadamente.

Sin el velo del apremiante deseo, Reese pudo observar detenidamente su cuerpo. Delgado, pálido. Intrínsecamente femenino.

Los pezones eran del mismo tono rosado que sus labios.

Y pensando en los labios... Reese se sentó con cuidado de no molestarla y se embebió de la visión de su cuerpo, su estómago, los muslos, y lo que había en medio.

Todo tan bonito...

De nuevo se fijó en el raspón de la rodilla. ¿Se había caído? No dedicó mucho tiempo a pensar en ello, dado que esa pierna estaba flexionada, dándole acceso a cosas más interesantes.

Con la punta de los dedos, Reese tocó el suave triángulo de vello púbico. Si seguía así, acabaría encima de ella otra vez.

Por tanto optó por trasladar la caricia al suave estómago, la cadera...

Alice se movió, murmuró algo incoherente y se tumbó de lado.

«Vaya, pues muchas gracias, Alice».

Tenía un trasero estupendo. Más tarde, cuando Cash no estuviera incordiando al otro lado de la puerta, dedicaría más tiempo a esa curvilínea protuberancia.

A todo el cuerpo.

Cuanto más la observaba, más le gustaba lo que veía. Más especial le resultaba.

A los treinta años ya había visto muchas mujeres desnudas, algunas poseedoras de cuerpos esculturales, algunas más que hermosas. Todas sexys.

Pero ninguna podía compararse.

No sabría señalar qué tenía Alice para hacerla diferente. No era solo el menudo cuerpo o el rostro sincero, su naturaleza maternal o su reserva. Era... todo. Cada centímetro de ella, cada aspecto de su carácter.

Cash gimió y Reese se apresuró a saltar de la cama. No quería que Alice se despertara todavía. Lo cierto era que le sorprendía que siguiera durmiendo. Sabía que tenía un sueño muy ligero. El hecho de que pudiera merodear por la habitación sin molestarla debía significar que confiaba en él, al menos un poco.

Pero él quería que confiara muchísimo.

Recuperando la cartera y el móvil de la mesilla de noche, y los calzoncillos y pantalones del suelo, abrió la puerta y, con la rodilla, impidió que Cash entrara dando saltos.

—¡Calla! —le susurró al perro—. Está bien. No te hemos abandonado.

Cash saltó, se retorció y emitió unos pequeños ladridos, como si llevara días sin ver a nadie, en lugar de unas pocas horas.

Conseguir que ese animal se sintiera tranquilo, tras haberlo encontrado abandonado en una caja cerrada en medio de la carretera, todavía constituía todo un desafío.

—Me encanta tu entusiasmo, chico. Y también el hecho de que no estoy viendo ningún charco. Dame un segundo y te saco a la calle.

A Cash le encantó la idea, y lo demostró con toda clase de saltos y cabriolas que casi impidieron que Reese pudiera vestirse.

Era evidente que le gustaba estar fuera. Quizás había llegado el momento de plantearse vivir en una casa en lugar de un apartamento. Se lo podía permitir. El apartamento simplemente resultaba más cómodo, o al menos lo había sido hasta que había rescatado a Cash.

El perro necesitaba sitio para correr, quizás un gran patio trasero. Tendría que pensarlo detenidamente.

Llevando puestos únicamente los pantalones, el detective le puso la correa a Cash y salió por la puerta. Aunque aún no era de noche, las luces de seguridad del aparcamiento ya estaban encendidas. Reese se dirigió al árbol habitual, apoyó el hombro contra el tronco y dejó bastante correa suelta para que el animalito hiciera sus cosas. Mientras lo observaba olisquear un rastro imaginario, sus pensamientos vagaron hasta Alice.

Su intención había sido preguntarle sobre el día que había pasado, descubrir si Pepper y ella habían ido a prácticas de tiro o, con suerte, se habían limitado a las compras. Había pensado cenar, hablar, relajarla con unas caricias...

Pero Alice había dado al traste con sus planes.

En cuanto había entrado por la puerta, se había dado cuenta de que pasaba algo. Era curioso lo hermética que podía resultar sobre algunas cosas, pero cómo ni siquiera se molestaba en ocultar su atracción hacia él.

Casi se había mostrado desesperada por tenerlo.

Y a él le había encantado.

En cuanto despertara le prepararía la cena, se ducharía con ella y la llevaría de vuelta a la cama para disfrutar de una sesión más lenta y exhaustiva. Poco importaba que acabara de hundirse dentro de ella. Ya ardía en deseos de repetir, sobre todo sabiendo que seguía en la cama, relajada. Y desnuda.

Decidido. En cuanto despertara, lo último que iba a hacer con ella era hablar de compras.

Tomada la decisión, Reese sacó el móvil del bolsillo. Lo mejor sería acabar cuanto antes con el informe de Rowdy para poder concentrarse en cosas más importantes con Alice.

Básicamente, la repentina decisión de hacer evolucionar su relación a otra más íntima y ardiente. No sabía por qué de repente había perdido toda inhibición y precaución, pero estaba más que agradecido.

CAPÍTULO 13

La comida era un asco. Otra cosa de la que se ocuparía en cuanto hubiera terminado con el papeleo. De todos modos, no había esperado gran cosa de ese bar, al menos en lo concerniente a la cocina.

Dejó la dura corteza del ridículo sándwich en el plato, comió un pepinillo, la última patata y se volvió en la banqueta, los codos hacia atrás, apoyados en la barra, para echar un vistazo al local. En esos momentos no había mucha acción. Pero sabía que, a pesar de la falta de ambiente y de delicadezas, pronto habría una multitud que permanecería allí hasta echar el cierre.

A los grandes bebedores les gustaban los garitos tanto como los locales más exclusivos.

En cuanto el negocio fuera suyo, lo transformaría en un lugar informal. Casi ciento cuarenta metros cuadrados daban para muchas cosas, como mesas de billar y una gramola. A las tres empleadas les ofrecería un contrato a jornada completa. La zona de aparcamiento serviría para dieciocho coches. El solar adjunto permitiría aparcar otros veinte tras alcanzar un provechoso acuerdo con el dueño.

La idea era ofrecer bebidas a precio razonable, con un menú limitado, pero fresco. Variedad de sándwiches, quizás chili con carne, sopa del día, patatas fritas.

Poca gente acudía a ese lugar por la comida.

Pero si abría un poco más temprano, eso podría cambiar.

¿Por qué no? Ya había consultado la licencia para servir alcohol. Se aseguraría también de que tuvieran permiso para dar comidas.

Pero primero tenía que superar la evaluación requerida para cada licencia de alcohol. La idea de que alguien husmeara en su vida privada, incluso de manera superficial, le provocaba urticaria. No tenía nada que ocultar. Nada que pudiera impedirle conservar la licencia.

En lugar de seguir dándole vueltas a cosas que no podía cambiar, Rowdy buscó con la mirada hasta que vio a Avery. En cuanto a distracciones, era perfecta. Sabía que estaba evitando mirarlo deliberadamente.

Una lástima.

Pues esa noche no le apetecía regresar solo a su casa.

Algunas noches era así.

Se sentía inquieto, sensación amplificada por viejos recuerdos. Necesitaba estar ocupado, pero en esos momentos no tenía nada más que hacer. Desgraciadamente, no hacer nada solo no era igual que no hacer nada con alguien.

Con cualquiera.

Preferentemente con Avery.

Ella pasó a su lado camino de la cocina. Rowdy la detuvo agarrándola del brazo. El leve e impersonal gesto le provocó una descarga por todo el cuerpo y permaneció en silencio, disfrutando con la sensación de la suave y cálida piel.

La piel de su brazo... Necesitaba sexo.

—¿Qué tal el sándwich? —ella posó la mirada en la mano antes de deslizarla hasta su rostro.

—El pan está correoso.

—No me sorprende. Nuestro, así llamado, cocinero, no distingue una galleta de su trasero —ella se acercó un poco más—. Tampoco está muy obsesionado con la limpieza —le susurró al oído.

Rowdy se estremeció al sentir el cálido aliento. Se moría de ganas de sentir ese aliento en otras partes, más interesantes, de su cuerpo.

—Cuando yo me haga cargo, eso va a cambiar.

—¿De modo que va en serio? —Avery lo estudió atentamente.

—Ya está todo en marcha —en cuanto superara la revisión de su pasado—. Y también va en serio lo de que estés a cargo tras la barra.

Ella se mordisqueó el carrillo, reflexionando, y de repente lo sorprendió agarrándolo de una mano y arrastrándolo hasta una mesa vacía en un rincón.

Rowdy la siguió sin oponer resistencia, curioso por saber qué iba a hacer, qué iba a decir.

—En la mayoría de los lugares —Avery se volvió hacia él—, el trabajo de barman es el más codiciado. ¿Por qué yo?

—Eres muy competente —¿sospechaba algo? Rowdy supuso que motivos no le faltarían.

—Apenas me conoces.

«Pero te deseo». Él sacudió la cabeza.

—Soy bueno juzgando a las personas. Atender la barra del bar no es fácil. Aparte de la gestión financiera, es el puesto más importante, de modo que no creas que te estoy haciendo ningún favor.

—Soy consciente de ello —ella levantó una mano y empezó a enumerar—. Tienes que estar de pie durante horas. Te avasallan sin parar, siendo los más exigentes e insistentes los que más han bebido. Las drogas corren libres tras la barra. Necesitas tener muy buena memoria…

Rowdy puso un dedo sobre sus labios e, inexplicablemente, sintió el contacto en su miembro viril.

Pensar al mismo tiempo en la boca de Avery y en su miembro lo paralizó.

—Volvamos a las drogas —él sacudió la cabeza en un intento de deshacerse del deseo.

Ella lo contempló, los carnosos labios aún pegados a su dedo, con sorpresa.

Quizás fuera buen momento para volver a besarla. Sin apartar la mirada de sus ojos, se acercó un poco más.

De repente, ella parpadeó con fuerza, respiró hondo dos veces y se apartó.

—¿No lo sabes?

Había perdido la oportunidad. No debería haber dudado.

—¿Sobre las drogas? —las drogas eran siempre un problema, en todos los bares. Pero ¿allí concretamente? No le sorprendería—. Cuéntame.

—No lo creo —Avery frunció los labios—. Aún no eres el dueño, y no quiero provocar una tormenta y verme atrapada en medio.

—Por eso serás un gran barman. Eres prudente.

—Lo que no soy es idiota —le corrigió ella.

—En cuanto a lo de ser avasallada —Rowdy contempló la vestimenta de la joven y asintió—, dudo que la mayoría de los barman deban preocuparse por eso —Avery, con su menuda figura y dulce rostro, no daría abasto para librarse de los borrachos—. Está bien que vistas de modo que desanimes a los esperanzados.

—¿Incluyéndote a ti?

—¿Doy por hecho que puedes aprender las características del puesto? —él ignoró la pregunta. Pues claro que era uno de los esperanzados.

—Me lo sé de memoria.

Fascinante.

—¿Has trabajado antes como barman?

—Fue mi anterior trabajo. Intenté conseguir ese mismo puesto aquí, pero acabé de ayudante de camarero.

—¿Ayudante de camarero?

—Ya sabes, la que aprovisiona el bar, mantiene lleno el contenedor de hielo, corta la fruta y la guarnición, friega los vasos…

—Ya sé lo que es —pero le sorprendía que ella hubiera sido contratada para ese puesto.

—En este lugar —añadió Avery—, el ayudante de camarero también debe proteger al barman —ella se encogió de hombros—. Ahí fallaba yo, de modo que en tres días se me dijo que debía trabajar como camarera, lo que aquí también incluye bailar con la barra. Yo me negué a esa parte, pero soy más competente que las otras, por eso me lo permiten.

—¿Qué sucedió? —Rowdy la miraba incrédulo. ¿Alguien había pretendido que esa mujer ejerciera de guardaespaldas? Menuda estupidez.

—¿Con qué parte?

—Con la parte en que fallabas como guardaespaldas —él gruñó frustrado. Era evidente que en lo de bailar con la barra Avery jamás aceptaría.

—¿Cómo sé que esto no irá más lejos? —ella volvió a dudar.

—Te doy mi palabra, suponiendo que sirva para algo.

Durante lo que pareció una eternidad, ella lo miró atentamente. Rowdy se contuvo de mostrar su irritación. Sería muchas cosas, la mayoría oscuras como la mierda.

Pero no era un mentiroso.

—¿Las drogas que mencioné? —al fin ella asintió—. Bueno, un pez gordo, seguramente un suministrador, vino la tercera noche, realmente furioso. Parecía que acabara de chocar contra un camión y fue directamente a por Dougie.

—Ese es el actual barman, ¿verdad?

Rowdy ya se había fijado en el tipo enjuto y excitable que solía servir las bebidas. Sus cabellos eran abundantes y oscuros, y solía llevarlos recogidos en una cola de caballo. En una oreja lucía un pendiente. A pesar de la suciedad del local y la dudosa clientela, sonreía mucho.

—El mismo.

—¿Alguien vino a por él?

—Con una navaja automática —Avery se estremeció—. Y se suponía que yo debía protegerlo.

—¿Algún maldito imbécil pretendía que tú te enfrentaras a una navaja? —exclamó Rowdy con toda su rabia.

El lenguaje empleado llenó de censura la mirada azul de la joven.

—Es evidente que no estoy físicamente equipada para un conflicto como ese.

—¡Tú no estás equipada ni para un conflicto con una almohada! —era menuda, dulce y…

—Por eso llamé al 112 —ella le interrumpió con gesto contrariado—. Grave error.

—¿Sufriste alguna herida? —él seguía cegado por la preocupación.

—¡Casi me despidieron!

¿De ese antro? Pues vaya cosa. Casi le hubieran hecho un favor. Salvo que entonces él no la conocería y, tras haberlo hecho, necesitaba tenerla.

—Doy por hecho que aquí los policías no son bienvenidos.

—Más o menos, por las drogas, entre otras cosas —ella se frotó las sienes—. Dougie no resultó gravemente herido. Un corte en el brazo que requirió algunos puntos. En cuanto grité que la policía estaba al llegar, ese tipo salió corriendo.

—Menos mal —si ese imbécil hubiera volcado su ira en Avery, quizás no estarían hablando en esos momentos—. ¿Sigue viniendo por aquí?

—¿El de la navaja? No. Desapareció —ella lo miró de nuevo—. Deberías averiguar más cosas sobre este lugar antes de comprarlo. Tengo la sensación de que en cuanto paralices lo de las drogas... —se interrumpió a media frase y lo miró fijamente con sus enormes ojos del color del cielo—. Es decir que, pondrías freno a eso, ¿verdad?

Un mechón pelirrojo atrajo la atención de Rowdy, que jugueteó con él entre los dedos.

Aunque lo que realmente quería era jugar con ella. En la cama.

—Cuenta con ello —iba a regentar un negocio legal aunque le costara la vida. Pero tampoco tenía especial interés en darle a la policía un motivo para frecuentar el local.

—Entonces me alegra que tengas pensado hacerte cargo —Avery suspiró aliviada—. Y, si quieres que atienda la barra, cuenta conmigo. Nada me alegrará más que dejar mi otro empleo.

—¿Otro empleo?

—Supongo que no pensarías que podía vivir con lo que gano aquí.

Había muchas cosas sobre Avery Mullins que desconocía, pero tenía la intención de averiguarlas todas.

—Soy mejor que Dougie, y más honrada, de modo que espero un aumento de sueldo con respecto a lo que cobra él. Pero no necesito un ayudante de camarero, de modo que tú seguirás ganando.

Él la protegería. Rowdy asintió.

—Vas a provocar mucho jaleo. Hay muchos habituales que consiguen su dosis de Dougie. No les gustará que se les cierre el grifo.

—Yo me ocuparé de eso —él se preguntó si las dosis irían más allá del consumo habitual, pero no quería comprometer más a Avery.

Ella sonrió feliz.

—¿Por qué no te vienes a mi casa después del trabajo? —Rowdy seguía jugueteando con el mechón pelirrojo.

No era un sitio como para echar cohetes, pero tenía una cama…

—Lo siento, pero no —ella lo miró con los ojos muy abiertos y, como si acabara de darse cuenta de que sus cabellos estaban enredados entre los dedos de ese hombre, se apresuró a soltarse.

—¿Mañana? —Rowdy reprimió el creciente descontento. Sabía lo que le iba a contestar—. ¿Pasado mañana?

—No puedo, Rowdy, lo siento.

Había llegado el momento de hablar claro. Era la clase de noche en la que regresar a su casa no era una opción.

La clase de noche en que los peores recuerdos reptaban por su mente, negándose a desaparecer, a no ser que encontrara el modo de bloquearlos. Y, de momento, lo mejor para eso era el sexo.

Levantándose, se interpuso en el camino de Avery, bloqueándole el paso y, sin amenazarla, la acorraló contra un rincón.

—Esta noche pienso irme acompañado.

—Qué presuntuoso.

—Me gusta esa lengua sucia tuya.

—¿Y das por hecho que conmigo te va a resultar así de fácil? —ella lo abofeteó.

—¿Contigo? No ¿Con cualquier otra mujer? —él se encogió de hombros—. Pero preferiría que fuera contigo.

Algo cruzó por el rostro de la joven, algo parecido a indignación, incredulidad. Quizás tristeza.

—¿Y si no soy yo? —Avery alzó la barbilla.

—Pues entonces será otra —no iba a mentir.

—Pues adelante, entonces —furiosa, ella entornó los ojos.

Cuando se escabulló, Rowdy la dejó marchar. Por mucho que pretendiera negarlo, sentía claramente su falta.

Mierda.

Al final conseguiría ganársela. Descubriría sus motivos para rechazarlo y trazaría un plan para refutar esos motivos.

Mientras tanto, echó un vistazo a las demás opciones. Una morena provocativa llamó su atención. Su sonrisa y mirada de aprobación constituía toda una invitación sensual.

A fin de cuentas era un hombre. Deseaba a Avery y nada le hubiera hecho más feliz que estar con ella, pero tampoco era inmune a lascivas ofertas sexuales. No si le ayudaban a pasar la noche.

Se encaminaba hacia la mujer cuando el móvil sonó. Sacándolo del bolsillo, contempló la pantalla.

Reese.

—Hola, Reese —Rowdy suspiró ruidosamente y aparcó sus necesidades por unos minutos.

—Rowdy. ¿Qué tal fue hoy?

Mierda, mierda, mierda. Era evidente que Alice aún no se había sincerado con él. De haberlo hecho, Reese no sonaría tan simpático. ¿Se había retrasado él más de lo previsto o Alice se había rajado?

—¿Estás con Alice?

—En el apartamento, sí.

—¿Qué te ha contado? —Rowdy tanteó el terreno.

—En realidad no hablamos mucho antes de... —contestó Reese al cabo de un tenso silencio—, antes de que ella se durmiera.

¿Durmiera? Consultó el reloj y comprobó que aún no era tarde. Qué interesante. En cualquier caso, le correspondería a él hacer el resumen.

—Estaría bien que te sentaras.

Frotándose la nuca, Rowdy se alejó de la morena y se dirigió a un rincón más tranquilo donde nadie pudiese oírle.

—Estoy fuera con Cash —el tono de voz del otro hombre había cambiado.

Lejos de Alice. Quizás sería lo mejor. Reese tendría un momento para recuperarse antes de enfrentarse a ella. Alice personificaba la frustración, pero tenía buenos sentimientos. A Rowdy no le gustaría que le gritara cosas feas.

—Prepárate. Esto no es bueno.

—Cuéntamelo —insistió Reese tras soltar un juramento.

Y eso fue exactamente lo que hizo Rowdy. Con todo lujo de detalles, sin dejarse nada. Con cada palabra, Reese se ponía cada vez más serio.

Rowdy comprendía perfectamente su estado de ánimo. La señorita Alice Appleton tenía la costumbre de desquiciar a los hombres que intentaban protegerla.

—¿Vas a despertarla para hablar con ella? —preguntó tras concluir su relato.

—En cuanto Cash encuentre un lugar a su gusto para aliviarse.

Imaginándose la escena, Rowdy sonrió.

—A tu perro le encanta olisquear cada brizna de hierba.

—Sí.

—Buena suerte, Reese —la impaciencia que percibía al otro lado del teléfono resultaba casi cómica—. Tengo la sensación de que la vas a necesitar.

—Que te jodan —sin embargo, siendo un tipo legal, Reese no podía dejarlo así—. Gracias, Rowdy. Por todo. Si ella hubiera estado sola hoy, y algo le habría sucedido....

—No sufrió ni un rasguño —aunque Rowdy no se explicaba cómo. Suerte o, ¿habilidad?—. Por cierto, Alice es de por aquí. Vivía aquí cuando fue secuestrada y regresó tras escapar. No he descubierto gran cosa, pero, al parecer, fue rescatada por un héroe anónimo con impresionantes contactos.

—Esto se pone cada vez mejor —gruñó Reese.

—Eso es todo lo que tengo por el momento, pero, si descubro algo más, serás el primero en saberlo —tras colgar, Rowdy descubrió que la morena lo estaba esperando. Esa mujer no le iba a suponer ningún desafío.

No era Avery.

Pero era mejor que dormir solo en esa inquietante noche, con su preocupación como única compañía.

Reese se reconcomía en un turbulento silencio. La brisa nocturna soplaba en su rostro y el torso desnudo, pero no hacía gran cosa por refrescar su humor.

¿En qué demonios había pensado esa mujer?

¿Conocía realmente a Alice? ¿Acaso sabía de lo que era capaz? ¿Hasta dónde llegaría?

¿Y si había disparado a alguien? Rowdy le había dicho que llevaba el arma, aunque, al parecer, solo le había aplicado la Taser.

Un jodido matón. Supuestamente un hombre capaz de coaccionar a una chica. Una chica a la que Alice había rescatado.

Los ojos le ardían y el corazón se estrellaba contra sus costillas.

¿Y si ese tipo la hubiera dominado? En esos momentos podría estar encerrada, a merced de un brutal matón. ¿Cómo la habría podido encontrar entonces?

¡Y él pensando que estaba de compras! Su principal preocupación había sido la influencia de Pepper.

Cash al fin regresó dando saltitos, la lengua fuera, meneando la cola. Ansioso por hablar con Alice, por decirle a saber qué cosas, Reese se dirigió de regreso al apartamento. Tenía que sacarle la verdad, toda, cada detalle de su pasado, y lo que tuviera planeado para el futuro.

Caminó con largas zancadas, y a punto estuvo de chocar con Nikki.

—Hola, Reese —llevaba tacones, una ajustada minifalda y un top.

Parecía vestida para matar. Sonriéndole, se echó los rubios cabellos hacia atrás.

—Buenas tardes —él intentó seguir caminando.

—Últimamente no te veo salir a correr —ella le bloqueó el paso y dirigió la mirada hacia los pantalones, o más exactamente, a la cremallera.

—He estado ocupado —y lo seguía estando en esos momentos.

—Bonita noche, ¿no te parece? —ella se acercó y le tocó los fuertes bíceps. Tenía la voz ronca y apestaba a alcohol.

—Bastante —¿con su estado de ánimo? Era una mierda de noche.

Reese encajó la mandíbula e intentó seguir su marcha.

Cash se acercó a ellos y comenzó a olisquear el bajo de la falda de Nikki. La joven reaccionó como si una mofeta hubiera trepado por su pierna.

—¡Dios mío, largo de aquí! Márchate —la joven golpeó al perro en la cara.

Cash empezó a llorar y se agachó, acobardado.

—No pasa nada, amigo —furioso, Reese se arrodilló junto al animal—. No te hará daño.

Con el rabo entre las piernas y los ojos tristes y alertas, Cash se pegó a su amo.

—Ya está. Todo pasó —él le acarició el lomo y lo besó en la cabeza.

—No pretendía hacerle daño —Nikki comprendió lo que había hecho e intentó explicarse—. Es que... no quiero llevar pelos de perro en mi ropa.

Reese apenas consiguió asentir.

—Además, ¿qué le pasa? —ella rio nerviosa—. Por el modo en que ha reaccionado, cualquiera diría que le he dado una paliza o algo así.

—Es un perro abandonado —él se irguió y contempló a Nikki sin dejar de acariciar al perro. Intentaba controlar la rabia que sentía, lo que le hacía mascullar entre dientes—. Alguien lo había dejado por muerto. A saber lo que había sufrido antes de aquello. Seguramente toda clase de palizas.

—Pues lo siento —de nuevo la risita nerviosa—. En serio.

—Si estar cerca del perro supone un problema para ti, evítame cuando salga con él —lo ideal sería que lo evitara siempre, pero no era lo bastante grosero como para decírselo—. Y ahora si me disculpas...

—Reese, espera —ella apoyó una mano sobre el torso desnudo y la otra sobre un costado, justo por encima de la cinturilla del pantalón—. Lo siento de veras. No he tenido mucho contacto con animales, y no puedo decir que me gusten con locura. Pero jamás le haría daño a un animal. No soy un monstruo.

—Gracias —Reese estaba convencido de que decía la verdad. Hacerle pagar a Nikki su mal humor no serviría de nada.

—Quizás podría... —ella miró a Cash con asco mientras acariciaba el torso de Reese—. Podría intentar acostumbrarme a él.

—No hay ninguna necesidad —aparte de la habitual cortesía y urbanidad, no tenía ningún interés en Nikki.

—Pero, Reese... —ella deslizó el pulgar por el pezón derecho del detective—. Te compensaré por ello.

—Sí, claro —él le agarró la muñeca con la mano libre—. No hagas eso.

—Por favor —Nikki se humedeció el labio inferior y volvió a atacar el pezón.

Reese no quería ni imaginarse cómo pensaba arreglarlo esa mujer. Miró a su perro, que aguardaba inquieto.

—Debería llevar a Cash dentro.

—Pero yo quiero que nos llevemos bien. Lo sabes.

En realidad quería más que eso, pero jamás sucedería.

—Ibas a salir, y has estado bebiendo.

—Solo un poquito —ella se inclinó hacia él, apretando los pechos contra el torso. La mano que le sujetaba la muñeca estaba atrapada entre ambos—. Me dirigía al club. Pero no me importará quedarme si estás... disponible.

—No lo estoy —le explicó él con la mayor amabilidad posible. Sospechaba que ella sacaba su valor del alcohol. En ocasiones, un par de copas podían borrar muchas inhibiciones y anular el buen juicio—. Y tú no deberías conducir.

—¿Lo ves? —Nikki añadió la presión de su pelvis—. Debería quedarme en casa contigo.

—Reese, estás aquí.

La aguda voz de Alice los sobresaltó. Ambos se volvieron a la vez y allí estaba ella, sin apenas ropa, los cabellos revueltos, el rostro cargado de emociones encontradas.

Cash corrió hacia ella y, a pesar de su evidente irritación, Alice se arrodilló para recibirlo con una generosa ración de caricias.

Sabiendo lo que sentía por el perro, Reese agradeció que no hubiera presenciado el desafortunado estallido de Nikki.

—Vaya, vaya, Alice —Nikki miró primero a Alice, luego a Reese, y de nuevo a Alice—. Esta noche, todos parecéis estar de mal humor.

De pie, con el perro a su lado, Alice se echó atrás los cabellos. Se había puesto una camiseta, sin sujetador, unos pantalones cortos, e iba descalza.

—Yo estoy bien —miró a Reese con gesto significativo—. ¿Vienes?

Si entraba en esos momentos, era probable que se pusiera a gritar. Y él no quería gritarle a Alice. Por el momento, no estaba muy seguro de qué quería hacer con ella.

Pero dejarla no era una opción.

Contar sus travesuras a las autoridades tampoco le parecía bien.

Hacerle el amor hasta que volviera a gemir... Pero no. Primero tenía que ocuparse de su descuidado comportamiento. Tenía que encontrar el modo de conseguir que le contara la verdad, descubrir cada uno de sus secretos.

Evitar que se metiera en más líos.

Nikki seguía agarrada a él y zafarse de ella no le iba a resultar sencillo. Esperaba que Alice entendiera las circunstancias.

Deseaba todo de Alice, excepto sus celos o dudas.

—¿Por qué no te llevas a Cash contigo? —Reese le ofreció la correa—. Enseguida voy.

Alice permaneció quieta con sus pequeños pies descalzos firmemente plantados en el suelo, la brisa revolviendo sus cabellos.

No miró a Nikki, ni tomó la correa.

—Te espero aquí —anunció con voz gélida y firme.

¡Genial! Celosa y, al parecer, preparada para la batalla. Justo lo que menos requería la situación.

Nikki miraba de Reese, frustrado, a Alice, hostil. Ganó hostil.

Alice sonrió aunque su gesto no tenía nada de amistoso.

—Muy bien —con una risita nerviosa, Nikki se apartó—. Creo que me abstendré de participar en esta volátil disputa doméstica —le dio una palmadita a Reese en el pecho mientras Alice encajaba visiblemente la mandíbula.

Ese nuevo aspecto de la personalidad de Alice fascinaba a Reese. Posesiva. Poderosa.

Pero de inmediato regresó la amable y razonable vecina.

—¿Quieres que te pida un taxi, Nikki? No deberías conducir.

—No hace falta —en ese momento entró un coche en el aparcamiento haciendo sonar el claxon—. Vienen a buscarme.

Un joven se detuvo, abrió la puerta del conductor y asomó la cabeza.

—Siento llegar tarde —gritó a Nikki—. El tráfico.
Nikki se acercó a Reese y le susurró al oído:
—Es un premio de consolación, pero esta noche lo aceptaré.
Y sin más se dirigió al coche donde aguardaba, expectante, el joven con el que se había citado.
—Creo que está borracha —Alice suspiró—. Supongo que no debería haberme ofendido.
Dado lo que había hecho horas antes, ofenderse por una vecina avasalladora debería haber sido lo último en lo que pensara.
—Se te ven los pezones.
—Me vestí deprisa —Alice se miró sin demasiado entusiasmo.
Tomándola del brazo, con suavidad, pero firmeza, Reese se dirigió al apartamento. Cash trotaba alegre tras ellos, el trauma vivido con Nikki, temporalmente, olvidado.
—Me puse la primera camiseta y pantalones que encontré —explicó Alice cuando ya iban a medio camino por las escaleras—. No hubo tiempo para ropa interior.
Reese se tropezó.
—Además —continuó ella—, esperaba poder convencerte para volver a la cama. Y para eso no había necesidad de vestirse.
—De eso ni hablar —Reese le quitó la llave de la mano y abrió la puerta—. No volverás a distraerme. Tenemos que hablar muy en serio.
—¿Sobre Nikki?
—No, sobre Nikki no —él se sintió de nuevo enfurecer y, tras cerrar la puerta, se dirigió a la cocina en busca de una chuche para el perro.
Si seguían así, Cash iba a terminar con sobrepeso. Debería volver a correr y llevarse al perro con él.
Con el animalito relajado, Reese salió de la cocina con Alice.
—Si te he decepcionado, dímelo sin más —ella lo miró contrariada.
—¿Decepcionado?
—Por cómo he… —Alice gesticuló—, ya sabes. En la cama.
Reese la miró perplejo. Al final sí había conseguido distraerlo de nuevo.

—No hace falta que andes con rodeos —insistió ella—. Simplemente dime qué debería hacer la próxima vez.

Reese tuvo que sacudir la cabeza para aclarar su mente. Desde luego estaba decepcionado. Por su falta de confianza y su irresponsable temeridad.

Y por cualquier asunto ilegal en el que estuviera metida.

—Fue un cambio del demonio, Alice. Teníamos que esperar porque no estabas preparada y, de repente, insistes en que nos vayamos a la cama.

—¿Mi osadía te desagrada? —ella lo miró confusa.

—¡Claro que no! Me encantó —había picado el anzuelo, el sedal y toda la caña de pescar, sin sospechar nada—. El sexo fue increíble. Tú eres increíble.

—Gracias —Alice sonrió resplandeciente y se sonrojó.

—Pero no deberías haberlo utilizado como artimaña contra mí.

—¿Utilizado? —preguntó ella quedándose, visiblemente, en blanco.

—Acabo de hablar con Rowdy —Reese cruzó los brazos sobre el pecho.

Las palabras cayeron como un mazazo entre ellos.

Alice abrió la boca y tomó aire.

Una sensación de lamento, y quizás dolor, empujó a Reese a escasos centímetros de ella, mirándola, acorralándola con su estatura.

—Y ahora sé por qué sentiste esa repentina necesidad de tenerme.

CAPÍTULO 14

—Estás loco —¿cómo demonios podía Reese pensar que algo, aparte de su impresionante atractivo, le había motivado a actuar como lo había hecho?

Él abrió los ojos, sorprendido ante el insulto.

Con ambas manos, ella lo empujó. O al menos eso intentó. Pero dado que superaba el metro noventa, y cada centímetro era un concentrado de fuerza, solo consiguió sorprenderle.

—¡Mírate! —ella apoyó una mano en su mandíbula y acarició con el pulgar la incipiente barba.

Incluso ese leve contacto le provocó un cosquilleo en el estómago.

—Mírate —repitió en un tono más dulce, casi un susurro.

—Alice.

Haciendo caso omiso del tono de advertencia en la voz del detective, ella le acarició el amplio torso, los esculpidos bíceps y los impresionantes abdominales que se tensaban bajo su contacto.

—¿Quieres la verdad, Reese? ¿Quieres saber por qué me mostré de repente tan...? —era incapaz de pronunciar la palabra «cachonda», de modo que se conformó con otra cosa—, ¿dispuesta?

—Estaría bien oír la verdad —Reese entornó los ojos, evidenciando su mal humor.

Era imposible que ella no captara la indirecta.

—¡Yo no te he mentido! —exclamó, casi ahogándose.

—Las mentiras por omisión también cuentan, Alice —él apoyó ambas manos sobre sus hombros, cerca de la garganta—. Y tengo la sensación de que has omitido muchas cosas.

Debería sentirse amenazada. Había tenido unas cuantas experiencias horribles con hombres grandes, fuertes y furiosos. Reese era más grande y fuerte que la mayoría, y en esos momentos bullía de ira.

Pero no sentía miedo.

Con Reese jamás.

Y eso la asustó un poco, porque estar apoyada contra él, confiar en él, resultaba tan correcto. Se había esforzado mucho por recuperar su independencia, su autoestima.

Y de repente, lo único en lo que era capaz de pensar era en Reese, y en cómo deseaba compartirlo todo con él.

Consciente de que tenía que confesar, emitió un largo suspiro y se abrazó a él.

—Tienes razón.

—Convénceme de que no me has utilizado —sorprendido nuevamente, Reese permaneció inmóvil un instante antes de atraerla hacia sí.

—No puedo —Alice echó la cabeza hacia atrás para mirarlo a los ojos y ofrecerle la verdad que aseguraba querer oír—. Sí te utilicé. Después de lo sucedido hoy, estaba tan alterada que no sabía qué hacer. Tenía ganas de llorar, o gritar, o simplemente acurrucarme en un rincón y esconderme. Hacía tiempo que no me sentía así. Pero entonces recordé que faltaba poco para que regresaras a casa y, en lugar de derrumbarme, quise estar más cerca de ti. Yo... —apretó la mejilla contra el fuerte torso—. Necesitaba que me hicieras sentir mejor.

Unas grandes y cálidas manos le acariciaban la espalda. Alice sentía el latido de su corazón contra la mejilla, la expansión del pecho al respirar.

—¿Y lo conseguí?

—Iba a contártelo todo —ella asintió—. Rowdy insistió en ello. Sabía que si yo no lo hacía, lo haría él.

—¿Y si Rowdy no hubiera estado allí? —Reese se tensó.

—Lo siento, pero sinceramente no lo sé. Tú eres policía —

añadió ella rápidamente, esperando hacerle comprender—. Tu inclinación natural es hacer las cosas de manera legal.

—Eso no es malo, cielo. La manera legal suele funcionar si se le permite.

—Pero no siempre es así —había llegado el momento de dejar de perder el tiempo.

Alice se apartó del acogedor cuerpo, pero él le agarró una mano.

Vio las preguntas en los ojos verdes, la duda que seguía albergando sobre sus motivos. Y no pudo culparle por ello.

—Sentémonos —ella tiró de él hacia el sofá—. Es una larga historia.

—Rowdy me contó gran parte.

Rowdy solo conocía una mínima parte. Alice aguardó hasta que ambos estuvieron sentados. Como de costumbre, Cash corrió a sentarse junto a ellos. Alice se dio una palmada en los muslos y el animal saltó a su regazo, estirándose boca arriba para descansar la cabeza sobre el muslo de Reese.

—Hoy he salvado a una mujer —Alice sonrió y rascó la barriga del perro, evitando mirar a su dueño.

El dueño permanecía callado.

—Y aunque te disguste, me sentí bien al hacerlo —una rápida ojeada le mostró la expresión, concentrada y sombría, de Reese—. En muchísimas ocasiones recé para que alguien me salvara a mí.

—Y alguien lo hizo —él acarició a Cash bajo la barbilla—. Rowdy dice que ese tipo es como un fantasma, pero que tiene muchas influencias con la ley.

Cash se durmió plácidamente.

Alice adoraba a ese animal con toda su alma.

Y en ese instante comprendió que también amaba a Cash, y eso era mucho más complicado, pues significaba que ya no podría esconderse. Tenía que saber la verdad.

Y ella tendría que afrontar las consecuencias.

—Me sorprende todo lo que Rowdy es capaz de descubrir —Alice se humedeció los resecos labios—. ¿No consiguió ningún nombre? ¿Ningún detalle?

—No —con cuidado, Reese trasladó al perro al otro lado del sofá para poder sentarse más cerca de Alice.

Dos palmaditas bastaron para que el animal se contentara con seguir durmiendo.

—Pero espero que compartas todo eso conmigo —Reese le devolvió toda su atención.

Le contaría lo que pudiera, esperando que bastara con eso, pero no demasiado.

—Logan también hizo algunas comprobaciones para mí —él alargó un brazo por el respaldo del sofá y la encajonó ligeramente.

¡Pues sí que había estado ocupado! Había vigilado su salida de compras, había hecho comprobaciones sobre su pasado. Y toda esa curiosidad solo podía significar que a Reese le importaba, ¿o quizás la creía sospechosa de algo?

—¿Descubrió Logan algo? —preguntó Alice en un tono que pretendía resultar curioso, no receloso.

—Alguna cosa.

—¿Por ejemplo? —el corazón le empezó a latir con fuerza. Y deseó que Cash no se hubiera movido del sitio. Estar cerca de él la tranquilizaba.

—Sé lo que le contaste a la policía cuando regresaste, lo que contaste a la prensa. Y sé que los permisos de armas están en regla —él la miró un instante—. Pero ahora quiero conocer el resto. Quién te secuestró, cómo escapaste, por qué sigues teniendo tanto miedo…

—Soy precavida, no tengo miedo —«mentirosa». El miedo la invadía en numerosas ocasiones—. Al menos no mucho.

—Y quiero saber qué sucedió hoy, y por qué —Reese hizo caso omiso de sus protestas.

—Esa joven necesitaba mi ayuda —el porqué era lo más fácil.

—No, Alice, hay mucho más. Creo que quizás estés intentando hacerte perdonar algo. Creo que sigues ocultando mucho. Pero ya es hora de que dejes de esconderte.

Alice cerró los ojos. Ese hombre no tenía ni idea, y a ella le gustaría que siguiera siendo así.

Él le acarició la mejilla y la obligó a mirarlo, aguardando pacientemente a que ella abriera los ojos.

—Es hora de dejarme entrar, Alice.

—No quiero que cambien las cosas —Alice asintió, aunque no sabía por dónde empezar. Tenía muchísimo miedo.

—¿Entre nosotros?

—Sí —en cuanto lo averiguara todo, ¿cómo iba a poder seguir interesado en ella?

—Tarde o temprano tendrás que contármelo.

—Lo sé —el miedo había dado paso al terror, encogiéndole el estómago y el pecho—. Creo que lo he sabido desde el día en que te conocí.

—Entonces saquémoslo todo a la luz y afrontemos las consecuencias. Cuanto más tiempo esperes, más difícil resultará.

Consciente de que tenía razón, Alice recurrió a una vieja táctica y se obligó a relajar los músculos, a recomponer su expresión. A ocultar la emoción.

Ocultar el miedo.

Ocultarlo todo, hasta que ella dejara de existir realmente. Eso hacía más fácil soportar…

—No —con furiosa determinación, Reese la obligó a volverse hacia él. Y la besó apasionadamente—. No hagas eso, maldita sea. Conmigo no.

Alice parpadeó perpleja, conmocionada y descolocada.

Parecía estar sufriendo, y Reese apoyó la frente contra la de ella.

—Conmigo no, Alice —repitió con voz gutural mientras la sujetaba firmemente por los hombros.

Reese sentía el acelerado latido del corazón de Alice, pero no podía echarse atrás.

No le permitiría seguir escondiéndose, ya no más, no de él.

¿Cuántas veces había tenido que hacer eso durante el año de cautividad? ¿Cuántas veces se había transmutado en un ratoncillo, esperando no ser vista? ¿Esperando sobrevivir?

¿Cuántas veces había sido señalada de todos modos?

Solo pensar en ello lo estaba matando, y Alice había vivido todo eso.

Volvió a besarla, con más dulzura, deslizando los labios sobre los suyos, sintiendo alivio por el hecho de que ella estuviera allí con él.

—Necesito saberlo, Alice.

Ella asintió y lo sorprendió ofreciéndole su consuelo. Estaba allí, en su manera de besarlo, con tanta ternura, besarlo en la barbilla, en la mandíbula.

—Me secuestró al salir del trabajo —Alice apoyó la cabeza en su hombro y comenzó.

El vacío en su voz provocó un estremecimiento en la columna de Reese.

—¿Puedes decirme quién es? —él le retiró los revueltos cabellos del rostro.

—Se llamaba Murray Coburn. Está muerto.

«A veces es mejor que estén muertos». En esa ocasión, Reese no pudo por menos que estar de acuerdo.

—De noche me encerraban —respiró hondo una, dos, veces—. No estoy segura de dónde mantenía encerradas a la mayoría de las mujeres, las mujeres que vendía. Pero yo permanecí en su casa. Adonde él fuera, yo iba. Siempre.

Durante un año. Durante todo un jodido año. Los ojos de Reese ardían de ira, tensaba sus músculos con la necesidad de encontrar a un hombre y matarlo para saciar su sed de venganza.

—Al principio, durante la mayor parte del tiempo, supuse que iba a matarme —susurró Alice—. Pero después, al ver que no sucedía tal cosa, ya no supe qué pensar. Entonces me explicó que debía ser su secretaria. Dijo que había estudiado mis antecedentes, mi historial profesional, y que era la secretaria concienzuda y atenta que necesitaba para su negocio. Dijo que no podía contratar a cualquiera porque necesitaba alguien en quien pudiera confiar. Dijo —tragó nerviosamente—, dijo que saber que moriría si no trabajaba bien sería el mayor incentivo para mí.

—Hiciste lo que tuviste que hacer —él apenas conseguía imaginar esa situación, pero la creyó.

—Lo siento, Reese, pero tú no entiendes cómo era. Lo que tuve que hacer...

Él la acarició, animándola, esperando a que lo sacara a la luz para poder hacerle frente, juntos.

—¿Te he contado ya que se dedicaba a la trata de blancas?

—Sí, me lo contaste —Reese empezaba a temerse hacia dónde iba aquello.

—Fui su cómplice.

—No —eso jamás lo creería.

—De muchas maneras —ella asintió con tristeza—, soy tan culpable como él.

—No —cuando conociera todos los hechos, ya encontraría el modo de convencerla.

—Organizaba las reuniones, organizaba las recogidas. Las... ventas.

Las palabras se atragantaban en la garganta de Alice y cuando él le acarició la mejilla la encontró húmeda por culpa de las lágrimas que seguía vertiendo.

—Te viste obligada, Alice —Reese sentía el corazón pisoteado.

—Pero yo sabía a qué se dedicaba. Él se aseguró de ello. Todo el mundo lo sabía. Todo el mundo en la oficina, quiero decir. Muchas personas inmorales, todas igual de feas y malas que él.

—¿Y la policía?

—No podía tocarle —contestó ella con naturalidad—. Siempre cubría su rastro y tenía amigos corruptos en las altas esferas. Cuando la necesitaba, siempre tenía una coartada. Se burlaba de mí por eso. Me dijo que si alguna vez intentaba marcharme, secuestraría a mi hermana pequeña y la vendería, y después me violaría. Decía que no quería hacerlo —ella apoyó los puños contra el pecho de Reese, se apretó contra él, y continuó su relato con voz rota—. Incluso cuando me obligaba a andar desnuda delante de él, decía que yo le repugnaba, pero que de todos modos me violaría si le causaba problemas.

Reese la tomó en sus brazos y la sentó en su regazo. Quería protegerla de un pasado que ya estaba profundamente enterrado en su alma.

—Esperé y recé, pero nunca tuve la oportunidad de escapar, ni una sola vez. No podía parar aquello, no podía poner en peligro a mi hermana. Si solo se hubiese tratado de mi vida...

—Tu vida es muy importante, Alice.

—Las cosas con las que amenazaba —Alice tragó saliva—, lo que sabía que les hacía a las demás, eso habría sido peor que la muerte.

Reese necesitaba que ella lo comprendiera y hundió los dedos en sus cabellos, tomándole la cabeza entre las manos ahuecadas mientras la besaba cálidamente en la frente.

—Me alegro, mucho, mucho, mucho, de que sobrevivieras.

—Me siento tan culpable —ella escondió el rostro en el cálido cuello.

—Ojalá no lo hicieras —sin embargo, conociendo a Alice, sabía que moriría con esa sensación de culpa.

—Cuando Murray contrató a un nuevo guardaespaldas, enseguida me di cuenta de que era diferente.

—¿Quién era? —seguramente el Espectro. Gracias a Dios.

—Eso no te lo puedo decir. No, por favor, Reese —ella se apartó con dificultad para mirarlo a los ojos. Los grandes ojos marrones inundados de lágrimas, la nariz enrojecida—. Él me salvo. Nos salvó a todas.

Eso era indudable. Pero ¿quién era?

—Has dicho que lo contrató como guardaespaldas…

—Se infiltró en la organización —ella se mordió el labio y más lágrimas rodaron por sus mejillas. Impacientemente, las secó con el dorso de la mano—. Yo había sido tan cobarde, peor que inútil ante toda esa injusticia. Pero él me dio esperanzas. Y después me dio la libertad.

—Me gustaría darle las gracias —susurró él mientras se acercaba a ella.

—Lo siento, pero no puedes.

Aquello era inaceptable, pero imposible presionarla más cuando ya temblaba descontroladamente, esperando, lo sabía, su crítica, su censura.

Más que su insistencia en la legalidad, Alice necesitaba seguridad. Y Reese estaba más que contento de ofrecérsela.

—Creo que eres la mujer más valiente del mundo, Alice. No muchas habrían podido sobrevivir a lo que sufriste y seguir siendo tan dulce y generosa.

—Yo no soy dulce —ella casi se atragantó ante sus palabras.

—Sí lo eres —Reese le sujetó la barbilla con dos dedos y le besó las lágrimas de las mejillas—. Dulce y maravillosa, y no quiero que lo olvides jamás.

Alice buscó sinceridad en el rostro del hombre, y la encontró. Con un gran sollozo se arrojó en sus brazos, apretándolo con fuerza, con toda la fuerza de que era capaz una mujer menuda y triste.

Alertada por su grito, Cash alzó la cabeza. Reese alargó una mano hacia atrás y tranquilizó al animal.

—No pasa nada, chico. Ella está bien —besó a Alice en la sien—. ¿Verdad, Alice?

—Sí —ella asintió con fuerza y se incorporó para hablarle a Cash—. Estoy bien, bebé. Vuelve a dormirte.

Tras observarla durante unos segundos, Cash desvió su atención hacia Reese y se volvió a acurrucar en el sofá con un sonoro suspiro. Al menos Cash confiaba en él.

Faltaba convencer a Alice.

—¿Y cómo terminó todo, cielo? ¿Puedes contarme eso?

—Sí —con ambas manos, se secó las lágrimas de las mejillas y continuó, algo más recuperada—. Fue durante una reunión organizada. Murray me hizo acompañarle. Creo que se había dado cuenta de lo del... nuevo guardaespaldas.

Lo que habría puesto a todos en peligro.

—¿Había sido amable contigo?

—Sí, quizás por eso Murray decidió matar a todo el mundo. Sin embargo —Alice dudó y soltó un tembloroso suspiro—. Todos los malos murieron.

¿Todos los malos?

—¿Qué le pasó al Espectro?

—Tenía apoyo.

—¿Cómo lo sabes? —¿sería alguien de la policía? ¿Un soplón?

—Estábamos en los muelles de carga, en un viejo y decrépito almacén. Una camioneta cargada de mujeres había llegado poco antes, pero, cuando Murray ordenó al conductor que abriera el tráiler, no contestó. Estaba... muerto. A Belfort, el comprador, le entró el pánico y todo sucedió de golpe. Pensó que Murray lo había traicionado y Murray pensó lo mismo de Belfort. Hubo disparos desde lejos y, Dugo, que acompañaba al comprador para protegerlo, fue alcanzado en el pecho. Murió. Belfort resultó gravemente herido, no sé si sobrevivió, pero sé que no escapó. Las mujeres fueron rescatadas, y Murray…

Reese esperó.

—Murray murió —concluyó ella casi en un susurro, la vista fija en algún punto de su pasado—. ¡Así se pudra!

Durante unos segundos, Reese se mantuvo inmóvil, abrazándola, tranquilizándose. Ella había sobrevivido y jamás volvería a sucederle nada tan horrible.

Le besó la frente, la oreja, la mejilla, esperando hacerle comprender que nada había cambiado tras conocer la verdad.

—¿Estás enfadado conmigo? —tras una eternidad, Alice se apartó y lo miró inquisitivamente, buscando su mirada.

—Estoy orgulloso de ti —y con el corazón roto, y enrabietado por lo que le había sucedido.

Ella se apartó incrédula.

Reese acarició el hermoso rostro, la comisura de los labios.

—¿Algo más?

—La policía llegó —ella continuó tras una pausa—, pero nosotros ya nos habíamos ido. Él me dio dinero para un taxi y un número al que llamar si tenía problemas —sabía que Reese se lo iba a pedir y se anticipó—. El número solo era válido durante un tiempo limitado. Ya no está operativo.

—¿Adónde fuiste? —él se sintió desilusionado. Claro que habría sido demasiado bueno.

—Regresé a casa, con mi familia. Allí me dijo que debía ir.

—¿Y te dijo que no le hablaras a nadie de él?

—No —Alice fijó la mirada en su cuello y deslizó una gélida mano por su torso—. Jamás me pediría eso.

Incluso en los peores momentos, esa mujer parecía atraída por su cuerpo. A Reese le gustaba. Más que gustarle.

—Aquí arriba, cielo —susurró.

—Fui yo quien decidí censurar la historia —ella suspiró y alzó la vista—. De todos modos no había gran cosa que contar. Solo conocía su identidad infiltrada y un alias. Y se había marchado. Contárselo a la policía no habría hecho más que crear confusión, y mi caso habría seguido abierto. En cambio, les conté que el trato había ido mal y que todos habían empezado a disparar.

—Lo cual se acerca bastante a la verdad.

—Sí. Tan cerca que obtuvieron lo que necesitaban de mí.

El detective consideró la credibilidad de aquello. Cualquier buen policía sería capaz de distinguir entre disparos de cerca y disparos de un francotirador. Pero quizás se lo anotaron a algún secuaz, bien del comprador, bien del vendedor, que logró escapar.

—¿Y cuál era el alias?

—¿Por qué importa eso?

Porque no le estaba contando todo. ¿Intentaba proteger a su salvador porque creía que iría tras él, lo cual quizás haría, aunque solo fuera para obtener más respuestas? ¿O intentaba protegerlo porque seguía manteniendo contacto con él?

—Dímelo —él estudiaba su rostro atentamente.

—Utilizaba el nombre de Trace Miller —ella cedió al fin.

—Gracias —supuso que sería la verdad, aunque lo tendría que investigar. Si ese tipo era la mitad de bueno de lo que parecía, no encontraría gran cosa—. ¿Y en cuanto a lo de hoy?

—Hoy —Alice respiró hondo—. Vi a esa chica y supe que algo no iba bien. Lo sentí.

A Reese le pareció lógico. Los policías sobrevivían gracias a su instinto.

—Deberías haber llamado a la policía.

—Para cuando hubiera llegado quizás habría sido tarde. Intento enmendarme, Reese. Quiero creer que ahora soy más fuerte que entonces.

Se refería a moralmente, y eso le frustraba enormemente.

—¿De verdad crees que habrías podido hacer algo para cambiar las cosas?

—Puede que no, pero de todos modos debería haberlo intentado.

—¿Y muerto en el proceso? ¿Y entonces qué?

Ella sacudió la cabeza.

—Habría secuestrado a otra, Alice —él no le permitió darse la vuelta—. Te habría sustituido por otra.

—¡Dios mío! —ella lo miró perpleja y palideció—. Seguramente tengas razón.

—Al resistir todo ese tiempo, salvaste a otra de sufrir lo mismo.

—Nunca pensé en eso —el labio de Alice temblaba.

Al detective le rompía el corazón.

—Estabas demasiado ocupada sintiéndote culpable como para ver lo que veo yo. Para ver lo que verán los demás —deslizó un pulgar por la delicada, y testaruda, barbilla—. Incluyendo a tu familia.

—Esa es una manera maravillosa de verlo —una pequeña y temblorosa sonrisa apareció en el rostro de Alice—. Gracias.

Reese decidió que era hora de regresar al presente. Esperando mantenerla de mejor humor, se levantó del sofá y tiró de ella.

—¿Volvemos a la cama?

Él la miró, vio las mejillas arreboladas, el ardor en su mirada, y casi cedió. Alice y su mente fija.

Por Dios que era un hombre con suerte.

—Vamos a la cocina.

Al entrar en la estancia, ella miró la mesa con sumo interés. Su rostro era como un libro abierto.

—No —Reese tuvo que hacer un esfuerzo por resistirse—, no voy a tomarte sobre la mesa de la cocina —la idea tenía su gracia, pero aquello era demasiado importante para dejarlo estar—. Te voy a dar de comer. No sé tú, pero me muero de hambre.

—¡Oh! —durante un segundo, Alice pareció decepcionada—. Nos saltamos la cena, ¿verdad?

—Y todavía no me has hablado de tu última hazaña —al recordar lo cerca que había estado del peligro, la lujuria pareció apaciguarse.

El detective apoyó una mano sobre la mesa y se inclinó sobre ella, mirándola muy de cerca, intentando hacerle comprender la gravedad de la situación.

—Sin mentiras y sin omisiones. Necesito saberlo todo, Alice, incluso el más pequeño de los detalles. Y necesito saberlo esta noche.

CAPÍTULO **15**

Alice mordió el sándwich de mantequilla de cacahuete y mermelada y le supo mejor que nada que hubiera comido en años. El mundo parecía más brillante y un enorme peso acababa de quitársele de los hombros.

Había compartido su mayor vergüenza, y Reese no le había dado la espalda. Era un buen hombre. Incluso siendo detective, no la culpaba de nada. Y eso significaba mucho más de lo que habría creído posible.

—Antes de irme a la cama, creo que enviaré un correo electrónico a mis padres.

—Estoy seguro de que les encantará —él le sirvió un vaso de leche—. Pero ¿por qué no una llamada?

—Es tarde y no quiero despertarlos —llevaban tanto tiempo sin verse que prefería regresar poco a poco. Un correo electrónico, pedir permiso para ir a visitarlos...

Quizás incluso celebrar una reunión, ya sin todas las barreras de su vergüenza y arrepentimiento.

El detective se llenó otro vaso con leche, se sentó a su lado y la miró con tal severidad en el gesto que ella se sintió encoger.

—¿Estás bien?

—No pienso echarme a llorar sobre ti —qué humillante había sido ver el fornido torso húmedo con sus lágrimas—. Siento haberme desmoronado.

—No lo sientas —de un solo mordisco, engulló la mitad del sándwich—. Me alegra que me lo contaras.

—Gracias por permitírmelo —ella también se alegraba de habérselo contado. Era mejor que llevar sola todo el peso.

Dado que él había insistido, más o menos, sacudió la cabeza.

—En realidad no soy muy llorona —arrancó el borde de la rebanada—, nunca me pareció que tuviera mucho sentido.

—Todo el mundo se pone sentimental de vez en cuando y, desde luego, motivo no te faltaba.

—Apuesto a que tú no lloras cuando te pones sentimental.

—No, pero me desahogo en el gimnasio levantando pesas hasta que me duele todo el cuerpo —él sonrió.

—¿Y eso te ayuda a volver a colocar las cosas en su sitio? —viendo el impresionante cuerpo, a Alice no le cabía ninguna duda.

—Hace que gaste energía —Reese se encogió de hombros—. A veces también corro, aunque eso lo hago normalmente porque me gusta. Me permite pensar, ver las cosas en perspectiva.

—¿Cosas de tu trabajo? —preguntó ella—. ¿O temas relacionados con tus relaciones personales?

—Normalmente del trabajo —él giró el vaso de leche entre sus manos—. Violaciones, adolescentes desaparecidas… esos casos me afectan en ocasiones más que un asesinato —la miró a los ojos—. Muchos de los asesinatos que vemos son entre rufianes. Tratos que se han ido de las manos. Esa clase de cosas.

—Entonces… —el corazón de Alice galopaba con fuerza—, cuando muere uno de los malos, es difícil sentir lástima. ¿Es eso?

—En realidad es imposible. Yo hago mi trabajo. Sigo las pistas, hago respetar la ley. Pero no voy a permitir que me hagan perder el sueño.

¿Sentiría lo mismo si supiera todo lo que ella había hecho?

—Pero un crío solo por las calles, o una mujer torturada, eso sí me atormenta.

—¿Y sucede a menudo?

—Una vez es más que suficiente, ¿sabes? Recibimos constantemente llamadas de violencia de género. Normalmente han bebido demasiado y han perdido el control. El que nos llama suele lamentarlo después. Porque, en cuanto nos involucramos, nos involucramos hasta el final.

—Esa me parece una buena postura.

—Sí, a mí también. Porque nunca se sabe —él resopló indignado—. El año pasado tuvimos el caso de un hombre que utilizaba a su mujer como saco terrero con demasiada frecuencia. Nuestra primera llamada fue de un vecino. La mujer negaba haber sufrido golpes —Reese se puso tenso—. Pero tenía marcas, y había algo en su mirada...

Tragar saliva resultaba cada vez más difícil. Alice ya había visto esa mirada, demasiadas veces, en demasiadas mujeres.

Incluso la había visto al contemplarse en el espejo.

—En cuanto nos hicimos cargo del caso —el puño del detective se cerró sobre la mesa—, descubrimos una historia macabra de huesos rotos y contusiones —se obligó a sacudirse los recuerdos—. Se había casado con él a los dieciséis años. Y durante doce había aguantado los abusos.

—Espero que recibiera un severo castigo.

—Si la muerte es lo bastante severa, sí.

—¿Tú le...?

Reese sacudió la cabeza.

—El bastardo fue tras el vecino que había llamado a la policía. Irrumpió en su casa, borracho y furioso. El vecino le disparó. En defensa propia —añadió con evidente satisfacción—. Tenía permiso de armas. No hubo cargos contra él.

—¿Y la mujer? —ella se mordió el labio.

—Lo último que supe era que había regresado con su familia, y que todos asistían a terapia.

Alice esperaba sinceramente que esa mujer fuera feliz. No le cabía la menor duda de que Reese habría hecho todo lo posible para asegurar un buen final.

—Eres muy bueno en tu trabajo.

—Eso espero —él soltó una pequeña risa—. Al menos soy tan honrado como puedo ser.

—Por supuesto que lo eres —ella no se imaginaba alguien más honrado.

—Agradezco tu fe en mí —Reese sonrió—. Ya sabes que en nuestro departamento hay algunos corruptos. Tener policías indecentes lo complica todo. Peterson está manos a la obra con el asunto, pero limpiar la casa nos va a dejar cortos de personal durante un tiempo. Tengo un montón de casos sobre la mesa, casos abiertos de los que necesito ocuparme.

—Lo entiendo —A Alice tampoco le faltaba el trabajo—. Supongo que el lunes regresaremos a la rutina.

—Tengo la sensación —él la miró fijamente— de que tú vas a ser mi rutina.

—¿Te refieres en el plano personal? —seguía sorprendiéndole que ese hombre la deseara. No tanto como ella lo deseaba a él, pero suficiente.

—Después de lo que me contó Rowdy —Reese se encogió de hombros—, seguramente también profesionalmente —terminó la otra mitad del sándwich y la observó comer a ella—. Y hablando de eso, dado que te encuentras mejor, vamos a continuar con el resto —le acercó el plato—. No puedes hablar mientras comes.

—¿Te refieres a lo que sucedió hoy? —al parecer le había dado de comer solo para permitirle recuperarse. Considerado y práctico.

—Sí, eso —con los brazos cruzados sobre la mesa, él la miró con el ceño fruncido—. ¿Qué demonios hacías, Alice?

El repentino cambio de tono la hizo ponerse a la defensiva. ¿Cómo podía perdonarla por lo que había hecho años atrás, obligada o no, y enfadarse con ella por lo sucedido aquella mañana?

—Necesitaba ayuda.

—Eso parece. Pero lo que hiciste fue imprudente y, en lugar de ayudarla, podrías haber terminado retenida y herida.

Ella ya se había dado cuenta de todo eso.

—Lo sé. Por eso estaba pensando que necesito ir mejor equipada, y necesito un plan mejor.

Reese se atragantó. Tosiendo y jadeando, levantó una mano en el aire para rechazar su ayuda. Tras beber otro trago de leche, descansó unos minutos, los hombros hundidos, la expresión funesta.

Cuando al fin recuperó el aliento, Alice no le permitió sermonearle.

—Llevaba un vendaje alrededor del brazo. Pensé que la habían herido, Reese.

—¿Y por eso decidiste meterte en el fregado? —él la miraba incrédulo.

—Resultó que no estaba herida —cierto que sonaba fatal. Por eso intentó tranquilizarlo—. No era más que un tatuaje recién hecho.

Aquello llamó la atención del detective, una atención que, como si se tratara de un foco, ya había estado centrada en Alice.

—¿Un tatuaje?

—Seguía rojo e hinchado —Alice se mordisqueó el labio mientras recordaba—. La encontré en el aparcamiento del centro comercial, y al parecer se lo acababan de hacer, seguramente en algún lugar cercano. Quizás unas pocas horas antes. El tatuaje era una de las razones de su inquietud.

—¿Qué aspecto tenía? —él seguía mirándola fijamente.

—Era un extraño dibujo —ella intentó dibujarlo en su mente—. Estaba hecho de números y líneas superpuestas —intuyendo que era importante, continuó—. Cheryl me explicó que el tatuaje se utiliza para identificar a las personas que transportan drogas, mulas creo que se llaman. Las líneas y los números indican qué drogas llevan, de dónde son y cuánto cuestan.

—¡No me jodas!

—Sé que suena raro, ¿verdad? —Alice frunció el ceño ante el lenguaje empleado por Reese.

Durante los veinte minutos que siguieron, relató todo lo sucedido. No se saltó ni un detalle, dado que era evidente que Rowdy ya había hablado.

Con cada palabra que salía de su boca, Reese se ponía más pálido.

—Cheryl no transportaba las drogas por libre elección —ella tenía que hacerle comprender—. Había venido con un tipo, no sé cómo se llama porque no me lo dijo. Pero la relación, al menos por parte de él, era una trampa, una manera de atraerla. Le dijo que, si lo amaba, transportaría las drogas por él.

El detective permaneció silencioso, la mirada oscura.

—Y hay más, Reese. Cheryl dijo que Hickson, la rata que dejé atada en ese asqueroso motel, es el encargado de tatuar a las chicas. No sé para quién trabaja. Cheryl lloraba sin parar y estaba muy preocupada por si yo trabajaba para alguien de la competencia, pero estoy convencida de que las chicas son obligadas, incluso forzadas, a transportar drogas —Alice se ponía más y más furiosa mientras hablaba—. Estoy segura de que las tatuaba en contra de su voluntad.

Reese parecía estupefacto ante sus conclusiones. ¿Tan ingenua la creía? No hacía falta ser un genio, o un detective, para ver la verdad.

Al recordar cómo Cheryl había intentado borrarse el tatuaje, Alice se acercó a Reese, ansiosa por ayudar con su relato.

—Recuerdo la furgoneta que la llevó al aparcamiento del centro comercial. Y la camioneta que seguí también. No se me ocurrió memorizar la matrícula, maldita sea, pero se me ha ocurrido que seguramente se conocieron en el centro comercial, porque el salón de tatuajes está cerca.

—No sigas —los hombros del detective estaban rígidos.

—Podría visitar la zona, quizás mirar un poco —movida por una sensación de urgencia, Alice insistía—. Quizás vuelva a ver la furgoneta o la camioneta.

—Alice...

—Nada de peligros esta vez —ella agitó una mano en el aire—. Solo comprobar dónde se hacen tatuajes.

—No —Reese se agarraba con fuerza a la mesa.

—Quizás incluso entrar y preguntar si alguien había pedido un dibujo de esa clase y...

—No —él empujó la silla hacia atrás.

—Porque a lo mejor podría encontrar al artista que había dibujado el diseño.

Con los ojos rojos y la respiración agitada, el detective se puso de pie de un salto.

—¿Estás enfadado conmigo? —ella por fin se dio cuenta de que algo no iba bien.

Reese abrió la boca, la volvió a cerrar. La mandíbula encajada. Los puños fuertemente cerrados.

—¿Reese?

—Creo que eres jodidamente maravillosa —él se mesó los cabellos y gruñó—, y no lo olvides.

—Eh... de acuerdo —¿jodidamente maravillosa? ¿Qué significaba eso?

—Pero —añadió el detective en un tono severo—, lo que has hecho hoy, no hace un año, hoy, Alice, ha sido tremendamente temerario.

Alice lo observó fascinada.

Ese hombre no le daba importancia a su relación con un traficante de mujeres, pero ¿se mostraba escandalizado porque había salvado a una chica?

Saber que no la censuraba, le daba renovada confianza. Reese tenía razón, Murray la habría sustituido por otra. Pero, si no se lo hubiera dicho, ella jamás habría llegado a esa conclusión.

Con Reese a su lado se sentía capaz de afrontar el pasado, seguramente enterrarlo de una vez por todas, y comenzar un nuevo futuro.

Alice le sonrió.

Pero él no le devolvió la sonrisa. Los segundos pasaron en silencio.

Alejándose de su lado, el detective sacó el móvil del bolsillo.

Algo desanimada por su reacción, Alice le observó marcar un número. Sentía curiosidad sobre a quién estaría llamando, pero más que nada se sentía preocupada.

—¿Logan? —Reese habló con su amigo sin quitar la vista de encima de Alice—. Tengo un problema —encajó la mandíbula y asintió—. Sí, Alice.

Ella frunció el ceño y se irguió en el asiento. ¿De repente se había convertido en un problema? ¿Por qué no era ese hombre capaz de obviar todo lo demás y centrarse en el bien que había hecho?

—Tenemos que interrogarla —el detective seguía con la mirada fija en ella y volvió a asentir—. Lo sé.

¿Interrogarla? ¿A comisaría? Pero...

—Peterson debería estar presente —él se frotó la nuca—. Y Rowdy también. Sí, él se metió en el lío mientras la seguía. Mañana te explicaré todos los detalles. No, no lo haré —la intensidad de su atención era tal que Alice se sentía pegada a la silla—. No la perderé de vista.

¿Significaba eso que pasaría otra noche más con ella? Dado su estado de ánimo, quizás preferiría dormir en el sofá, aunque esperaba que no. Lo deseaba en su cama.

Lo deseaba, y punto.

—Una última cosa —Reese se acercó a ella y puso dos dedos bajo su barbilla para obligarla a alzar el rostro—. Tenemos un justiciero andando suelto por ahí.

Alice intentó sacudir la cabeza, advertirle en silencio de que no debería compartir eso, pero Reese no le soltaba la barbilla.

—Tiene mucha influencia, recibió ayuda de las autoridades y, al parecer, es lo bastante bueno como para haber matado al secuestrador de Alice sin que nadie sepa quién es.

¡Oh, no! El corazón de Alice se encogió. No podía permitir que eso sucediera, no podía permitir que otro cargara con la culpa de lo sucedido aquel día.

Su rescatador no había matado al secuestrador.

De eso se había encargado ella personalmente.

El contundente puñetazo lo alcanzó en el estómago, lanzándolo contra la pared, golpeándose la cabeza con ella. Veía estrellas en los ojos, y le dolía la tripa. Incluso pensó que iba a vomitar.

Pero Hickson aceptó el castigo sin responder a él. ¿Qué otra elección tenía?

—Una chica muerta y otra huida —la gélida mirada lo fulminó cargada de desprecio y furia—. Debería matarte.

—No fue culpa mía —él sacudió la cabeza, tanto para negarlo como para intentar despejarse.

—¿No fue culpa tuya? ¿Permitiste que una mujer te sometiera? ¿Permitiste que te maniatara a una pared?

Cuando Woody Simpson, el jefe, se ponía de ese humor, no había manera de razonar con él. Pero de todos modos tenía que intentarlo.

—No era mi intención que Marcia muriera. Salió corriendo

después de que le hiciera el tatuaje. Gritaba «asesino de mierda». Yo solo la golpeé una vez para que se callara.

—Le diste lo bastante fuerte para que cayera y se abriera la cabeza contra el suelo.

—Bueno... sí —había sido pura mala suerte.

Considerándolo en retrospectiva, Hickson sabía que debería habérsela llevado y esperado a llegar al motel, tumbarla sobre el colchón y darle una buena paliza.

Woody lo abofeteó, pero con los puños americanos en la mano, le dolió tanto como el puñetazo. La boca le sabía a sangre.

Phelps y Lowry, los muy bastardos, rieron por lo bajo. Habían estado metiéndose con él desde que lo habían encontrado atado en la habitación.

—La otra zorra llevaba una Taser y casi me mata con ella.

—¿Y por qué no la desarmaste antes? —Woody rio, aunque sin rastro de humor.

—¡Yo no tenía ni idea de que fuera así! Parecía un ratoncillo. Una maestra o bibliotecaria. Dijo que se había perdido y que necesitaba llamar.

—Eres un jodido idiota, Hickson. Lo sabes, ¿verdad?

—Sí, lo sé —él se mesó la perilla mientras se tragaba el orgullo.

—Quiero que la encuentres.

—¿A Cheryl... o a la zorra que me electrocutó?

—A la última.

—¿Y cómo voy a hacer eso? —Hickson sacudió la cabeza, perplejo—. No sé su nombre. Podría ser cualquiera.

—Has dicho que ayudó a Cheryl. Que hizo una buena acción con esa imbécil.

—Sí —el rostro del hombre se iluminó al recordar—. Sí, la sacó de quicio verla llorar.

—Pues entonces busca a Cheryl.

Hickson se puso pálido.

—Cheryl seguramente regresó a casa con papá y mamá —Wilson puso los ojos en blanco y se dirigió a su escritorio—. Tengo su dirección. Espera a que esté sola y consigue que hable. Seguramente conoce a esa mujer, o al menos sabe cómo volver a ponerse en contacto con ella.

—¿Y si no es así?

—Descubre todo lo que puedas— Woody le entregó un trozo de papel con la dirección escrita—. Cheryl debería saber, al menos, qué coche llevaba. Más te vale que sirva con eso para solucionar esto, y rápido. Porque, si no es así, si esa mujer me causa más problemas, serás tú quien lo pague.

Apartándose de la pared, Hickson aceptó el trozo de papel. Le habían ofrecido una oportunidad, y no la iba a desaprovechar.

—Cuando la encuentre, ¿qué quieres que haga con ella?

—Tráemela —Woody se reclinó en el asiento y sonrió.

Reese estaba de un extraño humor, hostil. Alice pensó que sería de preocupación, aunque no sabía qué hacer.

No era persona que ignorara el dolor de los demás. Ya nunca más lo haría.

Mientras que el detective pasaba un tiempo exageradamente largo con Cash en la calle, ella había enviado correos electrónicos a su familia, enviándoles su amor y disculpándose por mostrarse tan distante. Les había explicado que había comprendido el error cometido al apartarse de ellos y les había prometido que pronto los visitaría.

De vez en cuando, se asomaba a la ventana para observar a Reese, pero nadie parecía estarle molestando. Sentado en la hierba, le arrojaba palos a Cash, jugando con él, incluso peleándose de broma con él.

La escena le produjo un nudo en la garganta y dibujó una sonrisa en su rostro. Era un hombre increíble, considerado, honrado, la antítesis de los monstruos que habían utilizado a Cheryl.

Cuando al fin regresó al apartamento, ella ya estaba lista para ir a la cama.

Reese se dirigió al cuarto de baño para asearse y cepillarse los dientes. Indecisa, Alice lo siguió, lo observó quitarse la camiseta y los pantalones. Llevando únicamente uno de sus sexys calzoncillos, se volvió hacia ella.

—¿Te quedarás conmigo esta noche? —con voluntad férrea, se obligó a mirarlo a los ojos.

—No pienso ir a ninguna parte —él enarcó una ceja.

—Me refiero a aquí —ella señaló la cama—. En el dormitorio, en la cama conmigo, y no en el sofá.

—¿Es eso lo que quieres?

—Sí —ella asintió con entusiasmo—. Mucho.

—Te agradezco que siempre seas sincera conmigo, Alice —asintió él, camino de la cama.

¿Sería una burla? Porque él sabía de sobra que ella no era siempre completamente sincera.

La medianoche llegó, y se fue, y Alice se resignó a no poder dormir. Así no.

No con Reese enfadado.

Su cuerpo permanecía tenso, los brazos bajo la nuca en lugar de abrazándola a ella.

Alice era tan consciente de su cercanía, que sentía la falta de afecto como un jarro de agua helada.

Y era tan injusto…

A los pies de la cama, Cash roncaba y se daba la vuelta de vez en cuando. El perro dio un salto y Reese lo acarició con un pie.

—Tranquilo —le susurró.

Cash se calmó.

Alice miró hacia Reese, pero en la oscuridad no veía mucho más que la silueta. Estar así con él era una tortura, separados por una barrera invisible.

—Si no querías faena —la frase escapó de sus labios antes de poder contenerse—, no deberías haberte desnudado.

Tras un momento de silencio, lenta, muy lentamente, Reese giró la cabeza hacia ella. Alice se preparó para su irritación, para su enfado.

—¿Faena?

—Así lo llama Rowdy.

Alice oyó un ruido, parecido al rechinar de los dientes.

—Rowdy es muy instructivo.

—Me gustaría que dejaras de hablar de Rowdy —Reese se apoyó en un codo.

Pero ese hombre le había dado muchas esperanzas. Le había explicado que a Reese le bastaría con verla desnuda para mostrarse dispuesto.

Y, sin embargo, allí estaba, vestido únicamente con calzoncillos y ella era la que desearía morir de lujuria.

—Ha sido de gran ayuda —de muchísima, en realidad. Quizás debería poner en práctica alguna de sus sugerencias.

Reese volvió a tumbarse en la cama.

Ya era suficiente. Alice saltó de la cama y encendió la luz.

Cegada momentáneamente, se protegió los ojos con una mano.

—¿Qué haces? —él la imitó.

—Estoy comprobando la teoría de Rowdy.

—¿Qué teoría? —él frunció el ceño y volvió a apoyarse en un codo.

Cash los miró con expresión somnolienta y saltó de la cama. Acercándose al armario, se dejó caer con un sonoro suspiro y se acurrucó, durmiéndose con el hocico pegado al trasero.

—Esta teoría —armándose de valor, Alice miró a Reese mientras se quitaba las braguitas y las arrojaba a un lado con una floritura.

Muy quieto, él no dijo nada. Su tórrida mirada recorría el cuerpo de la joven, quemándola, expectante. Y al fin se detuvo en el rostro.

Reese esperó.

Ella respiró hondo, pensó en la recompensa de su descarada actitud y se quitó el camisón. El aire acondicionado hizo que se le tensaran los pezones.

Reese ya no se protegía los ojos de la luz. Tampoco parecía enfadado.

Espoleada por su atención, ella se irguió ante él, completamente desnuda.

El pecho de Reese se expandió. Sus bíceps se tensaron.

Alice se mordió el labio inferior. Su interés se había agudizado ante la actitud del detective. Rowdy le había asegurado que la reacción sería otra. Más... física.

¿Esperaba que saltara sobre ella?

Sí, eso esperaba.

—Di algo —ella se echó los cabellos hacia atrás y alzó la barbilla mientras lo miraba fijamente.

Reese enarcó una ceja. A continuación hizo un lento repaso visual de todo su cuerpo, parándose en los pechos y en el estómago. Entre los muslos.

—¿Cómo te hiciste ese raspón en la rodilla?

Defraudada por que aún no hubiera hecho ningún avance hacia ella, Alice se encogió de hombros.

—Creo que fue cuando me arrodillé para cortar las válvulas de los neumáticos de Hickson.

—Espero sinceramente que ninguno de los implicados sea capaz de encontrarte —él la miró con gesto severo.

—Nadie me persigue, Reese —la preocupación del detective la hacía sentirse culpable—. Te lo prometo. Estoy bien.

—Sí, desde luego lo estás —Reese contempló las largas piernas.

Y justo cuando ella creía que no sería capaz de soportarlo más, Reese apartó las sábanas y saltó de la cama.

Una más que apreciable erección tensaba los ajustados calzoncillos. Alice se preparó, intentando controlar la excitación, pero, en lugar de dirigirse hacia ella, se fue directo a la puerta.

Alice se sintió destrozada, rechazada, avergonzada... hasta que lo vio regresar con algo en la mano.

—¿Quieres una chuche, Cash?

El animal los había estado ignorando, pero, ante el ofrecimiento de Reese, se puso de pie de un salto.

En cuanto el perro y su amo salieron del dormitorio, Alice corrió a la cama y se cubrió con las sábanas hasta la barbilla. Aquello era de locos, pero, de repente sentía vergüenza. ¿Quién se hubiera figurado que seducir a un hombre resultaría tan estresante?

Reese regresó al dormitorio y se detuvo al verla en medio de la cama, completamente tapada. Sin embargo, tras unos segundos continuó y se sentó a su lado.

—¿Has cambiado de idea?

—No —eso sería lo último.

—Entonces, ¿qué es todo esto? —con suavidad, tironeó de la sábana.

—No lo sé —ella continuó en tono irritado—. Me estabas mirando fijamente.

—Y así será cada vez que te vea desnuda, más vale que te acostumbres.

Alice agarró las sábanas con más fuerza y se preguntó si eso significaba que pensaba quedarse algún tiempo, que deseaba verla desnuda a menudo.

—No estaba muy segura de que estuvieras interesado.

Reese la estudió detenidamente. Se levantó, y se quitó los calzoncillos.

CAPÍTULO 16

Alice abrió los ojos desmesuradamente. Que Dios le conservara ese cuerpo, pues jamás se hartaría de verlo.

Cuando Reese arrancó las sábanas de la cama y las arrojó al suelo, ella gritó sobresaltada antes de quedarse inmóvil. ¿Qué otra cosa podía hacer?

—Tengo frío —juntó los muslos y cruzó los brazos sobre el pecho.

Con una media sonrisa, Reese se tumbó a su lado. Se tomó su tiempo para apartarle las manos del pecho y colocarlas junto a la cabeza para que ella también estuviera estirada sobre la cama. Tras mirarla de arriba abajo con gesto apreciativo, cubrió un pecho con la mano ahuecada y le acarició el pezón con el pulgar.

—No te sientas nerviosa por lo de mañana.

«¿Mañana?». ¿De qué demonios hablaba?

—Estaré allí contigo —él acarició también el otro pecho antes de deslizar la mano hasta el estómago.

Alice contuvo la respiración. La mano estaba caliente y ligeramente rugosa.

—Logan no muerde, y Peterson solo muerde flojito.

—No quiero hablar de eso —Alice le condujo la mano un poco más abajo, apretándola entre sus muslos, quedándose sin aliento.

Quería que la besara, pero, cuando lo intentó, solo recibió un piquito por su parte

—¿Sigues manteniendo el contacto con él? —susurró él contra sus labios.

—¿Con quién? —Alice era incapaz de pensar cuando sus dedos la acariciaban así.

—Tu rescatador —él volvió a besarla, en esa ocasión con más pasión—. Trace Miller.

—Reese... —el cerebro de la joven se detuvo.

—¿Lo haces? —Reese hundió el rostro en su cuello, haciéndole cosquillas con la barba, el aliento suave y cálido.

—Yo... —al sentir su lengua, ella empezó a respirar más agitadamente—. De vez en cuando.

Él apenas movió la mano, presionando con la palma, haciendo que se volviera loca. Deseaba mover las caderas, pero se resistió. Apenas.

—¿Con qué frecuencia? —Reese abrió la boca sobre el punto sensible entre el hombro y el cuello y le ofreció un sensual y húmedo mordisco.

Incapaz de reflexionar más allá de su creciente deseo, Alice ladeó la cabeza para facilitarle el acceso, animándolo a que siguiera haciendo eso, a que hablara menos.

Y, malditas fueran sus caderas, pues empezaron a moverse.

—¿Con qué frecuencia, Alice?

—Él...

Reese volvió a chuparle el cuello y ella supo que la estaba marcando. Era tan erótico, tan sexy. Y la sensación era tan buena.

—En ocasiones me llama.

—¿Lo has visto? —Reese la miró con atención.

—No —Alice sacudió la cabeza. No necesitaba verlo. Sabía que Trace estaría allí si lo necesitaba—. Yo... yo no he vuelto a verlo desde que me consiguió las armas.

—¿Permisos?

Ella no tenía ni idea de a qué se refería.

—Los permisos de armas. ¿Te los consiguió él?

—Supongo. Sí. Me dio los papeles —ella echó la cabeza hacia atrás y gimió mientras los dedos del detective la atormentaban ahí abajo—. Pero no he vuelto a verlo desde entonces.

—¿Estás segura? —Reese le mordisqueó una oreja y hundió la lengua en su interior.

¿Quién hubiera dicho que las orejas fueran tan erógenas?

—Jamás —ella se movió contra la mano para que se concentrara en lo importante.

—Abre las piernas —él pareció captar la indirecta.

Bastó el ronco susurro para que ella se sintiera invadida de una cálida lujuria. Sabiendo lo que le iba a hacer, ansiosa por que se lo hiciera, abrió las piernas.

Reese introdujo ligeramente la mano en su interior, acariciando y explorando hasta que sintió las puntas de los dedos mojadas, y más aún cuando le rozó el clítoris.

Alice alzó las caderas y soltó un respingo que se transformó en un vibrante gemido.

—Te gusta ahí, ¿verdad? —susurró él, los ojos verdes mirándola con ardor.

¿Cómo podía seguir hablando? ¿Y por qué quería hablar, además? Apenas capaz de respirar, Alice asintió.

—¿Así? —él movió los dedos en todas direcciones y sintió cómo ella se tensaba de placer.

—¡Sí! —exactamente así.

—¿Y esto qué tal? —lentamente, Reese hundió dos dedos en su interior y murmuró contra su mejilla—. Qué estrecho, Alice. Delicioso y húmedo. Ardiente.

Aquella sensación también resultaba maravillosa, y de nuevo las caderas se movieron a pesar de sus esfuerzos por mantenerlas quietas.

—¿Y esto? —el resultado del movimiento del pulgar fue impactante.

Alice contuvo la respiración, el cuerpo tenso de necesidad, y asintió con fuerza.

—¿Y esto? —insistió él con un suave gemido antes de tomar un pezón entre los labios.

Tiró y chupó, provocándole nuevas sensaciones por todo el cuerpo.

Aquello era maravilloso. Casi demasiado. Alice bajó los brazos para poder abrazarlo. En su interior se formaba un clímax, palpitante, creciente, que retrocedía y regresaba como una ola.

Él la llenó con los dedos mientras seguía mordisqueándole el pezón. Mantuvo el ritmo, con la boca y el pulgar, hasta que supo que ella ya no podría aguantarlo más.

Con la cabeza hacia atrás y los talones clavados en el colchón, Alice hundió las manos en los rubios cabellos. Y él le permitió liberarse hasta que solo quedaron pequeños ecos de placer. Derrumbándose sobre el colchón, ella intentó llenar los pulmones de aire.

Reese al fin soltó el pezón con un suave lametón que le arrancó un gemido. Lentamente, retiró la mano, provocándole con el roce algunas postreras contracciones.

En pocos segundos había abandonado la cama. Alice consiguió enfocar la vista lo justo para verlo abrir el paquetito de un preservativo. Aletargada, sintiendo aún el cosquilleo en determinadas partes de su cuerpo, absorbió la escena del magnífico cuerpo. Un renovado interés aceleró el pulso del deseo entre sus piernas mientras le observaba colocarse el preservativo sobre el inflamado miembro.

Unas manos grandes y hábiles. Unos hombros y muslos tensos. Más de metro noventa de fuerza y masculinidad. Cabellos rubios revueltos y sombra de barba. Todo aquello le hacía parecer aún más sexy.

Alice apenas podía creer que estuviera allí, con ella, y que la deseara. De nuevo.

—Eres tan hermoso.

—Me ves a través de la niebla de la satisfacción —Reese le dedicó una mirada ardiente y se acercó a ella, acomodándose sobre ella, separándole las piernas.

La sensación del peso de su cuerpo, el calor que la envolvía, era deliciosa. Los anchos y atléticos hombros la hacían sentir más menuda y femenina, pero de una manera maravillosa.

—Veamos si consigo hacerte llegar de nuevo —él la besó mientras le sujetaba el rostro entre las manos.

Alice aspiró profundamente el delicioso aroma del hombre y deslizó las manos sobre el erizado vello del torso, y hacia abajo.

Apoyado en un brazo, él se acomodó y utilizó una mano para guiarse, sin dejar de mirarla a los ojos. Alice lo sintió preparado para hundirse en su interior, y su cuerpo tembló de anticipación.

—Qué mojada —Reese esperó, la respiración acelerada, la expresión tensa, mientras acariciaba la puerta del paraíso con la punta de la erección.

—Hazlo —susurró ella mientras cerraba los puños contra su pecho y alzaba las caderas, asaltada por una nueva oleada de deseo.

Los ojos verdes se oscurecieron y entornaron. Y se hundió profundamente en su interior. Ambos gimieron y, segundos más tarde, tomó su boca con sus labios en un apasionado beso.

Juntos iniciaron una danza que fue aumentando en ritmo e intensidad. Y a los pocos minutos la presión se hizo insostenible. Alice tuvo que interrumpir el beso para tomar una bocanada de aire.

—Quiero verte llegar de nuevo —él se irguió, apoyándose sobre los brazos.

El que la estuviera mirando podría haberle resultado incómodo, pero la liberación la asaltó demasiado pronto para que pudiera pensar en ello. Agarrándose a sus brazos, deleitándose con la sensación de los fuertes músculos, gritó una y otra vez mientras dejaba que el placer la envolviera.

Sin dejar de mirarla, Reese murmuró un juramento y ella lo sintió bombeando en su interior mientras obtenía su propia liberación.

Con sumo cuidado, se tumbó sobre ella, el corazón latiendo con fuerza contra su pecho.

Alice sentía el cerebro obnubilado, el cuerpo paralizado. Incluso abrir los ojos era una tarea imposible. Lo único de lo que era capaz era de respirar hondo, de hundirse en el sopor.

Minutos después sintió a Reese apartarse de ella, dejando su cuerpo expuesto al frío. Pero era incapaz de reaccionar, incapaz de hacer otra cosa que no fuera tumbarse allí, llena de contento.

Él abandonó la cama, aunque no por mucho rato. Regresó, extendió la sábana y la colcha sobre ella, llamó a Cash para que se subiera a la cama y se tumbó. Atrayéndola hacia sí, le rodeó la cintura con un brazo y descansó una pierna sobre su cuerpo.

Cash estuvo un rato caminando por la cama, hundió el hocico en el cuello de Alice y luego se tumbó a los pies de la cama.

—A dormir los dos —murmuró él en medio de un bostezo.

Algo, una extraña inquietud, intentó abrirse paso entre el agotamiento de Alice. Pero no lo consiguió.

Acurrucada y calentita en brazos de Reese, se dejó vencer por el sueño.

A la mañana siguiente, el detective observaba a Alice dormir. Su cerebro bullía con miles de preguntas. El sexo con ella era especial. Muy especial. Cada vez que creía comprenderla, ella volvía a sorprenderlo.

Abrazado a su cuerpo, saciado tras un espectacular orgasmo, había dormido profundamente, y despertado con una condenada sonrisa.

Pero, en cuanto hubo abierto los ojos, los problemas regresaron de golpe.

¿Cómo se ponía Alice en contacto con el Espectro? ¿Utilizaba el ordenador? ¿Había mentido sobre el número de teléfono?

Había sido sucio y rastrero utilizar su deseo contra ella. Injusto, pero eficaz. Se sentía mal sobre ello... aunque solo un poco.

Pero, como detective que era, como hombre, física y emocionalmente implicado, necesitaba saber.

De no ser por el interés sexual de Alice hacia él, de no haberle arrancado las respuestas en un momento tan vulnerable, ¿se lo habría contado?

Lo dudaba.

¿Le ocultaba algún secreto más?

Esperando que no, le besó el hombro desnudo y quiso seguir besándola. Por todo el cuerpo.

La noche anterior, mientras se habían dirigido a la cama, estaba furioso, y con razón. Pero sabiendo lo que esa mujer había sufrido, cómo se lo había contado todo, no podía darle la espalda. Alice no quería dormir sola.

Y él no quería dormir lejos de ella.

La noche anterior había sido... increíble. El contraste era inmenso. Verla tan contenida en muchos aspectos y tan suelta en otros.

Con él.

Reese volvió a sonreír, pensando en cómo se había quitado el camisón, cómo se había quedado desnuda, desafiándolo a que la ignorara.

Algo poco probable que sucediera.

Desde el día en que la había conocido, había sido tan consciente de esa mujer que le monopolizaba la mente. La deseaba constantemente, pero cuando se mostraba desafiante, vulnerable, no era capaz de resistirse.

Mezcla exclusiva de curiosa inocencia y ardiente carnalidad, Alice lo tentaba a todos los niveles.

Deseaba hacerla suya de muchas maneras, deseaba explorar con ella infinidad de posturas.

Esperando que tanto Cash como ella permanecieran dormidos un poco más de tiempo, él apartó las sábanas de los finos hombros, la cintura de avispa, las redondeadas caderas, y hasta las adorables rodillas.

Tenía un culo estupendo.

Aún le quedaban muchas cosas por averiguar, pero no dejaba de obsesionarse con tenerla una y otra vez. Le encantaría tenerla de rodillas, tomarla desde atrás, hundirse profundamente mientras sujetaba los pechos en sus manos...

Alice bostezó, se estiró y rodó sobre la espalda. Se acomodó de nuevo con un suspiro y abrió los ojos de golpe. De inmediato sus miradas colisionaron.

Encontrarlo tan cerca, comprender que la había destapado, hizo que lo mirara casi contrariada.

—Buenos días —Reese tomó los pechos con las manos ahuecadas, deleitándose con la sensación de los suaves pezones tensándose de inmediato—. ¿Has dormido bien?

Ella se sentó de golpe en la cama, sobresaltando al perro, que casi cayó al suelo. El animal puso las orejas tiesas y miró de Alice a Reese, y de nuevo a Alice.

Ella tomó la sábana y se cubrió con ella hasta la barbilla.

—A Cash no le importa verte desnuda —observó él divertido—. Y a mí me gusta —tiró de la sábana, pero ella la sujetó con fuerza.

—¿Cuánto tiempo llevas despierto?

Aquello sonaba casi como una acusación.

—Solo unos minutos —Reese sonrió y, careciendo de su modestia, se estiró y saltó de la cama—. Voy a sacar a Cash y después, ¿qué te parece una ducha?

—¿Juntos? —todavía sumida en la niebla, ella contempló el magnífico cuerpo desnudo y tragó saliva.

—Sí.

Otra mirada, en esa ocasión más prolongada. Si seguía mirándolo así, iba a empalmarse.

—Alice...

—De acuerdo —ella soltó un poco la sábana.

—Enseguida vuelvo.

Sentirse tan deseado por Alice era muy agradable. Poniéndose los pantalones, tomó la cartera y el móvil y se dirigió a la puerta con Cash pegado a sus talones.

—Buen chico. Ya estás aprendiendo, ¿verdad?

El perro aguardó, como un caballero, a que Reese le enganchara la correa y, mientras bajaban las escaleras, solo desequilibró a su dueño en dos ocasiones.

Los progresos del animal le agradaban. En poco tiempo había aprendido a aguantar hasta estar en la calle y llevaba un par de días sin destrozar nada a mordiscos. Desde luego estaba mejorando.

Y Alice tenía mucho que ver con aquello. Su carácter, dulce y tranquilo, infundía calma a Cash y le ayudaba a recuperarse de los abusos del pasado. El hecho de que Alice trabajara en su casa, y por tanto pasara más tiempo con él, también ayudaba.

Ejercía una buena influencia, tanto en Cash como en él mismo.

Pero seguía manteniendo esos malditos secretos.

Sacó el móvil del bolsillo y marcó el número de Rowdy.

Al quinto timbrazo, el otro hombre contestó con voz gruñona.

—¿Qué coño, Reese? ¿Sabes qué hora es?

—¿Durmiendo hasta tarde?

—Tenía un buen motivo.

—¿Tienes compañía? Lo siento.

—No te preocupes. Ya era hora de que se fuera. Espera un segundo.

Reese oyó a Rowdy hablar en voz baja, una queja con voz femenina, insistencia por parte de Rowdy y, por último, protestas más airadas por parte de la mujer.

¿Acababa de decirle que se largara? Qué grosero. Pero así era Rowdy, brusco y, al parecer, poco considerado con las mujeres.

Aunque no con su hermana, a la que adoraba.

Y, para hacer honor a la verdad, Rowdy siempre se había mostrado considerado con Alice.

Al recordar el modo en que había obtenido las respuestas de Alice la noche anterior, dio un respingo. De todos modos, tenía un buen motivo.

¿Qué excusa podía tener Rowdy para echar a una mujer de su cama?

Sintiéndose hipócrita, el detective pensó en llamar más tarde, cuando su amigo estuviera menos ocupado. A punto de colgar, oyó las quejas de la mujer convertirse en súplicas.

Unos murmullos, seguidos por una sensual risa, llegaron hasta el otro lado de la línea.

Una puerta se cerró y los muelles de la cama chirriaron.

—¿Qué hay? —se oyó al fin la voz de Rowdy.

—¿Estás solo? —aquello era increíble.

—Sí. Y dado que he estado ocupado casi toda la noche, me gustaría dormir un poco. De modo que, a no ser que tengas una buena razón para llamar…

—La tengo. Quería hablar contigo mientras paseo a Cash.

—¿Te refieres a lejos de Alice?

Eso era exactamente a lo que se refería, aunque no quería decirlo así.

—La chica a la que Alice ayudó ayer, ¿sabes algo de ella?

—Nada de nada. Cuando yo llegué, ya se había marchado en un autobús. Pregunté a Alice, pero me dijo que se había limitado a darle dinero, sin comprarle el billete, de modo que no sabía adónde se había ido.

—¿Y tú la crees? —Reese no se lo tragaba. Alice no era de las que dejaba ningún fleco suelto.

—Pues claro que no. Esa mujer es demasiado perspicaz para poder creer en ella ciegamente.

El que Rowdy la conociera tan bien molestó mucho al detective.

—Me dijo que la chica llevaba un extraño tatuaje.

—A mí también me lo dijo. ¿Y?

¡Y además le había confiado ese detalle a Rowdy! Los celos eran unos hijos de perra y Reese hizo lo que pudo para negarlos.

—¿Sigues ahí, Reese? —preguntó el otro hombre.

Desde el otro lado de la línea llegaba el sonido de una cisterna vaciándose.

—Sí —contestó el detective mientras se pellizcaba el puente de la nariz—. Quizás no tenga nada que ver.

—Necesito un café, de modo que, si intentas decirme algo, suéltalo.

—De acuerdo —mientras se acercaba al árbol que ya consideraba suyo, Reese le dio al perro más correa—. Peterson encontró un tatuaje similar en otra chica.

—¡No jodas! ¿Una nueva moda?

—La chica estaba muerta.

—¿Has dicho que se parecía al tatuaje que describió Alice? —preguntó el otro hombre tras un momento de silencio.

—Por lo que yo sé, sí.

—Una chica huida, otra muerta, ambas con el mismo tatuaje. Toda una coincidencia.

—Lo sé —dado que Alice a menudo lo sorprendía reuniéndose con él en el jardín, Reese no perdía de vista el portal de los apartamentos mientras le contaba a Rowdy lo que sabía del tatuaje—. ¿Crees que podrás echar un vistazo por ahí?

—Claro. Ya he descubierto un par de salones de tatuajes cerca del centro comercial. Los comprobaré.

—¿Vas a hacerte tatuar?

—Eso no es lo mío —el otro hombre bufó—. Pero voy a comprar un bar, por eso he estado echando un vistazo a la zona.

—¿En serio? —aquello era toda una novedad.

—Sí. ¿Alice no te lo contó?

¡Mierda! Había muchas cosas que Alice no le contaba.

—Pues no, no lo ha mencionado.

—No es gran cosa. He pensado que, dado que Pepper ya está acoplada con Logan, podría sentar la cabeza yo también.

¿Comprar un bar contaba como sentar la cabeza? Para Rowdy quizás lo fuera.

—¿Es un sitio agradable?

—Para nada. Es un estercolero. Pero tengo planes.

Interesante.

—Te debo una, de modo que, si puedo hacer algo, házmelo saber.

—Quizás. Ya veremos —el otro hombre hizo una pausa—. Bueno, pues parece que ya me he despertado. Voy a echar un vistazo a esos salones de tatuajes. Creo que tengo más o menos claro el dibujo, pero si pudieras enviarme una foto, me ayudaría.

—Aún no estoy trabajando oficialmente, de modo que hasta dentro de un par de días no podré hacerlo. Pero, en cuanto pueda, me ocuparé de ello.

—¿Nos vemos hoy en comisaría?

—A primera hora de la tarde —eso le daría tiempo para preparar a Alice.

Si lo que le había contado era cierto, y con Alice nunca podía estar seguro, no había estado en una comisaría desde los días inmediatos a ser rescatada por el caballero andante.

Reese estaba cada vez de peor humor. ¿Con qué frecuencia se ponía en contacto con ese bastardo?

—No te preocupes entonces —contestó Rowdy antes de añadir en un tono insinuante—, veré si Peterson me deja echar un vistazo.

—Si no tienes cuidado, te va a castrar —con Peterson no valían las insinuaciones.

—Hasta luego, Reese —el otro hombre colgó con una sonrisa.

Tras colgar el teléfono, Reese llamó a Cash y regresaron al apartamento junto a Alice. Se relamía de pensar en ducharse con ella. Después la ayudaría a prepararse para el interrogatorio en comisaría. Entró en el apartamento y la encontró sentada en la cocina.

Comiendo gominolas.

—¿Para desayunar? —preguntó él.

La mirada que ella le devolvió no presagiaba nada bueno. Estaba tirada en la silla, la cabeza apoyada en una mano mientras se metía las gominolas en la boca de dos en dos y lo fulminaba con la mirada. Parecía enfadada, pero, cuando Cash se le acercó y se recostó sobre su pierna, lo recibió como de costumbre.

Enseguida se apresuró a llenar los cuencos del perro con comida y agua.

—Anoche se me olvidó, y esta mañana también.

Tras lo cual, continuó comiendo gominolas.

Alice engullía caramelos igual que otras personas bebían alcohol.

—¿Olvidaste el qué? —Reese se apoyó contra la encimera de la cocina y cruzó los brazos sobre el pecho.

Ella lo miró contrariada antes de dejar los cuencos en el suelo. Agarró la bolsa de gominolas y se dirigió al salón.

Con los brazos en jarras, Reese contempló su rígida espalda. Era evidente que esperaba que él corriera tras ella, que le preguntara por qué estaba tan disgustada.

Como si él no lo supiera.

Lo malo era que todavía tenía algo que obtener de ella. La dejaría consumirse, decidió mientras preparaba café. Estaba llenando la cafetera cuando ella irrumpió de nuevo. En la boca, tres gominolas.

—¿Te sucede algo, Alice? —él añadió agua a la cafetera y la puso en marcha.

—Estoy enfadada contigo.

—¿Y te importaría explicarme por qué? —¿y por eso se estaba metiendo un atracón a gominolas?

—Pensé que estaríamos más cómodos en el sofá, lejos de Cash. No quiero alterarlo.

—En cuanto me tome mi café —Reese se limitó a sacar una silla.

—¿Quieres hacerlo aquí, delante de él? —ella lo miró con los ojos entornados.

—O sea que tienes pensado gritar, ¿es así?

—A lo mejor —Alice hundió la mano en la bolsa y eligió una gominola roja—. Será mejor que me duche mientras tú obtienes tu dosis de cafeína.

—Pensaba que íbamos a ducharnos juntos —observó él con calma antes de que ella abandonara la cocina.

—¿Por qué? —Alice no se dio la vuelta—. ¿Tienes algún interés en interrogarme más?

Ese estallido evidenciaba que le había hecho mucho daño. De repente, Reese se sintió culpable.

—Lo haré hasta que obtenga todas las respuestas, sí. Pero ese no es el motivo por el que me apetecía ducharme contigo.

—¿Y cuál es? —ella se volvió y lo miró de frente—. ¿Esperabas tener faena en la ducha también?

—Pues lo cierto es que sí —ya no se sentía culpable, más bien irritado porque ella siempre utilizaba el término empleado por Rowdy.

—Y yo también lo esperaba —Alice alzó la barbilla—. Nunca he practicado sexo en la ducha —dando dos pasos hacia él, la bolsa de gominolas firmemente sujeta en una mano, el tono de voz cambió de irritado a más curioso—. ¿Cómo funciona exactamente?

Pocas como Alice para excitarlo en medio de una discusión. En esa mujer no existía nada que fuera convencional, y le gustaba. Le gustaba mucho.

Olvidado el café, Reese empujó la silla y se acercó a ella. Alice ni se movió.

Perfecto. Desde luego no era la típica respuesta femenina.

—Primero te lavaría todo el cuerpo —él la sujetó por los hombros y la volvió hasta ponerla frente a la nevera mientras se pegaba a su espalda y le susurraba al oído—. Mis manos estarían enjabonadas y resbaladizas y se deslizarían por tu piel.

Ella siguió inmóvil, aunque asintió.

Tan rápido y tan sencillo excitarla. Incluso en medio de un arranque de ira y sentimientos heridos, no negaba lo que tenían.

Y eso era muy especial, porque su relación lo era. Se preguntó si Alice sería consciente de ello.

—Aquí —prosiguió, mientras le acariciaba los pechos, girando las palmas de las manos sobre los pezones—. Y aquí —deslizó la mano hasta el estómago y la hundió entre las piernas.

—¿Y yo también te lavaría a ti? —ella apoyó la cabeza sobre su hombros.

Reese ya estaba casi duro y, con la provocativa pregunta, la erección se hizo completa. Prácticamente sentía las pequeñas manos deslizarse sobre su cuerpo.

—Si te apeteciera —contestó con voz ronca.

—Me apetecería.

Claro que sí. Alice nunca se contenía en lo que al sexo se refería.

Si tan solo fuera igual de sincera en todo lo demás.

Negándose a que ese pensamiento estropeara el momento, Reese lo bloqueó y se concentró en el presente, con Alice.

—Y después de que los dos estuviéramos limpios…

—Y excitados.

—Te colocaría para hacerlo más fácil —él le quitó la bolsa de gominolas de la mano y la arrojó sobre la encimera de la cocina—. Así —le sujetó las muñecas y la ayudó a apoyar las palmas de la mano contra la nevera—. Déjalas ahí, pero da un paso atrás. Separa más las piernas, pero mantenlas rectas.

El trasero de Alice se pegó a su entrepierna.

—Eso es —Reese soltó un gemido y le sujetó las caderas—. Y ahora, arquea la espalda.

Cuando ella obedeció, él pensó que ya no podría más. Deslizó las manos por el tenso cuerpo hasta los pechos.

—Te tomaría así, con el agua cayendo sobre nosotros —uniendo la acción a la palabra, presionó la erección contra el delicioso trasero—. Es una de mis posturas preferidas. Puedo acariciar tus pechos y jugar con los pezones mientras me hundo profundamente en tu interior.

Ella gimió.

—Siento haberte disgustado —Reese al fin se dio por vencido.

—De acuerdo —ella respiraba aceleradamente y tenía los pezones tiesos.

Maldita fuera. Hacía pocas horas que la había hecho suya. Pero con Alice daba igual. Cada vez que la tenía, deseaba tenerla aún más.

—Tenía que saberlo, Alice —por Dios que odiaba admitir la verdad, incluso a sí mismo—. Estaba celoso.

De un jodido espectro. Su caballero andante.

Otro hombre, uno que había estado allí, gracias a Dios, cuando más lo había necesitado.

Alice se volvió tan deprisa que ambos trastabillaron. Dado que él había estado apoyado contra su cuerpo, perdido en sus lujuriosas visiones, ella acabó aplastada contra la nevera, acorralada por el fuerte cuerpo del detective.

—¿Estabas celoso? ¿En serio?

—Y preocupado —Reese le tomó el rostro entre las manos ahuecadas mientras intentaba ordenar sus pensamientos—. No puedo protegerte si no lo sé todo.

—De acuerdo, entiendo la parte de la protección. Eres un detective.

¿Acaso se pensaba que iba por ahí liándose con todas las mujeres que se enfrentaban a algún peligro?

—Pero… ¿celoso? —Alice frunció el ceño, perpleja—. ¿Por mí?

—¿Y por qué no? —eso le irritó—. Eres la mujer más fascinante que conozco.

—Trace solo me veía como víctima.

—Entonces, por heroico que haya podido ser, también es un idiota.

Alice reflexionó sobre las palabras de Reese. Después le acarició el torso y le frotó el pezón izquierdo, provocándole un efecto muy distinto a cuando lo había hecho Nikki. Al fin tomó una decisión.

—Vamos —sonriendo, le tomó de una mano.

—¿A la ducha? —«por favor, que sea a la ducha».

—Sí —ella lo llevó corriendo hasta el cuarto de baño y empezó a desabrocharle los pantalones—. Pero ¿Reese?

—¿Sí?

Tras aflojarle los pantalones, ella hundió su pequeña mano en el interior, rodeándole con los delicados dedos. Él apenas podía respirar.

—Me encanta el sexo contigo.

¿Por qué se sentía ofendido? Porque con Alice quería que fuera más que sexo.

Cuánto más, aún no lo sabía. Pero, desde luego, más. Quizás… todo.

Pero ese tipo de pensamientos era demasiado profundo para ese momento.

—Lo mismo digo —Reese se las apañó para asentir.

—Por favor, no la fastidies con tus jueguecitos, ¿de acuerdo?

—Quizás no con el mismo jueguecito —asintió él mientras le sacaba la mano de los pantalones antes de quitarle el camisón—. Pero hay más juegos, Alice, juegos que te van a encantar.

—¿Me los puedes enseñar? —desnuda y excitada, ella lo miró a los ojos.

—Dame dos minutos para cepillarme los dientes y afeitarme —él deslizó los nudillos por su estómago, y un poco más abajo, mientras la miraba a los ojos—. No quiero dejarte marcas.

—Por favor, date prisa —ella gimió temblorosa y asintió.

Era tan increíblemente dulce. Tan jodidamente ardiente. Y tan confiada, al menos en eso.

De algún modo iba a ganarse su confianza en todos los aspectos. Pero, de momento, ya era un gran comienzo.

CAPÍTULO 17

A pesar de dirigirse a una comisaría de policía, donde ella sabía que sería interrogada a fondo, Alice se sentía bastante bien. Tras el increíble sexo en la ducha, había regresado a la cama para dormir un poco.

Una hora más tarde, había despertado en un cálido nido. Reese la abrazaba con fuerza contra el pecho, Cash estaba acurrucado bajo sus piernas. El más leve movimiento les habría molestado, de modo que, durante un rato, había permanecido quieta, deleitándose en la comodidad, la cercanía.

Con la sensación de ser amada.

En un tiempo relativamente corto, Reese y Cash se habían convertido en parte de su mundo, y ya le resultaba imposible imaginarse un día entero sin al menos uno de ellos. Disfrutaba cuidando de Cash, incluso discutiendo con Reese, pues tenía sus evidentes recompensas.

Sexo en la ducha y una siesta, ¿quién hubiera pensado que ese sería el resultado de una discusión? Para ella era divertido y vigorizante.

Pero ¿cómo se sentiría Reese con la situación?

Pronto regresaría a la rutina. Y ella tenía sus propios proyectos de que ocuparse. ¿Serían capaces de establecer unos horarios compatibles?

Miró a Reese, que conducía entre el denso tráfico. Vestido con ropa formal, los ojos cubiertos por gafas de sol, parecía perdido en sus pensamientos, pero seguía provocándole una subida de la temperatura, hacía que se sintiera blandita por todo el cuerpo.

Alice decidió que seguramente daba igual la ropa que llevara, o la que no llevara. Recién duchado y afeitado, acalorado tras un largo día o, como en esos momentos, soñoliento y afectuoso.

Lo amaba. Punto. Deseaba pasar todo el tiempo disponible con él, todo el tiempo que él quisiera concederle. Pero si se lo confesaba, ¿se echaría atrás? ¿La consideraría demasiado insistente, asfixiante?

Mientras Reese y ella se vestían en el dormitorio, había recibido una llamada de sus padres. Con ambos al teléfono a la vez, ambos emocionados de hablar con ella.

Reese le había sonreído, dispuesto a concederle intimidad.

Pero ella no la necesitaba. Sin embargo, en lugar de terminar de vestirse, se había sentado en el borde de la cama y la había acomodado a ella sobre su regazo. Alice se había reclinado sobre él, rodeada por sus fuertes brazos, la barbilla sobre su cabeza, mientras hablaba.

Su madre aseguraba que había leído entre líneas, incluso en el correo electrónico, y que se daba cuenta de que Alice estaba pasando página, que estaba preparada para volver a dejarles entrar en su vida.

Junto con la alegría y las risas, Alice había oído lágrimas en la voz de su madre, y una ronca emoción en la de su padre. Una y otra vez sus padres habían insistido en que la amaban y que se morían de ganas de volver a verla.

Era incapaz de decir por qué les había mantenido apartados de ella. Lo que una vez había sido importante, incluso insuperable, en esos momentos parecía insustancial. Incluso absurdo.

Amaba a su familia y era amada por ellos.

Independientemente de su pasado, de lo que había hecho, los sentimientos que le profesaban permanecían intactos. Reese había estado en lo cierto. Jamás debería haber dejado pasar tanto tiempo.

Jamás volvería a permitir que sucediera.

Desgraciadamente, sus padres no regresarían de vacaciones hasta dos semanas después. Se habían ofrecido a regresar de inmediato, pero Alice había rechazado la idea. Se reunirían todos para cenar después de su regreso, preferentemente cuando su hermana, Amy, acabara sus clases. Por Dios que echaba de menos a Amy.

En su futuro permanecían muchas incertidumbres, pero había recuperado a su familia y, al menos de momento, tenía a Reese y a Cash. Y eso era bastante maravilloso.

—Me gustaría conocer a tus padres.

—Estaba pensando en ellos precisamente —¿le había leído la mente?

—Y debían ser unos pensamientos felices, a juzgar por tu sonrisa.

—Muy felices —ella suspiró—. Mis padres y mi hermana te van a encantar —imaginarse lo que opinarían de Reese le arrancó una sonrisa de puro placer—. Y ellos también te van a querer.

Alice lo observó atentamente, pero él no reaccionó ante sus últimas palabras.

—Prometo ser de lo más encantador —Reese se detuvo frente a la comisaría y apoyó una mano en la rodilla de Alice—. Espero que no estés preocupada por el interrogatorio.

—No —confiaba en Reese. No había parado de asegurarle que todo iría bien, y lo creía.

—Si no son tus padres, y no es el interrogatorio, ¿qué es? Y no te molestes en negarlo, cielo. Sé que estás preocupada por algo.

«Cielo». Le encantaba.

—¿Tan bien crees que me conoces?.

—Estoy en ello.

Quizás había llegado el momento. Antes de reunirse con la teniente, había una gran verdad que debía compartir.

—Tienes razón, hay algo más.

Reese aparcó el coche y se quitó las gafas de sol. Una lástima, pues ver sus ojos lo hacía más difícil. Tenía esa clase de mirada penetrante que le hacía querer encogerse, aunque no hubiera tenido nada importante que confesar.

Con la mano izquierda apoyada sobre el volante, extendió el otro brazo sobre el respaldo del asiento de Alice.

Vestido con una inmaculada camisa blanca y corbata, parecía tan cómodo como cuando iba desnudo de cintura para arriba y con los pantalones desabrochados. La miró detenidamente con una pequeña sonrisa dibujada en el rostro.

—Estaré contigo todo el tiempo —con la mano derecha le acarició la mejilla—. Te lo prometo.

—Me alegro. Gracias.

—Lo único que tienes que hacer —insistió él en tono severo, autoritario— es contar la verdad.

—Lo sé. Eso no es problema —ya no.

Había pensado mucho en ello y sabía que Reese tenía razón. Lo quería todo de él, y para eso necesitaba darle lo mismo a cambio. Rezó para que todo saliera bien.

—Entonces, ¿qué sucede?

—Hay algo más que necesito contarte antes de que entremos ahí dentro —ya lo había pospuesto bastante. Demasiado tiempo en realidad, dado que en pocos minutos estarían en la comisaría.

—Te escucho —el miedo sustituyó a la sonrisa de Reese.

—Trace no mató a Murray —balbució ella, pues respirar hondo no le había servido de nada.

—¿No? —preguntó él con suma cautela.

—Aunque lo deseaba —Alice le tomó la mano—. Mucho.

—¿Estás diciendo que ese bastardo sigue vivo? —la mirada del detective se endureció.

—¡Oh, no! —se había equivocado por completo—. Está muerto, sin duda.

Reese la miró con el ceño fruncido.

Alice respiraba agitadamente y a punto estuvo de empezar a temblar. Sin embargo, se obligó a controlar su inseguridad y compartió con él lo que nunca había contado a otro ser humano.

—Lo maté yo.

—¿Cómo has dicho? —Reese palideció ante la revelación antes de que su rostro se tiñera de rojo ante una emoción sin identificar. Poco a poco, el cuello se tensó y la mano que sostenía la de ella apretó con más fuerza.

—Le disparé en el pecho y... murió.

Reese intentó apartarse, pero ella no lo soltó. No se arrepentía de haber matado a Murray. Sobre eso no se arrepentía de nada.

Pero con respecto a Reese, sí se arrepentía, y mucho.

—Lo siento —se apresuró en un intento de hacerle comprender—. No es un secreto que me guste compartir. Y no lo habría hecho si no temiera que fueras a contar una historia equivocada.

La tormenta que se reflejaba en los ojos verdes le hizo sentirse inquieta.

—Reese...

En ese momento, Logan dio unos golpecitos sobre la ventanilla del conductor y Alice dio un salto.

Reese soltó un juramento y bajó la cabeza, cerrando los ojos. Sin mirarla a ella.

Abrió la mano y la soltó, de modo que Alice la retiró. El frío del rechazo la envolvió, pero jamás cuestionaría su decisión de sincerarse. Ya no más.

No con Reese.

En lugar de quedarse allí sentada, esperando a que él tomara una decisión sobre... sobre lo que necesitara decidir, ella abrió la puerta y bajó del coche.

Logan y Pepper la miraron con curiosidad.

—¿Todo bien? —preguntó él.

Alice no estaba segura. Reese seguramente necesitaría tiempo para asimilar su revelación, de modo que decidió contestar algo, lo que fuera.

—Quizás sea mejor que esperemos dentro.

—¿Esperar a qué? —Logan frunció el ceño.

—A que Reese... —ella alargó una mano en dirección a Pepper. No quería entrar en esa comisaría sola.

—Ni lo sueñes, Alice —Reese salió del coche como una exhalación. La mirada fija en ella, deteniéndola en su avance.

—¿O qué? —ella se volvió desafiante—. ¿Vas a detenerme?

Furioso, él abrió la boca antes de cerrarla de nuevo.

Cuando Rowdy apareció, Alice sintió un indescriptible alivio. A lo mejor dispondría de un segundo para hablar, para pedirle consejo sobre...

—No, maldita sea —Reese cerró el coche de un portazo, tan fuerte que llamó la atención de las demás personas que había en el aparcamiento.

—Oh, oh —murmuró Pepper.

—¡Shhh! —susurró Logan.

—No, Alice —con los hombros hundidos, Reese se acercó a Alice y le sujetó la barbilla.

—¿No vas a arrestarme? —negándose a recular, sobre todo ante sus amigos, ella se mantuvo firme.

—En realidad, esa parte sigue en el aire —los ojos verdes se tiñeron de un amargo humor.

Pepper soltó un bufido.

—Reese, por el amor de Dios —le reprochó Logan.

—Lo que quiero decir —explicó él, ignorando a los demás— es que no vas a seguir utilizando a Rowdy como tu maldito confidente.

¿Cómo se atrevía a darle órdenes? Su amistad con Rowdy no era ilegal.

—Lo haré si quiero —afirmó Alice mientras se apartaba.

—¿Rowdy? —intervino Pepper—. ¿En serio? —aplaudió—. Buena elección, Alice. Mi hermano siempre me ha parecido completamente de fiar.

—Yo soy de fiar —gruñó Logan.

—Sí, tú sí —Pepper le dio una palmadita en el pecho—, pero no quiero que Alice acuda a ti para charlas privadas.

—¡No me refería a ella! —exclamó Logan antes de dirigirse a Alice—, sin ofender, Alice.

—No me he ofendido.

—Me refería a ti —insistió volviéndose a Pepper.

—Por supuesto —ella se acurrucó contra el lado ileso de su hombre—. A fin de cuentas vamos a casarnos. Oh, y eso me recuerda, Alice. Ya tenemos fecha. ¿Sigo contando contigo para asistir a la boda?

—Por supuesto —Alice evitó intencionadamente mirar a Reese. Sentía la palpitante ira del detective—, gracias.

Logan la miró, luego miró a Reese, y soltó una carcajada.

—Cierra la boca, Logan —a Reese no le pareció nada divertido.

Alice se mordió el labio. Por supuesto debería habérselo contado antes. Necesitaba tiempo para asimilarlo, para ordenar sus pensamientos. No pensaba realmente que fuera a detenerla, y ni siquiera estaba segura de que pudiera hacerlo. A fin de cuentas, Murray debía morir, y ella había llevado una vida tranquila desde entonces, al menos hasta lo de Cheryl.

—Vaya unas ideas que se te ocurren —Reese sacudió la cabeza.

¿Le leía la mente?

—Eres como un libro abierto, Alice —casi sin aliento, él añadió—, al menos casi todo el tiempo.

Con los ojos muy abiertos, ella se preguntó qué hacer, pero Reese le resolvió el dilema tomándole la mano. Un gesto tranquilizador que le provocó una sonrisa.

Rowdy se unió al grupo y Alice lo repasó con la mirada, desde la negra camiseta, los vaqueros que tan bien lucía y las botas marrones, hasta los ojos que mantenía entornados para protegerse del sol.

—¿Ha habido fuegos artificiales? —con las llaves del coche colgando de la mano, repasó las expresiones de los presentes.

—Unos pocos —admitió Logan.

—Nena —Rowdy sonrió y tomó a su hermana en brazos, levantándola del suelo—. ¿Qué has hecho ahora?

—Yo no —contestó Pepper mientras señalaba a Alice—. Ella.

Quizás entrar sola en comisaría no hubiera sido tan mala idea. Alice dio un paso al frente hacia Rowdy, pero Reese no la soltó.

—Ni hablar —rodeándole los hombros con un brazo, la atrajo hacia sí con fuerza.

Y se quedó inmóvil.

Con aspecto amenazador.

—¿Qué estamos haciendo? —Logan enarcó una ceja.

—A mí me parece que nos hemos vuelto majaras —contestó Rowdy mientras asentía hacia Alice—. ¿Esto es por tu culpa?

—Sí —ella se hundió un poco.

—¿Qué has hecho esta vez?

—Bueno...

—¡Incluso conmigo delante lo hacéis! —exclamó Reese, sobresaltándoles a todos.

—¿Hacer qué? —Rowdy se irguió lentamente al mismo tiempo que soltaba a su hermana.

—Confidencias —Pepper sonrió—. A Reese no le gusta lo unidos que estáis.

Alice miró hacia Reese. Tenía los ojos entornados de una manera muy inquietante.

Pero a Rowdy no parecía molestarle lo más mínimo.

Sin embargo, solo por si acaso, Alice sintió la necesidad de aclarar la situación.

—Solo somos amigos.

—Un hombre y una mujer nunca son solo amigos —contestó Reese con una hostilidad que se reflejó alto y claro.

—Normalmente estaría de acuerdo contigo —Rowdy cruzó los brazos sobre el pecho—. Pero esta vez no.

—¿Lo ves? —Alice se soltó del abrazo de Reese, pero se acurrucó contra él—. Rowdy y yo ya hemos aclarado cualquier problema de atracción sexual. Esa fue una de las primeras cosas de las que hablamos.

Reese la miró incrédulo.

—¡Mierda! —exclamó Rowdy—. No es lo que crees, Reese, y lo sabes.

—¿Lo sé? —preguntó él en tono amenazador.

—Sí, deberías —a Rowdy empezaba a fastidiarle el tono del detective.

—Por Dios, Reese —Logan casi se atragantó—. Contrólate. Casi me siento avergonzado.

Pero a Reese no parecía preocuparle lo que pensaran los demás.

—Esto es absurdo —a Alice, sin embargo, sí le preocupaba—. Yo no le intereso a Rowdy, y él no me interesa a mí. No en ese sentido. Es solo, es… ¡es como si fuera mi amiga!

—Yo no soy tu «amiga», Alice —Rowdy se volvió a ella como un resorte.

Pepper soltó una sonora carcajada y Logan se cubrió la boca con la mano.

Aquello iba de mal en peor. Alice respiró hondo y soltó el aire lentamente.

—No pretendía resultar insultante, Rowdy. Cualquier ve que eres un hombre.

Abrazándose a su hermano, Pepper reía y reía sin parar.

—Maldita sea, Pepper, no estás ayudando —Rowdy la empujó hacia Logan—. ¿No puedes controlarla?

—Ni aunque tuviera los dos brazos útiles.

—Yo solo quería decir que me siento cómoda hablando contigo —Alice elevó la voz sobre las carcajadas de su amiga—. Punto. Solo hablar.

—Me alegra que lo hayas aclarado —Rowdy asintió hacia su hermana—, pero si Reese se va a poner como una furia por eso, Pepper, quizás sea mejor que te ocupes tú de esas cosas.

—¿Qué cosas? —su hermana lo miró espantada.

—Vamos, nena. Eres mejor que yo en eso y lo sabes.

—¿Yo? ¿Y qué sé yo de eso? Tú eres el único a quien me he confiado.

—Y ahora lo haces también conmigo —intervino Logan.

—Lo siento —Alice se frotó la frente. Empezaba a sentirse de más allí—. Esto se nos ha ido de las manos. Yo no pretendía molestar...

—Tú no eres ninguna molestia, Alice —interrumpió Reese mientras fruncía el ceño hacia Pepper y Rowdy—. Jamás.

—Cierto —asintió Rowdy.

—Lo cierto —intervino Pepper— es que me encantó ir de compras y esas cosas. No tenía a nadie con quien hacerlo. Al menos desde hace mucho.

Reaccionando a la triste afirmación de Pepper, Rowdy y Logan alargaron un brazo hacia ella, tirando cada uno de un brazo. Mientras los hombres se ponían de acuerdo sobre las quejas de Pepper, Reese sujetó la barbilla de Alice y la obligó a levantar el rostro.

—No se lo menciones a nadie —le susurró al oído.

—¿El qué?

—Lo que me contaste en el coche —le aclaró él sucintamente.

—No lo haré. ¿Lo harás tú? —añadió ella con preocupación.

—Hoy no. Necesito tiempo para pensar antes de decidir qué hacer.

—Siento no habértelo contado antes.

—Siento haberme enfadado —Reese le tomó el rostro con la

mano ahuecada—. No más mentiras, Alice, ni siquiera mentiras de omisión.

¿Entonces no estaba enfadado con Rowdy? ¿Lo que le provocaba esa hostilidad era el asunto de la muerte de Murray?

Alice no fue consciente de que los demás se habían callado y les escuchaban atentamente, hasta que Reese volvió a hablar.

—Viendo lo bien que os lleváis vosotros dos, me parece bien que Rowdy sea tu amiga, si tú lo deseas.

Alice se sonrojó violentamente. Todos la miraban con expresión burlona. Rowdy apoyaba las manos en las caderas, la cabeza inclinada hacia delante, sacudiéndola.

—No quise decirlo así —Alice propinó un empujón a Reese, aunque no consiguió desplazarlo—. No vuelvas a liarla.

—Y tú deja de apartarte de mí —él la atrajo hacia sí—. ¿De acuerdo?

—De acuerdo —ella asintió ante la sinceridad en su voz—. Lo siento.

—Y deja de disculparte —añadió Rowdy—. No es necesario.

Reese lo fulminó con la mirada y el otro hombre alzó las manos en gesto de rendición.

—No sé si soy buena como amiga —intervino Pepper—, pero me alegrará intentarlo. Y ya que hemos hablado de los planes de boda, Reese será el padrino. Rowdy me entregará al novio, por lo que... ¿te gustaría ser mi dama de honor? —antes de permitirle contestar, se apresuró—. No será nada elegante. Solo la familia de Logan y los que estamos aquí. Pero, me apetece todo ese rollo del vestido blanco, el velo y las flores.

La imagen misma del hombre satisfecho, Logan la mantuvo abrazada y le besó la sien.

A Alice le sorprendió ver a Pepper tan sumisa, indecisa. También hizo que el corazón le latiera con fuerza al pensar en asistir a la boda con Reese.

—Serás una novia preciosa —procuró que su sonrisa no resultara demasiado bobalicona—. Y sí, será un honor.

—¡Perfecto! Ya hemos aclarado eso. Ahora solo queda todo lo demás.

—Si no entramos vamos a llegar tarde —Rowdy consultó la hora.
—A la teniente no le gusta esperar —Logan asintió.

Mirando a su alrededor mientras Reese guiaba a la comitiva por la comisaría, Alice intentó no recordar la última vez que había sido interrogada por la policía.

La comisaría había cambiado en muchos aspectos, pero en lo fundamental seguía igual. Reese quiso pasar primero por su escritorio, pero de repente se paró en seco.

—¿Dash?

Sentado en un banco contra la pared, el hermano pequeño de Logan levantó la vista. Claramente sorprendido al ver al grupo, se puso en pie.

—Hola, Logan, Reese —su mirada se posó en Pepper, Rowdy y Alice—. ¿Celebrando una fiesta?

El chiste que, seguramente, pretendía relajar la situación, no consiguió su efecto.

Alice se fijó en que había pasado algún tiempo al sol recientemente, pues, aunque era de piel oscura, el color era más intenso en los pómulos y la nariz.

—¿Has estado otra vez en el lago? —Pepper también se había dado cuenta.

—No he podido. Hemos estado ocupados —de cabellos castaños, dorados por el sol, y los ojos marrones, las semejanzas con Logan eran evidentes—. Hoy he trabajado con la cuadrilla —Dash se frotó el hombro—. Teníamos mucho cemento que echar y hacía muchísimo sol.

De manera que trabajaba en la construcción. Eso tenía sentido. Dash no era tan atlético como Reese, pocos hombres lo eran, pero sí lucía un cuerpo delgado, musculoso, torneado por la actividad física.

Era igual de alto que Rowdy, un poco más que el metro ochenta y dos de Logan, pero mucho menos que Reese.

Alice se sintió impresionada al ver a los cuatro hombres juntos. Formaban un grupo impresionante, y más de una agente femenina les devoraba con la mirada.

—¿Qué haces aquí, Dash? —Logan dio un paso al frente—. ¿Sucede algo?

—Todo va... bien —contestó él tras una extraña e incómoda pausa—. He venido a verte.

—Pues entonces deberías haber ido a su casa —observó Reese—. Aún no ha regresado al trabajo.

—Es verdad. Mierda —el joven se frotó la nuca—. Ya he dicho que ha sido un día de locos.

Logan lo miraba extrañado.

—Entonces... —Dash titubeó—. Si no estás trabajando, ¿qué haces aquí?

—Ha surgido algo con Alice —Logan la señaló con una mano—. Te acuerdas de Alice, ¿verdad?

—Claro —él le estrechó la mano—. Me alegra volver a verte.

Alice sonrió y le correspondió en el saludo. Sin embargo, era evidente que no había ido a la comisaría para ver a Logan.

Sobre todo cuando su hermano volvió a preguntar:

—¿Qué pasa?

—¿Qué?

—¿No venías a verme? —Logan se recolocó el cabestrillo.

—Ah, sí —Dash hundió las manos en los bolsillos traseros del pantalón—. Yo, eh...

Alice oyó las pisadas antes de que la teniente volviera la esquina con sus poderosas zancadas. Al verlos a todos juntos se detuvo, titubeó, pero de inmediato puso en marcha el modo profesional.

Ni siquiera miró a Dash.

«Vaya, vaya». Alice empezaba a captar las señales, aunque, al mirar a Logan y a Reese, resultó evidente que ninguno había percibido la tensión en el aire.

Rowdy parecía demasiado incómodo en una comisaría como para prestar atención a otra cosa que no fueran los agentes armados. Pepper, al igual que su hermano, miraba a su alrededor con expresión de inquietud.

—Sentimos llegar tarde —saludó Reese, aunque el reloj de la pared indicaba que solo llevaban cinco minutos de retraso.

—Da igual —contestó secamente la teniente Peterson—. Estaba en una reunión extraordinaria.

—¿Qué reunión extraordinaria? —quiso saber Logan.

—He sido informada —la teniente posó la mirada en Alice—

de que podemos hablar de la posible conexión entre las chicas tatuadas, pero el resto es confidencial.

¡Mierda! A Alice no le cabía duda de lo que eso significaba. Trace había puesto freno a cualquier investigación que pudiera conducir hasta él.

—¿Qué significa «confidencial»? —Reese estaba visiblemente molesto.

Alice casi dio un respingo.

—Significa —Peterson se acercó para que nadie más pudiera oírlo— que las órdenes vienen de arriba. Se me dijo que, bajo ningún concepto, debía dar marcha atrás. Cualquier conversación sobre su época como víctima de secuestro está prohibida. Sobre todo cualquier conversación sobre justicieros anónimos.

CAPÍTULO 18

—¡Y una mierda! —Logan parecía estupefacto.

—Fin de la conversación, detective —Peterson interrumpió cualquier intento de Reese de intervenir.

—¿Cómo se han enterado? —Reese entrelazó los dedos de las manos.

—No tengo ni idea —la teniente desvió de nuevo la mirada hacia Alice—. Quizás deberías preguntarle a ella.

Tanto Logan como Reese se volvieron hacia Alice con expresión acusadora.

—Yo no he hablado con nadie —ella sacudió la cabeza y luchó contra la urgencia de salir corriendo de allí.

Pepper, Rowdy y Dash permanecían en silencio. Para Alice era como si la hubiesen juzgado y hallado culpable.

—¿Puedo hablar un momento contigo? —Reese apartó la mirada de Alice y la posó sobre Peterson.

—Por supuesto —asintió ella, haciendo un gesto también a Logan para que la siguieran. Su irritación era evidente—. Siempre que las palabras sean las adecuadas, que no se utilice ninguna palabra prohibida, soy toda oídos.

Reese asintió, a pesar de que aquello no le gustaba nada. Así funcionaban las cosas.

—Espera aquí —le ordenó a Alice antes de dirigir una mirada a Rowdy—. Ella no va sola a ninguna parte.

—Entendido.

—Gracias.

Las órdenes no molestaron a Alice tanto como verlo marchar. Ese maldito hombre le había exigido confianza y ella le había confiado su mayor secreto.

Pero ¿acaso él le había devuelto la misma confianza? No. ¿Cómo había podido pensar que ella había impuesto una mordaza? ¿Por qué iba a confesarse a él y luego hacer eso? No tenía ningún sentido. Si le hubiera preguntado, en privado, seguramente se lo habría explicado. Pero no, él…

—¿Alice? —con aspecto de estar bastante molesto, Rowdy señaló el banco en el que había estado sentado Dash—. ¿Por qué no os sentáis Pepper y tú y… no sé, habláis o algo?

¿La estaba animando de nuevo a que convirtiera a su hermana en su confidente?

—Si necesitas hablar conmigo… —Rowdy suspiró.

—No, no lo necesito —ya era bastante malo que le hubiera hablado a Reese sobre Trace. Pero no iba a hablarles a Pepper y Rowdy de él—. ¿Y tú qué vas a hacer?

—Voy a quitarme de en medio todo lo que pueda.

—Te haré compañía —sugirió Dash.

Los dos hombres se apoyaron contra la pared a unos metros de las mujeres, fuera de la vista de los agentes.

Pobre Rowdy. No se sentía cómodo con ningún agente de la ley, y sin embargo su hermana iba a casarse con un policía. De todos modos, Alice no creía que eso fuera a afectarle durante mucho tiempo. Ese hombre era un superviviente porque sabía cómo adaptarse a las situaciones cambiantes.

Y se adaptaría a esa también.

Apartando a Rowdy de su mente, ella se dejó caer en el banco. Estaba dolida por la mirada acusatoria de Reese y molesta porque no la había creído. En el coche había compartido con él su mayor secreto. Debería confiar en ella.

—¿Qué está pasando entre vosotros dos? —Pepper se sentó a su lado y le propinó un pequeño codazo.

—¿A qué te refieres? —Alice contestó con evasivas.

—Tan pronto saltan fuegos artificiales entre vosotros como puñales —la otra mujer le dedicó una mirada divertida—. ¿No van bien las cosas?

—Es complicado —Alice tenía tantas cosas en la cabeza que ni siquiera era capaz de aclararse ella misma. Casi había perdonado a Reese por el interrogatorio sexual, y había confesado haber matado a Murray. Pero, ante la patente desconfianza del detective, empezaba a preguntarse si no habría cometido un monumental error.

—Te diré una cosa —continuó Pepper—. Siempre he encontrado que las cosas parecen menos complicadas cuando las comparto. Por supuesto, Rowdy era mi confidente, y tiene una manera increíble de diseccionar los hechos para que no te agobies.

—Es verdad —asintió ella—. Habla tan... claro.

Rowdy nunca evitaba decirle las cosas, independientemente de lo íntimas que pudieran ser. Pero no podía contarle lo de los jueguecitos de Reese en la cama.

—Si prefieres hablar con él —Pepper se miró los pies—, lo entenderé.

—No es eso —quizás no debería haberle hablado a Reese sobre Trace. Aunque estaba segura de que no mencionaría nada ante la teniente, no después del aviso recibido.

¿Qué sería Trace capaz de hacer si Reese insistía?

Porque, de algún modo, sabía que Reese no lo iba a dejar estar. Su cabeza palpitaba con miles de posibilidades.

—¿Alice?

—Puede que la haya fastidiado —Alice cerró los ojos.

—¿Y eso? —preguntó su amiga antes de añadir en tono suspicaz—. ¿Qué ha hecho Reese?

—Nada —todavía. Pero si insistía...

—No me lo trago —Pepper la miró fijamente—. Reese ha hecho algo y estás disgustada. Por Dios que ese hombre puede ser un imbécil.

—No —ella sacudió la cabeza—. No es ningún imbécil, pero a veces resulta autocrático. Y testarudo. Y puede que algo sobreprotector.

—¿En serio? —sonriendo con interés, Pepper insistió—. ¿Y qué más?

—En realidad es maravilloso —cuando no se mostraba desconfiado, o le hacía demasiadas preguntas. Alice se sonrojó al recordar cómo había obtenido sus respuestas—. Al menos casi todo el tiempo.

—Supongo que eso quiere decir que no es perfecto, como le pasa a todo el mundo, ¿no?

—Supongo —no era perfecto, pero se acercaba bastante.

—No quiero ser una cotilla —la otra mujer volvió a propinarle un codazo amistoso—, pero no olvides lo que te he dicho. Si alguna vez necesitas hablar, puedes confiar en mí.

Quizás una perspectiva diferente ayudaría. Contempló la alentadora sonrisa de su amiga y al fin cedió.

—Reese utilizó el sexo contra mí.

—¿Puedes repetir? —la sonrisa de Pepper se esfumó.

—Quería averiguar algunas cosas... sobre mi pasado. Cosas que, a juzgar por las palabras de la teniente, no serán objeto de discusión aquí hoy.

—¡Vaya! —Pepper se echó hacia atrás, fascinada—. Me preguntaba qué habría pasado.

—Siento no poder contarte los detalles.

—Es evidente que no, puesto que es un tema prohibido —visiblemente preocupada, su amiga preguntó—, ¿Estás metida en un lío?

—No, no es nada de eso.

—Menos mal. Me alegro —la mujer analizó el rostro de Alice—. De modo que Reese quería esas respuestas, y...

—Yo no quería contarle nada —Alice asintió—. A fin de cuentas no nos conocemos desde hace tanto tiempo.

—Buff, yo amé a Logan desde el primer instante.

—¿En serio? —preguntó ella con los ojos desorbitados. Amor.

—Sí. En su momento no me di cuenta, no hasta que me traicionó de un modo muy rastrero. Me dolió tanto que supe que tenía que ser amor. Si simplemente me hubiera gustado, no me habría afectado, ni me habría obsesionado, tanto.

—¿Logan te traicionó? —aquello sí era inesperado.

—A lo grande. Pero esa es otra historia, y ahora mismo hablamos de ti.

—Pero... si amabas a Logan, ¿confiabas en él?

—¡De ninguna manera! —Pepper soltó una carcajada antes de ponerse más seria—. Pero, echando la vista atrás, ahora sé que, de haber confiado antes en él, habríamos ahorrado mucho tiempo, y a lo mejor no le habrían disparado.

—Eso no fue culpa tuya —Alice le tomó una mano.

—Puede que no —Pepper dejó escapar un suspiro—. Pero ahora volvamos a la parte más jugosa de cuando Reese utilizó el sexo contra ti.

Alice se sentía observada y, al levantar la vista, se encontró con la mirada de Rowdy. Dash estaba hablando con él, y Rowdy asentía como si estuviera escuchando. Pero su atención permanecía fija en ella.

Alice se sonrojó, como si él la hubiera oído, y Rowdy sonrió. Tragó saliva y apartó la mirada. Debería terminar con la historia antes de que Reese regresara.

—Me... puso a punto —¿cómo explicar lo sucedido con palabras?

—¿En la cama? —preguntó Pepper en un susurro.

—Y luego me preguntó toda clase de cosas de las que sabía que no quería hablar.

—Porque se imaginó que estarías distraída, ¿no?

—Sí.

—Bastardo pervertido.

¿Pervertido? ¿Se refería Pepper a... malvado? O peligroso.

—Déjame adivinar —llena de simpatía, su amiga le apretó ambas manos—. ¿Estás dolida? ¿Avergonzada?

—Bueno...pues sí —¿quién no lo estaría?

—Fue bastante diabólico, te lo admito. Pero, cuéntame una cosa, sabiendo que Reese es detective, y sabiendo que siente algo por ti, ¿te preguntó cosas que necesitaba saber o que, al menos, creía necesitar saber?

—Sí —Alice dejó caer los hombros. De perdidos al río—.Yo misma llegué a esa conclusión. Sabía que debía sincerarme, pero necesitaba encontrar el modo.

—¿Entonces se lo contaste?

—Sí —ella se mordió el labio—. Mientras aparcaba el coche en el aparcamiento de la comisaría.

—Entiendo —Pepper asintió—. ¿Por eso estaba tan rabioso? Bueno eso, y también que está celoso de mi hermano.

Alice no quería que Reese y Pepper tuvieran una mala relación. A fin de cuentas, Reese y Logan eran muy buenos amigos. No soportaría causar un conflicto.

—Reese confía en Rowdy. Pero, bueno, aún no tenemos las cosas claras.

—¿Eso significa que te has enamorado de él, pero él aún no te ha dicho cómo se siente?

—Más o menos.

—Pues véngate —la animó su amiga—. Te sentirás mejor por haber sido utilizada por Reese si tú le haces lo mismo. Puedes darle la vuelta a la tortilla y conseguir tus propias respuestas.

—¡Yo no podría hacer eso! —exclamó Alice, escandalizada.

—Pues claro que puedes. Devolverle la moneda no tiene por qué ser un infierno. En realidad, puede resultar muy divertido.

—¿Tú…? —susurró ella.

—¿Con Logan? Ya te digo —Pepper se acercó un poco más—. El sexo había sido estupendo, de modo que me dije que, aunque estuviera enfadada con él, ¿por qué sufrir?

El sexo con cualquiera que no fuera Reese sería un sufrimiento.

—Teníamos que escondernos en la casa del lago de su hermano. No digas nada a nadie, esa propiedad es secreta. Dash quiere que siga siendo privada, de modo que solo Reese, Logan y yo la conocemos. Bueno, y ahora tú. En cualquier caso, cada noche, a la hora de irse a la cama, yo acudía a Logan. Disfrutábamos de un sexo alucinante y luego… —la mujer se interrumpió.

—¿Y luego qué? —de ninguna manera iba a dejarlo así.

—Lo dejaba solo y me iba a dormir al otro cuarto.

—¿Y qué decía Logan? —a Alice le parecía muy triste.

—No le gustaba, pero los hombres nunca rechazan el sexo. Sobre todo cuando se trata de sexo con una mujer que les importa. Y confía en mí, a Reese le importas.

Por Dios que esperaba que su amiga estuviera en lo cierto. Aun así, el plan le planteaba graves reservas.

—No lo sé. Logan y Reese son muy diferentes.

—Cierto, pero no dejan de ser hombres.
—Pepper tiene razón —Rowdy interrumpió la conversación—. Los hombres somos unos facilones.
Alice se sonrojó violentamente.
—No pretendía escuchar —Rowdy le hizo una carantoña—, pero vosotras dos no sabéis susurrar.
—¡Has tenido que esforzarte para oírlo! —Pepper lo miró furiosa.
—Tú alégrate de que accedí al ofrecimiento de Dash de ir a por algo de beber, de lo contrario él también lo habría oído.
—Da igual —Pepper se enfrentó a su hermano—. Él estaba en la cabaña cuando yo me vengué de Logan.
—Confía en mí, enana, Dash no siente la menor lástima por él. Pero fue muy mala idea por tu parte —Rowdy se volvió a Alice—. En cuanto a ti, yo te diría que adelante. Reese te lo revelará todo con una sonrisa en los labios.
De nuevo esa manera franca de hablar que ella tanto apreciaba. Sin embargo, en medio de una comisaría, con la presencia de Pepper, no le gustaba tanto.
Por suerte, Dash apareció con cuatro latas de refresco de cola, de modo que la conversación concluyó. Lo cual no le impidió pensar en ello, y elaborar un sólido plan.

—¿Cómo? —exigió saber Reese—. ¿Cómo lo han podido averiguar si Alice no ha dicho nada?
—¿Estás seguro de que no lo ha hecho? —Peterson se sentó ante la larga mesa de reuniones.
—Seguro —él se frotó la nuca—. Dijo que no lo había contado, de modo que no lo hizo. Ella no mentiría sobre eso —aunque, maldita fuera, había matado a un hombre y no se lo había contado.
—Entonces hay alguien que tiene ojos en todas partes.
—Lo cual significa —intervino Logan, señalando lo obvio— que es alguien poderoso.
—Sí.
—No estamos hablando de esto —les advirtió la teniente

mientras tamborileaba con las uñas sobre la mesa—. Al parecer el que ordenó la censura fue un senador.

Un senador.

—Mis órdenes llegaron del capitán —más tamborileo—. Y fue bastante claro al respecto.

—A lo mejor lo estamos enfocando mal —Logan se dejó caer en una silla—. Pudiera ser que todo este asunto del justiciero formara parte de una operación secreta o algo así.

—Puede —admitió Reese, aunque necesitaba saber si Alice quería compartirlo o no—. Yo confío en ella.

—¿Puedes repetir? —Logan enarcó las cejas.

—Alice —Reese paseaba de un lado al otro de la pequeña sala de conferencias—. Confío en ella. No estaría protegiendo a ese tipo si hiciera daño a alguien que no se lo mereciera.

—El que se lo merezca o no —señaló Peterson— lo decide la justicia.

—Puede —repitió Reese.

Tanto Logan como la teniente lo miraron perplejo y él tomó una silla para sentarse, inclinándose sobre la mesa hacia sus interlocutores.

—¿Cuántas veces se nos ha escapado un asesino despiadado por alguna pequeña grieta? ¿Cuántas veces alguien la fastidia con las pruebas y un imbécil queda libre para poder volver a matar?

—No estamos hablando de eso —su jefa puso los ojos en blanco.

—No, no lo estamos.

Reese había tomado una decisión. Iba a descubrir lo que necesitaba saber, pero confiaría en Alice lo suficiente como para mantener a los demás al margen. Su corazón, ¿desde cuándo se había mezclado su corazón en todo ese asunto?, le decía que ella era una de las mujeres más honradas, sinceras y tiernas que hubiera conocido jamás.

¿Cómo iba a traicionarla? No podía.

—Acabemos con esto —salió de la sala en busca de Alice y Rowdy.

Los encontró con Dash y Pepper, bebiendo cola y bromeando.

—¿Alice?

Sus miradas se fundieron y ella se ruborizó.

¿Qué demonios estaba sucediendo?

—¿Ya podemos unirnos a la conversación los comunes mortales? —bromeó Rowdy con una sonrisa—. He de decirte que estar rodeado de tanto hombre vestido de azul me pone nervioso.

Algunos policías se volvieron a mirarlo aunque, en general, nadie le hizo caso.

—Dash, ¿te importa quedarte con Pepper? —Reese también lo ignoró—. No tardaremos mucho.

—Claro, sin problema.

Pepper inició una protesta, pero Reese se dirigió a Alice.

—¿Alice? —le ofreció una mano—. Vamos, cielo. Ya estamos preparados.

Esperaba que Alice hubiera captado su aceptación, pero, por si acaso no lo hubiera hecho, se acercó a ella para susurrarle al oído:

—Lo siento.

—¿Por? —ella parpadeó perpleja.

—Por haber pensado, siquiera durante un instante, que habías alertado a Trace.

—¿Me crees cuando digo que no lo hice?

—Basta ya de secretos entre nosotros —Reese se detuvo ante la puerta de la sala de conferencias y asintió—. ¿De acuerdo?

—Eh... —como un cervatillo asustado por las luces de un coche, Alice se quedó paralizada—. De acuerdo.

—Bien —el detective sonrió. Era un acuerdo, cierto que inseguro, quizás incluso involuntario. La sujetó por los hombros—. ¿Estás preparada para hacer esto?

—Por supuesto.

—No te importa, ¿verdad? —era tan obstinadamente independiente. Reese la acarició mientras luchaba contra el deseo de besarla—. Me refiero a estar aquí.

Quizás Alice estuviera pensando lo mismo que él, pues se apretó contra su cuerpo, el rostro levantado, la cálida mirada fija en sus labios.

—Pensé que sí lo haría —apoyó una mano sobre el fuerte torso y la deslizó hasta el hombro—. Pero estaba tan distraída charlando con Pepper que se me olvidó.

Cada vez que esa mujer charlaba con Pepper, Reese se preocupaba. Le gustaba Pepper, pero era como una pequeña y sexy bomba a punto de estallar. Lo último que quería era que ejerciera alguna influencia sobre Alice.

—La reunión es aquí dentro, detective.

Ante el autoritario tono de voz de Peterson, Reese sonrió a Alice y la condujo al interior de la sala.

Durante los siguientes cuarenta y cinco minutos, se sentó en silencio y permitió que Logan y la teniente interrogaran a Rowdy y a Alice. Siempre era mejor que alguien fresco, no implicado, obtuviera la información.

Alice manejó la situación como una experta. Era impresionante la cantidad de detalles que recordaba, y con qué precisión volvía a relatarlo todo. A menudo, los testigos se sentían confusos sobre el orden en que habían sucedido las cosas. Los nervios y la adrenalina hacían que muchas personas no se fijaran en lo que les rodeaba, la hora, el lugar, a veces incluso el aspecto de un atacante.

Pero Alice no. En todo momento permanecía alerta, empapándose de todos los detalles, como lo haría un detective. Y al relatar esos detalles no daba la impresión de imaginarse o inventarse nada. Compartía lo que podía y, de vez en cuando, ampliaba la declaración de Rowdy.

Las distintas perspectivas de sus declaraciones encajaban.

Peterson sacó una carpeta y Reese comprendió que su jefa pretendía mostrarles la foto de la chica muerta. Protector, se sentó junto a Alice y apoyó una mano en el respaldo de su silla.

—¿Es este el mismo tatuaje? —la teniente puso la foto sobre la mesa, le dio la vuelta y la deslizó hacia delante.

La expresión de Rowdy se endureció y soltó un juramento.

—¿Cuándo murió? —Alice se tomó su tiempo para estudiar la foto, la mirada cargada de tristeza.

—Hace poco —contestó Reese sin querer abrumarla con más detalles. Ya había tenido que soportar bastante fealdad en su vida.

Alice tomó la foto para ver mejor el tatuaje. Respiró agitadamente y contuvo las lágrimas.

—Tómate tu tiempo —le aconsejó Peterson.

—Es parecido —Alice sacó un pañuelo del bolso y tomó aire.

No le dio importancia a las lágrimas, ni para disculparse por ellas ni para buscar simpatía en los demás—. No es idéntico al de Cheryl, pero se parece mucho.

—¿Es del mismo tamaño? —preguntó Logan.

—Sí —ella se llevó una mano al antebrazo—. De aquí hasta aquí —señaló desde la muñeca hasta justo por debajo del codo—. De unos doce a quince centímetros de largo y menos de siete de ancho. No le rodeaba el brazo. Era como si estuviera encerrado en un rectángulo, pero sin los lados marcados —miró a Peterson—. El de Cheryl seguía inflamado. Creo que se lo acababan de hacer.

La teniente recuperó la foto y la guardó en la carpeta.

—¿Estás segura de que no te dijo su apellido? —insistió Logan—. ¿No viste hacia dónde se dirigía Cheryl?

—No quise husmear —Alice miró a Reese de reojo y se encogió de hombros—. Pero le di un número de teléfono al que llamar en caso de necesidad.

—¿El de la policía? —Reese estuvo a punto de gemir. Quizás le había dado el de Trace.

—Ella no quería tener nada que ver con la policía —ella sacudió la cabeza.

Indignada, Peterson dejó caer la carpeta sobre la mesa y se reclinó en la silla.

—Podrías haberle dado mi número —intervino Rowdy.

—Cheryl no te conoce. Y en esos momentos no se sentía muy a gusto con los hombres.

—Entonces, ¿qué número le diste? —sabiendo la respuesta de antemano, Reese tomó la mano de Alice.

—El mío —susurró ella mientras se encogía de hombros a modo de respuesta.

Reese sentía la desesperación con la que Alice se agarraba a su mano, como si fuera su salvavidas. Esa situación la estresaba mucho más que cualquier otra.

—¿Tu móvil?

—Un móvil, sí —ella sacudió la cabeza—, pero no el mío

habitual —miró de soslayo a Peterson y a Logan antes de fijar la mirada en Reese—. No soy idiota, no corro riesgos.

—Eso ya lo sé —desde luego no era idiota, pero ¿atrevida? ¿Osada? Eso sin duda.

—Tengo siempre algunos móviles extras para... emergencias —se apresuró a aclarar a toda prisa con la esperanza de no atraer la atención. ¡Sí, claro!—. Llevo el móvil encima desde entonces, pero Cheryl no ha llamado, por lo que supongo que ha llegado a su casa sana y salva.

Facilitarle a Cheryl un número distinto, había sido una medida prudente, pero seguía sin justificar su acción.

—¿Por qué no me lo contaste antes?

—Si Cheryl hubiera llamado —Alice miró a Reese a los ojos, pero no intentó excusarse—, te lo habría dicho —se volvió hacia los demás—. Nadie más tiene ese número, de modo que cualquier llamada tendrá que ser de Cheryl, o de alguien que haya obtenido el número de ella.

No era fácil ocultar la irritación que sentía, pero Reese no quería que Peterson o Logan se hicieran una idea equivocada, o quizás acertada: que estaba muy lejos de controlar la situación.

—¿Hay algo más que no hayas mencionado?

Alice asintió.

Genial.

—Pues quizás este sería un buen momento, ¿no crees?

—Le dije a Cheryl que necesitábamos una especie de código, por si alguien la encontraba o intentaba obligarla a algo. El plan es que, si alguien está escuchando, debe decirme que todo va de perlas.

—¿De perlas?

—No es una frase que se emplee habitualmente —Alice volvió a encogerse de hombros—, pero no es lo bastante rara para despertar sospechas. Le dije que, si pronunciaba esas palabras, yo sabría que algo iba mal y que haría todo lo que estuviera en mi poder para ayudarla.

¿De modo que su intención era seguir implicada? Frustrado, Reese se levantó de la silla.

—¿Y en qué consistiría ese «todo»? —era una mujer menuda, sin entrenamiento, demasiado dulce...

—«Todo» eras tú —Alice también se levantó de la silla.

—¿Yo? —eso sí que no se lo había esperado. Le acababa de reprender delante de los demás—. ¿O sea que crees que estoy en tu poder?

—Lo que creo es que está en mi mano contártelo —ella asintió—. Si supieras que esa escoria la había encontrado de nuevo, la ayudarías.

—Pues claro —la lógica era tan irrefutable que no podía hacer otra cosa que admitirlo.

La beatífica sonrisa de Alice le hacía sentir como Superman. No besarla resultaba cada vez más difícil. Se sentía tan... se sentía orgulloso, de cómo ella había controlado una situación delicada, y de su fe en él.

Peterson se aclaró la garganta, Logan frunció el ceño, y Rowdy sonrió.

Había llegado el momento de volver a tomar el mando de la situación. ¿Por qué cada vez que Alice estaba cerca, le pasaba lo mismo? Si no tenía cuidado, iba a empalmarse delante de todos.

La agarró por la muñeca y le apartó las manos que, de nuevo, estaban apoyadas en su pecho. Necesitaba distanciarse de ella.

—Creo que ya no necesitamos nada más de ti.

—¿Me haréis saber vuestros planes? —imperturbable ante la expulsión, Alice se resistió a ser empujada hacia la puerta.

—Seguramente no —insistente, pero tan dulce. Antes de que se molestara excesivamente por su respuesta, Reese logró llevarla hasta la puerta—. ¿Por qué no esperáis Rowdy y tú con Dash y Pepper?

—¿Reese? —ella lo miró confusa.

—No tardaré —desde luego era muy insistente.

—Pero...

Rowdy la tomó delicadamente del brazo y, asintiendo hacia el detective, se la llevó fuera de la sala.

—Bueno, eso ha sido interesante —observó Peterson en cuanto la puerta estuvo cerrada de nuevo.

¿En serio? Reese buscaba el modo de explicar lo que acababa de hacer Alice, pero la teniente desvió la atención hacia Logan.

—¿Exactamente qué hace aquí tu hermano?

CAPÍTULO 19

Aliviado por el cambio de tema, Reese aguardó a que Logan contestara.
—Seguramente tenía intención de comer conmigo, y olvidó que estaba de baja por unos días.
—¿Insinúas que olvidó que te habían disparado? —incrédula, Peterson se levantó para recoger todos los documentos en una carpeta.
—Dash sabe que una pequeña herida no me impediría trabajar —Logan se removió inquieto.
Reese soltó un bufido. La bala que había atravesado el brazo de su compañero era cualquier cosa menos pequeña.
—Dada la juventud de Dash —Reese optó por ayudar a Peterson a llegar a una conclusión—, seguramente no entiende que un tiroteo en el que esté implicado un agente te manda a tu casa lo quieras o no.
—Durante un día más —asintió la teniente.
¡Ni hablar! No iba a permitir que esa mujer le diera el caso a Logan.
Eso no.
No con Alice implicada.
Por supuesto, era la implicación de Alice la que lo excluiría a él del caso. Cualquiera podía darse cuenta de que entre ambos había una relación. La política del departamento era mantener apartados de los casos a los detectives que estuvieran demasiado implicados. Un detective imparcial era mucho mejor que otro que buscara una venganza emocional.

Por supuesto, eso no había impedido a Logan perseguir la amenaza contra Pepper.

Quizás lo mejor sería hacerse cargo antes de que Peterson tuviera tiempo suficiente para pensar en ello. Si le concedía una oportunidad, a lo mejor permitía que su enemistad personal con él decidiera por ella.

—Entonces estamos tratando con drogas —Reese cruzó los brazos sobre el pecho y se apoyó en la puerta, bloqueando el paso—, puede que secuestro y asesinato.

—¿Cómo vas a manejar el asunto? —preguntó Logan.

—Andamos cortos de personal, como bien sabéis —Peterson sacudió la cabeza.

—Estoy preparado para trabajar a tiempo completo —insistió Logan, como si se sintiera culpable.

—Pepper te atará a la cama si lo intentas siquiera —Reese cortó esa idea de raíz.

—¡Deja de hablar como si ella fuese mi madre! —exclamó Logan mientras hacía un gesto de dolor.

Con las seductoras miradas que le dirigía esa mujer, nadie podría insinuar tal cosa.

—Muy bien —Reese enarcó una ceja—. Díselo y veremos qué hace.

—Ella no me manda —un feroz gruñido levantó al otro hombre de la silla.

—Por lo que he podido ver...

Peterson soltó una carcajada.

A Reese le sobresaltó tanto que tuvo que mirarla dos veces. Logan y él intercambiaron una mirada de confusión.

—El poder de las mujeres —murmuró ella antes de mirarlos con gesto severo—. A partir del lunes, Reese, tú llevarás el caso.

—Si es lo que quieres —conseguido su objetivo, él se apartó de la puerta.

De una u otra manera lo habría conseguido, pero estaba bien que Peterson se lo hubiera entregado en bandeja.

—Elige un equipo e infórmame —la mujer se detuvo, la mano sobre el picaporte, y se volvió.

—Por supuesto.

—In-For-Ma-Me —insistió.

—Correcto —no hacía tanto que Reese no había confiado en ella y le había ocultado cosas—. Aunque esté herido, estoy seguro de que Logan será útil.

—¡Vaya, gracias! —exclamó su amigo con gesto inexpresivo—. Me alegra oír que no soy del todo inútil.

—Pepper negaría tal cosa hasta su último aliento.

Peterson interrumpió la conversación con un bufido mientras abría la puerta, pero aún se detuvo una vez más para fijar la mirada en Reese.

—Y también dispones de tu pequeña red de policías de confianza, ¿verdad?

—Culpable —Reese se había ocupado personalmente de averiguar quién estaba fuera de toda sospecha.

La teniente había acabado con muchos problemas, pero él no dejaba nada al azar. Y por eso había reunido su propio grupo de fieles que le había resultado muy útil en más de una ocasión.

—Si de aquí al lunes —Peterson dirigió una mirada furtiva a su alrededor para asegurarse de que nadie podía oírla— decides hacer algunas comprobaciones por tu cuenta, guárdatelo para ti mismo y asegúrate de que nadie se entera —concluyó antes de marcharse.

—¿Qué demonios ha sido eso Reese? —preguntó Logan en cuanto la teniente se hubo marchado—. ¿Te importaría contarme de qué va?

—La última vez dirigiste tú la investigación —por supuesto, Logan se había dado cuenta de que había algún motivo oculto tras las burlas. Reese se encogió de hombros—. Necesitaba que esta me la diera a mí.

—Pero me has hecho parecer un calzonazos.

—Si el calzón...

—Vete a la mierda.

—En realidad —aunque Reese intentaba mantener el semblante serio, se le escapó una sonrisa mientras le sujetaba la puerta abierta a su amigo—, me alegro mucho por ti. Hacéis una gran pareja.

—¿Celoso? Ya me lo suponía.

—Sí, claro —él asintió aunque sabía que Logan bromeaba—. Me gustaría tener lo que tienes tú.

—¿Con Alice? —Logan hizo una pausa.

—Esa es la pregunta del millón, ¿verdad? —no estaba seguro de si quería algo tan fuerte, tan permanente, con Alice, a pesar de sus excéntricas maneras de guardar un secreto. Su pasado inaccesible, su falta de confianza.

Seguramente.

—Estoy pensando comprar una casa.

—¿Para Alice y para ti? —Logan soltó un silbido.

—En realidad el motivo es Cash. Necesita espacio para correr, más de lo que puede ofrecerle un apartamento en la segunda planta.

—Cash, ¿no? —Logan se frotó el hombro del brazo herido—. ¿Y esa es la única razón?

—¿Te estás tomando los analgésicos?

—Por la noche —consciente de que le habían pillado, Logan dejó caer la mano y fingió una expresión de aburrimiento—. Las medicinas me aturden demasiado durante el día.

Logan estaba a punto de terminar con los antibióticos, y solo necesitaría el cabestrillo durante una semana más. Por suerte, la bala no había hecho más destrozos.

Eran amigos desde hacía muchos años. Reese le confiaría a Logan su vida, ¿por qué no confiarle también lo demás?

—El caso es —tenía ganas de decirlo en voz alta— que no me imagino a Cash jugando en el jardín sin tener a Alice cerca.

—Esto sí que va rápido —Logan basculó el peso del cuerpo de un pie al otro mientras miraba al vacío.

—Mira quién habla.

—Sí, lo sé —el otro hombre asintió antes de mirar a su amigo a la cara—. No fue fácil. Sigue sin serlo.

—Pero de todos modos la sensación es buena.

—Eso es —Logan se encogió de hombros.

Solemnes e introspectivos, ambos contemplaron a las mujeres, de nuevo sentadas en el banco, las cabezas pegadas mientras hablaban.

Rowdy permanecía cerca, los brazos cruzados, la mirada atenta, contemplando a todos y todo en la comisaría con evidente expresión de desconfianza. No, para Logan no iba a resultar sencillo. No hasta que Rowdy sentara la cabeza, si es que lo hacía alguna vez.

Alice se sonrojó y Reese sintió algo en su interior. Lujuria, y algo más. Algo... más. Como bien había dicho Logan, no era fácil. Demonios, a veces resultaba muy incómodo.

—Me pregunto de qué hablan.

—No sé Alice —murmuró su amigo—, pero Pepper no suele mantener las habituales conversaciones de chicas.

—¿Compras, cocina y maquillaje? —no, Pepper no—. La mayoría de las veces da la impresión de estar conspirando.

—Seguramente —Logan la miró de nuevo antes de sonreír y propinarle a Reese un codazo con el brazo bueno—. A juzgar por la expresión en el rostro de Pepper, yo diría que hablan de sexo.

Genial. Justo lo que más le apetecía oír. ¿Estaba Pepper compartiendo algún consejo o animándola a algo?

—¿Crees que Pepper te concederá la suficiente intimidad para poder trabajar durante el fin de semana? —Reese optó por cambiar de tema—. En tu tiempo libre, se entiende.

—Ella comprende mi trabajo —Logan tuvo que obligarse a apartar la vista de su novia—. ¿En qué estás pensando?

—Rowdy va a echar un vistazo a los salones donde hacen tatuajes. Si te informa a ti del resultado, ¿podrías investigar un poco a los dueños y empleados?

Alice levantó la vista y, con una sonrisa enigmática, se dirigió hacia ellos.

—Solo por ver si algo no cuadra —continuó él sin quitarle la vista de encima, preguntándose qué tenía esa mujer en mente.

—Sin problema —antes de que Alice se hubiera acercado demasiado, Logan continuó—. Dado que parece que vas a estar ocupado, yo me encargaré de Rowdy. Te llamaré si descubro algo.

—Gracias.

—¿Ya está? —con las mejillas aún ruborizadas, los ojos oscuros misteriosos, la respiración entrecortada, ella se detuvo.

—Sí —Reese se preguntó cuándo podría tenerla para él solo.

Logan se despidió con gesto burlón y se acercó a Rowdy y a Pepper.

—¿Adónde se ha ido el hermano de Logan? —Reese no lo veía por ninguna parte.

—Creo que se fue detrás de tu teniente —susurró Alice.

—¿Por qué?

—Está interesado en ella.

Reese soltó un bufido de incredulidad, pero, al ver que Alice no sonreía, él también se puso serio.

—No puede ser.

—¿Te has tragado toda esa tontería sobre que vino a ver a Logan? —ella puso los ojos en blanco—. No lo conozco bien, pero Dash no me parece tonto. No habría olvidado que han disparado a su hermano.

Reese también había pensado eso, pero había tenido demasiadas cosas en la cabeza.

Bueno, dado que Logan y Dash estaban unidos, y que Dash había estado presente cuando habían disparado a su hermano, y se había quedado también con él en el hospital, no parecía lógico que se hubiera olvidado sin más.

¿Dash y la teniente? No, Reese no conseguía aceptar algo tan extraño. Los conocía desde hacía mucho tiempo, a Peterson como su jefa, a Dash como una extensión de su amistad con Logan.

Dash era muy amigable, en todos los sentidos. Estaba plenamente dedicado a su trabajo y a la familia. Pero, en cuanto a mujeres, le atraían las guapas, con curvas, rellenitas.

Pero Peterson no estaba rellenita. Todo lo contrario. Y, por lo que podía deducirse de su vestuario profesional, tampoco tenía demasiadas curvas.

En cuanto a lo de ser guapa, Reese suponía que, si consiguiera verla de manera imparcial, lo cual desafiaba muchísimo su imaginación, debía admitir que tenía cierto encanto. Quizás si algún tipo consiguiera suavizar sus ojos azules con algo de deseo, o revolver su siempre impecable peinado... Pero no.

Sacudió la cabeza, negando siquiera la posibilidad.

Menuda, atlética y de aspecto decidido. Así era la teniente

Margaret Peterson. Dash, mucho menos formal que Logan, se esforzaba mucho en su empresa de construcción, y más aún a la hora de divertirse.

No por una mujer.

Sin duda Alice debía estar equivocada. Aun así, había demostrado ser muy astuta.

¿Se habría dado cuenta Logan? Por supuesto que no. De haberlo hecho, ya habría saltado sobre su hermano.

—Espero que te equivoques, cielo —gimió.

—¿Por qué? —Alice ladeó la cabeza.

—Porque de ninguna manera va a aceptar la teniente el interés de Dash. Es más probable que se ponga más difícil de lo que ya es. Y yo voy a tener que trabajar con ella. Por eso.

—Pues no sé —contestó ella mientras le tomaba una mano para dirigirse al aparcamiento—. Creo que la teniente Peterson podría sorprenderte.

La idea repugnaba a Reese aún más. Sabía cómo tratar a la Peterson de siempre. Lo último que quería era que le ofreciera una nueva dimensión de su arrolladora personalidad.

Apartando de su mente los pensamientos imposibles de Peterson inmersa en una relación sexual, Reese rodeó a Alice con un brazo.

—Pepper y tú parecéis tener muchas cosas de qué hablar.

—Es muy agradable —Alice agachó la cabeza.

—Será contigo —Reese le abrió la puerta del coche antes de dirigirse al lado del conductor.

—Tú también le gustas —le aseguró ella.

—¿También?

—Los dos sois unos fanfarrones, pero se ve a la legua que os apreciáis mutuamente.

—¿Eso crees? —para Alice seguramente era sencillo.

—En algunos aspectos, eres como un libro abierto —Alice se tomó el comentario muy en serio.

Reese no estaba seguro de que le gustara que Alice le leyera la mente. No estaba acostumbrado. Sin embargo, supuso que, si quería tenerla cerca, y desde luego lo quería, iba a tener que habituarse.

—¿Y sabes en qué estoy pensando en estos momentos? —puso el coche en marcha y arrancó antes de apoyar una mano en la rodilla de Alice.

—Sí —ella puso su mano encima de la de él—. Estás preocupado por la gente relacionada con los tatuajes y las drogas, y estás preocupado por mí, aunque no dejo de decirte que no hay motivo para que lo estés, y piensas en los juegos malabares que vas a tener que hacer.

Lo había clavado. Mierda.

—En realidad espero no tener que hacer ningún malabarismo —él le dio un pequeño apretón en la rodilla—. Porque ya no vas a ocultarme más secretos.

—No, no lo haré.

—Estupendo —aquello prometía.

Aunque fuera un tema prohibido, quizás precisamente porque se trataba de un tema prohibido, necesitaba saber cómo contactaba con Trace. Despacio, puso ambas manos sobre el volante.

—¿Y qué tal si me explicas cómo ponerme en contacto con tu amiguito?

CAPÍTULO 20

Alice apenas puedo contener un gemido. Como un perro con su hueso, Reese no soltaba.

—Sería mejor si… si no le molestaras.

—¿Mejor para ti? —contrariado, él encajó la mandíbula.

—Mejor para todos —la falta de su mano sobre la rodilla le producía una sensación de orfandad.

El contacto físico con Reese siempre la calmaba. Alice apoyó una mano en su antebrazo y le ofreció la verdad que tanto deseaba conocer.

—Si tan importante es, te lo diré. Te lo juro. Pero apreciaría que confiaras en mí la mitad de lo que me pides que confíe en ti.

—Mierda.

—Lo sé —ella sonrió—. No te gusta que se vuelvan las tornas. Pero el principio es el mismo, Reese.

—Ni se acerca. Ese hombre es una variable desconocida.

—No supone ninguna amenaza —Alice sacudió la cabeza—. Ni para ti, ni para mí.

—Puede que no, pero me gustaría llegar a esa conclusión por mí mismo.

—¿Por qué? —ella no deseaba que Reese cambiara, de modo que iba a tener que aprender a entenderle—. ¿Lo dices porque eres un detective?

—Por eso, y porque quiero protegerte.

—Yo no estoy en peligro —al menos no de manera inmediata.

—¡Por Dios, Alice! Eso no lo sabes —exclamó él contrariado, tensando los músculos de sus brazos y hombros—. Hay una mujer muerta. Otra huida. Y tú… —la fulminó con la mirada— te has metido por medio.

—Nada de eso tiene que ver con Trace —todavía. Pero si Trace pensaba que ella estaba en peligro…

Mierda.

Seguramente era otra verdad que debería compartir con Reese. Suspiró, lo que llamó aún más la atención de Reese.

—De acuerdo —dijo el—. Suéltalo.

En cierto modo resultaba agradable recibir toda esa atención del detective Reese Bareden.

—No sirve de nada que intentes contactar con Trace. Si él no quiere contactar contigo, no lo hará.

Reese se detuvo ante un semáforo, la mandíbula encajada.

—Pero si quiere —añadió ella—, tendrás noticias suyas.

—¿Así sin más? —él se volvió lentamente y la miró incrédulo.

—Ya te dije que tenía buenos contactos. Acabas de comprobar hasta qué punto lo son —el semáforo cambió y Reese puso el coche en marcha.

—No quería ser investigado —él agarró el volante con fuerza y asintió—, de modo que cerró oficialmente esa posibilidad.

—Sí —en realidad extraoficialmente. Alice sabía que Reese insistiría en saber más.

—Debe tener a unos cuantos oficiales de alto rango en el bote.

El detective seguía equivocándose al sospechar de Trace. O, quizás, tal y como le había explicado, estaba celoso.

—No creo que lo haga —ella intentó apaciguarlo—, pero, si contacta conmigo, te lo diré enseguida.

—¿Aunque él te ordene que no lo hagas?

—Nunca haría tal cosa —Alice le acarició el brazo, el suave vello, la cálida piel.

—Tienes a ese tipo en un pedestal —Reese gimió.

Por supuesto. Trace era de esa clase de hombres.

Pero también lo era Reese, y además era el hombre que ella deseaba. En ese instante. Al día siguiente.

Eternamente.

Alice sintió la boca seca ante la aceptación, y la incertidumbre. Necesitaba saber si el corazón de Reese estaba involucrado. Enamorarse ella sola sería... bastante trágico. Y ya había sufrido suficientes tragedias en su vida.

—¿Podrías tomarte un día o dos para pensártelo? ¿Para intentar confiar en mi opinión sobre él? —ella continuó antes de que pudiera quejarse—. Después, si sigues queriendo saberlo...

—Necesitando saberlo.

—Te lo diré.

—Con una condición, Alice —con calma, Reese giró en dirección a los apartamentos.

—¿Cuál? —el pulso se le aceleró.

—Yo me quedo contigo.

—¿En mi cama? —el dulce y familiar sufrimiento latió entre sus piernas.

—Eso me gustaría —Reese sonrió satisfecho—, pero siempre dependerá de ti. Yo me refería a quedarme en tu apartamento.

—¡Oh! —¿y cómo podría funcionar eso? ¿Vivirían como... compañeros de piso? No, gracias.

—No quiero que estés sola hasta estar seguro de que no hay peligro —insistió él en un intento de convencerla.

—¿Peligro por parte de Trace? —habían vuelto a la casilla de salida.

—En realidad estaba pensando en los bastardos que utilizan a mujeres como mulas —Reese sacudió la cabeza—. Pero sí, también me refería a tu misterioso Espectro. A cualquiera de tu pasado. Básicamente, a cualquiera, a cualquier cosa.

—¿Y cuánto tiempo crees que llevará? —Alice se humedeció los labios.

—Días. Semanas —Reese miró por el espejo retrovisor y cambió de carril—. No se sabe. En casos como este, podríamos resolverlo mañana o seguir a la deriva durante meses.

¡Meses! De no ser por las mujeres que estaban en peligro, a Alice le gustaría que fuera así.

—Entiendo.

—Si eso te supone un problema —él se encogió de hombros—, recuerda que sigo teniendo mi apartamento y un trabajo que me mantiene alejado de casa la mayor parte del día. No supondré un incordio para ti.

¿Por qué tenía Reese ese aspecto tan preocupado? No paraba de removerse en el asiento.

—No estaba preocupada por eso —si él solo deseaba quedarse a su lado por una cuestión de seguridad, ¿debería contarle que le encantaba tenerlo cerca siempre?

—Me alegra que Cash esté contigo durante el día —él la miró antes de desviar la vista—. Pero, por la noche, quiero estar contigo.

—De acuerdo —Alice esperaba que resolviera el caso pronto, pero, mientras tanto, tendría una oportunidad para conseguir que se enamorara de ella—. Yo también tengo una condición.

—Soy todo oídos —Reese asintió.

—Nada de dormir en el sofá —y para asegurarse de que lo había comprendido, añadió—, si estás en mi casa, aunque sea en calidad de detective, quiero que... duermas conmigo.

—¿Dormir, eh? —la sonrisa torcida se amplió—. Podré soportarlo.

—Lo digo en serio, Reese —ella no quería que hubiera ningún malentendido—. Aunque haga algo que te irrite. Aunque discutamos. No me des la espalda.

—Yo no tengo por costumbre instalarme en casas de mujeres para jugar a los policías, Alice —Reese soltó una carcajada, sorprendiendo a Alice—. Es cierto que estoy preocupado, pero no me pondría duro cada vez que hablamos si solo pensara en protegerte.

—¡Oh! —Alice miró instintivamente el regazo del detective, donde destacaba un impresionante bulto. De inmediato alargó una mano con la intención de tocar, acariciar—. Bien.

—Si empiezas así —él le tomó la mano y le besó los dedos—, es muy posible que tengamos un accidente. Dame unos cinco minutos más y estaremos en casa.

—De acuerdo, pero date prisa.

—Eres única, cariño —a modo de respuesta, él aceleró—. ¿Lo sabías?

Seguramente. No había muchas mujeres que hubieran pasado un año en cautividad, obligadas a trabajar para un monstruo. La experiencia le había cambiado para siempre, dándole una perspectiva única sobre la vida. Sabía lo que quería, e iba tras ello.

Quizás Reese no se hubiera dado cuenta, pero, en esos momentos, lo quería a él.

Y, durante el tiempo del que dispusiera, iba a hacer todo lo posible para ganarse su corazón.

Y empezaría por el plan de Pepper... en cuanto se atreviera a ello.

Woody Simpson se apoyó contra el muro de ladrillo de la tienda de libros del campus, observando la mercancía pasar. Universitarias con un apetito sexual explosivo, unas cuantas profesoras jóvenes, halagadas por la atención que les dispensaba, y una entrenadora de voleibol, de fuertes piernas.

Las admiró a todas, aunque fue la tímida estudiante de primer año con los libros apretados contra el pecho, la expresión ruborizada, la que llamó su atención.

Con Cheryl pronto fuera de juego, necesitaba una sustituta para responder a la demanda. La muchacha, con su inseguridad y ansiosa esperanza, sería más fácil de manejar que las otras. La observó mirar a su alrededor, un poco perdida, muy vulnerable.

Perfecta.

Sacando las manos del bolsillo, Woody se encaminó hacia ella.

A veces resultaba casi demasiado fácil.

Pero también pensó en una mujer que podría suponer un mayor desafío. Desde luego le había dado una buena lección a ese imbécil de Hickson.

El corazón empezó a latir con fuerza en su pecho. La deseaba. Para atar todos los cabos sueltos. Para castigarla.

Para probarla, de todas las maneras que se le ocurrían.

Para demostrar que ninguna zorra podría superarlo. Jamás.

Cheryl conduciría a Hickson hasta ella.

Y Hickson se la entregaría.

Con la sonrisa de depredador y el cuerpo hambriento, Woody

se hizo a un lado y «tropezó», con la novata. Los pesados libros cayeron al suelo.

—Maldita sea —agarrándola por los hombros, Woody la miró a los sobresaltados ojos—. Lo siento. ¿Estás bien?

Ella lo miró sorprendida, sin aliento, la boca entreabierta.

Y así, sin más, otra había picado el anzuelo.

Durante los ocho días que siguieron, Alice y Reese cayeron en una maravillosa rutina.

Una rutina rota únicamente cuando hacían el amor. Muchas mañanas, Reese despertaba excitado, y eso significaba que la despertaría a ella con besos, por todo el cuerpo. En dos ocasiones había regresado a casa para comer, y Alice había descubierto que eso significaba un sándwich que prácticamente se tragaba sin masticar y un apasionado sexo que él calificaba como «rapidillo».

Y cada noche sin falta, independientemente de lo tarde que regresara, la deseaba. En la ducha. En la cocina. En el despacho. En la cama.

Incluso en una ocasión habían acabado en el suelo.

Pero Alice nunca protestaba.

Se sentía inmersa en el placer, su cuerpo en un constante estado de expectación. Rápido o lento, en el dormitorio o en el escritorio, ese hombre sabía cómo llevarla al límite. Su energía la sorprendía, claro que, dada su envergadura y buena forma física, debería haber supuesto que no se cansaría fácilmente.

La mayoría de las mañanas, antes de que Reese se fuera a trabajar, llevaba a Cash a correr un rato. Eso le concedía a Alice una hora para ella misma, pero incluso en esas ocasiones, el detective se llevaba el móvil consigo y nunca salía por la puerta sin antes hacerle prometer que echaría el cerrojo.

Cash estaba feliz. En cuanto veía a Reese con los pantalones de correr, se dirigía a la puerta y esperaba junto a la correa. Alice siempre tenía el café preparado cuando regresaban. Tras ducharse y vestirse, desayunaban juntos. Y, antes de dirigirse a la comisaría, le daba una palmadita a Cash, y nunca se olvidaba de un beso para ella.

Todo parecía tan hogareño y tan... permanente.

Cash parecía sentir lo mismo. En poco tiempo, el perro había progresado. Ya no sentía la necesidad de estar continuamente encima de ellos, y podían abandonar la habitación sin que los siguiera.

Aunque el animalito ya no lloraba cuando Reese se marchaba al trabajo, se volvía loco de contento cuando regresaba a casa.

En nada de tiempo, Alice no solo se había puesto al día con el trabajo, también había conseguido un nuevo cliente que diseñaba y construía parques infantiles. Por supuesto, el encargo le hizo pensar en niños, aunque siempre desterraba esos pensamientos. Su relación con Reese seguía siendo demasiado nueva para empezar a soñar con formar una familia.

El detective solía regresar a casa sobre las seis. La cena la preparaban por turnos, y también fregaban por turnos. Pero, cuando la situación lo exigía, Reese no regresaba hasta pasada la hora de la cena. Unas noches antes, tras un robo en un restaurante local que había provocado tres heridos, había seguido unas pistas que lo habían mantenido trabajando la mitad de la noche. Al final había conseguido atrapar a los dos ladrones, y recibido una paliza en el proceso. Nada serio, aunque el ojo morado aún perduraba.

Y sin embargo aún no habían descubierto nada sobre la chica asesinada o los secuestradores de Cheryl. Reese y Logan se hacían frecuentes llamadas privadas y, de vez en cuando, Rowdy aparecía y charlaban en susurros.

Saber que Reese quería protegerla de su trabajo policial no conseguía que ella se sintiera menos excluida. Y, al igual que intentaba no preocuparse, procuraba no agobiarle con demasiadas exigencias. Reese no había vuelto a hacerle más preguntas sobre Trace, de modo que, a cambio, Alice intentaba no hacerle demasiadas preguntas sobre el caso.

Todo sería más sencillo si el detective se estuviera enamorando de ella. Se mostraba amable, cariñoso, atento y más que sexual.

Pero ¿equivalía alguna de esas cosas a un compromiso emocional?

¿O solo confirmaba que era un gran tipo?

A menudo había pensado en poner en práctica el plan de

Pepper. La idea de tomar el mando en la cama, tomar el mando sobre Reese, era muy tentadora. Le encantaría excitarlo hasta el punto de que compartiera con ella hasta sus más íntimos pensamientos.

Sobre ella. Sobre su futuro… suponiendo que tuvieran uno.

Pero, hasta ese momento, Reese no le había dado ninguna ocasión. Cada noche la dejaba tan agotada que era él el primero en despertar por las mañanas. Y, en cuanto ella le sonreía, ya lo tenía encima. Si lo miraba detenidamente, admirándolo, lo tomaba como una invitación.

La química entre ellos no había disminuido. De hecho, parecía más fuerte que nunca. ¿Podría llegar a convertirse en amor? Por Dios que esperaba que así fuera.

Estaba pensando en cómo poner en práctica el plan cuando oyó las pisadas del detective en el pasillo.

¡Una hora antes de lo habitual!

Cash llegó hasta la puerta antes que ella. Alice esperó, seguramente con expresión culpable. A fin de cuentas había estado maquinando su seducción con intención de beneficiarse ella misma.

En cuanto entró en el apartamento, se agachó para acariciar al perro. Alice admiró los musculosos hombros que se marcaban bajo el traje, pero también sintió que algo iba mal.

—¿Reese?

—¿Quieres que saque a la bestia a pasear? —él continuó rascando el cuello de Cash—. ¿Qué dices, chico? ¿Te apetece salir?

Dado que Cash ya había salido dos veces, se limitó a sentarse y menear el rabo, sin animar demasiado a su dueño.

—¿Qué sucede? —Alice se acercó.

—¿Quién ha dicho que suceda algo? —Reese descolgó la correa del perro.

—Reese Bareden —sus evasivas no hicieron más que asustarla—. No te atrevas a utilizar a ese dulce animal para esquivarme.

El detective se rindió, se incorporó todo lo alto que era y la miró.

¡Tenía también el otro ojo morado! Y una herida en el puente de la nariz. Un corte en el labio…

—¿Qué demonios te ha pasado? —Alice se quedó inmóvil.

Con una mano en la cadera y la otra sujetando la correa de Cash, Reese agachó la cabeza como si se sintiera avergonzado.

Y ella aguardó mientras le oía refunfuñar por lo bajo.

—Un par de niñatos se pelearon en la comisaría —al final alzó el rostro y la miró a los ojos.

—¿Y utilizaste tu cara para detenerlos?

—No, listilla —él se acercó con expresión feroz.

Y agotada.

De modo que Reese era humano.

—Me golpearon cuando les ordené que lo dejaran —él encajó la mandíbula—. Así conseguí el ojo morado. Lo demás fue cuando los reduje.

—¡Oh! —el otro ojo empezaba a curarse, pero el nuevo estaba hinchado y morado. La corbata había desaparecido y la camisa estaba sucia y rota.

Pobre Reese. Al parecer había tenido un día horrible. Alice tomó uno de los juguetes de goma de Cash y lo arrojó al centro del salón. El perro corrió tras él y se lo llevó a un rincón para morderlo.

—Espero que al menos no mataras a nadie —ella se volvió a Reese.

—No —él sacudió la cabeza y suspiró.

—Menos mal.

—Aunque me hubiera gustado.

Eso era evidente. Aunque intentaba disimularlo, el detective parecía a punto de morder a alguien.

Cepillándole con la mano una pequeña mancha sobre la pechera de la camisa, ella sintió la tensión en sus músculos. Sabía que no le gustaban los mimos y cambió de actitud.

—¿Les hiciste mucho daño?

—Lo suficiente para esposarlos y entregárselos a una unidad —los ojos verdes desprendían chispas.

—Un impresionante control —Alice desabrochó un botón de la camisa, y luego otro—. Estoy segura de que se merecían más.

—¿Alice?

—¿Eh? —ella continuó hasta que la camisa estuvo desabrochada del todo y luego la sacó de los pantalones. Justo debajo de la mancha había un moratón.

—¿Qué estás haciendo?

—Desnudarte —Alice se inclinó hacia delante y pegó los labios contra la ardiente piel, llenándose la cabeza con el embriagador aroma.

—Estoy todo sudado, nena —Reese dejó caer la correa y hundió las manos en los cabellos de Alice.

—Lo sé —sin dejar de besarle el torso, le desabrochó el cinturón—. Puedes refrescarte en la bañera mientras te preparo algo para comer.

—No necesito que me mimen —él le echó la cabeza hacia atrás.

—No pretendía mimarte —Alice sintió que los pezones se le tensaban a medida que la erección de Reese crecía—. Solo quiero que estés preparado para mí, cuanto antes mejor.

Se miraron largo rato. Los ojos verdes se volvieron más oscuros.

—¡Qué agradable es esto!

Por fin conseguía cierto control. Excitada, aunque decidida a hacerlo bien, apartó la mano del fuerte torso y se dirigió al cuarto de baño.

—Mi boca seguramente resultará aún más agradable.

Al ver que Reese no la seguía, ella se volvió a mirarlo y sonrió ante la tórrida mirada que seguía cada uno de sus pasos.

—Vamos, Reese. Que empiece el espectáculo.

Con los sentidos agudizados, Reese observaba a Alice ocuparse de los platos. Ante su insistencia para que se diera un baño mientras ella preparaba unas chuletas con patatas, se sentía como una babosa, una babosa muy cachonda, que había tenido tiempo de sobra para imaginarse lo que ella le haría. Comprendía el deseo de Alice de cuidarlo ante las nuevas heridas. Pero un par de puñetazos acertados no bastaban para detenerlo. Para fastidiarlo sí. Se había sentido más que fastidiado.

Hasta que había visto a Alice.

Incluso en esos momentos, mientras la veía llenar el lavavajillas, lucía en el rostro esa sonrisita tan sexy que lo volvía loco.

—Podría haberte ayudado con eso.

—Lo sé —Alice se inclinó para añadir otro plato, mostrándole un generoso primer plano de su trasero—. Pero quiero hacerlo yo.

¿Del mismo modo que había querido desnudarlo y prepararle el baño? ¿Y luego qué?

—Estoy bañado —¿cuándo había sido la última vez que se había remojado en una bañera?—. También he comido —la cena había sido acelerada, pero saciante—. Incluso llevo ropa limpia.

Ropa que ella le había dejado preparada. Había sentido el impulso de protestar, pero comprendió que había elegido los pantalones de chándal y la camiseta de algodón porque eran fáciles de quitar.

—Deberías haber sacado a Cash una última vez. —Alice se secó las manos.

Él consultó el reloj. No era muy tarde. ¿Qué significaba «una última vez»? A no ser que tuviera planes de mantenerlo en la cama el resto de la noche…

A pesar de sus mejores esfuerzos por controlarse, su amiguito saltó ante la posibilidad.

Maldito fuera ese miembro incontrolado.

—Claro —contestó mientras intentaba controlar la lujuria que se reflejaba en su voz—. Creo que podré hacerlo —se levantó de la silla y se dirigió a la puerta.

—¿Reese? —Alice lo alcanzó y le acarició los abdominales, unos abdominales tensos de anticipación—. No tardes mucho, ¿de acuerdo? —ella lo miró con las mejillas arreboladas.

—No hay problema.

El bote de las chuches de Cash estaba fuera, señal de que no quería ser interrumpida.

—Cuando hayas terminado, dale una y ven al dormitorio.

Era fascinante cómo el rubor se había vuelto más intenso, aunque la mirada no había vacilado. Osada. Sexy. Dulce.

Le gustaba. Un montón.

Preguntándose hasta dónde estaría dispuesta a llegar, Reese se agachó y la besó apasionadamente.

—Dame diez minutos como máximo —a veces Cash exploraba varios lugares antes de elegir uno.

Por suerte no se encontraron con nadie en el jardín y Cash no encontró ningún pájaro o ardilla que le provocara. Con la promesa de la chuche, consiguió que se apresurara y en un tiempo récord estaba de regreso en el apartamento.

Reese ni siquiera había tenido tiempo de sudar a pesar de la densa humedad.

En cuanto cerró la puerta y echó la cerradura, oyó a Alice en la ducha. Imaginándosela mojada, desnuda, se dispuso a reunirse con ella. Sin embargo, se detuvo en seco.

No quería robarle su momento.

Por tanto, dedicó un minuto a jugar con Cash antes de darle la chuche masticable. Cuando oyó cerrar el grifo del agua, se dirigió al dormitorio y se sentó a esperar en el borde de la cama.

Completamente empalmado.

Los nervios a punto de estallar.

Excitado ante la anticipación.

Envuelta en una toalla, la piel húmeda y una mano sobre la cabeza, Alice irrumpió en el dormitorio.

Al verlo allí se detuvo en seco. Los lascivos ojos mostraron sorpresa, un toque de vergüenza, incluso algo de decepción.

Hasta que la determinación borró todo lo demás. Reese percibió claramente el cambio de expresión por el modo en que ella se movió.

Mirándola de arriba abajo, el detective sintió un enorme deseo de arrancarle la toalla que ocultaba el delgado cuerpo de su vista.

Sin embargo, se obligó a sí mismo a permanecer sentado, el epítome de la paciencia.

Con movimientos estudiados, Alice se soltó los cabellos, que cayeron sueltos sobre los hombros.

—Qué rápido.

—¿Pensabas que iba a remolonear?

—Me alegra que no lo hicieras —ella sujetó la toalla con una mano y respiró hondo.

Durante unos segundos permaneció inmóvil, quizás armándose de valor, o decidiendo qué hacer. Por fogosos que fueran, por abierta y sincera que era ella siempre en la cama, aquello era nuevo para Alice.

Que dejó caer la toalla.

Así, sin más, sin previo aviso. Reese contuvo la respiración, embebiéndose de su visión. Poco importaba las veces que ya la había visto. Esa actitud era nueva en ella, y le incendió la sangre.

La mirada del detective se posó en los tensos pezones, el húmedo vello rizado entre los muslos, la suave y pálida piel, rosada tras la ducha.

Y fue su turno para respirar hondo.

Hermosamente desnuda, ella se volvió y cerró la puerta del dormitorio. El clic de la cerradura sonó como un trueno.

—Maldita seas, me has puesto muy nervioso —ese trasero era toda una fuente de lujuria para él, y Alice lo sabía—. Ven aquí.

—Me gustaría quitarte la ropa, ¿de acuerdo? —murmuró ella mientras lo miraba de frente.

—Estupendo. Ropa fuera —él alargó una mano, pero Alice sacudió la cabeza.

—Levanta los brazos para que pueda quitarte la camiseta.

Reese había empezado a quitársela él mismo, pero ella se colocó entre sus piernas y ya no pudo hacer más que sentir el dulce aroma de su cuerpo.

—Brazos arriba, por favor —Alice tironeó de la camiseta.

Incapaz de recordar la última vez que se había sentido tan excitado, Reese obedeció.

Alice le quitó la camiseta lentamente, deslizándola por su torso y brazos. Tras arrojarla sobre la toalla que descansaba en el suelo, se acercó un poco más a él. Los erectos y rosados pezones estaban lo bastante cerca para besarlos. El almizclado olor de la excitación femenina se mezclaba con el del jabón, con el de su propio deseo.

Alice apoyó las manos sobre sus hombros y deslizó la punta de los dedos sobre su piel, alrededor del ombligo, hacia arriba, acercándose tanto a él que casi no lo podía soportar.

Reese inclinó la cabeza para deslizar la lengua sobre el pezón izquierdo.

—Túmbate —ella hundió los dedos en los rubios cabellos.

La tensión fue en aumento.

—Esta vez —le advirtió ella—, quiero acariciar tu enorme y maravilloso cuerpo.

Sus miradas se fundieron.

—Sin que tú tomes el mando —susurró a continuación.

CAPÍTULO 21

Reese estaba tan tenso que se sentía a punto de romperse mientras intentaba tumbarse. Al fin había comprendido lo que ella había planeado, provocándole una escalada en la temperatura y su deseo, hasta que apenas pudo llenar los pulmones de aire.

—Relájate.

Con cada segundo que transcurría, Alice ganaba confianza. Y Reese deseaba concederle esa confianza.

Con él.

Solo con él.

Soltando un prolongado suspiro, y concentrado en desentumecer los músculos, Reese juntó las manos sobre la nuca.

Hasta que ella lo acarició a través de los pantalones.

Cada músculo volvió a agarrotarse, esperando lo que estaba por llegar.

—Adoro tu tacto —ella envolvió los testículos en sus manos, basculándolos hasta que él tuvo que apretar los dientes.

—Y yo adoro cuando me tocas —hablar no resultaba sencillo, pero Reese esperaba que un toque de humor aligerara los ánimos antes de que perdiera el control por completo.

Sin embargo, ella dinamitó su plan al acariciarle la erección, apretándola a través del pantalón y siguiendo por el resto del cuerpo hasta quedar tumbada sobre él.

Alice besó las magulladuras bajo el ojo y el puente de la nariz.

—Incluso apaleado eres el hombre más guapo que he visto jamás.

El modo en que ella estaba tumbada sobre su cuerpo, los pechos pegados al torso, una torneada pierna sobre la suya, la otra por fuera del muslo, lo hacía enloquecer.

—¿Dijiste algo sobre desnudarme? —«y utilizar esa bonita boca sobre mi...».

La mirada de ella se endureció, se hizo más profunda. Llena de secretos.

Secretos que, en esa ocasión, él podría disfrutar.

Sentada junto a él, Alice volvió a acariciar su torso y, con el pulgar, exploró un pezón. El gesto estuvo a punto de hacer que Reese saltara de la cama. Las caricias continuaron hacia los abdominales.

—Estás en una forma espléndida. No me imagino a ninguna mujer no deseándote.

¿Empezaba a flaquear su seguridad?

—Ahora mismo solo me interesa que me desees tú.

—Pues claro que te deseo —ella se inclinó y besó el otro pezón, arrancándole a Reese un gemido.

Que le llegó hasta el esternón. «Pequeña y ardiente lengua...».

Y luego siguió sobre los abdominales. El detective tensó las manos sobre la nuca.

A través del pantalón y los ajustados calzoncillos, Alice mordisqueó suavemente el miembro viril y, antes de que él recuperara el aliento, se deslizó hasta el borde de la cama y agarró las cinturillas de ambas prendas.

—Levanta las caderas.

Ningún problema. Deseoso de deshacerse de la ropa, Reese alzó las caderas para que ella pudiera deslizar las prendas por los muslos. Llegó hasta las rodillas y se concentró en la erección.

Reese intentó quitarse el pantalón a patadas, pero Alice estaba cruzada sobre él y le ofrecía tal panorámica de su cuerpo que él se quedó paralizado.

Sintiendo la respiración de la mujer.

Tomándolo con ambas manos, sujetándolo con firmeza, ella dinamitó toda posibilidad de pensamiento. El modo en que lo miraba lo mantenía al borde del precipicio del suspense.

—Me encanta cómo hueles —ella hundió el rostro en su masculinidad haciendo pequeños sonidos de placer.

Mierda... Reese cerró los ojos con fuerza y se concentró en mantener la compostura. No hubo preliminares, besos excitantes o lametones seductores. Alice apartó súbitamente las manos y las sustituyó por la suave y cálida humedad de su boca.

Un gemido escapó del pecho del detective. Sin darse cuenta siquiera, soltó las manos de la nuca y las hundió en los cabellos de Alice. No era la primera vez que le hacían una mamada. Siempre habían resultado deliciosas, absolutamente.

Pero en esa ocasión se trataba de Alice. Y eso significaba que iba más allá de la sexualidad del acto. Era el olor de Alice, el modo en que lo miraba mientras lo hacía, los suaves sonidos que emitía... lo mucho que significaba para él, mucho más que cualquier otra mujer que hubiera conocido jamás.

La conexión emocional lo cambiaba todo, volviéndolo más severo, dulce y... ardiente.

Reese no pudo evitar gemir, urgirle a que continuara.

Manteniendo la boca firmemente cerrada en torno a él, Alice movió la lengua alrededor de la punta.

—¿Bien? —ella se apartó con un lento y sensual lametazo.

—Jodidamente bien —el corazón de Reese latía acelerado.

—Mmm —encantada con la respuesta, Alice continuó con la tarea.

Como no quería perderse detalle, él se apoyó sobre los codos. Estaba tumbado sobre la cama con Alice cruzada sobre su estómago, las piernas dobladas por las rodillas, los bonitos pies en el aire, cruzados a la altura de los tobillos.

Resultaba tan atractiva que podría haber sido una modelo de revista.

El hecho de que tuviera su miembro viril dentro de la boca no hacía más que aumentar el atractivo.

Deslizando una mano por su nuca, el pulgar apoyado en la mejilla, Reese la guió, la observó mover los labios sobre él, los sedosos cabellos castaños caer sobre la pálida piel de sus caderas.

Tan jodidamente erótica.

Los estrechos hombros se flexionaban cada vez que ella retrocedía, y encogía los dedos de los pies cada vez que lo volvía a tomar con su boca.

Dos caricias más y estaría perdido. Y, por mucho que le gustara la idea de llegar dentro de su boca, deseaba que ella llegara con él.

—Tienes que parar, Alice, o no habrá nada que hacer.

Y ella paró, retirándose con otro ardiente lametón que estuvo a punto de conseguirlo.

—No te muevas —le ordenó ella mientras se sentaba y terminaba de quitarle los pantalones y calzoncillos—. Voy a buscar un preservativo.

Con una tórrida mirada, Reese la observó abandonar la cama y revolver en la mesilla de noche. Segundos más tarde volvió a acomodarse encima de él.

Menuda visión la de Alice desnuda y arrodillada, los cabellos sueltos, los pechos al aire, la expresión de lujuria...

—Túmbate —ella se puso a horcajadas sobre él.

—Déjame tocarte primero —«por todo el cuerpo, con las manos y la boca»—. Tienes que alcanzarme.

—Túmbado, Reese —Alice le agarró las muñecas antes de que alcanzara sus pechos.

Maldita fuera. Sus miradas se fundieron.

—¿Por favor? —susurró ella mientras dejaba las manos de Reese apoyadas sobre su torso.

Como si todo transcurriera a cámara lenta, fascinado por el giro de los acontecimientos, él volvió a tumbarse.

—Si lo hago mal, dímelo.

Eso era imposible, pues cualquier cosa que esa mujer hiciera solo contribuiría a aumentar la tensión sexual. Sin embargo, Reese asintió.

Alice le colocó el preservativo y, desde luego, el gesto lo atormentó de muchas y maravillosas maneras. En cuanto terminó, se puso a horcajadas sobre sus caderas.

—¿Reese?

La visión de esa mujer sobre él era impresionante. La respiración acelerada hacía que sus pechos se levantaran y los pezones se volvieran oscuros y tensos. La excitación también le tensó el estómago. Mordiéndose el labio inferior, ella se inclinó sobre su rostro.

—¿Qué, cariño? Dime qué quieres.

Pero lo que ella hizo fue tomarle una mano y llevarla a su cuerpo, entre los muslos. En cuanto los dedos de Reese comenzaron a acariciar los húmedos rizos, y un poco más abajo, donde ella ya estaba ardiente y mojada, Alice echó la cabeza hacia atrás. Estaba preparada, aunque no del todo.

Reese hundió el dedo anular en su interior, comprobando lo mojada que estaba, lo inflamada. Y, utilizando esa humedad, deslizó el dedo hasta su clítoris.

Ella gimió y apretó las piernas contra él.

—Eres tan hermosa, Alice —Reese le acarició los pechos con la otra mano.

—No soy más que... yo —incluso en esos momentos, perdida en la pura carnalidad, ella sacudió la cabeza, negándolo.

«Amo lo que eres». Reese se abstuvo de pronunciar las palabras en voz alta y censuró el pensamiento para adaptarlo al momento.

—Eres rara. Y genuina. Y, sí, Alice, hermosa —atrapó un pezón entre dos dedos y lo giró, tironeando suavemente de él, insistentemente, hasta que ella gimió—. Especialmente así, ahora.

Eso pareció convencerla pues, con una tórrida mirada, le apartó las manos y se incorporó sobre él.

—Te quiero dentro de mí —flexionando las piernas, se elevó para facilitarle la entrada—. Ahora —y, sin más, descendió sobre él.

Ajustada. Húmeda. Reese se estremeció mientras ella introducía el miembro en su interior, apretándolo. Con la boca entreabierta, se detuvo.

—Así será muy profundo, Alice —susurró él mientras le sujetaba las caderas con ambas manos—. Dime si te hago daño.

Ella asintió, y lo tomó un poco más, la respiración cada vez más acelerada con cada centímetro que entraba en su interior.

Una sensación de temor la envolvió mientras intentaba adaptarse a su tamaño.

—¿Qué tal, cielo? —aunque Reese no pretendía hacerlo, la sujetó con fuerza, impidiéndole retirarse.

—¡Maravilloso! —ella respiró hondo y volvió a hundirse.

Nada podía resultar más excitante que ver a Alice tomarlo, ver cómo se deleitaba en la sensación a pesar de la incomodidad que pudiera sentir.

Todavía arrodillada, se detuvo cuando casi lo había tomado entero, agachó la cabeza y apoyó las manos sobre su torso.

Reese necesitaba desesperadamente que se moviera. Sentía su cuerpo aprisionándolo, apretando con pequeños espasmos. Sentía su humedad y su calor.

—¿Reese?

Deslizando las manos hasta las rodillas de Alice, Reese le separó las piernas para poder observar mejor dónde se unían.

—Más, Alice —ordenó con voz ronca.

Casi como si no pudiese contenerse, ella basculó las caderas una vez, antes de detenerse de nuevo.

—No... aún no.

Reese gimió.

—¿Qué sientes por mí? —susurró ella con dulzura.

El detective tragó saliva, esforzándose por resistir la necesidad de hundirse en su interior. Era tan menuda en comparación con su propia estatura y peso que podría hacerle daño sin darse cuenta, y se moriría antes de hacer algo así.

Le tocaba a ella, y le daría lo que le pedía, por mucho que le costara hacerlo.

Alice volvió a mover las caderas antes de hundirse un poco más, haciendo que ambos contuvieran el aliento.

Reese sintió que el miembro se le hinchaba más. Estaba a punto de explotar.

—¿Qué sientes por mí? —insistió ella.

—Me estás matando, Alice.

—¿Me deseas?

—Sí —más que eso, la necesitaba. Pero no solo en ese momento. No solo para obtener una liberación física. Para todo.

La idea lo asustó e intentó anularla con sus palabras.

—Cabalga sobre mí, cielo.

—Sí —Alice se irguió, volvió a hundirse y lo tomó un poco más. Ya casi estaba completamente dentro de ella.

—En cuanto me digas qué sientes por mí.

Reese la miró perplejo, hasta que comprendió a qué jugaba. Estaba pagándole con la misma moneda, utilizando el sexo para obtener las respuestas que deseaba.

Respuestas sobre su compromiso emocional.

Una profunda admiración, seguida de una sofocante aceptación, lo invadió. El corazón martilleaba con fuerza en su pecho y, con cada fibra de su ser, era consciente de su conexión, del femenino cuerpo sujetándolo estrechamente y la ávida mirada que buscaba su reacción.

Y, aun así, él quiso comprobar hasta dónde sería capaz de llevar el juego.

—Creo que eres increíble —le tomó un pecho con la mano ahuecada y jugueteó con el pezón—. Y ahora, cabalga sobre mí.

Al pronunciar las últimas palabras, el detective alzó las caderas ligeramente y ella dio un respingo. De nuevo basculó las caderas, lentamente, introduciéndose por completo en ella poco a poco.

—¿Te interesa algo más que el... sexo? —Alice cerró los ojos y suspiró resignada.

—Contigo sí —sin dejar de bascular las caderas lentamente, él jugó con ambos pezones.

—¿Más que... ¡ah! Más que el... ahora? —ella gimió y contuvo el aliento.

—Sí —ahora, mañana, la semana siguiente, el siguiente mes.

Reese basculó las caderas con más fuerza y se hundió más profundamente. Estaba a punto de estallar.

—A lo mejor... —Alice se interrumpió y gritó mientras le sujetaba las manos fuertemente pegadas a sus pechos—. ¿A lo mejor hasta el compromiso?

¿Compromiso? La inquietante pregunta casi le hizo llegar, hasta que Alice tomó el mando y cabalgó con fuerza sobre él mientras buscaba el orgasmo. Se alzó sobre él hasta casi sacarlo de su interior, y luego se dejó caer, torturándolo con sus gemidos.

—Reese —gritó ella—. Contéstame.

—Hablemos de eso más tarde —él le sujetó las caderas en un intento de suavizar el ritmo.

—Hablemos de eso ahora —Alice cerró los ojos y, tras un nuevo gemido, se detuvo.

Manteniéndolo enterrado en su interior, jadeando, esperó una respuesta.

—Me siento locamente atraído hacia ti —¿por qué no decírselo? Reese le acarició las caderas.

—¿Hacia esto? —insistió ella, alzándose nuevamente para, de nuevo dejarse caer, aunque más lentamente, tanto que ambos tuvieron que realizar un supremo esfuerzo por no llegar.

—Sí, hacia esto —Reese apenas podía hablar—. Pero también hacia ti, Alice. A hablar contigo. A abrazarte mientras duermes —la mantuvo inmovilizada, sintiendo su ardiente cuerpo, sabiendo que la llenaba por completo, sintiendo contraerse sus músculos a su alrededor—. Incluso me gusta discutir contigo. Y, cielo, me encanta cómo me devuelves la moneda.

Pero ya no aguantaba ni un segundo más. La abrazó contra sí y rodó con ella hasta tenerla debajo.

—¿Bien?

A modo de respuesta, ella abrió la boca sobre su pecho y él sintió la dentellada de los afilados dientes, no lo bastante fuerte para provocarle herida, pero sí un estallido de placer.

Por suerte, la llevó con él.

Cuatro, cinco, embestidas bastaron para que ambos llegaran con fuerza. Alice se abrazó a él hasta que desaparecieron los últimos espasmos del clímax. Tumbado sobre ella, los latidos del corazón de ambos en sincronía, Reese sintió relajarse su cuerpo, sus pensamientos. Necesitó otro minuto más para recuperarse lo suficiente para erguirse apoyado sobre los codos.

Alice no dormía, aunque tenía la mirada turbia.

Saciada.

Con sus delicados dedos le acarició el moratón bajo el ojo y la marca que le había dejado con los dientes.

—Lo siento.

—Yo no —él le retiró los cabellos del rostro—. Me gusta que pierdas el control —la besó en la boca, deseando seguir besándola.

—Eres insaciable —bromeó Alice con una risita que lo detuvo.

«Solo contigo». El detective apoyó la frente contra la de ella y, de nuevo, se contuvo. Todavía quedaban muchos flecos, asesinos sueltos y peligro. Demasiado para hacer declaraciones profundas.

Cash gimió junto a la puerta, distrayendo a Reese.

—Qué oportuno.

—Es maravilloso —susurró Alice—. Como tú.

—Y hablando de maravillas... —él se quitó de encima, se sentó en el borde de la cama y puso una mano sobre el muslo de Alice—. Eso ha sido... fantasía pura —le acarició la sedosa piel—. Gracias.

—Aún es pronto —ella sonrió con un toque de tristeza antes de estirarse y sentarse en la cama—. ¿Te apetece ver una película con Cash?

Había tenido un día de mierda que le había puesto de un humor aún peor... hasta que había regresado a casa junto a Alice. Y después de estar con ella se sentía... contento.

A no mucho tardar iba a tener que explicarle cómo se sentía, quizás pedirle consejo para comprar una casa por Cash.

También necesitaba encontrar a unos traficantes de drogas lo bastante atroces como para tatuar a mujeres como los ganaderos tatuaban sus reses. Tenía que proteger a Alice de hombres lo bastante corruptos como para matar a una mujer en lugar de dejarla escapar.

Pero en ese momento, aquella noche, Alice y Cash llenarían un vacío que, hasta hacía poco, no sabía que existía.

—Me parece perfecto —él sonrió—. Siempre que sea yo quien elija la película.

Durante más de una semana había esperado, sufrido muchas noches sin dormir, empapado en el sudor de sus preocupaciones. Hora tras hora, había permanecido sentado en el coche, temeroso de abandonarlo, comiendo cosas frías y meando en un vaso para no perderse el momento en que Cheryl al fin abandonara la seguridad de la pequeña casa de sus padres.

Por suerte vivían en una zona muy poblada con muchas calles. Cada día aparcaba en un lugar diferente, desde el amanecer hasta el ocaso, maldiciéndola, a ella y a esa maldita entrometida que había intervenido.

Durante un tiempo había llegado a pensar que Cheryl no había regresado a su casa. O que era tan cobarde que no volvería a salir a la calle jamás.

Inaceptable. Tenía que encontrarla.

Woody Simpson no era hombre al que uno quisiera defraudar. Su cólera era tan volátil que podía matar con la misma facilidad con la que reía.

Pero por fin, a punto de amanecer, Hickson vio a Cheryl salir por la puerta.

—Cheryl, estúpida zorra —murmuró él.

Era por su culpa que la otra lo había podido atrapar por sorpresa. Era por culpa de Cheryl que había quedado como un perfecto imbécil.

Por medio de Cheryl encontraría a la fulana que se había atrevido a dirigir la Taser contra él, y cuando lo hiciera, se la entregaría a Woody. Así recibiría su merecido.

Pero Hickson quería recrearse en el castigo de Cheryl. Y lo haría. Muy pronto.

Puso en marcha el coche sin apartar la vista de Cheryl, que miraba a su alrededor con nerviosismo.

Seguramente seguía asustada tras haber escapado de Woody. Hickson bufó. Las mujeres eran tan jodidamente fáciles de intimidar, incluso de controlar.

Cheryl miró a un lado y otro de la calle, las llaves de un coche en la mano, y se dirigió hacia un pequeño Civic amarillo. Hickson no veía a nadie más cerca, de modo que bajó las ventanillas y acercó el coche hasta detenerlo a su lado.

En cuanto lo vio, ella abrió los ojos desorbitadamente e intentó correr.

—Hazlo —le advirtió—, e iré a por tu familia.

Con los enormes ojos llenos de lágrimas, la joven miró a su alrededor, seguramente buscando ayuda.

—Si llamas a la policía —Hickson no tenía tiempo para dramas—, gritas o te haces un movimiento equivocado... —se encogió de hombros—. Estarán muertos. Todos ellos. No lo dudes.

—¿A qué... qué te refieres? —la lágrimas rodaban por sus mejillas.

—Sube al coche y hablaremos de ello.

Ella no quería, pero tampoco quería que mataran a su familia. Eso había sido mayormente un farol. No le importaba hacer lo que fuera necesario, pero no era tan estúpido o descuidado como para asesinar a toda una familia.

Pero Cheryl estaba demasiado asustada para darse cuenta de eso.

—Sube. Ahora —la paciencia se le agotaba y abrió la puerta del copiloto.

Temblando de pies a cabeza, ella subió al coche.

En cuanto hubo apoyado el trasero en el asiento, Hickson arrancó.

—Cierra la maldita puerta. ¡Y deja de lloriquear!

Ella obedeció la primera orden, aunque no la segunda.

Hickson condujo hasta un tranquilo parque, sin detenerse hasta encontrar una zona aislada. Se volvió hacia Cheryl y la contempló detenidamente. Llevaba pantalones vaqueros y una camiseta de manga larga. Durante un segundo, le resultó divertido.

—¿Ocultando el tatuaje?

—Yo... yo —Cheryl se frotó el brazo como si aún le doliera.

—¿Adónde ibas?

La confusión se mezcló con un agudo terror en el rostro de la joven.

—Hoy —insistió él con impaciencia—. Ahora mismo. Ibas a alguna parte, ¿verdad? ¿Tienes un nuevo novio?

—No, yo... —ella sacudió la cabeza con fuerza y tragó saliva antes de secarse las lágrimas y mirarlo a los ojos—. Tenía una cita con un médico.

—¿En serio? —Hickson volvió a mirarla. No parecía enferma o herida—. ¿Qué te pasa?

—Iba a quitarme el tatuaje —el temblor de la barbilla se acrecentó.

—Eso sería un enorme y jodido error —la ira de Hickson aumentó.

Antes de que ella pudiera moverse, le agarró la muñeca y la arrojó sobre el salpicadero. Después le subió la manga.

—¿Ves esto? Pues aquí se va a quedar, zorra. ¿Me entiendes?

Llorando, ella intentó apartarse de él. Hickson la agarró del pelo y la mantuvo inmovilizada. Ya la tenía completamente histérica.

—La que te ayudó a escapar. ¿Cómo se llama?

Cheryl peleó y gritó hasta que él la agarró con más fuerza del pelo.

—¿Quién es?

—Yo... yo no lo sé.

Él le agarró el brazo, cubierto con una manga larga a pesar del caluroso día.

—¿Quieres hacerlo del modo más difícil?

—¡Te digo que no lo sé! Alice... algo. Ella... ella nunca me dijo su apellido.

—De acuerdo —Hickson veía en sus ojos que decía la verdad. Frotó la muñeca con el pulgar—. Cuéntame lo que sabes. Y, Cheryl, cielo, espero que sea suficiente. De lo contrario, vas a disfrutar de una larga zambullida en el río.

El delgado cuello se agitó antes de que al fin consiguiera pronunciar palabra.

—Ella... ella me dio un número para que la llamara —desesperada, Cheryl rebuscó en el bolso hasta que encontró el trozo de papel. Con una mano temblorosa, se lo ofreció.

—¿Un número? ¿Para qué demonios?

—Dijo que era por si... por si yo... yo la necesitaba.

Qué interesante. De modo que la entrometida tenía pensado jugar en primera división.

—Podría servir —Hickson sacó el móvil del bolsillo y se lo ofreció a Cheryl—. Llama.

Ella miró el teléfono como si se tratara de una serpiente con dos cabezas.

—¿Y qué... qué digo? —preguntó con las manos pegadas al pecho y expresión horrorizada.

—Pues que la necesitas, por supuesto —él sonrió.

—¡Oh! —Cheryl al fin aceptó el teléfono.

—Pídele que se reúna contigo en la parada del autobús frente al salón de tatuajes. Y, ¿Cheryl? Ya puedes rezar para que acceda a ir.

CAPÍTULO 22

Alice despertó a la mañana siguiente como de costumbre, o al menos como había empezado a ser costumbre desde que Reese y Cash formaban parte de su vida. El detective la abrazaba por detrás, un bronceado brazo sobre su cintura y la mano cubriéndole el pecho incluso mientras dormía.

Adoraba esas manos. Grandes y fuertes, y tan increíblemente hábiles ya fuera para cocinar, cepillar al perro o volverla loca de deseo.

Cash dormía a los pies de la cama, la cabeza apoyada en sus tobillos.

Oía tanto al hombre como al perro respirar profundamente mientras dormían, y un nudo de emociones del tamaño de un balón se atravesó en su garganta.

Los amaba a ambos. Muchísimo. Pero la noche anterior se había encontrado tan atrapada en el increíble placer del sexo con Reese que no le había arrancado la confesión sobre sus sentimientos hacia ella. No había descubierto si sus previsiones eran a largo plazo, si su corazón estaba tan implicado como el de ella.

Claro que le había dicho algunas cosas bonitas. Más que bonitas. Pero no le daban ninguna pista sobre un posible futuro juntos.

Tragándose su preocupación, Alice puso su mano sobre la de él, maravillada ante el tamaño de su muñeca, sus dedos. Lo acarició con suavidad entre los dedos índice y anular y, de repente, sintió crecer el interés del hombre contra su trasero.

—¿Estás despierto? —ella se volvió.

—Mmm —Reese la acarició—. Despierto y preguntándome en qué estabas pensando.

Cash gruñó y se apartó de los pies de Alice, estirándose con un perezoso suspiro.

Ella se volvió hacia Reese que deslizó las manos hasta su trasero, atrayéndola hacia sí mientras se tumbaba de espaldas.

—Pensaba en lo bonitas que son tus manos —contestó Alice mientras jugueteaba con el vello que cubría el fuerte torso, otra parte del detective que le encantaba.

—Mmm —él le acarició una mejilla—. ¿Te refieres a lo bonitas que son mis manos cuando las tengo sobre ti?

—Eso me encanta —ella se irguió y lo miró con severidad—. Y adoro despertar por las mañanas contigo.

—A mí también me gusta —Reese la besó.

—Antes de ti, antes de esto, no podía imaginarme sentirme tan a gusto. No me he cepillado los dientes, y tengo que mear, y sé que tengo el pelo revuelto.

—Lo mismo digo —el detective le ofreció una sonrisa granuja.

Alice le acarició los rubios cabellos, revueltos y de punta. Y su mano descendió automáticamente a la barbilla, a la incipiente y rugosa barba.

—Te lo tomas todo con tanta naturalidad, que cuando estoy contigo esto parece... correcto.

—¿Esto? —él puso ambas manos sobre su trasero.

«La vida, el amor, el mundo entero».

—Todo, supongo —ella suspiró.

—Te sientes a salvo conmigo.

Mucho. Aunque no la amara, Alice sabía que Reese jamás le haría daño a propósito, y que haría todo lo que pudiera para protegerla.

—Sí.

—Me alegro, pero, Alice, no quiero que te pongas demasiado cómoda.

—¿Contigo? —ella sintió que el corazón fallaba un latido.

Reese frunció el ceño y rodó sobre la cama hasta que Alice se encontró de repente debajo de él.

—Conmigo quiero que estés cómoda. Siempre —él la besó dulcemente—. ¿Entendido?

—Creo que sí —aunque en realidad no había entendido nada.

—Debes seguir tomando precauciones, Alice —él buscó su mirada con expresión severa—. Ahí fuera hay personas peligrosas.

—Siempre las hay.

—Que quieren hacerte daño —insistió Reese—. Debes comprender la gravedad de lo que hiciste. Al interferir con...

—Al rescatar.

—A Cheryl, llamaste su atención. Ahora mismo podrían estar buscándote. Hasta que sean detenidos y su operación reventada, estarás en peligro.

Alice decidió que no pasaría de ese día sin que obtuviera sus respuestas. Nada conseguiría distraerla.

—Por favor, Reese, dímelo —ella tomó su rostro entre las manos ahuecadas—. Toda esta preocupación, ¿significa que tú...?

De repente sonó un móvil.

—¿Qué es eso? —con expresión confusa, Reese volvió la cabeza hacia la fuente del sonido.

Alice se quedó paralizada durante unos segundos antes de empujar a Reese con fuerza.

—Quita. Es mi teléfono.

—¿Tu teléfono? —él se apartó ligeramente, lo suficiente para que ella pudiera escurrirse—. No suena como tu...

—Mi otro teléfono —preocupada por no llegar a tiempo, ella se estiró todo lo que pudo hasta abrir el cajón de la mesilla de noche. A la cuarta llamada al fin sacó el móvil. Era muy consciente de la presencia, inmóvil, de Reese a su lado—. ¿Hola?

—¿Alice? Soy Cheryl. Dijiste... dijiste que podría llamar.

El terror hizo que Alice se sintiera mareada y tuvo que apoyarse contra el cabecero de la cama, sin apenas poder respirar, el estómago encogido.

—¿Qué sucede? —Reese se puso tenso.

Alice se llevó un dedo a los labios, advirtiéndole de que se mantuviera callado.

—Cheryl —saludó para que él supiera de qué se trataba—. ¿Va todo bien?

—Sí... sí —la joven empezó a tartamudear y a llorar—. To... todo va...

Llevándose una mano a la boca, Alice contuvo la respiración.

—Todo va de perlas.

—Entiendo —ella oía claramente el latido de su propio corazón en los oídos.

No se atrevía a mirar a Reese. Si lo hacía, perdería la concentración, y los nervios.

—Me alegra que hayas llamado.

—Me gustaría... verte —Cheryl se esforzó por tomar aire.

«Piensa, Alice. No pierdas un tiempo precioso. Reacciona».

—¿Has vuelto por aquí? —ella asintió para sí misma.

—Po... podría estar. ¿Esta noche?

—¿Tiene que ser esta noche? —Alice se mordisqueó el labio inferior.

—No lo sé.

Sin duda Cheryl preferiría que fuera lo antes posible, pero meterle prisa no la salvaría.

Solo conseguiría poner a otros en peligro.

Reese permanecía a su lado muy quieto. No la tocaba, pero sí le transmitía su preocupación.

—Si pudieras esperar a mañana por la tarde, me iría mejor —y a Reese le daría tiempo para elaborar un plan. «Por favor, Dios, que tenga un plan».

Reese seguía a su lado, callado, escuchando, esperando.

Confiando en ella.

—¿Qué dices, Cheryl? ¿Mañana por la tarde?

—Yo no... voy a consultar mi agenda —Cheryl respiraba agitadamente y pareció cubrir el teléfono con algo. Por fin, cuando Alice ya temía que no fuera a regresar, se oyó un sollozo—. Te volveré a llamar.

—¡No! Cheryl, espera —la llamada finalizó, el silencio sonando más alto que un grito. Alice empezó a temblar—. ¡Oh no, oh no, oh no!

Reese le quitó el teléfono de la mano, se lo llevó a la oreja y lo cerró.

—¿Era Cheryl?

Aturdida, temiendo haber dejado a Cheryl en manos de un funesto destino, ella asintió.

—¿Qué dijo?

Alice se mordió el labio. Era evidente que Hickson, o quien tuviera a Cheryl, deseaba que ella también fuera. ¿Por qué si no le harían llamar?

A lo mejor solo le habían prometido volver a llamar para poder elaborar un plan. Quizás para evitar que la llamada fuera rastreada.

¿Se podía rastrear una llamada de móvil? No lo sabía.

«Por favor, por favor», rezó para que su petición de más tiempo bastara para mantener a Cheryl a salvo.

Reese la agarró por los hombros, girándola hacia él. Había activado el modo policial, lo veía en sus ojos, en su postura, aunque estuviera desnudo en la cama.

—¿Alice? Necesito que me lo cuentes todo. Ahora mismo.

—Sobre ese asunto de los tatuajes —ella asintió, temiendo su reacción—. Odio tener que reconocer que tenías razón.

—Cuéntamelo.

—Podría estar metida en un lío.

Rowdy esperaba ante la puerta del salón de tatuajes mientras la niebla matinal se disipaba. Ya hacía un calor opresivo. A mediodía la humedad sería como la de una sauna.

La noche anterior había firmado el contrato de la compra del bar. Ya era suyo. En unos pocos días se haría cargo de él. El dueño solo necesitaba un poco de tiempo para desalojar.

No era la primera vez que era dueño de una propiedad. Había comprado el edificio de apartamentos en el que su hermana se había ocultado de los asesinos.

Pero aquello había sido para tener un escondite.

Eso, en cambio, iba a ser su sustento. Una ocupación legítima. Raíces. Estabilidad. Un modo honesto de ganarse la vida.

Un nuevo comienzo.

Se moría por ponerlo en marcha. Aún no le había comunicado a Dougie, el barman, que iba a ser reemplazado. No quería que nadie saboteara las cosas antes de que estuviera instalado y a cargo de todo. Y no quería que nadie le complicara la vida a Avery.

Avery. Cada maldita ocasión en que pensaba en ella, la respiración se le aceleraba. Una situación de lo más jodida. Desde luego la deseaba. Ella jugaba a hacerse la dura, pero él jamás respiraba agitadamente al pensar en una mujer. Jamás.

O al menos nunca hasta conocer a Avery Mullins.

Dado que era el dueño oficial del establecimiento, ¿sería poco ético acostarse con ella? De todos modos, ella no había accedido ni nada parecido.

Aún.

Y él tampoco era un chiflado de la ética. Pero no quería hacer nada que provocara problemas en su propio establecimiento.

Con las manos hundidas en los bolsillos, la cabeza agachada y la mirada alzada, Rowdy se acercó a una farola y echó una ojeada a los alrededores. Del interior del salón de tatuajes surgía una música, a pesar de que aún faltaban horas para que abrieran. Interesante.

Los negocios próximos, un estanco, un local de préstamo de dinero, una tienda de arreglos y otra de ropa, permanecían cerrados, la luz apagada por dentro y por fuera.

No había ningún coche cerca aunque quizás, al igual que él, quien estuviera en el interior había aparcado calle abajo, fuera de vista.

Una nueva luz se encendió, en esa ocasión en la parte de atrás. Rowdy deseaba entrar, comprobar la situación por sí mismo. Sería pan comido. Las puertas cerradas no solían desanimarlo. Podría entrar y salir sin que se enterara nadie.

Pero Reese se había mostrado muy claro con esas cosas y, por si acaso había acertado con el local, no quería fastidiarla haciendo algo ilegal.

No eran muchos los policías en los que confiaba, incluso menos a los que ayudaría. Pero Reese y Logan eran diferentes.

Menos mal, dado que Logan pronto se convertiría en su cuñado. Empezaba a hacerse a la idea. Al menos cuando pensaba en ello, el estómago ya no se le revolvía ni sentía que la columna se le helaba.

Incluso disfrutaba trabajando con ellos. Habiendo sido una rata callejera casi toda su vida, se mezclaba entre la gente con más facilidad que los policías. Emplear el sigilo para un motivo que no fuera simple supervivencia lo hacía parecer menos cáustico y más sensato.

Unos minutos más tarde, un borracho apareció tambaleándose y se dirigió a la tienda de bebidas alcohólicas. Al comprobar que la puerta estaba cerrada, se sentó en el peldaño de la entrada. Medio minuto después parecía haberse desmayado, apoyado contra la puerta.

Al rato, dos mujeres aparcaron en el callejón junto a la tienda de arreglos. Salieron del coche, pero permanecieron junto a él, charlando un rato. Una fumaba y la otra reía sobre algo que habían comentado.

Sonriendo a las mujeres que habían dirigido la mirada hacia él, Rowdy volvió a echar un vistazo al salón de tatuajes. Era el quinto que comprobaba en la zona.

Pero, por algún motivo que no sabría explicar, aquel le parecía el indicado.

Y de repente un hombre salió del salón. Un hombre que se parecía mucho a uno de los que habían aparecido en el mugriento motel poco después de que Alice se hubiera marchado.

Rowdy esperaba pendiente de la dirección que tomaba el hombre cuando sintió que alguien se le acercaba por la izquierda.

Volviéndose, en lugar de una amenaza, se encontró con una mujer, veintitantos, cabellos castaños que le llegaban por los hombros, unos enormes ojos azules.

Rowdy le echó un vistazo, lo que solía hacer normalmente en esos casos.

Vestía de forma provocativa con unos minúsculos pantalones cortos y sandalias de tacón alto, y un ridículo top que apenas le cubría los pechos. No había ningún tatuaje, aunque sí muchos pendientes en una oreja, y el suficiente maquillaje para darle un aspecto muy caliente.

La mujer sonrió.

Rowdy la miró a los ojos y le devolvió la sonrisa.

—Pareces muy solito —ronroneó ella mientras deslizaba un dedo desde el hombro de Rowdy hasta el pecho.

—Estoy esperando.

—¿A qué?

Él volvió a mirarla, sin decir nada. También era su manera habitual de proceder, independientemente de lo que estuviera haciendo o por qué. No permitía que nadie husmeara, fueran cuales fueran las circunstancias.

—A lo mejor yo podría hacerte compañía —inmutable, la joven hizo un mohín con los labios.

A Rowdy le gustaban atrevidas, aunque en ese vecindario debía tener cuidado.

—¿Eres una puta, cielo?

—No, no lo soy —ella le dio una juguetona palmada—. ¿Es lo que estás esperando?

—No.

—Bien, porque trabajo en el estanco —tras asentir hacia el edificio, volvió a golpearle en el pecho—. Pero, por ti, estoy dispuesta a saltarme un día de trabajo.

Fingiendo unas reservas que no sentía, Rowdy apartó la mirada de la joven. ¡Maldito fuera! El hombre había desaparecido. Miró calle abajo, hacia los callejones... nada.

—¡Cielos! Qué grande eres, ¿verdad? —la joven se apretó contra su cuerpo, acorralándolo, poniéndole en alerta—. ¿Qué dices, guapetón?

Sería tan fácil para ella llevar un arma oculta. Pero él no era estúpido, ni siquiera ante un cuerpo sexy y una cara bonita.

—Lo siento, cielo, pero hoy no —Rowdy la agarró de los brazos y la empujó hacia atrás—. Estoy esperando a alguien —para dar más credibilidad a la historia, consultó el reloj—. Espero que no me hayan dejado plantado.

—¿Una mujer?

—Eres una jovencita muy cotilla, ¿verdad?

—Solo estaba pensando que podrías esperar conmigo en la tienda —sonriente, ella lo miró a los ojos con expresión pícara—. Tiene aire acondicionado.

—Un momento —con la excusa de sacar el móvil del bolsillo, Rowdy puso más distancia entre ambos antes de marcar el número de Reese.

—Hola, Rowdy —el detective contestó a la primera llamada.

—Oye, tío, ¿vas a venir o no?

—¿Hace falta que vaya? —Reese captó la indirecta enseguida.

—Sí, claro. Pero, demonios, hace un calor de muerte aquí y no hay ninguna sombra —Rowdy sonrió a la chica—. Hay una nena que me ha ofrecido refrescarme en el... —se volvió hacia la joven—. ¿Dónde has dicho que trabajas, cielo?

—En el estanco —la muchacha sonrió resplandeciente.

—De acuerdo —asintió antes de devolver la atención al móvil—. El estanco. Ya sabes, el que está junto al... —miró a su alrededor como si no conociera ya de memoria el nombre del salón de tatuajes—. Killer Designz. Sí, con «z».

—¡Mierda! —exclamó Reese al comprender la última parte del mensaje—. Estoy en camino.

—De acuerdo, pero date prisa. Tengo mejores cosas que hacer que esperarte —sonrió a la chica—. Y están todas aquí delante de mí.

—Maldita sea, Rowdy —el detective no le encontraba la gracia—. ¿Estás en peligro?

—Para nada —para asegurarse de que fuera cierto, echó un nuevo vistazo a su alrededor, pero no vio a nadie sospechoso—. Te doy quince minutos antes de marcharme con la señorita. Después, serás tú el que tengas que esperarme.

En cuanto colgó el móvil, la joven le tomó una mano y empezó a recular mientras intentaba arrastrarlo con él.

—No tan deprisa, cielo —a Rowdy Yates no le arrastraba ninguna mujer, al menos no una mujer vestida y que estuviera en la esquina de una calle—. Antes de que me distraigas demasiado, necesito darle a mi amigo unos minutos para llegar.

—Pero ya te ha hecho esperar mucho —la chica hizo un nuevo mohín—. Y aquí hace muchísimo calor.

—Cierto —asintió él sin moverse, obligándola a ella a detenerse también—. Deberías ir ahí dentro. Si puedo, me reuniré contigo dentro de un rato.

La joven jugueteó con sus cabellos, basculó el peso del cuerpo de un lado a otro y, al fin, abrió el bolso.

—Al menos permíteme darte mi nombre y número.

El modo en que lo decía parecía sincero. Tenía el aspecto, y las maneras, de cualquier chica que quisiera acostarse con él. A lo mejor estaba exagerando.

Por otra parte, estaba allí y en ese momento, y había sido una tremenda casualidad que hubiera aparecido justo cuando él se disponía a seguir a ese tipo.

La chica garabateó algo en un trozo de papel, pero, en lugar de entregárselo, lo sujetó contra su pecho.

—¿Cómo sé que llamarás?

—Mírate —murmuró Rowdy mientras deslizaba su mirada por su cuerpo—. Te llamaré.

—Mejor todavía —el cumplido dibujó una sonrisa resplandeciente en el rostro de la joven—, fijemos una cita —se humedeció los rosados labios con su rosada lengua—. ¿Esta noche?

—De acuerdo —un trabajo rápido, aunque le seguiría la corriente. No había motivo para hacerle sospechar, no cuando podría disponer de la información que él necesitaba—. ¿Dónde te recojo?

—Yo me reuniré contigo. ¿Medianoche es demasiado tarde?

—Dime dónde y allí estaré —ya se había imaginado que no se lo pondría tan fácil.

—El Drunken Dawg. ¿Lo conoces?

Pues claro que lo conocía.

Acababa de comprarlo.

—Sí, de acuerdo —Rowdy sonrió con la esperanza de que ella no se hubiera dado cuenta de que había dado en la diana. Tomó el papel de sus manos, lo consultó y lo guardó en el bolsillo trasero—. A medianoche, DeeDee. Allí estaré.

Tras conseguir lo que buscaba, la joven se volvió con intención de marcharse.

Rowdy posó la vista en el delicioso trasero que abrazaban los pantalones cortos y siguió por la estilizada pantorrilla.

Y allí estaba, el jodido tatuaje, no en el brazo como se había esperado, sino a lo largo de la pantorrilla izquierda.

De modo que la sexy DeeDee no estaba tan encaprichada de él como parecía. Al menos ya estaba seguro de haber encontrado el lugar.

Reese odiaba dejar a Alice tan apresuradamente tras recibir la maldita llamada. Se sentía furioso y angustiado, pero Rowdy no le habría llamado por algo sin importancia.

De camino a la puerta, mientras se ponía la camisa, llamó a Logan y lo puso en marcha de inmediato.

Una vez dentro del coche, telefoneó a Peterson. Debía contarle lo de Cheryl, y también mencionar que Rowdy lo necesitaba.

—Infórmame en cuanto descubras de qué va.

—En cuanto pueda. Descuida —en lugar de seguir conduciendo con una mano, colgó el teléfono y se concentró en reunirse con Rowdy.

Llevaba puestas unas oscuras gafas de sol y una ridícula gorra de béisbol que, con suerte, evitaría que lo reconocieran si se veía obligado a regresar a ese lugar más tarde.

Encontró a Rowdy sentado tan tranquilo en la acera, la espalda apoyada en una farola. Sin saber bien cómo proceder, el detective detuvo el coche y esperó.

—Gira en esa esquina —Rowdy se sentó en el asiento del copiloto—, y aparca allí. Procura que cualquiera que nos esté viendo piense que estamos cerrando algún negocio.

—¿De drogas?

—¿Por qué no? —el otro hombre se encogió de hombros—. Aunque habrá que darse prisa. Los traficantes y los drogadictos no se quedan sentados en el coche charlando del tiempo.

Brevemente, Rowdy le habló de las luces del Killer Designz, y del tipo al que había reconocido, y que había desaparecido después de que esa mujer lo hubiera abordado descaradamente.

—Podría ser una coincidencia —pero a Reese no le gustaba.

Miró al otro hombre, sintiéndose nervioso por muchos motivos—. A lo mejor le gustó tu sonrisa.

—Eso me pregunté yo —Rowdy se lo tomó en serio—, dado que me asaltan continuamente.

—Fanfarrón —contestó el detective, mirándolo por encima de las gafas de sol.

—Solo constataba un hecho. Las mujeres nunca... —Rowdy se interrumpió y sacudió la cabeza— casi nunca son un problema para mí.

—Si no crees que tenga nada que ver con el caso —la vida amorosa de ese hombre era la última de las preocupaciones de Reese en ese momento—, ¿por qué mencionarlo?

—Porque llevaba el mismo tipo de tatuaje que la chica muerta, el mismo que describió Alice sobre Cheryl.

El detective soltó un juramento.

—No lo vi hasta que ella se dio la vuelta. No lo lleva en el brazo sino en la pantorrilla.

Genial. Esos cabrones estaban repartiendo los tatuajes en distintos puntos.

—Me pregunto si significa algo. Puede que un tatuaje en la pierna signifique algo distinto a uno en el brazo.

—Yo estaba pensando lo mismo. Podría ser para distintos compradores, o una descripción de lo que lleva.

—Podrían tenerlos en cualquier parte —murmuró Reese—. En la nuca, el hombro, la tripa...

—Incluso encima del culo.

—¿En la parte baja de la espalda?

—Sí —Rowdy reflexionó—. Se puede hacer un tatuaje prácticamente en cualquier parte del cuerpo.

—Pero debemos suponer que estará en un lugar visible. Estas señoritas no pueden pasearse por ahí desnudas sin llamar la atención —Reese miró hacia el salón de tatuajes—. Tengo que entrar ahí dentro.

—Sería más fácil si lo hiciera yo —se apresuró Rowdy volviéndose hacia el detective.

—Olvídalo —Reese ni siquiera se molestó en mirarlo y arrancó el coche—. ¿Dónde has aparcado?

Rowdy permaneció en un desafiante silencio hasta que Reese puso el vehículo en movimiento. Con los puños apretados y la mirada fija, se volvió hacia él.

—Gira a la derecha, rodea la manzana. Lo tengo al otro lado, junto al parque.

Muy inteligente por su parte no quedarse demasiado cerca. Sin demostrar su admiración, Reese esperó a que comenzara la discusión.

—Tú eres policía.

—¿En serio? —Reese fingió sorpresa—. Que me aspen, pues creo que tienes razón.

—Un vistazo —continuó el otro hombre, sin encontrar divertido el sarcasmo del primero—. No hará falta más. Todo en ti grita «agente de la ley».

—Me las apañaré —de algún modo lo haría, aunque a Rowdy no le faltaba razón.

A diferencia de Logan, que le había dado gato por liebre a Pepper, a él no le gustaba jugar al detective de incógnito.

Pero, dada la escasez de personal, quizás no le quedara más remedio.

—Ahí está —Rowdy asintió hacia una destartalada camioneta.

Reese se paró junto al vehículo. El parque estaba lleno de críos y jóvenes mamás, personas con mascotas, corredores y paseantes.

—¿Por qué cada vez apareces con un coche diferente?

—Lo cambio cuando no quiero que nadie me siga la pista —Rowdy no se bajó del coche de Reese—. ¿Qué vas a hacer entonces?

—Cheryl llamó a Alice.

El detective decidió que el otro hombre tenía derecho a saberlo.

—¿Está bien? —aparte de pellizcarse las cejas, no hubo ninguna otra reacción aparente.

—¿Alice o Cheryl?

—Doy por hecho que tienes a Alice bajo control —Rowdy agitó una mano en el aire.

Reese lo miró fijamente.

—Por bajo control me refiero a que... —el otro hombre se frotó el rostro con ambas manos—. ¡Jesús! No le digas a Alice que he utilizado ese vocabulario.

En muchos aspectos, la relación que tenía con Alice se parecía a la que mantenía con su hermana, cargada de preocupación platónica, cariño, protección.

Afortunadamente, dado lo celoso que Reese se sentía respecto a Alice.

—Parece que, al menos por ahora, Cheryl está viva. Quería encontrarse con Alice.

—Ni hablar.

Rowdy no tenía ni voz ni voto en las decisiones, pero...

—Me acabas de quitar las palabras de la boca —el detective se quitó las gafas de sol—. Cheryl llamó al móvil de reserva de Alice y utilizó el código que habían acordado. Dijo que todo iba de perlas.

—No puedes permitir que ella...

—Por supuesto que no —colocándose las gafas de sol sobre la cabeza, Reese se frotó el mentón sin afeitar—. Alice preguntó si podría ser mañana en lugar de esta noche y Cheryl contestó que volvería a llamar.

—¿Y ya está?

—Sí —Reese se fijó en un pequeño grupo de mujeres que los miraba. Dos llevaban niños. Las otras tres susurraban y reían sobre... algo.

—No hacen más que coquetear —observó Rowdy—. Ignóralas.

A pesar de que ni siquiera había mirado en su dirección, sabía que estaban allí. Eso sí era perspicacia.

—Alice estará loca de preocupación por Cheryl. Maldita sea, tío, siento haberte arrancado de su lado.

Alice le había prometido ponerse en contacto con él de inmediato si recibía otra llamada y, aparte de para sacar a Cash, no iba a moverse del apartamento.

—Hiciste lo correcto.

—No lo sé. Mi primera intención no fue contenerme.

Reese se volvió y lo miró extrañado.

—Dijiste que lo querías todo legal —Rowdy alzó una mano en el aire—, y lo estoy intentando —apoyó la mano en el salpicadero y se volvió hacia el detective. El hombro y el brazo estaban visiblemente tensos—. Pero tú también debes hacer lo correcto.

Reese entornó los ojos.

—Debes permitirme echar un vistazo a Killer Designz.

CAPÍTULO 23

Necesitaba respirar. Reese bajó del coche y se acercó a la destartalada camioneta de Rowdy. ¿Sería robada? No, no lo creía. En caso necesario, Rowdy era capaz de hacerlo, pero solo si fuera realmente necesario para proteger a su hermana, o a algún inocente.

Y en ese momento no era el caso.

—¿Cuántos coches tienes? —preguntó Reese.

—Cinco. Le ofrecí a Pepper elegir uno —con las manos en los bolsillos traseros, el otro hombre sonrió—. A Logan estuvo a punto de darle un ataque.

—¿No te sentiste ofendido?

—¿Porque quiera a mi hermana tanto que se muestra posesivo? No.

Esa era una buena actitud.

—Él no quiere cambiar la dinámica de vuestra relación. Solo quiere que Pepper tenga una vida mejor.

—Ahórrate la charla, Reese —Rowdy soltó una carcajada—. Logan no necesita tu ayuda, y yo no necesito que me expliques las cosas.

Dos mujeres pasaron charlando muy cerca de ellos, mirándoles de reojo, basculando exageradamente las caderas para llamar la atención.

—Señoritas —Rowdy sonrió a su paso—. Y ahora cuéntame, Reese. ¿Tienes preparada alguna jugada inteligente?

Antes de que el detective pudiera contestar, una mujer de cabellos oscuros, alzó el móvil y les hizo una foto. Rowdy la miró y ella le sopló un beso mientras su amiga reía nerviosa.

Rowdy les guiñó un ojo.

—Esto es increíble.

—Céntrate, Reese —Rowdy se encogió de hombros—. Tienes que dejarme ir a ese salón de tatuajes. Los imbéciles de dentro ya me han visto por la zona, de modo que no pensarán que he ido allí a propósito para espiarles. Y, aunque sospechen, no lo harán después de que me reúna con la chica esta noche...

—Ni hablar.

—En mi propio bar...

Tras asimilar las últimas palabras, el detective se dirigió a una zona de sombra. A Cash seguramente le gustaría ese lugar. Había más personas con perros, algunos jugando con un frisbee.

—¿Al final lo compraste?

—Sí —Rowdy se sentó sobre el capó de la camioneta y siguió observando a las mujeres—. En ese bar ya se venden drogas.

—En la mayoría de los bares —¿iba a permitir que Rowdy se pusiera en peligro?

—Sí —asintió el otro hombre—, pero Avery asegura que allí es un gran problema.

—¿Avery? —preguntó Reese con curiosidad.

—Va a ser la nueva barman —Rowdy se dio la vuelta.

¿Desde cuándo evitaba Rowdy Yates el contacto visual?

—¿Una mujer como barman?

—Se te nota el machismo.

—¿Quién es? —el detective rio ante la ridícula observación.

—Ya te lo he dicho. Es una de las camareras y va a sustituir al barman —de repente Rowdy se quedó helado—. ¡Joder!

—¿Qué sucede? —el juramento alarmó a Reese.

—Acabo de darme cuenta de que... —el otro hombre se volvió hacia Reese—. Avery me explicó con qué clase de mujer no saldría ella.

—¿Qué?

—Un chiste privado —Rowdy agitó una mano en el aire—. No es lesbiana, gracias a Dios.

—De acuerdo —¿de qué iba todo eso?

—La cuestión es que me estaba señalando a los clientes difíciles y a los que se quejaban... y a esa mujer con extraños tatuajes. Yo no vi los tatuajes porque, en ese momento, no me interesaban. Pero Avery los describió como «no bonitos». Dijo que la mujer llevaba tatuada la pantorrilla y el hombro.

—¿En el bar que acabas de comprar? —aquello se ponía cada vez más inquietante.

—Sí, y Avery dijo que las drogas eran un problema allí —Rowdy sacudió la cabeza—. Le prometí limpiar el local, pero nunca imaginé...

—Tu bar podría ser un lugar de intercambio.

—La cosa es —dispuesto a cambiar de tema, el otro hombre se apartó de la camioneta—, que voy a reunirme con DeeDee esta noche y, oficialmente, soy el dueño del local. De modo que es mi problema, te guste o no.

—Supongo que sabrás que DeeDee te ha puesto una trampa —Reese odiaba esa sensación de no tener el control.

—Sí, seguramente. Pero sé cuidar de mí mismo. Y quizás el plan sea que ella me tantee un poco, que averigüe lo que sé. Puedo seguirle la corriente, admirar el tatuaje y comentarle que estaba pensando en hacerme uno yo también. A lo mejor me cuenta qué significa, aunque probablemente no. En cualquier caso, explicará mi presencia frente al salón de tatuajes. Echando un vistazo, quizás consiga que los sabuesos abandonen esa pista, ¿entiendes?

Aunque tenía sentido, a Reese no le gustaba el plan. Desgraciadamente, no tenía ninguno mejor.

—Me gustaría que aplazaras la reunión un día o dos. Dame tiempo para estudiar la situación, quizás elaborar un plan para poder tenderles una trampa y pillarlos a todos. No solo a los de abajo, también a los principales.

—Eso está muy bien y, si las cosas no se estuvieran precipitando, estaría de acuerdo. Pero la llamada de Cheryl nos obliga a ganar terreno antes de que Alice se vea comprometida.

—Eso no sucederá —solo con pensar en ello, los músculos del detective se contraían en espasmos y se le encogía el pecho—. No lo permitiré.

—Lo sé —asintió Rowdy con las manos apoyadas en las caderas—. Pero le echaré un vistazo de todos modos.

—Te lo agradezco —Reese sorprendió al otro con sus palabras.

Tal y como se sentía en esos momentos, no le importaría que toda la Guardia Nacional montara guardia ante su puerta.

Después de todo lo que había sufrido Alice, daría su vida para asegurarse de que nadie volviese a hacerle daño nunca más.

—Iré al salón de tatuajes dentro de un rato —insistió Rowdy, su voz reflejando unos oscuros pensamientos—. Después me reuniré con DeeDee esta noche y, con suerte, descubriremos algo de utilidad antes de que Cheryl vuelva a llamar a Alice.

Para el detective, aquello suponía un terrible conflicto. Jamás en su vida había cerrado los ojos ante una injusticia. Pero la idea de que Cheryl acudiera a Alice le provocaba una urgente necesidad de protegerla de cualquier posible peligro, sobre todo del peligro que encerraba ayudar a una joven desesperada.

No podía quitarle el móvil a Alice, no solo no se lo permitiría, también podría ser la única posibilidad de salvación para Cheryl. Tampoco podía insistir en responder él mismo a la llamada, porque no cabía duda de que Cheryl era una herramienta que estaba siendo utilizada para llegar hasta Alice.

La cabeza le palpitaba y su visión se reducía a Alice, solo Alice. Era un maldito policía, un detective, y su deber era servir y proteger.

Pero cada segundo que pasaba, Alice daba al traste con su concentración.

Dos de las mujeres volvieron a pasearse delante de ellos y Reese las saludó con una distraída inclinación de cabeza.

La reacción de ambas fue exagerada y él frunció el ceño. Prefería que mantuvieran la vista posada en Rowdy y lejos de su persona.

—Debería pagarte por esto —observó, en un esfuerzo por centrarse de nuevo.

—Y una mierda —Rowdy soltó una carcajada.

—La policía trabaja constantemente con civiles —Reese no estaba dispuesto a ceder—. Y pagamos.
—He dicho que no.
Qué tipo tan orgulloso. Por el rabillo del ojo, el detective vio a las mujeres cuchicheando. Mierda. Rowdy no era el único acostumbrado a los flirteos femeninos. Antes de Alice incluso le habría resultado divertido.
Pero en esos momentos era simplemente irritante.
—¿Y crees que para mí es más fácil? —se dirigió a Rowdy en un tono hosco—. ¿Crees que me gusta pedirte ayuda? ¿Crees que me gusta deberte algo? Pues no.
—Yo no he dicho eso —sorprendido, Rowdy frunció el ceño.
—Entonces permíteme equilibrar un poco la balanza.
—Dado el negocio de drogas del que me habló Avery, parece que Logan y tú vais a echarme una mano. Yo no puedo hacer más que controlar el aspecto criminal —Rowdy sonrió, pues no hacía mucho que él mismo había sido considerado parte de ese aspecto—. El resto es cosa de los chicos de azul.
—Ese es mi trabajo. Sobra decir que por eso estaré allí —miró al otro de frente—. Con tus antecedentes, puede que no seas consciente de ello, pero a la gente, a la buena gente, le gusta echar una mano a los miembros de su círculo más próximo. Y ahora, con Pepper a punto de casarse con Logan, que resulta ser mi mejor amigo, ese círculo te incluye a ti.
—¿Círculo más próximo?
—Te guste o no.
—Tengo planes para renovar el bar —Rowdy asintió con una media sonrisa tras reflexionar unos segundos—. Ahora mismo es un antro. No es que me haya gastado todo lo que tengo, pero durante un tiempo habrá ciertas estrecheces —desvió la mirada hacia los columpios donde jugaban unos niños—. Cuando era el único responsable de Pepper, no podía…
—¿Apurar tanto? —sugirió Reese.
Sabía que Rowdy había cuidado de su hermana de todas las formas imaginables, lo que había incluido tener una cierta cantidad de dinero siempre a mano por si necesitaban huir.

—Sí —la sonrisa se hizo más amplia—. No quería que me pillaran sin un plan de huida.

Porque Pepper dependía de él.

¿Pero de quién podía depender Rowdy? Tiempo atrás, de nadie. Siendo muy joven ya cargaba con una tonelada de preocupaciones. Había tenido que crecer muy deprisa y, en general, había hecho un buen trabajo con todo.

—Me impresiona que tuvieras el dinero al contado. Pocos lo habrían conseguido. Para todo lo que sea trabajo manual, puedes contar conmigo.

—¿Te gusta sudar?

—¿Tengo pinta de evitar el trabajo? —Reese era corpulento y atlético. Ni siquiera Rowdy, de considerable envergadura, podía superarle en fuerza.

—Tienes un cuerpazo, y lo sabes —Rowdy rio mientras asentía hacia las mujeres—. Y para mí que esas también se han dado cuenta.

El detective ignoró la referencia al público femenino. Sencillamente le daba igual.

—En cuanto Logan conozca tus planes, también querrá ayudar. Y, dado que Dash es propietario de una empresa de construcción, seguramente será de gran ayuda.

—¡Por Dios! ¿Por qué no organizas una cuadrilla?

—Ahora forman parte de tu familia. Ya te acostumbrarás —o al menos, Reese esperaba que lo hiciera.

—De acuerdo entonces —lenta, muy lentamente, Rowdy asintió—. Trato hecho. Te mantendré informado de todo.

Las mujeres eligieron ese momento para intervenir. La de cabellos oscuros guiaba a la manada y fue la primera en acercarse a Rowdy.

—Hola.

—Hola —Rowdy incluyó a las demás con una sonrisa.

—¿Interrumpimos? —la primera mujer miró a Reese con ojos soñadores.

Conocía esa sonrisa, conocía esa mirada y lo que significaba. Pero necesitaba regresar a casa con Alice, no jugar con... bueno, con unas mujeres hermosas y sexys que no eran Alice.

Irritado, se frotó la mejilla, consciente de lo colado que estaba por Alice. Esa mujer se había limitado a aceptarlo y él se había lanzado de cabeza a la monogamia.

La noche anterior ella había buscado una confesión, pero aquello era todo tan nuevo… Ni siquiera estaba seguro de lo que sentía. Solo sabía que lo sentía en grandes cantidades.

Como Reese se limitaba a quedarse quieto, seguramente con expresión de imbécil, Rowdy llamó la atención de la mujer con una leve caricia en su mejilla.

—Lo siento, cariño, pero acaban de engancharlo y aún está asimilándolo. Y, sí, estamos un poco ocupados ahora mismo. Pero si quieres, te puedo dar mi número y quizás podamos quedar alguna vez.

—Hubiera sido demasiado bueno que ambos estuvieseis libres —la joven suspiró.

—¿Debería sentirme ofendido por ser la segunda opción? —Rowdy soltó una carcajada.

—Yo me quedaré con tu número, sin problema —una rubia se adelantó.

Sonriente, Rowdy le ofreció una tarjeta.

El detective lo miró incrédulo. Todavía no era un hombre de negocios. ¿Tenía esas tarjetas para ligar con mujeres? Seguramente.

—Esta noche estoy ocupado —le explicaba a la rubia—, pero llamadme mañana y veremos qué podemos hacer.

—¿Todas? —preguntó otra mujer.

—Por mí bien.

Sintiéndose más que un poco excluido, Reese cruzó los brazos sobre el pecho. Ni siquiera antes de conocer a Alice tenía por costumbre celebrar orgías, pero Rowdy parecía muy cómodo en ese aspecto.

Lo que demostraba lo diferentes que habían sido sus vidas.

La morena le dedicó otra tórrida mirada antes de acariciarle el hombro.

—Es una pena que no estés disponible. Habría conseguido que te divirtieras mucho.

—Yo me lo pierdo —contestó él.

—Si las cosas salen mal, avísame. Venimos al parque casi todos los días.

«¿Para qué?», se preguntó él. ¿Para ligar con extraños?

—Lo tendré en cuenta.

—Lárgate, cariño —Rowdy le propinó un cachete. Tenemos asuntos que terminar.

Frotándose el trasero, la joven rio y se marchó con las demás.

—Esa va a ser toda una mujer —murmuró—. Me gusta. Ni siquiera me importa haber sido el segundo plato.

Reese las contemplaba fijamente hasta que Rowdy le propinó un codazo.

—¿Te arrepientes o es que estás buscando tatuajes?

—Tatuajes —lo único de lo que se arrepentía era de estar lejos de Alice. Estaba muy preocupada por Cheryl y no quería dejarla sola—. Aparte de una mariposa en un tobillo y una rosa en un hombro, no he visto nada más.

—Yo tampoco —Rowdy enarcó una ceja—. Y las estaba mirando muy atentamente.

Lógico, dado que todas parecían muy cachondas. ¿Por qué no le habían interesado a él? ¡Maldito fuera!

—Estás enamorado, tío —Rowdy soltó una carcajada—, acéptalo.

—Que te jodan, Rowdy. Tenemos, o al menos yo tengo, trabajo que hacer.

—¿Y qué problema hay? —el otro hombre lo miró imperturbable—. Alice es un encanto.

¿Por qué era un problema? Porque necesitaba mantener la cabeza despejada, fría, analítica. Y no podía hacerlo con Alice de por medio.

—De acuerdo —en lugar de tomarla con Rowdy, Reese tomó una decisión—, te dejo que vayas a echar un vistazo a Killer Designz.

—¿No estaba claro ya?

—Pero no vas a ir solo y sin apoyo.

Con el fin de organizarlo todo, el detective llamó a la teniente. Después de explicarle su plan, esperó la reacción habitual.

Esperaba que ella lo rechazara.

Pero la teniente Peterson lo sorprendió aceptando con entusiasmo.

Al parecer a todo el mundo le gustaba trabajar de incógnito, salvo a él.

Acurrucada en un rincón de la pequeña habitación del motel, Cheryl sufría en un miserable silencio.

—Relájate, ¿quieres? —la mirada desconfiada lo ponía nervioso—. No voy a estrangularte —todavía.

Sin embargo, tras la desastrosa llamada, tenía ganas de matar a alguien.

Desgraciadamente, para evitar que la cabrona de Alice se le escapara de entre las manos, necesitaba a Cheryl viva.

—Pensé que se preocuparía por ti.

—Y lo… y lo hace. Lo hará. Deja que la… que la llame de nuevo. La convenceré. Lo… lo juro.

—¿Estás segura de que no conoces su apellido? —Hickson se frotó la barbilla mientras la estudiaba detenidamente.

Cheryl negó con la cabeza.

—A lo mejor le vendría bien oírte sufrir para comprender la gravedad de la situación —Hickson se acercó hasta la joven y, arrodillándose, la agarró del pelo cuando intentaba alejarse—. A lo mejor haría falta que lloraras un poco para que se dé cuenta de que tu vida está en juego.

Y Cheryl lloró, en un tono tan elevado y de una forma tan patética que él sintió deseos de golpearla. Pero se limitó a tirarle más fuerte del pelo y echarle la cabeza hacia atrás.

—Así es, Cheryl. Tienes que resultar así de convincente cuando llames mañana. ¿Lo has entendido?

—¡Sí!

Hickson la miró a los ojos y vio reflejado en ellos el puro terror que sentía la joven, y supo que haría lo que le había ordenado. Soltándola bruscamente, volvió a ponerse en pie. Necesitaba un plan infalible, uno que asegurara que Alice acudiera a la cita sola, sin la ley, sin refuerzos.

Vulnerable.

Una presa fácil.

—Esto es lo que haremos —paseándose delante de Cheryl, le detalló cada paso con la confianza de que, al final, obtendría lo que necesitaba.

Conseguiría a Alice. Su vida dependía de ello.

Reese regresó a casa antes de lo que Alice había esperado. Acababa de salir de la ducha cuando oyó ladrar a Cash.

Hasta hacía muy poco, se habría sentido aterrorizada al oír entrar a alguien en su apartamento. Aunque ese alguien hubiera llamado a la puerta.

Pero había aprendido a distinguir los ladridos de Cash, cuando se asustaba, cuando se sentía protector, cuando sospechaba y, como en ese momento, cuando recibía a alguien conocido. Así pues supo con seguridad y sencillez que Reese había regresado.

Alice se envolvió en una toalla y salió del cuarto de baño. Sonrió al verlo apoyado en una rodilla, sujetando el rostro de Cash y hablándole con dulzura mientras el perro golpeaba entusiasta el suelo con el rabo.

Y, cuando el detective besó al animal en la cabeza, el corazón de Alice se expandió hasta amenazar con estallar. Para contrarrestar el exceso de emotividad, se acercó al hombre con su perro.

A su hombre con su perro, aunque ellos aún no fueran del todo conscientes de ello.

—¿Está bien Rowdy?

—Agobiado por tanta atención femenina, pero por lo demás bien —Reese se incorporó y la miró de arriba abajo con el familiar fuego que destilaban sus hermosos ojos verdes—. ¿Cómo estás?

—Estoy bien —ella se soltó los cabellos y los dejó caer sobre los hombros—. Por supuesto estoy preocupada. No dejo de pensar en Cheryl y lo que estará sufriendo ahora mismo. Lo asustada que debe estar.

En lugar de acudir a ella, Reese hundió las manos en los bolsillos y continuó con su inspección ocular.

—Hasta que vuelva a llamar no hay realmente nada que podamos hacer.

—Pero supongo que tendrás un plan —la fe ciega nunca había sido su fuerte, hasta conocer a Reese. Necesitaba saber que lo tenía todo bajo control, que de algún modo haría que todo saliera bien—. Lo tienes, ¿verdad?

—Estoy trabajando en ello —él ladeó la cabeza y estudió atentamente el femenino cuerpo—. ¿Cómo haces para estar más atractiva cada vez que te miro?

—Eres... —Alice se ruborizó mientras buscaba la descripción más acertada—. Un seductor.

Cash miraba de uno a otro y trotó a la cocina con la esperanza de ganarse una chuche.

—Cash ha supuesto que habrá sexo —la lánguida sonrisa del detective hizo que a Alice se le encogieran los dedos de los pies.

Porque sería lo normal. Aunque quizás no esa vez.

A pesar de la tórrida mirada de Reese, ella veía que había algo más que sexo en la mente del detective.

—Vas a volver a marcharte, ¿verdad?

—Qué astuta —una cínica sonrisa se dibujó en el rostro de Reese.

Aquello sonó casi como un insulto.

O una queja.

—Es evidente que tienes otros planes —Alice se ajustó la toalla—, o...

«Ya estarías encima de mí».

Eso no podía decírselo.

—O no estarías remoloneando, comportándote de manera extraña.

—¿Remoloneando? —él sacó las manos de los bolsillo y se acercó a ella. Sujetándole la barbilla, la obligó a alzar el rostro y la miró fijamente—. Da miedo cuando haces eso. Me interpretas con tanta facilidad...

Curiosa afirmación, pues si fuera capaz de interpretarlo mejor, sabría ya si estaba enamorado de ella.

—Te has puesto en modo policial —le explicó—. Cualquiera sería capaz de verlo.

Si acaso, le daba un aspecto más inalcanzable.

—Pero lo entiendo —se apresuró ella a aclararle—. La llamada de Cheryl, y luego la de Rowdy. ¿De qué iba, por cierto?

En lugar de contestar, Reese le acarició la barbilla con el pulgar y se inclinó para tomar sus labios, sobresaltándola, dado que no había tenido aspecto de ir a besarla.

A pesar de todo lo que estaba sucediendo, de las amenazas y lo preocupada que estaba, Alice no podía permanecer inmune a esos labios. Gimió un poco y lo rodeó con los brazos.

Pero el beso terminó tan bruscamente como se había iniciado.

—¿Reese? —susurró ella.

Él se dirigió a la cocina para darle una chuche al perro.

—Solo media —le explicó al animal—. No quiero mimarte.

Cash aceptó el regalo y se retiró a su lugar favorito, junto a la puerta de la terraza. Reese permaneció en la cocina, mirando por la ventana, silencioso y, en cierto modo, distante.

—¿Cuánto tiempo tienes antes de tener que marcharte otra vez? —Alice no sabía qué hacer.

Aferrándose a la encimera de la cocina, el detective dejó caer la cabeza hacia delante. Alice respiró hondo dos veces y se quitó la toalla.

A pesar de estar dándole la espalda, él pareció sentir el momento en que ella estuvo desnuda porque su cabeza giró automáticamente, el rostro reflejando un visible interés.

Con la excusa de pretender secarse los hombros, ella evitó su mirada.

—Sabes que puedes contármelo. No montaré ningún escándalo. Se nota que va a ser peligroso y, por supuesto, estaré inquieta. Pero no soy de las que…

La frase quedó interrumpida por un grito cuando Reese la tomó en brazos y la cargó sobre su hombro.

—¡Reese! —la toalla aterrizó sobre el suelo.

Con una mano sobre el trasero para impedirle moverse, Reese se encaminó hacia el dormitorio.

—Quédate aquí —le ordenó a Cash al pasar junto a él.

¿Estaba Cash en lo cierto? ¿Habría sexo?

Qué perro más listo.

En su indecorosa posición, Alice no podía hacer mucho más

que agarrarse y preguntarse qué le pasaba a ese hombre. En un momento dado, se mostraba distante, austero y, de repente, se abalanzaba sobre ella.

Sintió la fuerte mano deslizarse por la parte interior de los muslos, hundiéndose en busca de una fugaz caricia.

—¡Reese! —volvió a gritar ella, aunque sin resistirse apenas. ¿De qué serviría?

—Calla —entraron en el dormitorio y él cerró la puerta de una patada.

—Pero... ¿qué haces?

—Te necesito —contestó con voz temblorosa mientras la sujetaba con mayor rudeza que de costumbre.

—¡Oh! —bueno, eso, por supuesto, estaba muy bien—. Yo también te necesito —asintió ella, todavía colgada sobre su hombro.

—Siempre tan complaciente, Alice —la carcajada del detective resultó amarga.

La arrojó sobre la cama y se apartó un poco para contemplarla.

Ella se apoyó sobre un codo, pero no se molestó en juntar las piernas.

Arrancándose la camisa, Reese contempló fijamente los pechos de Alice, y luego el sexo.

—¿Vamos a hacer algo diferente? —ella se humedeció los resecos labios.

—Voy a saciarme de ti.

A Alice el corazón le falló un latido y se quedó inmóvil sobre la cama. No le había gustado cómo había sonado eso. «Dios, por favor, que no signifique lo que parece».

Pero necesitaba saberlo. De modo que respiró hondo, se armó de valor y susurró:

—¿Quieres decir... para siempre?

CAPÍTULO 24

Alice sintió un alivio, aunque solo simbólico, cuando Reese volvió a soltar otra carcajada y sacudió la cabeza.
—Dudo que eso sea posible.
Eso era... bueno.
—Me refería a esta noche.
—¡Oh! —el alivio la dejó aturdida hasta que asimiló las palabras del detective y el corazón volvió a dar saltos de alegría.
—Voy a tener que irme un rato, y necesitaré estar muy concentrado —Reese se desabrochó el pantalón y bajó la cremallera mientras la miraba fijamente a los ojos—. Por cierto, Logan y Pepper se quedarán aquí contigo.
—No necesito niñeras.
—Pero yo necesito que estés acompañada —él se quitó los pantalones a patadas—. No quiero estar preocupado por ti mientras estoy fuera. Y lo estaría si te quedaras aquí sola.
La visión de su cuerpo desnudo siempre era inspiradora, y los dedos de los pies de Alice se encogieron, hundiéndose en las sábanas.
—Llevo mucho tiempo sola, Reese. Ya sabes que soy muy capaz de cuidar de...
—De mí —desnudo, Reese se metió en la cama, le agarró las rodillas y le separó las piernas—. Puedes cuidar de mí.
El modo en que la había colocado hizo que Alice se quedara sin palabras.
Los dedos de Reese se hundieron en las rodillas de Alice mientras analizaba cada centímetro de su cuerpo.

—Me siento casi como un salvaje. Tú me haces sentir salvaje.

¿Y eso qué significaba? Alice no comprendía ese nuevo comportamiento. Había conocido distintos aspectos de su personalidad, pero ninguna tan oscura, tan urgente.

—No es mi intención.

—Da igual que lo hagas a propósito o no —él continuó empujándole las rodillas hacia arriba y separándole las piernas.

—Reese, cuéntame, ¿ha pasado algo? —Alice intentó prepararse, no recular.

—Tú has pasado —el detective deslizó las manos bajo sus caderas y la arrastró hasta el borde del colchón.

—Reese... —con las piernas colgando a los lados, ella se agarró a las sábanas.

—No dejes de pronunciar mi nombre —él se puso de rodillas. Entre las piernas de Alice.

—Me gusta —apoyándole los tobillos sobre sus hombros, tomó el trasero con las manos ahuecadas—. Eres tan jodidamente hermosa.

Por todos los santos, ¡la estaba mirando ahí mismo! Resultaba intimidante a la par que excitante y Alice echó la cabeza hacia atrás, fijando la mirada en el techo.

—¿Todo esto es por lo que te hice anoche?

—Es porque te deseo. Todo el tiempo, al parecer —Reese deslizó los labios por la cara interior del muslo de Alice, haciéndole cosquillas con los cabellos y provocándole un estremecimiento con el cálido aliento—. Otras mujeres me hacen avances, pero a mí me da igual porque siempre te tengo a ti metida en la cabeza.

—¿Qué? —¡un momento, había que parar!—. ¿Otras mujeres te hacen avances? ¿Cuándo?

—Hueles increíblemente bien —él hundió el rostro en su cuerpo y soltó un gemido que casi paralizó el corazón de Alice.

El galopante latido del corazón le hacía sentirse débil, de modo que se tumbó de nuevo y sintió la boca y la lengua de Reese sobre sus muslos, sobre la delicada piel de su entrepierna, el estómago.

—¡Oh, Dios!

—No te muevas, cielo —con la punta de los dedos, él le abrió los labios, la abrió a ella, hundió la punta y los volvió a sacar, y de nuevo dentro—. Ya estás mojada.

Alice cerró los ojos con fuerza.

—Deliciosa y mojada —Reese hundió dos dedos en su interior y los giró ligeramente antes de sacarlos.

La voz ronca y gutural la envolvió, asegurándole que a él le gustaba, le gustaba tenerla de ese modo. Resultaba a la vez vergonzoso y excitante.

Ella esperó, conteniendo la respiración, el cuerpo tenso de anticipación, mientras la suave y ardiente lengua la lamía.

Por dentro.

Hundiéndose dentro de ella.

Una intensa sensación le hizo arquear la espalda y la levantó del colchón.

Con una mano sobre el estómago, Reese la empujó de nuevo contra las sábanas, sin interrumpir el íntimo beso. Sujetándola por las caderas la mantuvo inmovilizada y, tras otro prolongado y suave lametón, rodeó el clítoris con la punta de la lengua.

Alice soltó un agudo gemido. La presión empezaba a hacerse insoportable. Reese continuó torturándola con la lengua antes de cerrar la boca y chupar con delicadeza.

—¡Oh, Dios mío! —la exclamación quedó reducida a unos indescriptibles gemidos mientras el clímax se desarrollaba en su interior.

Incluso contra el fornido cuerpo de Reese, su menuda figura volvió a arquearse, sin poder evitar prepararse ante el placer que le generaban los movimientos de esa boca a un ritmo que amplificaba todo lo que hacía.

Reese se mostraba voraz, implacable e increíblemente paciente, casi como si no deseara parar, como si pudiera haber seguido haciéndolo durante horas.

Casi había llegado, buscaba desesperadamente la liberación, cuando él volvió a hundir un dedo en su interior, llenándola, estirándola un poco.

Y eso bastó.

Con un fuerte grito, Alice se entregó a la liberación antes de volver a hundirse lentamente en la cama.

Todavía no había conseguido llenar sus pulmones de aire cuando Reese se irguió, con los tobillos de Alice todavía apoyados en sus hombros, y se hundió con fuerza en su interior.

La acción había sido tan inesperada que ella contuvo la respiración, aunque su clímax la había dejado mojada y suave y, con un gutural y profundo gemido, la llenó.

Mirándola a los ojos, el detective le deslizó las piernas hasta el pliegue interior de los codos y, lentamente, descendió sobre ella. A Alice le dolían las piernas, pero lo sentía tan profundamente dentro de ella, le gustaba tanto el salvaje gesto de placer dibujado en su rostro, que sus sensibles nervios volvieron a encenderse.

Reese deslizó las manos hasta los pechos de Alice y le acarició los pezones mientras se hundía dentro de ella. Y Alice estalló con otro orgasmo.

—No me he puesto nada —Reese esperó a que concluyera el último espasmo antes de quedarse muy quieto y cerrar los ojos con fuerza.

—Lo sé —ella le acarició un sudoroso hombro. Sentía el cuerpo invadido por un cosquilleo e intentó moverse.

—No lo hagas —él contuvo la respiración.

—Adoro tu cuerpo, Reese —en realidad, adoraba cada centímetro de su ser.

—No me refería a la ropa —Reese encajó la mandíbula mientras jadeaba—. No me he puesto preservativo.

Alice lo miró con los ojos muy abiertos. La admisión la despejó un poco, aunque los músculos permanecían fuera de juego. Con curiosidad, pero sin alarma, tomó el rostro de Reese entre las manos.

Tras la llamada de Rowdy no había tenido tiempo de afeitarse. A ella le encantaba la sensación de su piel rasposa y el tono más oscuro que adquirían sus pómulos cuando se excitaba, el modo en que se controlaba... apenas.

—¿Por qué?

—No me apetecía —él la besó, tímidamente al principio, apasionadamente después, el cuerpo tenso sobre ella—. Y sigue sin apetecerme.

Esa maldita emoción había vuelto a acumularse en su garganta, ahogándola, haciendo que le ardieran los ojos. Lo intentó con una sonrisa, pero surgió demasiado temblorosa, revelando lo que sentía.

—Entonces, no lo hagas.

Como si hubiera estado esperando el permiso, Reese dejó de contenerse y volvió a tomar su boca en un apasionado beso mientras seguía embistiéndola, manteniendo sus piernas dobladas para que cada embestida lo hundiera tan profundamente que ella lo sintió en su seno.

De repente echó la cabeza hacia atrás, el cuerpo se tensó y soltó un gutural gemido. Alice lo observaba, deleitándose con cada detalle de su rostro, feliz de ser ella la que estuviera allí con él.

Reese se desplomó sobre ella, el corazón acelerado, el calor de su cuerpo inundándola en oleadas.

—Se me han muerto las piernas —normalmente, Alice disfrutaba del abrazo posterior, pero en aquella ocasión protestó mientras se retorcía ligeramente.

Con lo que parecía un enorme esfuerzo, Reese se irguió y la ayudo a desenganchar las piernas de sus fuertes y atléticos brazos, colocándolas delicadamente, masajeándole el muslo izquierdo.

—¿Estás bien?

—Ha merecido la pena —susurró ella.

Sonriente, él se apartó y se dejó caer a su lado, aunque mantuvo una mano sobre su tripa, los dedos extendidos, abarcando de una cadera a la otra. Los segundos pasaron mientras ambos permanecían en silencio, concentrados en respirar.

—Eres increíblemente deliciosa, Alice —Reese la acarició con dulzura.

Ella no tenía ni idea de qué podía contestar a eso.

—No he practicado sexo sin preservativo desde que era un colegial ignorante.

Entonces, eso debía significar... algo, ¿no?

Con suma solemnidad, él le apartó los cabellos del rostro y le acarició la sien con un pulgar.

—Incluso ahora mismo, después de tenerte —él frunció el ceño y habló con voz grave—, te deseo de nuevo.

—No estoy segura de poder… —¡de ninguna manera!

—Es una locura, y es inquietante —Reese la besó con pasión—, y no estoy seguro de que me guste. Otras mujeres coquetean conmigo y eso me hace desearte. Rowdy me transmite información importante sobre los asesinatos de los tatuajes, y yo te deseo a ti. La teniente Peterson accede a montar una operación encubierta e incluso eso, que no me habría esperado ni en un millón de años, queda anulado por mis pensamientos sobre ti.

Al fin Alice lo comprendió. Reese le estaba hablando de sus sentimientos hacia ella.

—Me alegro que no desees a otras mujeres —una felicidad indescriptible la inundó.

—Por Dios santo, mujer —él soltó una carcajada—, vas a matarme —la risa parecía genuina, ligera. Reese se dejó caer de nuevo sobre la cama—. Y no, no deseo a ninguna otra mujer.

—Yo tampoco deseo a otros hombres —«ni los desearé jamás», podría haber añadido, aunque no quería agobiarle más.

—Estupendo. Me alegra que lo hayamos aclarado.

Alice se preguntó exactamente qué habían aclarado, aunque se limitó a sonreír y suspirar.

—Parece que somos exclusivos —de momento—. Eso está bien.

Reese también parecía más relajado al comprobar que ella no iba a ahondar en los detalles de su exclusividad.

—Lo siento, pero tengo que irme —le tomó una mano y le besó los nudillos—. Volveré tarde.

—¿Debería preocuparme? —Alice lo miró.

—No, porque es mi trabajo, y soy bueno en mi trabajo —tirando de ella, la tumbó sobre su cuerpo—. Aunque cierta dama muy sexy sigue destrozando mis pensamientos y provocándome quebraderos de cabeza.

—¿Y al final has conseguido sacarme de tu cabeza? —Alice lo besó en los labios y la mejilla.

—No —él sacudió la cabeza mientras la atraía hacia sí para besarla con más fuerza, prolongadamente, casi con desesperación—. Pero me has proporcionado muchos incentivos para volver a casa sano y salvo. Mientras tanto, vamos a desayunar algo y te contaré lo que está pasando.

Reese se pasó una mano por la barbilla. Seguía sin afeitarse, pues el aspecto que le daba le ayudaba a encajar. Aparcado frente al estanco, esperó en uno de los coches de Rowdy. El Ford Sedan funcionaba bien, pero su aspecto era horrible.
Seguramente porque así lo quería su dueño.
Se cubría los ojos con las gafas de sol, y la cabeza con la gorra de béisbol, llevaba una camiseta desgastada y los vaqueros más cómodos que poseía. Refresco de cola en mano, intentaba aparentar descuido. La calurosa tarde había convertido el coche en un horno. Reese estaba alerta y preparado para actuar y, gracias a Alice, mucho menos tenso.
¡Incluso en medio de una vigilancia pensaba en ella!
Por el rabillo del ojo descubrió a Rowdy que se acercaba al salón de tatuajes con el pretexto de observar los modelos expuestos en el escaparate. A diferencia de Reese, Rowdy tenía el mismo aspecto de siempre, lo cual significaba que no llamaba la atención como haría un policía.
Era una cuestión de actitud, decidió el detective. Su amigo estaba igual de vigilante que él, pero daba la sensación de ser producto de la cultura callejera, no de su autoridad. Seguramente aprendería unas cuantas cosas observándolo.
¿Dónde estaba Peterson? Reese consultó el reloj. Rowdy no podía permanecer eternamente frente al escaparate sin despertar sospechas.
Por el espejo retrovisor vio acercarse a una mujer. El color de los cortos cabellos era el adecuado. La estatura y el peso también. Pero... esa mujer vestida con tacones, una minúscula falda negra y una blusa desabrochada casi hasta la cintura, permitiendo ver el ombligo si uno se fijaba con atención, no podía ser la teniente.
La lata de refresco casi se le cayó de las manos y tuvo que resistir la tentación de darse la vuelta y mirarla. Que Dios la ayudara, la teniente Margaret Peterson andaba, respiraba, sonreía... exudaba sexo.

Las gafas de sol con las que se cubría le impedían ver sus ojos, pero ¿quién iba a querer fijarse en los ojos con ese escote que llevaba? Hasta ese momento ni siquiera se le había ocurrido que Peterson tuviera pechos, mucho menos que pudieran tener ese aspecto tan voluminoso y...

Reese se estremeció, turbado al no saber muy bien cómo se sentía al verla.

Rowdy le dedicó la atención que se esperaba que dedicara a una mujer tan atractiva, incluso la miró con cierta lascivia. ¿Sería real o fingido? Pero cuando la teniente entró en Killer Designz, Rowdy la siguió muy de cerca, la mirada fija en el trasero bajo la ajustada falda.

Reese rompió a sudar. No sabía si por el tórrido sol, la tensión de la operación o por ver a la teniente Peterson con ese aspecto de gatita sexy.

¡Por Dios! De nuevo se estremeció mientras se hundía en el asiento del coche e intentaba borrar la imagen de esa mujer de su mente.

El sol seguía cayendo con justicia y el sudor se le acumulaba en la nuca, entre los omóplatos y la zona lumbar donde ocultaba la Glock.

Llevaba otra arma fijada al tobillo, pero no le resultaba tan incómoda con el calor.

Los minutos parecieron horas, sin que nada ocurriera.

Hasta que Reese vio a dos hombres acercarse en un SUV negro. Un escalofrío le recorrió la columna y, maldito fuera, no le gustaba. Los hombres miraron a su alrededor, como si buscaran testigos, pero aquella no era una zona donde los vecinos concienciados se dedicaran a vigilar. Era más un barrio donde nadie veía nada.

Ocultándose tras las gafas de sol, el detective se agachó como si estuviera manipulando la radio.

Los dos hombres se parecían. Uno vestía vaqueros de marca, el otro pantalón caqui, ambos lucían polos negros y gafas de sol de espejo. En los oídos, un dispositivo Bluetooth. Parecían matones profesionales y, a diferencia de él mismo, ni siquiera intentaban pasar desapercibidos.

Hablaban tranquilamente. Uno de ellos hizo una llamada de móvil, asintió y, juntos, entraron en el establecimiento.

En un nanosegundo, Reese tomó la decisión de seguirles. Tenía la sensación de lanzarse de cabeza al infierno, la sensación de que algo estaba a punto de estallar. De ninguna manera iba a quedarse en el coche mientras Peterson y Rowdy ejercían de blanco.

«Menos mal que Logan está con Alice». Si algo iba mal, ella estaría a salvo. Logan se ocuparía de ello. Con esa idea en mente consiguió sacársela de la cabeza y ocuparse de la situación como era debido.

Profesionalidad, la cabeza fría y una mortal precisión, todo bajo una gorra de béisbol y una camiseta estampada.

Al salir del coche, el detective tiró de la camiseta para despegarla de la espalda sudada, y para asegurarse de que la Glock permanecía bien oculta. Se quitó la gorra para airear un poco la cabeza y se la volvió a colocar. La ansiedad aceleraba su corazón mientras se encaminaba hacia el salón de tatuajes.

Killer Designz tenía un enorme escaparate, lo que le permitió ver a Peterson a más de tres metros de distancia. Nunca se acostumbraría a verla vestida así. Hablaba, al parecer, con un tatuador. Levantaba la cadera y en los labios pintados lucía una sonrisa de «estoy disponible». Las manos se apoyaban sobre el mostrador, permitiéndole inclinarse hacia delante, consiguiendo así la atención permanente del tatuador sobre su escote.

Rowdy permanecía unos pasos tras ella, consultando un álbum con diseños. Los matones estaban a un lado, fingiendo estudiar unas joyas corporales.

Como si fueran a hacerse un piercing.

Una campanilla sonó cuando Reese abrió la puerta. El aire acondicionado refrescó su acalorada piel. Rowdy levantó la vista y la volvió a desviar sin hacerle apenas caso. Peterson se quedó quieta un segundo, su mirada sobre los dos matones y luego de nuevo sobre el tatuador.

¿Pretendía advertir al detective de que ya se había fijado en ellos? Quizás.

—Bueno —decía la mujer con voz algo gutural—, parece que tienes muchos clientes y no quiero entretenerte.

Los matones parecían más preocupados por Rowdy que por Peterson, lo cual tenía sentido. Rowdy medía más de metro noventa, ligeramente más bajo que Reese, y su cuerpo atlético dejaba adivinar grandes capacidades físicas. En cambio, la teniente era una damisela menuda y, vestida así, parecía más un peluche que un policía revienta pelotas que había limpiado, prácticamente ella sola, un departamento de policías corruptos, con admirable sangre fría.

—Hola —llamó Reese—. ¿Eres el único que atiende aquí?

—Enseguida estoy contigo —el tatuador asintió.

—Genial —el detective se colgó las gafas de sol del escote de la camiseta y empezó a ojear diseños, lo que le permitió estudiar disimuladamente el interior del local, por si tenían que abandonarlo apresuradamente.

—Me gustan todos estos —la teniente meditó con un dedo sobre los labios mientras contemplaba unos diseños—. Pero el otro día vi un dibujo muy original, y creo que quiero algo así.

El tatuador tenía la mirada clavada en el dedo sobre la boca, un dedo que no paraba de deslizarse de un labio al otro.

—¿Me lo podrías describir?

—Claro. Era largo y estrecho, con líneas y números.

—¿Números?

—Eso es —ella apoyó un brazo sobre el mostrador, lo que le obligó a inclinarse aún más hacia delante hasta que Reese temió que fuera a salirse de la blusa.

El tatuador desvió la mirada el tiempo suficiente para comprobar que Rowdy y los dos matones prestaban toda su atención a los botones a punto de saltar de la blusa.

—Como esto —continuó ella mientras con el dedo húmedo de saliva dibujaba un tatuaje imaginario sobre su brazo antes de levantar la vista y sonreír—. ¿Tienes algo así?

—Sí, creo que podría ser —el hombre se concentró en recuperar la compostura durante unos segundos. Algo brilló en su mirada. Lujuria, desde luego, pero podría ser algo más también—. Espera un segundo mientras voy a buscar otro cuaderno de diseños.

¿Había picado?

Reese se apoyó relajadamente sobre el mostrador y continuó hojeando un catálogo.

El tatuador se volvió y desapareció tras una cortina que daba a la trastienda.

—¿Dónde vas a hacerte el tatuaje, cielo? —Rowdy la miró y, con la excusa de la conversación, se acercó más a la teniente.

Al parecer el gesto no fue del agrado de Peterson, que retrocedió con las mejillas ruborizadas.

Desde luego parecía de lo más genuino.

—No lo he decidido —contestó ella—. Seguramente en el brazo, aunque he pensado que quedaría estupendo algo que subiera por la parte trasera de la pierna —ella se volvió, mostrándole a Rowdy y a los dos matones un primer plano de su trasero. De nuevo alzó la cadera y miró por encima del hombro con una sonrisa—. ¿Qué opinas?

—Opino que no deberías mancillar la perfección.

Peterson parpadeó lentamente, de un modo muy inquietante. El detective estuvo a punto de no oír el cerrojo de la puerta. Volviéndose con rapidez, vio que uno de los matones bloqueaba el paso. El otro, los labios torcidos en un simulacro de sonrisa, sacó una Desert Eagle del calibre 50, con un largo silenciador negro.

Reese no esperó a que alguien dijera algo, ni aguardó a un momento más propicio, o a comprobar qué iban a hacer Rowdy y Peterson. Su único pensamiento era controlar esa arma mortífera.

Se arrojó con todas sus fuerzas contra el hombre armado. La total falta de vacilación tomó al matón por sorpresa. El detective le superaba en estatura por varios centímetros y seguramente también por casi veinte kilos, de modo que el impacto los hizo caer al suelo a ambos. Reese oyó un amortiguado pop, pop, y un cristal que se hacía añicos.

Confiaba en que Rowdy y Peterson se ocuparían del otro. Tampoco tenía mucha elección.

Mientras agarraba al bastardo de la muñeca para que no pudiera levantar el arma, el detective le golpeó la cabeza contra el suelo, antes de estrellar un codo contra su rostro. Y lo sintió aflojarse lo suficiente para poder quitarle el arma.

—Eres hombre muerto —rugió el muy idiota mientras intentaba colocarse en una posición de ventaja.

Pero Reese utilizó el arma para propinarle un golpe en la mandíbula.

El hombre perdió el sentido y, al mismo tiempo, el detective oyó un ruido a su espalda.

Volviéndose vio... a Peterson prácticamente desnuda.

Mientras él le daba la espalda, la blusa se había roto y esos pálidos y rotundos pechos colgaban libres. Sujetando la blusa, la teniente sacó su propia arma, una pequeña pistola que llevaba pegada al muslo, y apuntó al hombre al que Rowdy estaba estrangulando.

Con cierto retraso, el detective consiguió seguir la mirada de su jefa, pero Rowdy apretó con más fuerza y el segundo matón cayó en un profundo sueño, haciendo que el esfuerzo de Peterson fuera innecesario.

Se habían ocupado de la peligrosa situación sin demasiado jaleo.

Fácil, limpio, sencillo...

Hasta que los disparos hicieron añicos el escaparate y acribillaron las paredes y el mostrador.

—¡Mierda! —Rowdy soltó con presteza a su hombre y se lanzó hacia el mostrador. Las botas hicieron crujir los cristales rotos esparcidos por el suelo.

Agachada sobre los altos tacones, la falda subida y la blusa abierta, Peterson se arrojó delante de él.

Y ambos se ocultaron tras el mostrador, supuestamente a salvo.

Los disparos se sucedieron con un sonido metálico que hacía saltar escombros por los aires.

La tienda quedó destruida. Al parecer, los pistoleros los querían muertos a todos. Eso sí que era una destrucción masiva.

Haciendo acopio de su profesionalidad, Reese permaneció pegado a una pared. Cuando el hombre al que había derribado empezó a moverse, lo volvió a golpear y lo hizo caer de nuevo al suelo. Echó un vistazo a su alrededor. Rowdy había dejado al otro hombre fuera de combate. Respiraba, pero no reaccionaba, ni siquiera al estallido del caos que le rodeaba.

—Ven aquí —ordenó Peterson cuando otra ráfaga de disparos llenó el suelo de balas, haciendo estallar otra vitrina.

—Échate hacia atrás —en cuanto la teniente se apartó de su camino, Reese agarró la Desert Eagle, y en cuclillas se reunió con ellos. El maldito mostrador no era lo bastante grande para tapar a tres personas.

—Quedaos aquí —Rowdy optó por dirigirse a la trastienda.

Reese lo veía registrando el pequeño cuarto, el almacén y otra trastienda. No iba armado, ¿qué sentido tenía jugar a ser un héroe?

—Rowdy —el detective habló con voz pausada—. Maldita sea, no hagas ninguna estupidez.

—Tenemos que salir de aquí —el otro hombre lo miró con expresión severa—. El tatuador se ha largado, se habrá marchado por una puerta trasera.

Si el dueño podía marcharse, significaba que otros podrían entrar. Lo que faltaba. Toda esa cagada no hacía más que empeorar por momentos.

CAPÍTULO 25

—¿Marchado adónde? —preguntó Peterson mientras intentaba, sin éxito, juntar los pedazos de su blusa.

—Y yo qué sé. Pero solo un idiota se habría quedado por aquí tras comenzar el tiroteo.

Y, como para puntualizar sus palabras, sonó una nueva ráfaga de disparos.

¿Dónde demonios estaban los refuerzos? Sin duda alguien, quien fuera, habría llamado a la policía. Incluso a pesar de los silenciadores, los habitantes de la zona debían figurarse que se estaba produciendo un intento de asesinato.

—Si no quieres que te disparen —le advirtió la teniente—, utiliza esos ojos para vigilar la parte trasera.

—Estoy vigilando —él levantó la vista, pero no sonrió—. Y ya que hablamos claro, te sugiero que saques ese bonito culo fuera de aquí, ahora, mientras aún podamos irnos.

Ignorando el comentario sexista, Peterson comprobó su arma y soltó un juramento.

—Puede que sea precisamente lo que ellos quieren que hagamos —entornó los ojos y miró a Reese—. ¿Tú qué opinas? No quiero desvelar ningún secreto, pero ¿qué tal si llamas a tu pequeña pandilla?

Pocos en el cuerpo sabían que Reese había investigado personalmente a algunos de los policías, formando un sólido grupo que siempre le era fiel. Pero llamarlos «pequeña pandilla», no les hacía justicia.

Esos hombres eran inteligentes, honorables y, sobre todo, honrados.

—Esta vez no —llamar a su equipo con tan poco tiempo, puenteando a los oficiales de servicio, despertaría demasiado la atención y daría al traste con sus propósitos de incógnito.

El detective entregó la pistola con silenciador a Rowdy antes de quitarse la camiseta y ofrecérsela a Peterson.

—¡Qué aguafiestas! —exclamó Rowdy.

—Te estás pasando, Rowdy Yates —la teniente tomó la camiseta.

A Reese no le pasó desapercibido cómo su jefa se quedaba mirando su torso desnudo, del mismo modo que Rowdy había mirado los pechos de ella.

Aquello parecía la comedia de los errores, extraña a más no poder. De no sufrir un increíble peligro, incluso podría haber soltado una carcajada.

—¿Teniente?

—Sí. Gracias —apoyada en sus fuertes piernas, Peterson se puso la camiseta sin levantarse del suelo ni sentarse sobre los cristales rotos.

La incómoda postura le tensaba los muslos, acrecentada por los tacones, pero ella no pareció darse cuenta ni, aparentemente, le importaba.

El detective sacó el móvil del bolsillo y se dio cuenta de que se le había roto al rodar por el suelo con el matón.

—¡Maldita sea! —miró a Peterson con expresión interrogativa.

—Dejé caer el bolso al otro lado del mostrador, con mi móvil dentro.

Ambos se volvieron a Rowdy.

—Sírvete —Rowdy lanzó su móvil a Reese mientras con una mano apoyada en la espalda de Peterson la ayudaba a sujetarse para que pudiera meter los brazos por las mangas de la camiseta.

Antes de que Reese hiciera la llamada, oyeron los gemidos de uno de los matones, tumbado a unos metros de ellos.

—Sugiero que nos movamos antes de que nos acorralen —observó con la mayor amabilidad posible, dadas las circunstancias.

—Maldita sea —maniobrando en el reducido espacio, la teniente consiguió colocarse la camiseta. Le estaba enorme y le llegaba por debajo de las rodillas, más que adecuada para taparla.

—Si te ves obligado a disparar —ella tomó el mando rápidamente—, asegúrate de que no sea ningún transeúnte —con la pistola sujeta contra el pecho, corrió a la trastienda.

Sin soltar la Desert Eagle, Rowdy la siguió de cerca.

Reese miró por encima del mostrador para asegurarse de que nadie los seguía. Los dos matones seguían fuera de juego, y no había oído un disparo desde hacía varios segundos...

Hasta que una bala aterrizó en el suelo justo delante de él, obligándole a protegerse de nuevo. No habían pasado más de dos o tres minutos aunque, dadas las circunstancias, un minuto parecía una hora.

Y se reunió con los otros en la parte trasera.

Tal y como había dicho Rowdy, la habitación estaba vacía. En cuanto salieron, Reese cerró la puerta. Tenía un cerrojo con pestillo que, para sus atribulados sentidos, le resultó bastante sospechoso. ¿Qué sucedía en esa pequeña habitación para requerir un cerrojo tan sólido?

Solo había un estante con suministros, un archivador y una silla... en medio de la estancia.

El cerebro le zumbaba con miles de posibilidades, pero, al menos de momento, el cerrojo jugaba a su favor. Echó el pestillo y se volvió para evaluar la situación.

Peterson se quedó junto a la puerta trasera, la espalda aplastada contra la pared. En cualquier otro momento, Reese podría haber prestado más atención a lo poco conjuntada que resultaba con los tacones altos y la camiseta estampada, tan enorme que se le caía por un hombro y le llegaba por debajo de las rodillas.

Pero ese día no.

El detective hizo la llamada pidiendo refuerzos antes de guardarse el móvil de Rowdy en el bolsillo. En cinco minutos tendrían una patrulla en la puerta... que quizás no bastaría si había un tiroteo en un lugar tan estrecho.

—¿Está todo despejado?

—Eso parece —la teniente se encogió de hombros—. Esta

puerta da a un callejón que conduce a la calle. Pero, dado que todo esto ha sido inesperado, ¿podemos estar seguros de que no se trata de una trampa?

—No hay buen ángulo, a no ser que tengan un francotirador —Reese consideró las posibilidades. ¿Qué podían hacer?—. Si nos quedamos aquí, seremos como los patitos de feria.

—Mi coche está cerca —les informó Rowdy—. Ese callejón conduce a una calle trasera. Lo tengo aparcado en un descampado a un bloque de aquí.

—Ni se te ocurra —le advirtió Peterson mientras se mordisqueaba los rosados labios—. ¡Jesús!, jamás me imaginé que las cosas se pusieran tan mal así de rápido.

—Es una locura —asintió el detective mientras seguía pensando qué hacer.

El estallido de la puerta delantera al hacerse añicos llamó su atención. No disponían ni de cinco segundos, mucho menos de los cinco minutos que tardaría el patrulla. A quienquiera que fuera, no le importaba destruir el Killer Designz ni quería dejar testigos.

Y eso solo podía significar que tenía planeado matarlos a los tres y estar lejos de allí antes de que llegara la policía.

Reese sacó la Glock de la funda y la cambió por la Desert Eagle.

—¿Prefieres la pistola más grande y mortífera? —Rowdy enarcó una ceja.

—Confío en mi arma —le explicó él. Además, quería asegurarse de que Rowdy pudiera defenderse—. La he cuidado bien.

—Gracias —Rowdy la tomó con una mano antes de lanzarse por la puerta trasera sin que Reese pudiera impedírselo.

—Idiota —murmuró Peterson.

Soltando un juramento, Reese repartió su tiempo en vigilar la puerta cerrada, mientras oía acercarse a los asaltantes, y vigilar a Rowdy que corría hacia el extremo del callejón.

—¿Qué demonios está haciendo? —preguntó la teniente.

—Supongo que hacerse el héroe —murmuró él mientras contemplaba a Rowdy correr sin temor a sufrir daño algún.

Por suerte, Rowdy consiguió llegar al final del callejón sin que se disparara ni un solo tiro. Cuando estuvo cerca de la calle, hizo una señal para que los otros dos supieran que el camino estaba despejado.

—Vamos —la teniente respiró hondo.

Estupendo. Podrían matarlos o no, pero quedarse allí sentados, esperando a ser acribillados, no le parecía una opción atractiva. Por tanto, Reese siguió a su jefa, impresionado por la rapidez con la que corría subida a esos tacones.

Rowdy les cubría la huida mirando hacia todos los lados mientras les esperaba. De nuevo, no se disparó ni un solo tiro, ni hubo más ruido procedente del salón de tatuajes.

Juntos corrieron hacia el descampado donde Rowdy había aparcado su coche. En cuanto llegaran, informarían a los agentes de que estaban a salvo.

Y, con suerte, serían capaces de atrapar a los pistoleros.

Pero Reese no las tenía todas consigo. De momento, la suerte no había estado de su parte.

Dos preguntas martilleaban en su cabeza mientras corrían.

¿Cómo de gordo era todo aquello y hasta dónde estarían dispuestos a llegar para encontrar a Alice?

Las llamadas se sucedían con rapidez.

Primero había sido la llamada del Killer Designz advirtiéndole de la presencia de gente husmeando. Había enviado a sus hombres y ellos habían asegurado haber arrasado el local, dejando poco más que los escombros. El extraño trío había escapado, pero no sin comprender primero el alcance de su poder, la fuerza de su osadía.

Sonriendo, Woody Simpson recordó el pánico del tatuador que, desde un lugar más seguro, había vuelto a llamar. Tras recibir la promesa de una protección por parte de la ley y un lugar nuevo y mejor, sus preocupaciones habían disminuido.

Y en esos momentos tenía a DeeDee al teléfono.

Con los pies apoyados sobre la mesa, la camisa desabrochada y la silla inclinada hacia atrás, Woody recibió el último informe de los sucesos del día. Gracias a una empresa que crecía sin parar, pasaba tanto tiempo en su oficina que la había transformado poco a poco en un lugar cómodo, hogareño.

Por supuesto no cocinaba, pero tenía empleados que hacían uso de la pequeña cocina para prepararle las comidas. Disponía de una enorme pantalla de televisión y un espacioso sofá, y había hecho llevar una cama de matrimonio para poder dormir en lo que antes había sido la sala de juntas.

Jamás dormía de día. Y por las noches lo hacía durante poco tiempo. Siempre estaba cargado de energía, motivado y tan activo que los demás eran incapaces de seguir su ritmo.

Pero, cuando necesitaba una distracción por las tardes, como la que había planeado antes de que el teléfono empezara a sonar, la cama le resultaba útil.

—¿Estás seguro de que se tratan de policías?

—Eso creo. Ahora mismo están hablando con los agentes, y parecen estar al mando, o algo así.

Interesante. Aquello podría ser mejor que haberlos matado. Le daría una vía de entrada, para infiltrarse. Consideró las diferentes opciones y tomó una decisión.

—Síguelos.

—¿Hasta… hasta la comisaría? —tras una breve pausa, la voz sonó indecisa.

—Claro —aunque la había llamado, Woody despidió con un gesto de la mano a la chica que se estaba desabrochando la blusa delante de él. La joven se sentó en una silla y esperó.

Como una buena chica.

—Pero… —DeeDee intentó pensar en una protesta con sentido.

—Espera allí hasta que vuelvan a salir, y luego síguelos —Woody no toleraba que nadie le cuestionara—. Quiero saber dónde viven.

—¿Y qué pasa si me ven? —ella seguía indecisa.

—Asegúrate de que no lo hagan —esa chica tenía aspiraciones de ascender en la organización. A diferencia de alguna de las otras, estaba más dispuesta a agradar.

Como si él fuera a concederle algún poder o autoridad a una estúpida como ella.

—Tú pasas desapercibida, Dee. Para ti debería ser pan comido pegarte a ellos sin que se den cuenta.

Dado que ella aspiraba a destacar y hacerse notar, el sutil insulto la puso furiosa.

—Ya abordé a ese gorila, tal y como me pediste —protestó DeeDee intentando hacerle ver su valía.

—Lo sé. Esta noche vas a quedar con él, ¿verdad? —Woody consultó el reloj—. Hay tiempo de sobra para las dos cosas.

—No he comido nada desde esta mañana.

¡Cómo odiaba a los lloricas!

—Si no eres capaz de manejar la situación, dilo. Puedo pedirle a Michelle que se haga cargo ella.

—¿Michelle?

—Sí —Woody miró a la joven que temblaba sentada frente a él—. Está ansiosa por ganarse mis favores.

Michelle tragó saliva y apartó la vista, su miedo tan palpable que él se preguntó cómo era capaz de respirar. Tenía el suficiente sentido común como para no huir, como para comportarse como se esperaba de ella. E intentaba no enfadarlo, pero era demasiado asustadiza para que pudiera confiarle algo importante alguna vez.

Algo que no fuera una mamada.

—Puedo hacerlo —protestó DeeDee.

Perfecto. Siempre podía contar con la vanidad de DeeDee para hacerla trabajar más. Quería ser la primera de sus chicas.

Quería ser su socio. Woody reprimió una carcajada ante tamaña estupidez.

—Llámame en cuanto tengas la información.

—De acuerdo, pero... ¿a quién sigo? Quiero decir que no puedo seguir a los tres, ¿verdad?

Qué estúpida era. ¿Tenía que pensar por ella también?

—No te preocupes por la mujer —las mujeres nunca eran importantes—. Te reunirás con uno de los dos tipos en el bar esta noche, ¿verdad? Pues sigue al otro.

—De acuerdo, claro —DeeDee carraspeó antes de continuar—, ¿ya te he dicho que el policía es el mismo tipo que estuvo aquí esta mañana? El tipo al que llamó el gorila.

Lentamente, Woody posó los pies en el suelo. No, no se lo había dicho. Entornó los ojos y apretó los labios, irritado.

De modo que estaban preparando algo. Husmeando alrededor del local. Dos veces en un mismo día. ¿Cuánto sabían?

¿Quién había hablado de más?

Viendo su gesto sombrío, Michelle soltó un sollozo.

Woody la ignoró y agarró el teléfono con más fuerza.

—Cuéntamelo ahora —le pidió a DeeDee—. Y no te olvides de nada.

No era fácil trabajar desnudo de cintura para arriba porque tu teniente necesitaba la camiseta. El sol había achicharrado tanto sus hombros como su humor. En esa ocasión iba a necesitar mucho más para quitarse el enfado. Necesitaba a Alice, aunque no podía tenerla. Aún no.

Para cuando habían llegado los refuerzos, que en opinión de Reese se habían demorado más de lo necesario, ya habían llegado al coche de Rowdy sin ningún incidente, y habían regresado a la escena del crimen.

Encontrándolo todo en calma.

En lugar de perseguirles, los pistoleros se habían largado del salón de tatuajes, llevándose con ellos a los dos matones.

Los chicos de azul, como los llamaba Rowdy, aparecieron un buen rato después.

Reese quería creer que la teniente Peterson había destapado toda la corrupción del departamento, pero lo cierto era que un tiempo estimado de llegada de cinco minutos se había convertido en doce.

Y siete minutos podían suponer la diferencia entre la vida y la muerte. El detective estaba furioso, pero Rowdy parecía no darle ninguna importancia.

Incluso vestida con la camiseta de su agente, la teniente Peterson tomó el mando con tranquilidad, llamó a distintos oficiales y despidió a los dos que habían llegado tarde.

En cuanto la escena estuvo asegurada, las unidades habían ido puerta por puerta, establecimiento por establecimiento, interrogando a todos en la zona. A Reese no le había sorprendido que ninguno hubiera visto nada.

En ocasiones era más seguro hacerse el sordo, tonto y ciego, sobre todo con unos furiosos criminales dispuestos a matar a plena luz del día.

De haber sido su intención. Porque llegado a ese punto, no podía hacer ninguna suposición.

El día había concluido y seguían sin encontrar al tatuador que había huido por la puerta trasera. Para Reese, eso le hacía parecer culpable como el demonio.

Poco menos de una hora antes, tras recordarle que la mantuviera informada, Peterson se había marchado como alma que llevaba el diablo. Él había supuesto que se iba a su casa para cambiarse de ropa antes de dirigirse a la comisaría. El detective no envidiaba a nadie que se interpusiera en su camino.

Hasta no hacía mucho, él mismo habría manejado la furiosa frustración que sentía con una larga ducha, una cerveza, una mujer complaciente y una noche de sueño. Por ese orden.

Y debía significar algo, pensó, que ni siquiera se le hubiera pasado por la cabeza regresar a su propio apartamento. Por malo que hubiera sido el día, regresar a casa suponía estar con Alice.

Y aquella noche en concreto, significaba también pasar la velada con Logan, Pepper y Dash, todos reunidos en casa de Alice.

¿Qué pensaría ella de eso? Para una mujer que se esforzaba tanto por mantenerse aislada del mundo, debía resultar desconcertante que Reese no solo se hubiera impuesto en su vida, sino que hubiera llevado a toda una tropa.

Y no una tropa cualquiera.

Con aspecto menos peligroso, Rowdy se sentó cómodamente en el sofá mientras Cash se acurrucaba sobre su regazo para recibir toda su atención. Resultaba un poco desasosegante cómo ese hombre cambiaba de mortífero a descuidado en tan poco tiempo.

Dash había aparecido con Logan y Pepper para acompañar a Alice y allí seguían todos.

Al menos Peterson, a Dios gracias, no se había unido a ellos. Reese era muy consciente de que jamás podría volver a mirarla del mismo modo.

Tras regresar a casa de Alice sin camiseta, ella lo había estudiado de pies a cabeza antes de correr a la cocina para preparar café, acompañada por Pepper.

Reese tenía un millón de cosas en la cabeza. Podría haber muerto ese día, junto a Rowdy y a Peterson. El enfrentamiento con los pistoleros le había dejado los nudillos desollados, la rodilla derecha hinchada y la cabeza palpitando.

Lo que debería haber sido un simple caso de vigilancia se había convertido en un caos de destrucción. Las apuestas habían subido de peligro implícito a intento de asesinato.

Pero ese no era el motivo de la sensación que tenía de tambalearse. Su mundo estaba del revés por Alice, por lo mucho que había deseado regresar junto a ella. Por lo mucho que deseaba abrazarla y tocarla tras los inquietantes sucesos del día.

Desde luego podía haber muerto, no era la primera vez que se enfrentaba a esa posibilidad en su trabajo, y siempre había recurrido a la rutina habitual para dejar atrás toda la fealdad.

Pero lo habitual ya no le bastaba. No desde que estaba con Alice, no desde que había comprendido que la muerte significaba no volver a verla nunca más.

Ni siquiera sabía cómo proceder ante los sentimientos que despertaba en él.

Se frotó el rostro con una mano y se reclinó en la silla mientras intentaba asimilar lo que esa mujer le provocaba.

—Tu teniente me sorprendió.

Reese abrió un ojo al oír el tono despreocupado de Rowdy y lo miró fijamente.

Rowdy sonreía sin dejar de acariciar al perro.

Aquello era de locos. Tras el violento caos vivido, Rowdy no parecía ni siquiera alterado. No mostraba ningún efecto de una experiencia cercana a la muerte. Ni siquiera parecía preocupado.

Sonreía, como si aquello le divirtiera.

Genial. Rowdy debía tener unas malditas ganas de morir o, al menos, muy poco aprecio por su propia vida. En breve se dirigiría al bar para reunirse con DeeDee. Pero en esos momentos, después de lo ocurrido, Reese no estaba dispuesto a dejarle salirse con la suya.

—¿Habláis de Margo? —preguntó Dash desde el otro lado del sofá, con descarado interés.

¿Quién demonios era Margo?

—Se llama Margaret —le aclaró el detective—. Teniente Margaret Peterson.

—Sí, pero la llaman Margo —Dash se encogió de hombros.

Logan y Reese intercambiaron una perpleja mirada que lo decía todo. ¿Desde cuándo?

—Y bien —continuó Dash—. ¿Qué ha hecho?

—No es tanto lo que ha hecho —le explicó Rowdy—, sino más bien el aspecto que tenía al hacerlo —el tono masculino era bastante elocuente, aunque él sintió la necesidad de aclararlo un poco más—. Reese sabe a qué me refiero. Pensé que se le iban a salir los ojos de las órbitas cuando la vio.

¿De modo que Rowdy se había percatado de su sorpresa?

Tanto Dash como Logan se volvieron a Reese para más información.

—Resulta que tiene pechos —balbució el detective a la defensiva.

Aquello había sonado tan absurdo que se encogió de hombros para intentar aflojar la tensión.

—¿Quién? —preguntó Logan confuso.

—La teniente Peterson —de nuevo fue Rowdy quien lo aclaró.

—Le viste... —Logan se echó hacia atrás—. ¿Los pechos? —preguntó en un susurro ahogado.

—No pudimos evitarlo —Rowdy acudió en ayuda de su amigo—. Apareció con esa sexy vestimenta, y eso bastó para que Reese casi se desmayara allí mismo. Pero, cuando uno de los tipos intentó agarrarla, perdió la blusa.

—Maldita sea, deja de sonreír —Reese cerró los ojos con fuerza—. Ni en un millón de años me esperaba algo así.

—¿Y qué esperabas? —Dash soltó un bufido—. ¿Creías que tenía pelos en el pecho?

No tanto, pero tampoco había esperado que fuera tan sexy.

—Pelos en el pecho y pelotas de acero para acompañarlos.

—Eso es —asintió Logan.

—No seas estúpido —Dash se estaba divirtiendo a costa de Reese—. A fin de cuentas es una mujer.

—Ya me he dado cuenta —Rowdy alzó una mano en el aire.

Tras un espeso silencio, Logan agarró a su futuro cuñado.

—¿Qué? —se defendió el otro hombre—. Es una mujer sexy, os guste o no, par de payasos. Pero —añadió antes de que le interrumpieran— también es una teniente. Y eso como que le resta diversión al asunto.

—Quizás para los detectives que trabajan a sus órdenes —Dash le dedicó una sonrisa torcida a Rowdy—, o a quienes deciden ir en contra de la ley —extendió los brazos, satisfecho—. Pero da la casualidad de que yo no soy ninguna de esas dos cosas.

«¡Demonios!», exclamó Reese para sus adentros. Alice lo había vuelto a clavar.

Logan parecía enfermo, alarmado y escandalizado a partes iguales, de modo que Reese se sintió obligado a decir algo.

—No tiene nada que ver con su rango en el cuerpo ni nada de eso. Es que Peterson siempre se viste tan… ¡yo qué sé! Tan «oficial», que no es fácil ver nada femenino en ella.

—Pues hoy he visto toda clase de cosas femeninas —murmuró Rowdy en tono de apreciación.

Desde luego.

—Pero en realidad es muy… —con las miradas de Logan, Dash y Rowdy fijas sobre él, Reese no sabía qué decir.

Ardiente no era la palabra adecuada, no para su teniente, mucho menos podría decir algo así a su compañero, delante de Dash y Rowdy.

—No quiero saberlo —Logan se levantó del asiento—. Voy a intentar borrar todo eso de mi cerebro ahora mismo.

Reese pensó lo mismo.

Peterson no era Alice, no incendiaba su sangre ni le hacía sentir como un estúpido, presa de un hambre carnal. Su jefa no ocupaba sus pensamientos mañana, tarde y noche, ni le ponía duro con su mera presencia. No la deseaba sexualmente, por lo que verla medio desnuda era más una incomodidad que otra cosa.

La reacción de Logan requería un cambio de tema, y rápido.

—No se trató de un intento de robo o un crimen espontáneo. Nos eligieron por nuestra investigación del asesinato de los tatuajes. Alguien nos oyó, o sabe que vamos tras ellos, y ahora hemos quedado expuestos. Alguien avisó a los matones para que se deshicieran de nosotros. Y ese mismo alguien tiene toda la zona controlada. Nadie va a hablar. Esta operación es mucho más grande de lo que sospechábamos.

—Matar a una teniente y a un detective hubiera llamado demasiado la atención si su meta era solo proteger el negocio —Logan seguía paseando de un lado a otro de la habitación.

—Pero si ya han matado antes… —Rowdy se encogió de hombros—. ¿Qué tienen que perder?

—Nada —asintió Reese—. Y por eso quiero que faltes a tu cita con DeeDee.

—No —se negó tranquilamente el otro hombre.

Era un bravucón, descuidado y cabezota.

—Entonces Logan y yo te acompañaremos para que tengas suficiente apoyo.

—Ellos te conocen —protestó Rowdy—. Si van tras nosotros, podemos asumir que también saben que eres policía. Estás fuera —señaló a Logan con la cabeza—. Y él está tullido.

—¿Tullido? —el aludido se puso tenso.

—Ya sabes a qué me refiero —Rowdy señaló el brazo—. Sigues discapacitado.

—Y una mierda —el tono tranquilo de Logan resultó más amenazador que un grito.

—Debería irme ya —Rowdy consultó su reloj sin inmutarse por el estado de ánimo de su futuro cuñado—. Quiero ir a casa y ducharme primero.

—Es demasiado peligroso —Reese le bloqueó el paso—. Acabas de decirlo tú mismo, van tras nosotros.

—Sí, pero ahí está la diferencia. Yo ya lo sé —él no parecía preocupado—. No me pillarán por sorpresa, hagan lo que hagan.

—Podrían dispararte al entrar en el bar —rugió Reese que empezaba a perder la paciencia.

Y, de repente, Pepper estuvo a su lado, la alarma dibujada en el rostro.

—¿Quién va a disparar a Rowdy? —la mujer miró a Logan.

CAPÍTULO 26

—Los chicos de azul se están poniendo dramáticos —Rowdy fulminó a Reese con la mirada.

—En realidad —contestó el aludido—, Rowdy se ha puesto muy cabezón.

Pepper parecía a punto de saltar sobre él por insultar a su hermano, pero Logan lo salvó atrayéndola hacia sí.

—Reese tiene razón —mientras la abrazaba con fuerza, le explicó los planes para aquella noche y el riesgo implicado—. DeeDee, suponiendo que sea su verdadero nombre, no es más que un señuelo para llevar a Rowdy al lugar elegido.

—No puede hacerlo —asintió la mujer con voz firme antes de dirigirse a su hermano—. No puedes hacerlo.

—No te preocupes, enana —Rowdy apartó a Cash y se levantó del sofá—. Estaré bien. Sabes que sé cuidar de mí mismo.

—No —Pepper dio un paso atrás antes de que su hermano pudiera tocarla.

—Y —añadió él con énfasis— podría ser nuestra mejor oportunidad para encontrar a los bastardos que se dedican a tatuar a las chicas, puede que incluso a matarlas.

—No.

—Voy a hacerlo —Rowdy frunció el ceño y se volvió a Logan—. Cuida de ella, ¿quieres?

—Si lo que me estás pidiendo es que le asegure que no sufrirás ningún daño —el otro hombre levantó los brazos—, entonces, lo siento, no puedo.

Mordiéndose el labio inferior, Alice entró en combate antes de que los hermanos comenzaran a lanzarse gritos.

—Lo siento. Todo esto es culpa mía.

—De eso nada —le aseguró Rowdy.

—Si no me hubiera metido... —Alice ni siquiera escuchaba.

—Nadie se habría dado cuenta de que esas chicas necesitaban ayuda —Reese le ofreció una mano y ella la aceptó.

El simple gesto significó muchísimo. El detective la atrajo hacia sí y se volvió a Rowdy.

—Logan y yo te acompañaremos. Sin discusiones. Aunque aún no esté al cien por cien, Logan es un crack.

—Gracias —dijo Logan, inexpresivo.

—Y sabe cómo pasar desapercibido.

—Sí, es verdad —asintió Pepper con el ceño fruncido.

—Yo encontraré algún rincón al fondo del bar para esconderme —continuó Reese, pensando en voz alta.

—Sí claro —bufó Rowdy—. Si te pintas de verde, podrías pasar por el jodido Hulk. Esconder a un tipo de tu tamaño es imposible.

—De acuerdo. Quizás haya una parte trasera o algún lugar en la cocina desde donde pueda vigilar.

—La cocina está fuera —el otro hombre reflexionó sobre el particular en una señal de tácito acuerdo—. Eso te haría quedar expuesto, y el bar rebosa corrupción, de modo que a saber quién está implicado.

—Y quién podría delatarte —asintió Logan.

—Pero Avery puede ocultarte en la despensa. Yo me oculté allí en una ocasión y es un buen sitio.

—¿Avery? —Pepper alzó la barbilla.

—Es la camarera del bar que he comprado —Rowdy hizo un gesto quitándole importancia.

Sin embargo, nadie se lo tragó, mucho menos su hermana.

—¿Has comprado un bar? —Pepper lo miraba boquiabierta, a punto de saltar sobre él.

—Iba a contártelo —Rowdy frunció el ceño ante el tono acusador en la voz de su hermana—. Pero hoy he estado un poco ocupado, ¿sabes?

Menudo eufemismo.

—¿Confías en esa Avery? —Reese se aclaró la garganta e intentó reconducir el tema.

—Sí.

—Si acabas de comprar el bar, ¿cómo es que la conoces tan bien? —preguntó Logan—. ¿Estás saliendo con ella?

—Rowdy no sale —Pepper rio—. Solo practica sexo —los ojos entornados encerraban una clara acusación contra Rowdy—. Y tiene un irritante doble rasero para eso. Para él estaba bien, pero yo ni siquiera tenía derecho a mirar.

—Hiciste mucho más que mirar, enana —Rowdy señaló a Logan con la mirada—, de modo que deja de quejarte.

—Y en cuanto a ti —intervino Logan—, me alegra que fuera tan estricto.

—Pero en lo que respecta a Avery —Rowdy se encogió de hombros—, no hago ninguna de las dos cosas.

—¿Es la parte de «no salir» la que obstaculiza la parte del sexo?

—Puede. Es difícil decirlo. Pero va a ser mi barman, de modo que será mejor que no intente nada con ella.

—Hablas como un hombre rechazado —Dash levantó la lata de bebida a modo de brindis—. Si no puedes conseguirlo, niega que lo desees.

Rowdy hizo una mueca.

Dado que sus personalidades eran tan dispares, a Reese le sorprendió que Dash y Rowdy se llevaran aparentemente tan bien.

—¿Qué le sucede a esa chica? —preguntó Pepper.

Los hombres estallaron en carcajadas.

—En serio, enana, ¿quieres bajarme de ese pedestal? —Rowdy sonrió cariñosamente a su hermana—. De vez en cuando me dan calabazas.

—No es verdad —confusa, la mujer se cruzó de brazos.

—Sí... —él miró a su alrededor y sonrió—. Aunque ella tiene razón, no suele sucederme.

—Pues entonces, una de dos —observó Dash—, o esa Avery es muy lista, o es muy especial.

Quizás aquella noche, Rowdy descubriría cuál de las dos cosas.

—Estoy dispuesto a confiar en ella si tú lo haces —anunció Reese—. Conozco a otros buenos policías, oficiales en quien confío, que también pueden pasar desapercibidos.

—Jesús, Reese, solo te falta encender las luces azules y rojas.

—Dash —el detective hizo caso omiso de las quejas de su amigo—, ¿podrías quedarte aquí con Alice y Pepper?

—Claro, sin problema —el hombre se sentó en el sofá con Cash—. Defenderemos el fuerte, ¿verdad, amigo?

A tenor de cómo meneaba el rabo, el perro debía estar de acuerdo.

—Se supone que has quedado en el bar a medianoche —Logan tomó el mando—, lo cual significa que va a ser una noche muy larga. Llevaré a Pepper a casa para que pueda recoger algunas cosas.

—¿Voy a pasar la noche aquí? —preguntó la mujer.

—No quiero que te quedes sola en casa —Logan le tomó el rostro entre las manos—. ¿Te importa?

—¿Con Alice y Dash? Para nada, no me importa en absoluto.

—Volveré en cuanto pueda, pero puede que ya haya amanecido. Nunca se sabe. Quiero que estés cómoda aquí.

—De manera que voy a buscar el pijama y la almohada, ¿no?

Reese apostaría hasta su último dólar a que Pepper no usaba pijama, pero entendía que ambos necesitaban un rato a solas. A él mismo le encantaría poder estar con Alice a solas también. Desafortunadamente, eso no iba a ocurrir, al menos hasta el día siguiente.

—Siento haber transformado la habitación de invitados en mi despacho —se disculpó Alice—. Seguramente sugerirían que me quedara contigo, dado que tu casa es mucho más grande, pero Cash está más cómodo aquí.

Para subrayar sus palabras, sonrió al animal, estirado sobre el sofá, colocado para que Dash le pudiera rascar el pecho. Una de sus orejas colgaba a un lado.

Desde luego, Alice jamás haría nada que molestara a ese animal. Lo adoraba.

—Pienso buscar una casa pronto —sin pensarlo, al menos no

lo suficiente, Reese lo soltó—. Cash necesita un jardín por el que poder corretear.

—¿Quieres comprar una casa? —preguntó Alice sobresaltada.

—Es una idea que me atrae, sí —el detective comprendió que no debería haberlo anunciado así sin más. Desde luego no había podido elegir peor momento—. Ya lo hablaremos después.

Alice se mantuvo callada, aunque las preguntas eran evidentes en su mirada, y la incertidumbre también. ¿Creía que planeaba marcharse lejos de ella?

—Es hora de irse —anunció Pepper, aunque al pasar junto a Reese se inclinó hacia él—. Yo voto por una casa cerca de nosotros, por si sirve de algo.

—¿Crees que serías capaz de soportar mi proximidad? —el detective sonrió.

—Por estar cerca de Alice, desde luego que sí.

De modo que ella asumía que Alice formaba parte del trato. ¿Y qué opinaba Alice? Reese intentó ver su rostro, pero ella mantenía la cabeza agachada.

Logan y Pepper se marcharon con la promesa de regresar antes de las once de la noche.

Rowdy y Dash se quedaron.

—Y bien —comenzó Alice—. Se me ha ocurrido una idea para hacer salir a los bastardos sin poner a Rowdy en peligro.

—No —contestaron al unísono Rowdy y Reese.

Mientras, Dash se mantenía sabiamente al margen de la conversación.

—En lugar que DeeDee atraiga a Rowdy, yo podría atraer a Hickson.

—No —insistió Reese con más firmeza.

—Y «bastardos», suena muy gracioso cuando tú lo dices, Alice, pero no te pega.

—Cheryl va a llamarme —ella fulminó a Rowdy con la mirada por su observación—. Todos sabemos que la han obligado a hacerlo, que la están utilizando. No la abandonaré, y ellos seguramente insistirán en verme. De modo que…

—No y no —el detective se sujetó la cabeza como si le fuera a explotar ante la obstinada insistencia de esa mujer. Por Dios santo que solo con oírla especular sobre esa posibilidad se le encogía el estómago—. Tú no vas a ninguna parte sin mí.

—¡Necesito saber que Cheryl está a salvo! —Alice cruzó los brazos sobre el pecho.

—¡Pues confía en mí y deja que yo me ocupe de eso! —exclamó Reese, igualando la furia de Alice.

—¿Y entonces por qué no confía él en ti para que te ocupes de todo? —ella señaló a Rowdy.

Dash estaba a punto de soltar una carcajada, pero se interrumpió cuando la puerta del apartamento se abrió de golpe y un hombre corpulento entró sin más. De una simple ojeada, Reese lo evaluó, tomando nota mental de todo.

La camiseta negra, que cubría un chaleco antibalas, estaba remetida en unos pantalones beige. Ni siquiera intentaba ocultar la funda de cuero negra en la que alojaba una Beretta, ni el cinturón cargado con más armas: una pistola eléctrica, una porra y un cuchillo.

Por el rabillo del ojo vio a Rowdy colocarse delante de Alice. Dash se situó a su lado y ambos la protegieron formando un sólido muro de músculo masculino.

Cash se irguió en el sofá, pero, inexplicablemente, no hizo ningún movimiento de ataque.

Con el arma en la mano, Reese dio un paso al frente.

El hombre corpulento miró del rostro de Reese al arma, y de nuevo al rostro, con gélida indiferencia.

—¿La estás protegiendo? —la mirada se desvió hacia la joven—. Alice, ¿te está protegiendo?

Reese mantenía el brazo firme. Tenía una idea bastante clara de la identidad del visitante. Pero no estaba muy seguro de cómo se sentía ante la repentina visita.

«Ups», pensó Alice al reconocer la suave voz.

Los niveles de testosterona en el aire se dispararon, junto con una afilada tensión.

Rowdy intentó apartarle las manos que había apoyado sobre sus hombros para, poniéndose de puntillas, echar una ojeada entre él y Dash. Vio los cabellos lisos y rubios, como siempre un poco demasiado largos, y esos increíbles ojos dorados.

Una sensación de inmensa gratitud la inundó y una sonrisa amenazó con asomar, aunque Alice no se atrevió a ir tan lejos. Todavía no. No mientras Reese siguiera allí, armado y peligroso.

Humedeciéndose los resecos labios, Alice asintió y contestó:

—Me parece que sí.

—Aparta el arma —el hombre lo aceptó sin reservas y se dirigió de nuevo a Reese en tono casual.

—Me parece que no —el detective encajó la mandíbula—. ¿Quién demonios eres, y qué quieres?

Alice se asomó por detrás de Rowdy para poder susurrarle a Reese al oído.

—Guarda la pistola antes de que la guarde él por ti.

Si acaso, sus palabras aumentaron la agresividad de Reese, que dio otro paso al frente.

—Lo siento, Alice, pero insultar la capacidad de un hombre no ayuda mucho —sin dar ninguna señal de preocupación, como si Reese, Rowdy y Dash no supusieran ninguna amenaza, el hombre se dirigió hasta el sofá y se sentó.

Alice comprendió que también había descartado a Dash como peligro. También era grande y fuerte, aunque quizás no con el mismo nivel de peligrosidad que exudaban Reese y Rowdy.

Aun así, Dash era un hombre imponente. No tanto como Reese, por supuesto, pero…

Cash, que había estado atento a todo el proceso, pareció dispuesto a compartir de buen grado el sofá. Los agudos ojos dorados miraron al perro y le rascaron la barbilla. Y así, sin pronunciar ni una palabra, se ganó un nuevo amigo.

Cash movió el rabo con entusiasmo.

Eso debería haber tranquilizado a su dueño, aunque, al parecer, confiaba tan poco en el juicio de Cash como en el de Alice.

—Tienes dos segundos para explicarte —le comunicó al extraño.

Los atractivos ojos dorados se posaron de nuevo sobre el rostro de Alice.

Y sonrió.

Y ella se sintió más nerviosa aún.

—Primero un policía y ahora estos dos —el hombre asintió hacia Rowdy y Dash—. Has estado muy ocupada, Alice —el evidente cariño borró la amenaza de su mirada—. Me gusta.

—Eh... —Alice se sonrojó violentamente y de nuevo intentó avanzar entre los hombres que la protegían.

Y de nuevo Rowdy la retuvo. Al fin se rindió.

—Son solo amigos.

—Pero ¿el grandote es algo más?

Los tres eran grandes, pero ella sabía muy bien a quién se refería.

—Puedes estar seguro de que lo soy —intervino Reese.

Alice asintió a modo de reconocimiento, sintiéndose muy observada.

—Te lo mereces, y lo sabes —la sonrisa del hombre se amplió—. Y tienes más que merecido un poco de diversión.

—¿Quién coño eres tú? —la tranquilidad con la que ese hombre se desenvolvía no tranquilizó lo más mínimo a Reese.

Reclinándose en el sofá y apoyando los brazos en el respaldo, los atléticos muslos se relajaron mientras contemplaba fijamente a Reese.

—Soy Trace.

Al fin, pensó Alice, iba a poder deshacerse de esa última barrera que se interponía entre Reese y ella. Por peligrosa que fuera esa noche, por sorprendida que estuviera ante la inesperada visita, estaba encantada con la presencia de Trace.

Por fin iba a poder contarle a Reese todo lo que necesitaba saber, y jamás volvería a haber secretos entre ellos.

El salvador de Alice. El caballero de brillante armadura.

—De manera que tú eres el Espectro —Reese no relajó su postura.

—Así me llaman, sí —el hombre frunció el ceño y miró más allá del detective—. Me gustaría que dejaran de empujarla.

—Suéltala, Rowdy —Reese entornó los ojos—. Pero no te quiero cerca de él, Alice —añadió.

—No va a hacerme daño —Alice suspiró exasperada.
—Da igual, mantente alejada de él.
—De acuerdo.
—De acuerdo.
—La última vez que la vi se mostraba más tímida —Trace sonrió.
—Yo nunca he sido tímida —protestó Alice mientras se señalaba el pecho con el pulgar y daba un paso al frente—. Fui yo la que...
—Alice, no —le advirtió Reese.
Ella miró a Rowdy y a Dash, ambos rebosando curiosidad, y apretó los labios.
—¿Cuándo fue la última vez que la viste?
—¿No te lo ha contado? —Trace enarcó las cejas.
—Solo hasta donde podía contarle —preocupada, Alice sacudió la cabeza.
—Acabemos primero con esto —Trace reflexionó unos segundos y tomó una decisión—. Luego te contaré lo que quieras saber.
—Sí —asintió Reese—. Lo harás. Pero, por ahora, cuéntame qué haces aquí. ¿Qué crees que debemos acabar?
—Tienes un problema —Trace se inclinó hacia delante.
—En realidad, tengo varios —Reese bajó el arma, pero, ni siquiera cuando alargó una mano hacia Alice, dejó de mirar al intruso.
Llena de confianza, quizás incluso de alivio, ella le tomó la mano y se colocó a su lado.
—En serio —intervino Dash para sorpresa de Rowdy—. ¿Quién eres? ¿Una especie de Rambo?
Mirando fijamente, primero a Dash y luego, más intensamente a Rowdy, Trace se mantuvo en silencio.
—Son de confianza —le aclaró el detective, comprendiendo su dilema.
—¿Estás seguro?
Si Trace era como decían que era, sin duda había hecho sus propias investigaciones. Pero si le preocupaba Rowdy, debía saber que no había motivo.

—Al mil por ciento.

Rowdy no ocultó su malestar ante tanta confianza.

—Tu amigo parece tener sus dudas —Trace sonrió sin entusiasmo.

A Reese no le hacía falta volverse para saber a qué se refería.

—Todavía está debatiendo consigo mismo, pero le confiaría mi vida —atrajo a Alice a su lado—. O la suya.

—De acuerdo entonces —Trace deslizó su enigmática mirada sobre Reese—. Cuéntale lo que quieras.

Alice le apretó la mano en una silenciosa petición para que no expusiera a Trace más de lo necesario.

Mierda. Devolviendo la pistola a la funda, el detective se dirigió a los otros dos hombres.

—Será mejor que nos sentemos.

—¿Y bien? —Dash no esperó ni un segundo para sentarse—. ¿Un mercenario? ¿Élite militar?

—Ayudó a Alice a escapar después de que fuera secuestrada por un traficante de mujeres —Reese resumió brevemente la situación.

—¡No jodas! —Dash se quedó lívido.

—En realidad —Trace sonrió—, fue Alice la que me ayudó cuando intenté cerrar aquel nauseabundo negocio. Es increíblemente fuerte, y tiene más valor que la mayoría, junto con una buena dosis de iniciativa.

—Sabes que no es verdad —ella se sonrojó, como si las alabanzas le incomodaran.

—No estoy mintiendo —protestó Trace—. Y no exagero.

—Vaya, pues... gracias.

Orgulloso, sintiéndose tremendamente posesivo, Reese la besó en la sien.

—Al parecer, siempre has intentado que nadie te viera —Rowdy cruzó los brazos sobre el pecho—. De modo que, ¿qué haces aquí?

—Nos han estado siguiendo todo el día —el detective se apresuró a contestar la pregunta.

—¿Te has dado cuenta? —Trace lo miró sorprendido.

—No soy tan incompetente.

—Es evidente que no —remarcó el otro hombre con el ceño fruncido.

—¿Quién nos ha seguido? —Rowdy miró de Trace a Reese—. ¿Desde dónde?

—Una mujer. Estaba en la escena del crimen —Reese se sentó en el brazo del sillón y se dio una palmada en el muslo. De inmediato, Cash se acercó a él mientras Alice permanecía de pie tras él, las manos apoyadas sobre sus hombros, silenciosa, ofreciéndole su apoyo—. Nos siguió hasta la comisaría y, aunque no la vi cuando nos marchamos, doy por hecho que también nos habrá seguido hasta aquí, ¿verdad?

—¿Quién es?

—Tu cita de esta noche —Trace se inclinó hacia delante y apoyó los brazos sobre los muslos, entrelazando los dedos de las manos—. Es más que probable que alguien planee entrar aquí para llevarse a Alice mientras estáis distraídos en el bar.

—Entonces, ¿yo no soy el objetivo? —preguntó Rowdy extrañado.

—Es difícil saberlo. Yo no descartaría ningún peligro. Pero creo que es más probable que la estén buscando a ella.

—Porque ella vio a Hickson. Es un testigo —asimilando el alcance de la influencia de Trace, Reese se quedó helado.

El otro hombre asintió.

—¿Y cómo sabes tú todo eso? —preguntó Rowdy, ignorante de muchos de los detalles que Alice había compartido con el detective.

Trace miró a Reese, que suspiró irritado.

—Estuve husmeando en el pasado de Trace, pero él dio rápidamente un carpetazo a mi investigación con sus impresionantes contactos, aunque supongo que desperté su curiosidad hacia mí.

—Dada tu relación con Alice, ya sentía curiosidad por ti. Pero, sí, a partir de tu investigación, mi interés aumentó.

—¿Has mantenido el contacto con ella? —preguntó Reese.

—Ella sabe que me he mantenido vigilante —Trace ladeó la cabeza y estudió a Alice—. Ella sabía cómo localizarme si hacía falta. Pero no me he inmiscuido. Alice lo quiso así.

—No era necesario —intervino ella—. Ya había hecho bastante.

—¿Y bastante es…? —toda clase de escenarios surgieron en la mente del detective.

—Limpié su nombre de cualquier relación con los traficantes.

—Ella no estuvo implicada.

—Me alegra que lo comprendas. Pero los policías tienen por costumbre husmear y llegar a sus propias conclusiones.

Reese encajó la mandíbula, pues lo que ese hombre afirmaba era cierto. Sin la ayuda de Trace, Alice podría haber sufrido agotadores e interminables interrogatorios.

—Le conseguí las armas que me pidió y los permisos correspondientes.

—¡Ah!

—Me ayudó a volver a vivir mi vida —aclaró Alice apretando los hombros de Reese.

—Eso lo hiciste tú sola, Alice. Ya he dicho que eres muy fuerte.

De repente Reese lo comprendió: le debía a Trace seguramente más de lo que podría devolverle jamás. Ese hombre había mantenido a Alice a salvo, pero, al mismo tiempo, había respetado sus deseos, dándole la libertad que necesitaba para seguir siendo ella misma. Sin duda no debía haber sido fácil.

Durante todo ese tiempo, el detective se había mostrado resentido hacia ese hombre por el secretismo, el poder que tenía, la gratitud de Alice hacia él, su lealtad hacia él.

Pero eran, precisamente, esas cosas las que le habían permitido protegerla. De no haber sido por él…

Reese tragó saliva, incapaz de aceptarlo. La amaba, maldito fuera. Más de lo que había creído posible amar.

Menudo momento para revelaciones.

—No es el momento más adecuado —su mirada chocó con la de Trace—, pero gracias.

—Ha sido un placer —Trace asintió.

—A partir de ahora me hago cargo yo —estaba allí, formaba parte de la vida de Alice y jamás permitiría que nada le sucediera—. Solo para tu información.

—Eso me había imaginado.

Astuto, a la par que un tipo duro. A Reese no le sorprendió.

—¿De qué habláis? —confusa e indecisa, Alice se mordió el labio inferior mirando de un hombre al otro—. No lo entiendo. ¿De qué te haces cargo tú?

—De ti —Rowdy sonrió—. Están hablando de ti.

Ella sacudió la cabeza. Seguía sin comprender.

—Estamos decidiendo cómo mantenerte fuera de este lío —intervino el detective. Nadie hacía declaraciones en su nombre.

—El problema es que no puedes mantenerme fuera —escéptica, Alice jugueteaba con sus cabellos—. Cheryl me llamó, a mí. Quiere reunirse, conmigo.

—Ni lo sueñes —insistió Reese.

—Sabes que Cheryl está en peligro —lo interrumpió Alice en un arranque de coraje—, ese Hickson, o algún otro cretino la está obligando a contactar conmigo. ¿Para qué iban a tomarse todas esas molestias si saben dónde vivo?

—No es tan sencillo irrumpir en un edificio habitado y sacar a rastras a una mujer que grita a pleno pulmón —Trace señaló el apartamento—. Porque, Alice, tú gritarías, ¿verdad?

—No me dejaría llevar sin luchar —ella asintió.

¡Por Dios! Reese quería rebelarse contra esa idea. Luchar implicaba correr el riesgo de morir en el proceso. Pero, conociendo a Alice como la conocía, seguramente lo preferiría antes que volver a ser retenida.

—En cuanto yo me hubiera ido —le explicó Reese—, habrías recibido una llamada desesperada de Cheryl —sus músculos se tensaron y el corazón galopó con fuerza—. En cuanto hubieses puesto un pie fuera del apartamento...

—Yo no le permitiría hacerlo —intervino Dash.

—¡No soy imbécil! —Alice le soltó un manotazo.

Que Dash apenas logró esquivar.

—No necesitarías impedírmelo —murmuró ella mientras se apoyaba contra el detective—, porque jamás cometería ninguna estupidez.

—Define estupidez —Reese se volvió hacia ella.

Se sentía furioso al recordar cómo había seguido a Cheryl.

—Eso fue antes de prometerte que no habría más secretos —susurró Alice como si le estuviera leyendo el pensamiento.

De acuerdo, quizás algo había cambiado entre ellos. Pero ¿hasta qué punto iba a poder resistir la tentación de correr en ayuda de una mujer a la que creía en peligro?

—Puedes ser muy despiadado —Trace se tensó y miró fijamente al detective.

—Sí —contestó Reese.

—¿En serio? —intervino Alice.

—Ya te digo —Dash soltó una carcajada—. ¿No te lo ha contado Logan?

—¿Contarme el qué?

—Cállate, Dash —Reese sacudió la cabeza. No estaba de humor para tonterías.

—No, quiero oírlo —insistió ella.

—Reese es el héroe de los desvalidos —el hermano de Logan no intentó disimular una sonrisa—. Según Logan, si Reese se entera de que alguien está siendo tratado injustamente, se lanza de cabeza y al infierno con las consecuencias. No quiere decir que haga nada ilegal, pero no se para a medir el peligro.

—¡Jesús! —rugió el detective—. Soy policía. Nos dedicamos a eso.

—Salvaste a Cash —Alice se pegó a él—. Y eso no tuvo nada que ver con ser un policía.

—Eso tuvo que ver con ser un ser humano —ni una sola vez había lamentado su decisión, ni siquiera cuando el animalito se había comido un zapato, o marcado todo el apartamento como su territorio.

En realidad, dado cómo Alice se había encariñado con el perro, estaba más agradecido que nunca por haber sido él quien encontrara a Cash.

Incapaz de mantener las manos apartadas de ella, y sintiéndose más posesivo de lo que debería sentirse un hombre moderno, Reese sentó a Alice sobre su regazo.

Con una cómica sonrisa de sorpresa, más tensa que relajada, ella se acomodó sobre sus muslos.

—Desgraciadamente —Trace los miraba fijamente—, en la

comisaría sigue habiendo unos cuantos polis malos. Tu teniente está haciendo un gran trabajo, pero ella solo es una persona, y no puede hacerlo sola.

—¿Qué significa eso? —preguntó Reese.

—Voy a echarle una mano. Tengo mejores recursos para exponer el fraude. Pronto le haré llegar un fichero con nombres y pruebas —Trace no esperó a que le hicieran ninguna objeción—. Mientras tanto, también me gustaría ayudarte con Alice.

En realidad, Reese hubiera preferido a la Guardia Nacional, pero quizás le bastaría con un espectro supersecreto de la ultraélite.

—¿Qué sugieres?

En cuanto el detective dio a entender que estaba de acuerdo, Alice se volvió a él con expresión de felicidad. Sonreía como si no estuvieran metidos en un completo y jodido desastre.

—¿Confías en él? —preguntó.

—Confío en ti —él le tomó el rostro entre las manos para dar mayor credibilidad a su afirmación.

—Y tú —Trace se dirigió a Alice— confías en mí —asintió hacia Rowdy y Dash—. Y, al parecer, ellos también.

—Ah, y Logan —añadió ella con rapidez sin dejar de dedicarle a Reese su bonita sonrisa—. Son todos maravillosos.

—Me alegro —Trace también sonrió.

Incluso a Reese le apetecía sonreír.

—Pero esto es más complicado que tratar un simple asunto de drogas y, te guste o no, Alice está metida hasta el cuello —Trace se puso en pie, su actitud completamente profesional—. Puedes protestar todo lo que quieras, pero los hechos son los hechos. Yo puedo ocuparme...

—De eso nada —abrazando a Alice con fuerza, Reese también se puso en pie.

—O puedes ocuparte tú —continuó el otro hombre, la mirada imperturbable—. Suponiendo que sigas dispuesto a ello.

—Sigo.

—Es verdad —Trace miró a Alice antes de dirigir su mirada dorada, con expresión divertida, sobre Reese—, conseguiste que te esposaran a una cama.

El detective rechinó los dientes, soltó a Alice y adoptó una postura más agresiva. Trace no iba a apartarlo a un lado, en eso no.

No con Alice.

—A mí me sucedió algo parecido una vez —añadió Trace—. Salvo que tenía los pantalones bajados y esa depravada zorra iba a violarme.

—¡No jodas! —exclamó Dash en un susurro.

—¿Y qué hiciste? —Rowdy se inclinó hacia delante.

—¿Respecto a qué? —Trace lo miró con las cejas enarcadas.

—Respecto a los pantalones bajados.

—Una mujer me salvó —el otro hombre sonrió ante el recuerdo—. Gracias a ella fui capaz de recuperar el mando —miró a Reese—. Ahora es mi esposa.

—¿Todo esta historia conduce a alguna parte? —el detective tenía una inquietante idea sobre adónde podía llevarles ese pequeño viaje al pasado.

—Debes permitir que Alice te ayude.

—No —contestó Reese mientras intentaba ocultar toda emoción.

—Hay que zanjar este asunto —Trace ignoró las palabras del detective—. Por completo.

—¿Y crees que necesito que me lo recuerdes?

—No, pero al parecer necesitas que te recuerde que Alice deber estar ahí.

—Eso no va a suceder.

—Puedo garantizar su seguridad.

—No.

—Alice tiene que poder reunirse con Cheryl —impertérrito, Trace adoptó un tono más firme—. Es el único modo de atraparlos a todos —su voz se suavizó—. Y lo sabes.

—Puedo hacerlo, Reese —Alice tomó el rostro del detective entre sus manos y le dedicó una sonrisa tranquilizadora mientras lo miraba implorante—. Te lo prometo.

Reese era consciente de que no tenía muchas opciones, pero eso no significaba que tuviera que gustarle. Con fuerza, abrazó a Alice contra su pecho.

—Mierda.

—Créeme —insistió Trace—. Te entiendo y simpatizo contigo. Si hubiera otra manera...

—Lo sé —el detective dejó escapar un suspiro—. De acuerdo.

Todavía no habían terminado de perfilar el plan cuando Cheryl llamó para pedirle a Alice que se reuniera con ella... a la misma hora a la que DeeDee se reuniría con Rowdy.

Distraer, dividir y arrasar. Pero Reese sabía lo que sentía, y conocía la determinación de Alice. En el rostro de Rowdy leyó la resolución, y la confianza en la postura de Trace.

Lo harían, pero a la manera de Reese. Y en cuanto todo hubiera terminado, Alice se uniría a él para siempre.

CAPÍTULO 27

Rowdy apareció con media hora de antelación en el viejo Falcon que había comprado por menos de doscientos dólares. El coche parecía un cacharro, y sonaba como un cacharro. Por eso le gustaba. En su conjunto, era un medio de transporte fiable y lo llevaba adonde necesitaba ir. Y nadie podría relacionarlo con él.
 Pero lo mejor de todo era que la camioneta era sólida y el portón trasero cerraba bien.
 Aparcó cerca de la puerta trasera del bar, lejos del alcance de las débiles luces de seguridad.
 Otra cosa que debería arreglar en cuanto dirigiera ese sitio.
 Cauteloso, permaneció sentado un minuto para asegurarse de que nadie se acercaba.
 Todo parecía tranquilo.
 Se guardó las llaves en el bolsillo, para que no hicieran ruido, y se deslizó hasta la puerta del copiloto para abrirla. Ya había apagado los faros y la luna no estaba lo bastante llena para delatarle.
 Permaneció pegado a la parte trasera de los edificios mientras avanzaba hacia el bar hasta llegar a la acera de enfrente. Escondiéndose entre las sombras de la noche, cruzó la calle y se cobijó junto a una tienda cercana. Apenas había llegado cuando vio a uno de los matones del salón de tatuajes bajar por la calle. A pesar del calor de la húmeda noche, llevaba puesta una cazadora.
 Sin duda para ocultar el arma.
 Rowdy vio que lucía algunas magulladuras nuevas sobre el

rostro y llevaba un brazo en cabestrillo. ¿Cortesía de él? Esperaba que así fuera.

Siguió al hombre con la mirada y lo vio bajar hacia el callejón del bar, de regreso a la zona que él acababa de abandonar.

Desde el otro lado del edificio, cruzando el descampado que pronto alquilaría como aparcamiento, apareció otro matón. Hablaba en voz baja por el móvil mientras recorría toda la zona con la mirada.

«Matarnos no resultó tan sencillo como esperabas, ¿verdad, bastardo?».

De manera que los hombres se reunían en la parte trasera. ¿Planeaban saltar sobre él en cuanto apareciera? ¿Tenían pensado terminar lo que habían empezado poco antes?

Rowdy meditó durante unos segundos antes de decidirse. A la mierda. Él no era de los que se escondía como un cobarde. Solo necesitaba saber que Alice estaría a salvo.

Y confiaba en que Reese y Trace se ocuparían de ello. Trace. Ese hombre era todo un misterio. Si formaba pareja con el estricto Reese, Alice no podría estar más protegida.

A Rowdy no le incomodaba el brote de adrenalina que provocaba el peligro, pero no era de los que lo buscaba. En realidad, aspiraba a vivir una vida rutinaria, más tranquila, como dueño del bar.

Pero primero tenía que ocuparse de sacar la basura.

Rodeando los edificios por otro camino, bajando por un callejón adyacente, regresó hasta la entrada trasera del bar. Allí mismo, a plena vista, los dos idiotas discutían su plan. Uno de ellos encendió un cigarrillo y el rojo brillo le iluminó fantasmagóricamente el rostro antes de desaparecer bajo un tirabuzón de humo.

El más nervioso seguía mirando todo el tiempo a su alrededor

—Maldita sea, Phelps, relájate, ¿quieres?

—Me relajaré cuando todo esto haya terminado.

—Pronto —inhalando de nuevo el humo, el hombre apoyó la espalda contra la fachada de ladrillo—. Esta mañana se escaparon, pero no volverán a hacerlo.

—Mierda, Lowry, eso no lo sabes. Eran rápidos y sabían pelear —el otro hombre se frotó la nuca—. Todavía me duele.

—Son como un grano en el culo —Lowry movió el brazo herido—. Me pillaron por sorpresa, nada más. Pero esta vez estaré preparado.

—Ni siquiera sabes si estarán también los demás.

—Estarán. Pero, aunque no lo estén, Woody se encargará de ello.

Interesante. Nunca fallaba. Los matones a sueldo solían tener el músculo unidireccional: mucha fuerza y crueldad, pero sin el suficiente cerebro para caminar por sí solos. Como buenas ovejas, Lowry y Phelps necesitaban seguir a alguien.

Y, al parecer, ese Woody era el líder.

Rowdy se agachó disponiéndose a esperar mientras escuchaba la conversación de los matones.

—No me fío de que Dee cumpla con su parte.

De modo que era su nombre de verdad. Quién lo hubiera dicho.

—Me dijo que quería follarse a ese tío antes de que lo matemos —Lowry soltó una carcajada y sacudió la cabeza—. Zorra fría y maquinadora.

—¿Y cómo demonios piensa hacerlo en un bar? —Phelps no se molestó en ocultar su desprecio.

—Dice que lo va a llevar hasta el coche y se lo va a hacer en el asiento trasero —de nuevo Lowry tomó otra calada del cigarrillo—. No resultará muy difícil dispararle en la cabeza en cuanto ella haya acabado.

—Al cuerno con eso. Yo no voy a esperar —el otro hombre se agarró la entrepierna—. Si Dee quiere algo, yo se lo daré.

—Woody dice que está fuera de nuestro alcance —Lowry terminó el cigarrillo y arrojó la colilla al suelo—. De momento.

—Deberían habernos enviado a buscar a la mujer. Hickson fue el que la cagó. Él debería estar aquí con los gorilas, y nosotros nos limitaríamos a cargarnos a esa dama que tantos problemas está ocasionando.

Rowdy echó mano instintivamente del cuchillo. Podría matarlos a los dos, allí mismo.

Pero no le iría mal obtener más información, de modo que reprimió el ardiente deseo.

—No podemos matarla —continuó Lowry—, porque Woody la quiere. Y lo que Woody Simpson quiere, Woody Simpson lo obtiene.

—Sí, lo sé —Phelps se volvió a frotar la nuca.

Dado cómo había apretado ese cuello, hasta hacerle perder el conocimiento, a Phelps le iba a doler durante una buena temporada. Satisfecho, Rowdy entornó los ojos y se recreó en el recuerdo.

—Woody solo quiere jugar con ella un rato, enseñarle la lección —el otro hombre se apartó de la pared—. Apuesto a que después te la deja, suponiendo que no la fastidiemos esta noche.

Una nueva oleada de ira encogió el estómago de Rowdy, aunque consiguió controlarla a base de fuerza de voluntad. Estallar no le daría los resultados que buscaba. Debía ser calculador.

Y, tal y como habían dicho los dos zopencos, rápido y eficaz.

Seguramente lo más útil que había aprendido como rata callejera era a pelear sucio. Era muy capaz de encargarse de dos hombres, incluso de tres.

Sin perder de vista a los dos matones, analizó el tiempo que tardaría en llegar hasta ellos y tanteó el suelo con la mano hasta encontrar una piedra. Concentrado, dispuesto a actuar, la arrojó hacia un cubo de basura. La piedra chocó contra el cubo metálico con gran estruendo y ambos hombres se giraron, buscando, las armas desenfundadas.

—¿Qué demonios?

—¿Qué ha sido eso? ¿Quién hay ahí?

Impulsándose sobre los talones, Rowdy cargó sobre los dos, aprovechándose de la ventaja de su distracción. Los tres cayeron al suelo, pero él tenía a su favor la ira y el momento, mientras que los matones habían sido tomados por sorpresa, aturdidos tanto física como mentalmente.

La cabeza de Lowry se golpeó contra la fachada de ladrillo del bar y, mareado, aflojó lo suficiente para dejar caer la pistola que se deslizó por el pavimento.

Phelps había quedado aprisionado bajo los otros dos y tenía el rostro aplastado contra el suelo. Soltando un juramento, escupió sangre... y un diente. Intentó levantarse, pero el peso de Rowdy y Lowry se lo impedía.

Queriendo acabar con aquello antes de que apareciera alguien más, o que la gente del bar oyera la pelea, Rowdy lanzó tres rápidos puñetazos contra Lowry rompiéndole la nariz y la mandíbula, cayendo inconsciente.

Lo empujó a un lado justo en el momento en que Phelps conseguía deslizarse debajo de ellos. El muy imbécil se volvió con el rostro, el cuello y la camiseta empapado en sangre. Con un rugido gutural y una expresión salvaje en la mirada, se lanzó sobre él.

Pero Rowdy le puso la zancadilla y le hizo caer. Un disparo con silenciador estalló, golpeando la bala el muro de ladrillo y rebotando. Gritando como una nena, Phelps se agarró la rodilla destrozada, pero no por el disparo, sino por el golpe de Rowdy que, rápidamente, silenció los gritos con una patada en la cara.

Phelps se derrumbó como una piedra.

Dándole la vuelta, Rowdy apoyó una rodilla en su espalda y le ató las manos con las esposas desechables que Trace le había dado. Cinco pares en total, recordó, mientras se preguntaba si ese tipo esperaba que se enfrentara a todo un escuadrón de matones.

Phelps gimió ante la incomodidad de la postura.

—Si haces un solo ruido —le advirtió él—. Te disparo. ¿Lo has entendido?

El hombre balbució incoherentemente una afirmación.

Rápidamente, Rowdy lo registró por si llevaba más armas y encontró un cuchillo. Lo arrojó junto al arma que se le había caído a Lowry y procedió a atar los tobillos de Phelps también.

En cualquier momento alguien podría salir por la puerta trasera del bar. Debía darse prisa. Arrancó un trozo de tela de la camiseta de Lowry y lo utilizó para amordazar a Phelps. Después, lo agarró por las axilas y lo arrastró hasta el lado del Falcon que quedaba oculto a la vista.

Corrió de regreso junto a Lowry, que acababa de despertar y volvió a dejarlo inconsciente. El hombre gimió mientras lo arrastraba junto a Phelps y lo inmovilizaba del mismo modo, las muñecas sujetas a la espalda y los tobillos juntos. La presión añadida del brazo herido hizo que Lowry rechinara los dientes de dolor.

Pero no debía olvidar que ese hombre había planeado matarlo. Se había reído al comentar el uso que le iban a dar a Alice. Le importaba un bledo si se le caía el brazo a trozos.

Registró a Lowry y encontró otra pistola más pequeña, junto con una pistola eléctrica. Con una rodilla apoyada en el pecho del matón y la otra sobre el hombro herido, se dirigió a él.

—¿Quieres que utilice esta pistola eléctrica contigo?

Lowry lo miró con frialdad, pero Phelps protestó a través de la mordaza.

—Cállate o te disparo —le advirtió Rowdy sin siquiera mirarlo.

Phelps se calló.

—¿Y bien, Lowry? ¿Qué te parece una pequeña sacudida? —apoyó la pistola eléctrica contra la barbilla del matón—. ¿Crees que así empezarás a hablar?

—Eres hombre muerto —la mandíbula de Lowry se tensó—. Da igual lo que hagas con nosotros.

—¿En serio? —Rowdy hundió la pistola eléctrica en el estómago de Phelps y disparó.

El hombre se tensó, los ojos abiertos desmesuradamente y un gruñido gutural escapó de su garganta. El cuerpo empezó a dar sacudidas hasta que Rowdy soltó el gatillo.

Phelps gimoteaba sin control y Rowdy sonrió.

—Está amordazado, por eso sabía que no gritaría. Supongo que debería amordazarte a ti también, ¿verdad? —apoyó la pistola eléctrica contra el pecho de Lowry—. Aunque quizás no sea necesario. Tengo entendido que una sacudida sobre el corazón puede pararlo todo.

—¿Qué coño quieres? —un sudor frío corría por las sienes del hombre.

—Respuestas. Para empezar, ¿quién es Woody Simpson?

Ante la duda de Lowry, Rowdy dio un toquecito al gatillo de la pistola eléctrica, provocando una pequeña sacudida.

—¡De acuerdo, de acuerdo! —Lowry intentó recular para apartarse de la amenazadora descarga.

—Habla.

—Es el jefe.

—¿Ante quién responde?
—Ante nadie. Te lo he dicho. Woody es el jefe. El de arriba.
—¿Dónde puedo encontrarlo? —aquello era perfecto y, para animar a Lowry, Rowdy volvió a apretar ligeramente el gatillo—. Lo quiero ya.
—Está en su oficina de la calle South —el matón comenzó a hablar, dándole la dirección exacta.
—Es casi medianoche. ¿Qué hace allí a estas horas?
—Esperando noticias de esta mierda.
—Te refieres a las damas, ¿verdad? —era demasiado bueno para creer, pero Rowdy siguió haciéndole el juego—. ¿Cheryl y Alice?
—Sí —Lowry asintió, seguramente con la esperanza de aplacar a su atacante—. Woody solo quiere a la zorra. Tú no eres más que un daño colateral. Si te marchas ahora, le diré que te hemos matado. No tiene por qué saber la verdad.
—También quiere matar a unos cuantos policías.
—¡Porque se metieron de por medio! Pero no te preocupes por eso. Tú no eres policía, ¿verdad que no?
—¿Tanto se me nota?
—Sí, desde luego. Quiero decir que no te comportas como ninguno de los cerdos que conozco. ¿Qué me dices?
—Me temo que no —a Rowdy le resultaba extraño decirlo, pero sabía que era cierto—. Son amigos míos.
—¡Mierda! ¿Unos policías? ¿En serio?
Dado que hasta hacía poco esa habría sido exactamente su reacción, Rowdy se limitó a encogerse de brazos.
—¿Va a aparecer alguien más esta noche?
—¿Hace falta que te explique la seriedad con la que me tomo esto?
A Phelps le entró un ataque de pánico y comenzó a proferir toda clase de súplicas amortiguadas por la mordaza mientras Lowry alzaba desafiante la barbilla.
—¿Y cómo sé que no nos vas a matar de todos modos?
—Me encantaría hacerlo, en serio —la pregunta arrancó una sonrisa de Rowdy—. Pero esos policías que mencioné no me dejan. De modo que ya podéis darles las gracias por seguir vivos

un día más. En cuanto obtenga toda la información que necesito, os meteré en el maletero y llamaré a los chicos de azul para que vengan a por vosotros.

—¿Vas a hacer que nos detengan?

—Sí, lo sé —él hizo una mueca—. Es algo inaudito, ¿verdad? Pero así van a funcionar las cosas por hoy —volvió a hundir la pistola eléctrica en el pecho de Lowry—. ¿A quién más puedo esperar esta noche?

El matón debió haberle creído. No parecía muy feliz, pero, sin duda, unos policías eran preferibles a la muerte en un callejón oscuro.

—Hickson vendrá aquí con Cheryl.

—¡Mierda! —exclamó Rowdy—. Eso fue lo que se nos dijo, pero no creo que tu jefe espere que Alice consiga llegar hasta aquí sin ser retenida.

—Es verdad. Pero en el improbable caso de que lo consiga, Hickson estará aquí para... recibirla.

—¿Y si no aparece?

—Entonces Hickson matará a Cheryl —contestó el otro hombre como si no tuviera importancia—, se deshará del cuerpo y se reunirá con Woody para... interrogar un poco a tu amiguita.

Rowdy no pudo evitar golpearlo en un acto reflejo. Y volvió a golpearlo porque sí. Medio inconsciente, Lowry se resbaló de lado, la barbilla contra el pecho, los ojos nublados.

—Jodido bastardo de mierda —consiguió balbucir.

—Adentro —Rowdy se puso en pie y abrió el maletero de la furgoneta antes de tirar de Phelps para levantarlo.

No esperó a que el hombre entrara por sus propios medios sino que le propinó un empujón y lo arrojó al fondo.

—Y ahora tú.

Lowry sacudió la cabeza en un intento de despejarse e intentó levantarse apoyándose en la camioneta. No le resultó nada sencillo, sobre todo considerando la fuerza con la que Rowdy lo había atado.

—Me has puesto esto tan apretado...

Rowdy lo agarró por el codo del brazo herido y lo levantó de un tirón antes de empujarlo.

—O lo haces tú o te suelto una descarga.

El matón consiguió más o menos subirse a la camioneta. A pesar del poco sitio, Rowdy logró acoplarlos a los dos.

Arrancó otro trozo de camiseta para amordazar a Lowry y se inclinó sobre el maletero.

—¿Cuántos hombres van a buscar a Alice?

—Los suficientes —fue la primera respuesta, pero, ante la mirada de su captor, el hombre se corrigió—. ¿Y cómo voy a saberlo? Estoy aquí contigo.

Era evidente que mentía. Rowdy lo vio en la mirada esquiva, en el pulso acelerado, en la respiración agitada.

—¿Sabes qué, Lowry? Tengo muy poca paciencia. Si me provocas más, lo vas a lamentar.

—¿Y eso qué significa?

—Significa que me aseguraré de que no vuelvas a molestar a ninguna mujer el resto de tu puñetera vida —le advirtió él mientras apoyaba la pistola eléctrica en la entrepierna del matón.

—Habrá cuatro hombres —Lowry respiró agitadamente antes de empezar a soltarlo todo—. Tres contratados y... —cerró los ojos y tragó saliva.

—¿Y? —Rowdy apretó un poco más.

—Woody irá con ellos.

—¡Y una mierda! —¿por qué iba a hacer algo así el jefe? ¿Por qué arriesgarse a ser detenido?—. Eres pura escoria, Lowry, ¿lo sabías? —de nuevo Rowdy presionó la pistola eléctrica con más fuerza.

—¡Es la verdad! —el otro hombre intentó apartarse—. Le gusta estar en primera línea, dice que le mantiene despierto. Sigue eligiendo él mismo a las mujeres. Le excita.

—Eso no tiene maldito sentido —a no ser que Woody Simpson fuera un lunático, lo cual... sí tenía sentido.

—Woody va a intentar que tu amiga lo acompañe voluntariamente —sintiendo el arma contra los testículos, Lowry jadeó de pánico.

Durante un instante, Rowdy pensó que estaba de broma. Pero, cuando comprendió que iba en serio, estalló en una carcajada.

—El viejo Woody deber de ser aún más estúpido que tú.

—No es estúpido. Le gusta el juego.

El juego de tatuar a una mujer y forzarla a ser una mula transportadora de drogas. Rowdy tuvo que esforzarse seriamente por contener su ira.

—¿Y cuándo se supone que van a llevársela?

—Hará unos cinco minutos —los labios se separaron en la hinchada boca y Lowry consiguió sonreír—. No esperes que tus amigos policías te sirvan de apoyo. Woody dio órdenes de matar a todos excepto a la chica. Y en cuanto la tengan a ella, vendrán a por ti. Todavía tienes tiempo de hacer un trato con…

Rowdy apretó el gatillo. Mientras lo veía derrumbarse y a Phelps iniciar una retahíla de protestas, quiso convencerse a sí mismo de que ese hombre se equivocaba. Reese estaba preparado. No lo pillarían por sorpresa.

Estaban todos bien. Tenían que estarlo.

Esos tipos habían conseguido que empezara a preocuparse por los demás, y no quería perderlos. El destino no podía ser tan cruel. Ni siquiera con él.

Pero, para no correr riesgos, amordazó a Lowry y cerró el maletero de la camioneta. Entró en el bar por la puerta trasera, decidido a encontrar a los hombres de Reese y enviarlos en ayuda de Alice. Allí no los necesitaba.

DeeDee sería pan comido y, si aparecía Hickson, también atraparía a ese bastardo.

Desgraciadamente, al entrar en el abarrotado local, comprendió que los hombres de Reese debían de ser muy buenos, porque no veía a una sola persona con aspecto de ser policía.

Aunque sí vio a Hickson y a Cheryl.

Muy a su pesar iba a tener que seguir el plan, de lo contrario podría costarle la vida a esa pobre chica.

Y justo en ese momento, para complicarle más la noche, Avery apareció en su campo de visión. Se dirigía a la mesa de Hickson.

La ansiedad hacía que el corazón de Alice latiera a tal velocidad que lo sentía en todo el cuerpo. Con manos sudorosas, se metió otra gominola en la boca. Una mirada de reojo le aseguró que Reese seguía ocupado hablando con Logan, poniéndolo al día.

Dos gominolas más, rojas, sus preferidas, le dieron el valor suficiente para abordar a Trace. Hablaba por teléfono, en voz baja, y odiaba interrumpirle, pero si esperaba podría perder su oportunidad.

Por las escasas palabras que consiguió oír, supuso que podría estar hablando con su mujer.

Le rozó un brazo.

Como si le hubiera sorprendido, Trace se quedó mirando la mano antes de deslizar la mirada hasta el rostro de Alice. Dando por concluida la llamada, guardó el móvil en el bolsillo.

—¿Todo bien?

Alice le ofreció ingenuamente una gominola.

—No, gracias —el hombre enarcó las cejas.

A pesar de lo que Reese opinaba, ella no conocía tan bien a Trace. Conocía sus incomparables habilidades, y sabía que no temía hacer lo que tuviera que hacer. Era inteligente, astuto y, por suerte para ella, muy considerado.

Ya le había salvado la vida en una ocasión. Con suerte, no le importaría hacer algo más por ella.

—Necesito que me prometas una cosa —susurró, asegurándose de que el detective no pudiera oírla—. Por favor.

—¿De qué se trata? —Trace la miró con sus ojos dorados y se acercó un poco más.

—Ya sé que tienes tu propia manera de hacer las cosas, pero esta vez tendrás que hacerlo todo cumpliendo con la ley —quiso asegurarse de que comprendiera la gravedad del asunto y volvió a rozarle el brazo—. Reese es detective de policía.

—¿No me digas? —él sonrió.

Por supuesto, Trace ya lo sabía. Seguramente lo sabía todo sobre Reese. Sin pensar más en ello, sacó otro puñado de gominolas de la bolsa, las masticó rápidamente y las tragó para poder continuar.

Trace aguardó con impresionante paciencia.

—Lo que quiero decir es que... —se humedeció los labios—. Es que es un hombre honrado.

Trace enarcó aún más las cejas.

Y esa expresión resultó casi más intimidante que la otra. Lo último que había pretendido Alice era insultarlo.

—Quiero decir que tú también eres honrado y todo eso.

—Tengo mis momentos.

No era posible que estuviera bromeando con ella, no en esa situación.

—Pero Reese tiene un código de conducta en el que cree. Vive según ese código. Para él es importante, de modo que también lo es para mí.

—Yo no voy por ahí masacrando a la gente, lo sabes, ¿verdad? —Trace cruzó los brazos sobre el pecho.

—Sí, por supuesto —Alice estuvo a punto de dejar caer la maldita bolsa de gominolas—. Tú jamás harías algo así. Eres… bueno, escalofriantemente hábil en las técnicas para matar, pero no eres lo que se dice un tipo sediento de sangre.

—No exactamente.

—No matas indiscriminadamente —solo llegaba al límite cuando era necesario. Alice dio un respingo porque, en realidad, ella había hecho lo mismo.

Trace suspiró exasperado y le quitó la bolsa de gominolas de las manos.

—¿Por qué no me cuentas exactamente qué te preocupa?

—Es que… —ella sintió la necesidad de soltarlo rápidamente—. No puedes usar tu fuerza mortífera, aunque quieras —aunque ella lo quisiera—. Me mataría arrastrar a Reese a… cosas que van en contra de su moral. Como agente de la ley, debe responder ante otros. No puede verse en una situación de tener que mentir, no por mí. Nunca.

—Lo comprendo.

—¿En serio? —el alivio hizo que a Alice le flaquearan las rodillas.

—Estoy bastante seguro de que Reese también —él asintió.

—Es verdad —se oyó la voz del detective a sus espaldas.

—Reese —Alice se volvió con la mirada centelleante. ¿Cómo conseguía un hombre de su tamaño moverse sin hacer apenas ruido?—. Creía que estabas hablando con Logan.

Alice fue vagamente consciente de que Trace le entregaba la bolsa de gominolas a Reese antes de dejarlos solos.

—Lo estaba —Reese le apartó los cabellos del rostro—. Pero, Alice, siempre, en cualquier momento, soy consciente de tu presencia y de lo que estás haciendo. Más vale que lo comprendas cuanto antes.

—¡Oh! —ella también era consciente permanentemente de él, pero había estado obsesionada con hablar con Trace—. Yo... Muy bien.

Para ella, la consciencia abarcaba más que la atracción sexual, más que la mera preocupación.

¿Sentiría Reese lo mismo?

El detective tomó sus labios en un breve, aunque intenso beso.

—Trace no va a matar a nadie que no se lo merezca —le explicó mirándola a los ojos—. ¿Verdad, Trace?

—Por mí bien —contestó el otro hombre desde un extremo de la habitación.

Alice abrió los ojos desmesuradamente. Eran como unos ninjas, merodeando en silencio, oyendo cada susurro.

—Él entiende que yo cumplo la ley —Reese le acarició la barbilla con un pulgar—, y que seré responsable de todo lo que suceda hoy.

—Lo entiendo —afirmó el aludido.

—¿De acuerdo? —el detective tomó el rostro de Alice entre las manos.

—De acuerdo —ella dejó escapar el aire que ni siquiera se había dado cuenta que estaba reteniendo.

Sin embargo, no le pareció suficiente y se arrojó contra él, abrazándolo con fuerza.

El modo en que Reese la rodeaba con sus brazos la hacía sentirse segura, protegida. Alice apoyó la mejilla contra el fuerte torso y le agarró los acerados brazos mientras se decía a sí misma que no debía preocuparse. Desempeñaría su papel y Reese vería que nada malo iba a suceder.

—Todo el mundo en sus puestos —anunció Trace—. Hora de irse.

Tras un breve y firme abrazo, acompañado de un beso en la

coronilla, Reese le devolvió la bolsa de gominolas y se acercó a Trace para hablar con él.

Y, por supuesto, ella fue incapaz de oír una sola palabra.

Sabía que Reese había dispuesto que unos cuantos agentes estuvieran con Rowdy en el bar, y que otros se mantuvieran en las cercanías para ejercer una labor de apoyo. La teniente Peterson permanecía en la comisaría, centralizando las comunicaciones para todos los implicados en la operación. Reese tenía cubiertas todas las posibilidades, de modo que su seguridad estaba garantizada.

Todos los demás detalles le estaban vedados.

Observó maravillada cómo Trace se escabullía silenciosamente por la terraza, saltaba del balcón y desaparecía en la noche.

En la cocina, Logan besó a Pepper con tal pasión que Alice se sintió como una voyeur. Estaba a punto de desviar la mirada cuando Logan interrumpió el abrazo. Bruscamente, se volvió y salió de la cocina, se dirigió a la puerta y abandonó el apartamento. Alice estaba bastante segura de que ni siquiera la había visto al pasar a su lado.

Sabía que se dirigiría a la sala de lavadoras de la planta baja y saldría por una ventana. Reese saldría por la puerta principal. Se encaminaría a su coche y abandonaría el aparcamiento en el vehículo, dando así la impresión de que dejaba a Alice sola. Después, rodearía el edificio y volvería a entrar por otro lado.

Llegados a ese punto, ella abandonaría la dudosa seguridad del apartamento, por la puerta principal, bajaría por la acera y llegaría al aparcamiento.

Los hombres, sin duda, estarían aguardando la oportunidad para apresarla.

Reese la seguiría, nunca demasiado lejos, al igual que Trace y Logan. Sabían lo que hacían. Jamás la perderían de vista.

Sin parar de comer gominolas, se volvió hacia Pepper, que se había sentado con Dash en el sofá. El encantador hermano de Logan bromeaba con su futura cuñada en un intento de tranquilizarla para que no se preocupase.

Pepper era una mujer muy fuerte, la mujer perfecta para Logan. Su felicidad resplandecía como el sol del atardecer. Alice se alegraba por ellos, y también les envidiaba lo que habían conseguido tener juntos.

Y por Dios que deseaba tener eso mismo con Reese.

Sentado a sus pies, Cash gimoteó. Ella quiso tranquilizarlo, pero no quería distraer al detective, de modo que se limitó a acariciarle la cabeza hasta que el animal se calmó.

Reese había adoptado la actitud de policía, centrado en la tarea que tenía entre manos.

Los hombres iban vestidos de negro. En contraste, los vaqueros Capri, las sandalias planas y el top rosa que llevaba ella resultaban casi frívolos. Demasiado alegre para lo que iba a suceder aquella noche.

Claro que se suponía que debía dirigirse al encuentro de Cheryl, una nueva amiga que la necesitaba desesperadamente. «Por favor, Dios mío, que esté bien.».

—¿Preparada? —Reese se paró ante ella.

—Sí.

—Aún estás a tiempo de cambiar de idea... —él le escrutó el rostro mientras le quitaba delicadamente la bolsa de gominolas de la mano.

—No —tenían que reunir a todos los implicados y esa era la mejor manera de hacerlo.

Con la ayuda de los agentes amigos de Reese, Rowdy lo tenía todo controlado en el bar. Ella tenía a Trace, Logan y a Reese cuidándola. Estaría bien. Estaría bien. Estaría bien.

—¿Alice?

—Estoy preparada —Alice se obligó a sonreír.

Reese no la tocó, no se relajó.

—No permitiré que nada te suceda —le aseguró, confiado.

—Lo sé —ella sintió que el corazón se le expandía hasta el punto de hacerle daño en el pecho. Tragó saliva y asintió.

Reese era esa clase de hombre. La protegería lo mejor que pudiera y, en caso necesario, daría su propia vida a cambio de la suya.

—¿Me prometes que nada te sucederá a ti tampoco?

—Te doy mi palabra —él le acarició el cuello.

Y se marchó, por la puerta, lejos de su alcance.

CAPÍTULO 28

—Tres minutos, Alice —anunció Dash, indicándole el tiempo que le quedaba antes de marcharse.

Alice no miró a Pepper, ni a Dash. No quería que vieran lo nerviosa que estaba. Rodeada de unos hombres tan valientes, tan seguros de sus capacidades, su cobardía parecía horriblemente amplificada.

Bruscamente, se dirigió a la cocina para guardar la bolsa de caramelos.

—Dos minutos —le indicó Dash.

¡Oh, por Dios! Con manos temblorosas, abrió el bote de las chuches y sacó dos para Cash.

—Ven aquí, chico.

Cash obedeció, arrastrándose con la cabeza baja y el rabo entre las piernas.

—De eso nada —ella le sostuvo el peludo rostro en alto y lo acarició—. Todo va a salir bien.

Pero Cash no parecía convencido y, cuando Alice le ofreció el premio, permaneció pegado a ella.

El gesto le partió el alma. Ese perro se daba cuenta de su estado de ánimo y eso era tremendamente injusto. El animalito necesitaba que ella fuera fuerte.

Necesitaba que ella mostrara la confianza de Reese y, por Dios que lo haría.

—Un minuto, ¿verdad? —Alice se irguió y se dirigió a Pepper y a Dash.

Dash asintió con gesto severo.

—Estupendo. Entonces aún me queda tiempo para sacar los juguetes de Cash —ella sonrió al perro—. ¿Qué dices, amigo? ¿Quieres jugar?

El animalito ladeó la cabeza y golpeó tímidamente el suelo con el rabo mientras la miraba con sus enormes ojos marrones.

—¡Quieres jugar! —exclamó ella con entusiasmo—. Pues vamos a buscar los juguetes.

Cash se levantó, la lengua fuera, la expresión de entusiasmo. Cuando Alice se dirigió al salón, el perro la adelantó, hundió la cabeza bajo el sofá y desenterró un juguete de goma.

Riendo, ella se lo quitó y lo arrojó por el pasillo. Mientras Cash corría tras el juguete, encontró dos más bajo el sofá y otro debajo de la silla.

Pepper se unió a ella y, arrodillada en el suelo, ayudó a su amiga a localizar los numerosos juguetes del perro.

—Treinta segundos —Dash volvió a lanzar el juguete de goma.

Alice sentía el corazón en la garganta, pero intentó disimularlo mientras amontonaba los juguetes y llamaba a Cash. El animalito se abalanzó sobre el montón esparciendo los juguetes por todas partes.

Pepper soltó una carcajada y tiró de un gato de peluche que Cash tenía sujeto entre los dientes.

—Hora de irse, cariño —Dash tomó a Alice por un brazo y la ayudó a incorporase.

—De acuerdo —ella respiró hondo—. Por favor, mantenedlo ocupado y... contento.

—Lo haremos —la mirada de Pepper era severa aunque su voz sonaba jovial—. No te preocupes, Alice —dejó que Cash se llevara el gato y tomó una cuerda de nudos. El perro se enganchó de inmediato al otro extremo, gruñendo feliz.

—Gracias —susurró Alice.

Tan silenciosa y discreta como le fue posible, tomó el bolso y las llaves y salió por la puerta, cerrándola despacio para que Cash no la oyera.

No queriendo fastidiar el plan, bajó las escaleras y salió por la puerta principal con decisión.

Y mientras se dirigía al aparcamiento, un pensamiento surgió en su mente. Si su estado de ánimo había alterado a Cash, ¿qué le había hecho a Reese? Lo último que deseaba era distraer al detective.

Alzó la barbilla y se dirigió al coche. Con cada paso que daba, el pulso se le aceleraba hasta que casi se sintió mareada. ¿Cuándo intentarían atraparla? ¿Harían que su coche se saliera de la carretera? ¿Esperarían hasta que hubiera aparcado junto al bar? ¿Intentarían agarrarla mientras entraba o cuando ya estuviera dentro?

Cualquiera de los escenarios imaginados la mataba de miedo. Pero no dudó, no se paró, ni...

—Hola, Alice. ¿Qué tal te va?

Ella se quedó paralizada. ¡No, no, no! Lentamente, sintiéndose víctima de un chiste malo, se volvió para encontrarse con Pam y Nikki, que se acercaban a toda prisa.

Reese soltó un juramento para sus adentros. Incluso desde su posición, al otro lado del aparcamiento, oculto en el interior de una furgoneta, veía cómo Alice buscaba el modo de escabullirse. Parecía horrorizada, aunque intentó disimularlo rápidamente. Al parecer, Nikki y Pam acababan de regresar de una noche de juerga en la ciudad. Ambas lucían vestidos cortos y muy ajustados, y sandalias de tacón. Hablaban en un tono excesivamente elevado y caminaban con inseguridad, pero la acorralaron.

El móvil del detective vibró y leyó en la pantalla un mensaje de Rowdy. *El jefe en persona atrapará a Alice.*

No queriendo cuestionar la eficacia de Rowdy, pero tampoco dejar de prestar atención a Alice, tecleó un rápido agradecimiento y reenvió el mensaje a Trace.

Echó un vistazo por toda la zona de aparcamiento, pero no veía a nadie más aparte de Nikki, Pam y Alice.

En un intento de dejar atrás a las vecinas, ella se despidió con un rápido gesto de la mano. Pero no funcionó.

—Oye, espera —gritó Nikki.

«Mantén la calma, Alice», la animó el detective en silencio.

Hasta sus oídos llegaban las voces de las chicas. Nikki parecía excitada, más pegajosa y descarada que de costumbre.

—¿Y bien? —la joven le bloqueó el paso a Alice—. ¿Reese y tú seguís haciendo guarrerías?

Alice abrió la boca, pero Pam se le adelantó.

—Pues claro que sí. Ninguna chica renunciaría a algo así, ¿verdad? —Pam intentó chocar los cinco con Alice, pero perdió el equilibrio y Alice tuvo que sujetarla.

—Recuérdale que sigo disponible —insistió Nikki—. Cuando quiera y donde quiera. Y le garantizo que puedo hacerle cosas de las que tú ni siquiera has oído hablar.

—Eh... —Alice se esforzaba por sujetar a Pam, que parecía más que contenta con apoyarse en su vecina—. De acuerdo, se lo diré —fue lo único que se le ocurrió para deshacerse de ella, aunque, por supuesto no tenía ninguna intención de decirle nada.

—Al cuerno con eso —insistió Pam—. Tú lo necesitas más que Nik. Te juro, cielo, que eres la persona más puritana y engreída que he conocido. Pero desde que Reese te lo hace con regularidad, estás mucho más agradable.

—Yo nunca he sido engreída —Alice consiguió despegarse a Pam con un fuerte empujón.

—¡Ja! —Nikki se acercó tanto a ella que casi se cayó de los tacones—. Eres una zorra.

—No es verdad, Nik —insistió Pam—. Se sentía desgraciada por estar sola y todo eso —se hizo un poco a un lado para hablar discretamente con Alice, aunque no bajó el tono de voz—. Deberíamos haberte llevado con nosotras para que te apañaran antes. Pero tú, chica lista, aguantaste hasta conseguir el premio gordo.

—¿Reese? —adivinó Alice.

—Pues claro —Pam cayó sobre Nikki y ambas trastabillaron—. Es tan sexy...

—Sí —suspiró Nikki—. Venga, desembucha. ¿Cómo es en la cama? Apuesto a que un semental. ¿A que sí?

—Eso no es asunto vuestro —las reprendió Alice—. Deberíais iros a casa, quizás dormir un poco.

—¿Está él ahí dentro? —Nikki abrió los ojos desmesurada-

mente mientras se agachaba para quitarse las sandalias—. Es terriblemente tarde para que salgas. ¿Os habéis peleado?
—Si os habéis peleado —intervino Pam con la mirada fija en el edificio de apartamentos—, quizás podamos ir a consolarlo.
—Ni os acerquéis a él.
Reese enarcó las cejas.
Nikki y Pam se quedaron muy calladas.
—Bueno —continuó Alice, aprovechando el silencio, mientras se ajustaba el bolso sobre el hombro y fulminaba con la mirada a las dos mujeres—. Reese está trabajando y yo he quedado con una amiga. De modo que me despido —apartándose de ellas se alejó, no sin antes volver la cabeza—. Y dejad a Reese en paz.
Las dos mujeres asintieron.
Alice continuó su camino. De entre la oscuridad surgieron dos sombras.
¡Mierda! Tan cerca de su casa. Sin duda contaban con que Reese no estuviera en el apartamento. Eso, o no lo consideraban una verdadera amenaza para sus planes.
El teléfono del detective volvió a vibrar. En la pantalla apareció un mensaje de Trace: *Paciencia*.
Reese salió de la camioneta, los pies descalzos, sin hacer apenas ruido y cruzó el aparcamiento escondiéndose entre los coches hasta que tuvo a Alice a corta distancia.
Sabiéndose lo bastante cerca para poder protegerla, sí se sentía capaz de esperar.
Alice seguía mascullando entre dientes sobre la audacia de Pam y Nikki cuando los dos hombres surgieron de ninguna parte, tal y como sabía que harían. Pero saberlo y experimentarlo eran dos cosas diferentes. Las sombras adquirieron forma, se volvieron siniestras y de repente estuvieron allí mismo, frente a ella, intimidándola.
—Señoritas —a su espalda se oyó la voz de un tercer hombre.
A continuación, Pam y Nikki fueron arrastradas hasta situarse a su lado.
—Vaya, sí que eres grandote —el alcohol borraba la discreción de Pam, que no dudó en flirtear con el tipo robusto que la sujetaba por un brazo—. No tanto como Reese, pero…

—¡Cállate, Pam! —espetó Alice. No quería que el nombre de Reese fuera aireado.

—¿Te gustan grandes, cielo? —el hombre miró a Pam de arriba abajo.

—¿Acaso no les gustan así a todas las chicas?

—¡Pequeña zorra! —Nikki señaló a Alice con un brillo de admiración en la mirada. Sonriente, tropezó contra Pam que casi cayó de bruces—. Has estado jugando a dos bandas, ¿verdad?

—Sí, eso es —el tipo que estaba más cerca de Alice exhibió una sonrisa lobuna—. Le gusta prodigarse por ahí, ¿verdad, muñeca?

Temerosa por Nikki y Pam, y consciente de que Reese estaría sin duda irritado por la complicación del plan, Alice intentó suavizar la situación. Necesitaba deshacerse de esas dos.

—Yo, eh, iba a reunirme con una amiga.

—Eso es —el hombre se acercó más, hasta tocarla con su cuerpo—. Y con nosotros.

—¿Y te ibas a reservar a este fortachón para ti sola? —insistió Pam—. Qué egoísta, Alice. Entiendo que no quieras compartir a Reese...

—Reese —Nikki ronroneó como una gatita.

—Pero no hay motivo para no hacerlo con estas dos delicias.

Alice rezó en silencio para que Pam y Nikki cerraran la boca y entraran en el edificio.

No lo hicieron.

—Nunca me imaginé que fueras de las que disfrutan con orgías —añadió Nikki mientras deslizaba las manos por el pecho de su captor.

«Porque ella no tiene ni idea de que la han capturado». El pánico redujo el campo de visión de Alice que sacudió la cabeza para aclararse.

—No sé qué está pasando aquí, pero creo...

—Sabes exactamente lo que está pasando —le interrumpió el matón mientras la agarraba por los hombros.

Alice se zafó, aunque no consiguió llegar demasiado lejos, no con los otros hombres formando un sólido muro a su alrededor.

Todos rieron ante su impotente terror.

—Estoy segura de que vuestro plan es secuestrarme —Alice se lanzó.

Todo el mundo se quedó inmóvil.

Nikki se tambaleó, mirando a los hombres. Al fin la alarma pareció abrirse paso entre la niebla.

—¿De qué estáis hablando?

—¿Quién quiere secuestrarte? —preguntó Pam.

Alice abrió la boca para hablar.

—Alice está de broma —anunció un cuarto hombre—. ¿No es así, Alice?

Temblando de pies a cabeza, ella vio al hombre bajarse del asiento trasero de un SUV. Era más joven que los otros, seguramente en la mitad de la veintena. Cabellos oscuros y ojos aún más oscuros. Habría podido resultar atractivo si no la aterrorizara tanto.

Solo la certeza de que Reese estaba cerca, vigilando, la ayudó a conservar la calma.

El bastardo que estaba detrás de ella volvió a empujarla hacia el recién aparecido en escena. Alice se sentía como el objeto de un sacrificio, pequeña e insignificante... igual que años atrás, antes de que Trace la hubiera ayudado a escapar.

Antes de que Reese hubiera llegado a su vida.

—¿Dónde está Cheryl? —Alice intentaba mantener los hombros cuadrados y la barbilla alta, aunque no le resultaba fácil.

—Está en mi casa, esperándote —el recién llegado se acercó a ella con la mano extendida—. Eres Alice, ¿verdad?

Sin dejarse intimidar por el atractivo rostro o los delicados modales, Alice ignoró el saludo.

Pero Pam, claramente recuperada del susto, sí aceptó la mano extendida.

—Yo soy Pam.

La gélida mirada pasó del rostro de Alice al de Pam. Aparentemente encantado, tomó sus manos.

—Encantado de conocerte.

—Esta es mi amiga, Nikki —Pam sonrió soñadoramente.

Nikki agitó los dedos de la mano en un ridículo saludo.

—Woody Simpson, a su servicio.

Alice se estremeció. Si ese era su verdadero nombre solo podía significar que no tenía pensado dejarlas con vida.

—¿Crees que a tus amigas les gustaría acompañarnos? —el hombre se volvió hacia Alice.

—No, no les gustaría —«Por favor, no las obligues».

—Pues yo creo que sí —Woody ni pestañeó.

Nikki y Pam se mostraron de acuerdo.

—Es más —Woody se acercó más a Alice, la sonrisa encantadora, el aspecto arrogante—, insisto.

Con un simple movimiento afirmativo de la cabeza dio instrucciones a los otros hombres para que escoltaran a Pam y a Nikki hasta el SUV.

«¡Mierda, mierda, mierda!». Alice no podía permitir que las chicas subieran a ese coche. Las ventanillas tintadas impedirían a Reese verlas. La incertidumbre se adueñaría de sus reacciones. Y no podía dejar su seguridad al azar a la hora de reaccionar.

¿Qué hacer, qué hacer?

Los otros matones trataban a Woody de manera distinta, con más reverencia. Se hicieron a un lado, pero permanecieron alertas, preparados para ayudarle si hacía falta, aunque sin interponerse en su camino.

¿Quién era ese tipo?

Y de repente, Alice lo supo. Woody Simpson era el jefe.

Ese era el hombre que había abusado de Cheryl, la escoria que había ordenado que le hicieran ese horrible tatuaje en el brazo.

El hombre que había hecho promesas falsas, que había robado el corazón de una jovencita para rompérselo después.

Woody alargó una mano y le acarició la mejilla.

—No me toques —Alice ya no tenía a nadie a su espalda. Llegado el caso, podría echar a correr.

Indecisos, quizás incluso algo preocupados, los hombres se detuvieron ante la puerta abierta del coche. Nikki y Pam dudaron.

—¿Algún problema? —sorprendido ante su osadía, Woody enarcó las cejas.

—Eres el que manda aquí, ¿verdad?

En un gesto que resultó amenazador a pesar de la ternura, él le recogió un mechón de cabellos tras la oreja.

—He venido por ti, Alice, ¿lo sabías? Me fascinas.

—¿En serio? —el corazón de Alice latía con tanta fuerza que ella temió que fuera a rompérsele una costilla. Aun así, sonrió—. ¿Hiciste que tatuaran a Cheryl?

—Sí.

Alice se reclinó contra él, sorprendiéndole con su sumisión, mientras apoyaba una mano sobre su hombro.

Comparado con Reese, ese hombre resultaba insustancial, ni de lejos tan corpulento y fuerte. Y, en cierto modo, eso le hizo parecer menos importante. Colocó la otra mano también sobre su hombro. Woody era más alto que ella, pero, acostumbrada a la estatura del detective, apenas lo notó.

—¿Todos los demás responden ante ti?

—Así es —él la miró con expresión triunfal.

Alice se acercó un poco más y fijó la mirada en sus labios... mientras le propinaba un rodillazo en la entrepierna con todas sus fuerzas.

En ese golpe iban todas sus fuerzas, la ira ante la brutalidad que exhibía contra las mujeres y su cruel manera de tratarlas. El golpe dio de lleno en el blanco.

—¡Zorra! —exclamó él casi sin aliento, casi en un gemido, mientras la miraba con incredulidad antes de caer de rodillas, sujetándose la entrepierna.

Soltando juramentos con diferentes grados de sorpresa, sus hombres se pusieron en acción. Nikki y Pam fueron empujadas a un lado, Pam aterrizó contra el SUV y Nikki en el suelo.

La mujeres miraban confusas a su alrededor hasta que vieron las armas y comenzaron a gritar a pleno pulmón.

El miedo hizo que Alice se moviera, dando un traspié hacia atrás, el corazón latiendo con fuerza en sus oídos.

Y de repente Reese estaba allí, grande, maravilloso, un muro protector entre ella y los salvajes armados. Enseguida tomó el mando de la situación, dando órdenes y, a diferencia de las comadrejas que se habían arrojado boca abajo contra el suelo, su tranquila voz era inconfundiblemente autoritaria.

Trace y Logan se unieron a ellos y, en escasos segundos, los tres hombres estuvieron desarmados y esposados.

Por el rabillo del ojo, Alice vio a Woody ponerse en pie. Al volverse se encontró con sus ojos, mirándola con tal odio que le llegó hasta la médula. Abrió la boca, pero no surgió ningún sonido.

Con los ojos entornados, y todavía encogido por el dolor, Woody se llevó la mano a la espalda y sacó una pistola. Pero el puño de Reese impactó antes contra su rostro.

Alice contempló boquiabierta la impresionante velocidad del golpe. Woody se tambaleó hacia atrás y aterrizó en el suelo. El arma se disparó, arrancando un pequeño grito de Alice. Sin embargo, al contemplar el rostro del hombre, supo que no había disparado a propósito. Por la expresión de su mirada, dudaba que estuviera siquiera plenamente consciente.

Reese se lanzó sobre él, desarmándolo, dándole la vuelta y, mientras apoyaba una rodilla contra su espalda, le juntó los brazos para esposarlo. Después lo registró con brusquedad en busca de más armas, ignorando los gemidos de Woody.

—¿Estás bien? —el detective se volvió hacia ella.

¡Vaya! El miedo quedó borrado por la impresión. El detective manejaba a ese hombre como si se tratara de una muñeca de trapo, casi sin esfuerzo.

Y recordó las palabras de Trace.

Y supo por qué lo había calificado como «despiadado». Había tumbado a ese hombre de un solo golpe.

También recordó que Reese le había asegurado que era consciente de ella en todo momento.

Mordiéndose el labio inferior, tuvo que reconocer que quizás fuera cierto, dado el modo en que había acudido en su ayuda.

—¿Alice?

Por supuesto que no estaba bien. Estaba muy lejos de estar bien.

Ella respiró hondo y asintió.

Con insultante facilidad, y no demasiada delicadeza, Reese levantó a Woody del suelo e hizo un repaso visual de Alice, de pies a cabeza.

—¿Estás segura?

Todavía aturdida por lo fácil que parecía resultarle todo, Alice se apresuró a asentir enérgicamente, evitando distraerlo de su trabajo.

—Sí. Estoy bien.

Del edificio salieron los conserjes. Un furgón negro de la policía llegó acompañado de un patrulla, las luces y las sirenas en marcha. Pam y Nikki se abrazaron, arruinando el maquillaje con un incesante torrente de lágrimas.

Sintiéndose de repente muy floja, Alice se dejó caer hasta sentarse en la acera.

—No te muevas —le aconsejó Reese.

De todos modos, no estaba segura de poder hacerlo.

Alice intentaba recuperar el aliento mientras observaba a Reese arrastrar a Woody hacia el furgón policial. Sin embargo, aquello solo duró un segundo.

Haciendo caso omiso del consejo del detective, corrió hacia el vehículo.

—¿Dónde está Cheryl?

—Que te jodan, muñeca —Woody la miró y sonrió malévolamente.

El tono burlón, y la total ausencia de sentimientos la sacaron de quicio. Su pensamiento quedó anulado por completo.

Y volvió a propinarle otro rodillazo.

—¡Oh, Dios...!

—Alice —la reprendió Reese—. Maldita sea —sujetó a Woody con una sola mano mientras apartaba a Alice con la otra—. Cielo, no puedes hacer eso.

Sin embargo, su boca esbozó una sonrisa.

—¿Dónde está? —a ella no le pareció divertido. Literalmente hervía de rabia y miedo.

—Bar —balbució Woody mientras se encogía sobre sí mismo, intentando proteger su zona más vulnerable.

—Quédate ahí —Reese extendió el largo brazo para mantener alejada a Alice.

Desaparecida la oleada de adrenalina, ella sintió que las rodillas le fallaban y los ojos se le llenaban de lágrimas. A modo de respuesta, se limitó a asentir.

—No le quites los ojos de encima —Reese entregó a Woody a un oficial—. ¿Lo has comprendido?

—Sí, señor —el policía asintió.

Tras confirmar de un vistazo que Trace y Logan manejaban la situación, el detective agarró a Alice por el brazo y la alejó varios metros del furgón.

En cualquier momento iba a empezar a llorar como un bebé, lo sabía. Ya sentía los sollozos agolparse en la garganta y un cosquilleo en la nariz.

Era incapaz de mirar a Reese, no podía permitirle ver su debilidad.

Pero él se mantuvo expectante, tranquilo, infundiéndole seguridad, hasta que al fin se armó de valor y lo miró a los ojos.

—Te amo, Alice.

Las rodillas estuvieron a punto de ceder.

Reese la sujetó firmemente contra su cuerpo, no del todo sonriente, pero sí con aspecto cálido, y tan... sincero.

Ella se agarró a la camisa mientras el corazón ensayaba unas cuantas volteretas.

—Amo tu compasión y tu valor —el detective le besó la frente.

—¿Valor?

—A raudales —ignorando los intentos de la joven por respirar, le besó los labios—. También amo tu dulce y menudo cuerpo, y lo buenos que somos juntos en la cama.

—Reese... —Alice miró a su alrededor, pero, con la conmoción de lo sucedido, nadie parecía estar escuchando la conversación.

—Y sobre todo amo tu carácter —él le tomó el rostro entre las manos—. Pero, a partir de ahora, por favor, procura no castrar a mis prisioneros.

—¿Me amas? —las palabras de Reese le resultaban tan tontas, tan increíbles. Salvo una parte.

—Cada átomo de ti, todo en ti —el detective la miró fijamente—. Muchísimo —susurró.

Trace se acercó a ellos, pero evitó mirarlos directamente, fijando la vista a un lado.

—Tengo un mensaje de Rowdy. Dice que lo tiene todo bajo control, pero que Cheryl está en el bar con Hickson. DeeDee también está —miró a Alice, carraspeó y volvió a desviar la mirada—. Supongo que querrás ir...

Reese asintió.

—Yo me ocupo de esto —contestó Trace—. Además, aunque solo tiene un brazo útil, Logan lo tiene todo bajo control. Si prefieres...

—Quiero terminarlo —el detective sujetó la barbilla de Alice—. No quiero que te preocupes.

Ella temblaba con tal violencia que sentía los dientes a punto de romperse. Pero todo saldría bien.

Y Reese había dicho que la amaba.

—De acuerdo —Alice respiró hondo y asintió.

—Eso también me gusta —Reese sonrió con dulzura, a pesar de la presencia de Trace—. Cómo te recompones para priorizar.

—Esperaré ahí —les informó Trace, aunque no recibió respuesta de ninguno de los dos.

—Vete al bar —Alice no se había recompuesto en absoluto, pero, al parecer, era muy buena fingiendo. Sin soltar la camisa, luchó contra la urgencia de acurrucarse contra él—. Por favor, asegúrate de que Cheryl esté bien.

—Me ocuparé de ello.

—Sé que lo harás —porque era de esa clase de hombres.

La clase de hombres que ayudaban a los demás, que hacían lo que fuera necesario. Un héroe. Su héroe.

—Te avisaré en cuanto haya encontrado a Cheryl —un segundo entero pasó hasta que Reese le soltó las manos de la camisa y le besó los nudillos.

—Gracias.

—¿Alice? —él se apartó un paso—. Cuando haya acabado con todo esto, tú y yo vamos a mantener una larga y bonita charla.

—Esperaré —respondió ella. ¿Por qué sentía que eso le preocupaba?

Y con la cabeza y el corazón lleno de emociones mezcladas, lo vio marcharse.

Hasta que uno de los agentes la miró con una extraña expresión, no comprendió que estaba sonriendo.

Reese la amaba.

En medio del infierno desatado, con todos los vecinos histéricos y las luces y sirenas por todas partes, Alice se sentía la mujer más feliz del mundo.

CAPÍTULO 29

Tras enviar el segundo mensaje de texto, Rowdy se encaminó hacia Avery, decidida a mantenerla apartada de Hickson. Pero al final resultó que no hizo falta.

Avery ya se alejaba de la mesa cuando Dougie, el barman, se sentó junto a Cheryl. La pobre chica intentó apartarse, apretándose todo lo que pudo contra el rincón.

Rowdy sintió alivio al comprobar que ambos hombres la ignoraban mientras hablaban en privado, los rostros muy cerca.

¡Mierda! Avery había estado en lo cierto. Hickson y Dougie se conocían.

Durante varios minutos esperó en un rincón, observando a los dos hombres conversar, preguntándose en qué momento debería intervenir.

Incluso con la mente dándole vueltas y todos los sentidos en alerta, no pudo resistir la tentación de buscar a Avery. Tenía sentido, se dijo a sí mismo. Iba a ser una noche peligrosa, y no quería que ninguna mujer resultara herida, sobre todo una de sus empleadas.

Una mujer que lo excitaba.

Recorriendo el local con la mirada seguía sin ver a DeeDee, pero sí vio a Avery tomando nota del pedido de tres hombres jóvenes al otro lado del bar. La joven se comportaba con la misma profesionalidad de siempre.

Pero aquellos tipos querían más.

No era inusual que unos idiotas descerebrados jugaran a tocar el trasero a la camarera en un bar de poca monta.

Lo inusual era el deseo que sintió Rowdy de aplastarlos a los tres. En lugar de controlarse, se acercó a la mesa. Si DeeDee aparecía en ese momento y lo veía... bueno, ¿y qué? Así sabría que no le gustaban los abusones.

Casi había llegado a la mesa cuando oyó la voz de Avery.

—Última advertencia, tío. O mantienes las manos quietas o tendrás que marcharte. ¿Entendido?

—O también podríamos... —con una sonrisa grabada en la cara, el idiota alargó una mano hacia el culo de Avery.

—O podrías irte a casa con uno o dos huesos rotos —Rowdy le agarró la muñeca y la retorció.

—Oye, tío, suéltame —exclamó el tipejo con una mueca de dolor.

—Primero discúlpate con la dama.

—¡Que te jodan! —el joven intentó utilizar la otra mano.

—Respuesta equivocada —Rowdy le retorció el brazo sobre la espalda.

Uno de los otros dos hombres se abalanzó sobre él, pero estaba borracho y Rowdy lo esquivó con facilidad, no sin antes ponerle la zancadilla. El hombre cayó al suelo, ganándose las quejas de otros clientes.

—¡Gilipollas! —el tercer amigo se levantó de la silla y empujó a Rowdy con el pecho—. ¡Suéltalo!

—Claro. En cuanto se disculpe.

—He dicho que lo sueltes —el joven propinó un puñetazo a Rowdy en la barbilla.

Sonriente, Rowdy se frotó la zona golpeada antes de devolver el golpe. Incluso con la mano izquierda consiguió enviarlo volando por encima de una silla.

—¿Has terminado ya? —sin alterarse lo más mínimo, Avery enarcó una ceja.

—Casi. En cuanto te diga lo mucho que siente haberte maltratado.

—Claro, lo siento, o lo que quieras —cuando Rowdy apretó más fuerte, exclamó con más sinceridad—. ¡Lo siento!

Rowdy lo soltó.

—¡Voy a llamar a la policía! —lo amenazó el idiota.

—¿Quieres que lo haga yo por ti?

—No —el otro hombre se frotó el dolorido brazo.

—Entonces lárgate de aquí y no vuelvas —Rowdy miró a los tres—. No volváis ninguno.

Avery permanecía callada, los brazos cruzados sobre el pecho, mientras los tres salían del bar. No parecía muy agradecida. Y lo cierto era, comprendió Rowdy una vez calmado un poco, que se había pasado.

—No puedes espantar a la clientela.

Aunque no estaba dispuesto a admitirlo.

—Puedo hacer lo que me dé la gana. Soy el dueño del local.

—Como si fueras a acordarte de ellos si regresan dentro de una semana —ella bufó.

—Me acordaré —eso demostraba lo poco que ella lo conocía.

—Odio tener que ser yo quien te lo diga, Rowdy —Avery apoyó las manos sobre las caderas—, pero si te comportas así con todos los que se propasen...

—¿Hay más? —él miró a su alrededor—. ¿Aquí, esta noche? ¿Dónde...? —su mirada se clavó en DeeDee, que en esos momentos entraba en el bar. Llevaba un ajustadísimo vestido negro de algodón que se le pegaba como una camiseta, dejando más a la vista de lo que tapaba.

Sin previo aviso, Avery le propinó un empujón.

Y como se había distraído con la llegada de DeeDee, lo pilló desprevenido y le hizo tambalearse hacia atrás.

—¿Qué demonios haces?

—Debería cambiarle el nombre a este lugar.

—¿En serio? —divertido ante el mal humor de la joven, Rowdy le sujetó los brazos para mantenerla cerca—. ¿Tienes alguna sugerencia?

—Sí. Podrías llamarlo «Buscando a Rowdy» —gruñó ella mientras se apartaba bruscamente—. Eso es lo que hacen todas las mujeres mínimamente atractivas, ¿no?

—Resulta pegadizo —él fingió considerarlo seriamente y asintió—. Me gusta.

—¡Eres...! —Avery se interrumpió, sin duda buscando una palabra lo suficientemente insultante.

—El que ha venido a buscarte a ti, Avery —él le pellizcó la mejilla—. Eso es lo que hago. Esperarte —y, sin más, se alejó de ella antes de cometer alguna estupidez, como besarla delante de DeeDee.

Diez minutos más tarde, sentado en un reservado, Rowdy deseaba desesperadamente que alguien lo interrumpiera. Había conocido a muchas mujeres descaradas. ¡Demonios!, le gustaban las mujeres descaradas.

Pero no cuando querían acostarse con él y luego asistir a su asesinato.

Y DeeDee parecía querer ambas cosas.

Clavándole las tetas en el costado, deslizó una pequeña mano por su muslo y le lamió la oreja, mientras intentaba convencerle para que la acompañara hasta su coche.

—Te deseo tanto, Rowdy... —susurró ella.

¿Dónde demonios estaba Reese?

Medio subida a su regazo, le sujetó la mejilla mientras le ofrecía un ardiente y húmedo beso.

En cuanto consiguió que ella sacara la lengua de su boca, Rowdy levantó la jarra de cerveza. Intentaría aliviar la situación con alcohol. Su mirada se estrelló contra la de Avery, parada al otro lado del local.

Tras fulminarlo con la mirada, la joven se alejó.

¡Mierda! Necesitaba que Avery supiera que aquello no significaba nada. Salvo que ni siquiera era capaz de explicárselo a sí mismo. Iban a trabajar juntos y esa mujer iba a verlo enrollarse más de una vez con otra.

Le gustaba la variedad sexual.

Al final, Avery y él estarían juntos, porque la química estaba allí, pero ella debía entender que se trataba de sexo y nada más que sexo. Nada de compromiso. Ninguna invitación a avanzar.

Por mucho que ella lo intrigara.

—Rowdy... —sentada a horcajadas sobre su regazo, DeeDee se apoyó sobre las rodillas y allí mismo, en un reservado, intentó desabrocharle el pantalón.

Había llegado el momento de una estratégica retirada.

—Espera, nena —Rowdy le agarró las manos—. Enseguida vuelvo.

El jodido Reese llegaba tarde.

Había recibido un mensaje de Trace en el que anunciaba que iban de camino, pero dos minutos más y esa mujer empezaría a violarlo.

Ignorando los pucheros de la joven, y las caricias que le dedicaba a su entrepierna, la empujó a un lado y se levantó del reservado.

—No te muevas.

—Date prisa —lo apremió ella.

Con un repentino humor asesino, Rowdy se acercó al reservado de Hickson y Dougie. Jamás le haría daño a una mujer, ni siquiera a una tan repelente como DeeDee, de modo que debía buscar otro desahogo.

Se detuvo junto a la mesa y los dos hombres levantaron la vista con una mezcla de sorpresa y de sospecha reflejada en los ojos.

—Estás despedido —Rowdy se dirigió a Dougie. Necesitaba un poco de violencia.

—¿Cómo? —Dougie soltó una carcajada—. ¿Quién demonios eres tú?

—He comprado este bar —a Rowdy le encantó hacer las presentaciones—. Y dado que no soy una escoria lameculos —al menos ya no lo era—, has terminado aquí. Recoge tu mierda y lárgate.

Dougie y Hickson intercambiaron una mirada.

—Nadie me ha dicho nada sobre un nuevo dueño.

—¿No? Supongo que eso te dará una idea de lo importante que eres, ¿no?

Dougie se tensó visiblemente.

«Inténtalo», pensó Rowdy. «Por favor».

—Eres un hijo de perra —Dougie explotó y se levantó de un salto, chocando contra el puño de Rowdy.

El golpe lo desequilibró y el hombre se cayó sentado sobre la silla, antes de deslizarse al suelo.

—Pues vaya —murmuró él—. No solo es un gusano traficante de drogas, tiene la mandíbula de cristal.

Cheryl contuvo la respiración y se acurrucó un poco más contra la pared.

—Pero tú —Rowdy dirigió su rabia sobre Hickson—, eres aún peor. Eres un cobarde que abusa de las mujeres, una cucaracha que merece ser aplastada.

—Espera un maldito momento... —exclamó Hickson mientras hacía ademán de levantarse.

Agarrándolo por la nuca, Rowdy estrelló su cara contra la pared del reservado. Se oyó un crujido de cartílago y la sangre lo salpicó todo. Con Hickson aturdido, miró a Cheryl.

—¿Estás bien?

Paralizada, ella no era capaz de contestar, ni de moverse, respirar o pestañear.

—Estarás bien, te lo prometo —Rowdy intentó sonreír.

Seguía sin haber reacción.

—Alice me envió.

—¡Oh, gracias a Dios! —la joven dejó escapar un ruidoso suspiro mientras los ojos se le llenaban de lágrimas.

A su espalda, DeeDee intentaba escabullirse. Rowdy volvió la cabeza y la congeló en el sitio con la fuerza de su mirada.

—Una cosita, cielo. No vas a conseguirme —con su estado de ánimo, y viendo el terror dibujado en los ojos de Cheryl, podría rechazar a todas las mujeres.

Con una mano en el cuello, DeeDee se detuvo.

Por fin Reese entró por la puerta delantera, al mismo tiempo que Trace hacía lo propio por la parte de atrás. Varios clientes tomaron posición. Eran los hombres de Reese, dispuestos a actuar.

—Aquí tenéis a uno —Rowdy agarró a Hickson y lo levantó del asiento, prácticamente arrojándolo contra Reese—. Hay otro ahí abajo —le indicó a Trace.

Trace asintió y dio un paso al frente.

—Esto se ha acabado —Rowdy se volvió hacia DeeDee.

Comprendiendo que la habían pillado, la joven dio un paso atrás, al principio titubeante, pero luego cada vez más rápido hasta que se dio media vuelta y emprendió la huida.

Pero chocó contra Avery, y ambas mujeres cayeron al suelo.

Rowdy estuvo a su lado en menos de un segundo y levantó

a DeeDee. Uno de los compañeros de Reese se hizo cargo de ella.

A continuación se arrodilló junto a Avery, que lo miraba con expresión sorprendida.

—¡Eh! —la ayudó a sentarse—. ¿Estás bien?

—¿Ha sido un montaje? —ella se sujetó la cabeza entre las manos.

—Eso es —Rowdy le sacudió la suciedad del hombro y le acarició los cabellos.

—¿DeeDee y tú...?

—Formaba parte del juego —a pesar de lo que se había dicho a sí mismo, Rowdy sintió la necesidad de aclararle las cosas.

—Pero entonces —en lugar de aliviada, Avery pareció más angustiada—, ¿has comprado el bar o no?

—Lo he comprado.

Por fin el alivio asomó al rostro de la joven, aunque lo ocultó rápidamente bajo el ceño fruncido.

—Menos mal —ella evitó su mirada—. Ya contaba con mi ascenso a barman.

—Pues a trabajar —él la ayudó a levantarse y sonrió—. Dado que acabo de despedir a Dougie, puedes empezar ahora mismo.

Ya casi amanecía cuando Reese por fin pudo regresar a casa de Alice. Debería estar muerto de cansancio, pero se sentía lleno de energía. En cuanto había podido, la había telefoneado para hacerle saber que Cheryl estaba conmocionada, pero ilesa. En esa ocasión estaba más que dispuesta a hablar con la policía para asegurarse de que Hickson y Woody Simpson obtuvieran su merecido.

Sabiendo lo que le esperaba, el detective corrió escaleras arriba y por el pasillo hasta el apartamento de Alice. Mientras entraba, los primeros rayos de sol iluminaron la puerta.

Logan ya había recogido a Pepper, y Dash estaba hundido en una silla, mirando fijamente la televisión, aunque sin ver nada. Sin embargo, al abrirse la puerta, se levantó de un salto y se puso los zapatos.

Tal y como le había prometido, Alice permanecía despierta, esperándolo. Tanto ella como Cash parecían agotados, pero se levantaron como un resorte para darle la bienvenida que se merecía.

Lo primero es lo primero, pensó Reese mientras descolgaba la correa del perro.

—Dash acaba de sacarlo —le explicó Alice—. En cuanto supo que estabas en camino.

Dash sonrió y le dio una palmada al detective en el hombro mientras se dirigía a la puerta.

—Hasta otra —se despidió con las llaves en la mano.

—¿Tantas ganas tienes de irte a la cama?

—De cabeza —asintió el otro hombre tras bostezar—. Pero no solo, y desde luego no para dormir —enarcó repetidamente las cejas y se despidió con un gesto de la mano.

—No puede estar hablando en serio —Alice se quedó mirando fijamente la puerta.

Reese sonrió.

—¡Pero si ha estado despierto toda la noche!

—Deberías saber que los hombres consideran el sexo como una cura para casi todo —bromeó él—, incluso para el agotamiento.

—¡Oh! —ella se abalanzó sobre él y lo abrazó.

Y Reese aspiró el inconfundible aroma de Alice. Deslizó las manos por su espalda. Sí, la deseaba.

Siempre.

Pero ya habría tiempo para eso.

—Debes de tener hambre —observó ella—. Comamos primero.

«Primero», ¿significaba que estaba dispuesta a hacer el amor? Esa mujer era increíble. ¿Cómo demonios había conseguido tener tanta suerte?

Alice le tomó una mano y lo condujo hasta la cocina. El largo camisón casi rozaba el suelo. Tenía unos oscuros círculos bajo los ojos y el cabello revuelto. Y era la mujer más hermosa que hubiera visto en su vida.

—Alice —junto a la puerta de la cocina, Reese la detuvo.

—¿Sí? —ella lo miró con confianza y aceptación. Y muchas cosas más.

Y él la besó, y continuó besándola hasta que Cash empezó a gimotear.

Ambos se volvieron hacia el perro, parado junto al bote de las chuches, mirándolos con expresión expectante.

—Se comporta como si solo practicáramos el sexo —Alice se mordió el labio inferior.

—Es muy intuitivo. Como tú.

—Siéntate mientras preparo café —ella soltó una carcajada y le dio una chuche al perro, luego empujó a Reese contra una silla.

El detective se quitó los zapatos y estiró las piernas mientras reflexionaba sobre lo agradable que era terminar una larga jornada, con Alice.

—¿Ha regresado Cheryl con su familia?

—Llamó a su madre desde la comisaría —él detective no podía apartar la mirada de las bamboleantes caderas que se insinuaban bajo el camisón—. Hubo lágrimas, pero no me parecieron de tristeza.

—Exceso de emoción —Alice asintió mientras lo miraba con timidez—. A mí también me pasa a veces.

—No quiero que llores. Jamás.

—Lo siento —ella volvió a reír—, pero a veces incluso lloro cuando soy feliz.

Entonces iba a tener que acostumbrarse, porque su idea era hacerla muy feliz.

—Peterson consiguió una orden y ahora mismo está registrando las oficinas de Woody Simpson. Ya ha encontrado toneladas de pruebas —con mucho tacto, pues sabía cómo iba a reaccionar Alice, le contó el resto—. También encontró a una joven llamada Michelle, más que dispuesta a contar todo lo que había oído, y todo lo que había visto.

—¿Está bien? —Alice se quedó paralizada.

—Peterson cree que estará bien —desde luego mejor de lo que habría estado si Alice no se hubiera dado cuenta de que Cheryl necesitaba ayuda.

Con ese gesto intuitivo la bola había empezado a rodar hasta conseguir resolver un enorme caso de tráfico de drogas, secuestro y más.

—Y gracias a ella, podremos cerrar algunos negocios en marcha y desenmascarar a compradores y distribuidores relacionados con Woody.

—¿Y Rowdy? —ella cerró los ojos unos segundos—. ¿Qué tal le fueron las cosas? —preguntó tras abrirlos de nuevo.

Reese le habló de la menuda camarera pelirroja que había monopolizado gran parte de la atención de Rowdy.

—Tengo la sensación de que pronto va a tener que enfrentarse a nuevos desafíos.

—Me alegro —Alice sonrió y se volvió para llenar dos tazas de café—. ¿Y Trace? ¿Ha vuelto a desaparecer?

—Dudo mucho que volvamos a verlo —Reese se dio cuenta de que ya no le molestaba que Alice nombrara al escurridizo espectro —, pero sí tengo la sensación de que va a hacer algunos trabajos de investigación para la teniente para ayudarle a sacar a la luz la corrupción que aún permanece oculta.

—¿Qué te apetece comer?

Como si el paradero de Trace no le importara lo más mínimo, Alice puso las tazas de café sobre la mesa.

Él sonrió, haciendo que ella se ruborizara.

Reese soltó una carcajada y la atrajo hacia sí para sentarla sobre el regazo.

—De no ser por ti, Cheryl y Michelle, y seguramente otras muchas mujeres, seguirían en peligro.

—Me das demasiada importancia —ella mantenía la mirada fija en su cuello y deslizó las manos bajo la camisa—. Me alegra que pudieras solucionarlo todo.

En los grandes ojos marrones ya se reflejaba el ardor sexual que sentía. ¡Cómo amaba a esa mujer!

—Parece que voy a tener que tomarme otros cuantos días libres —Reese le acarició los labios.

—¿En serio?

Ella enterró el rostro en su cuello, acariciándole con su cálido aliento. Él se estremeció.

—He pensado que podíamos aprovechar el tiempo para mirar casas.

—¿Lo decías en serio? —ella levantó la cabeza.

—Cash necesita espacio para correr —Reese hundió una mano en los sedosos cabellos castaños—. Y dado que ahora me voy a alojar contigo, necesitamos un lugar más grande.

—¿Te... quedas conmigo? —Alice contuvo la respiración.

—Me gustaría.

—¿Durante cuánto tiempo? —ella se mordisqueó el labio mientras lo miraba con expresión seria.

—¿Eternamente te parece mucho tiempo? —el detective le tomó el rostro entre las manos y la besó.

—¿Para siempre? —Alice lo miró con ojos desorbitados.

—Si nos aceptas —él volvió a besarla, en esa ocasión con más ternura—. Me refiero a Cash y a mí. Vamos en el mismo lote.

—Adoro a Cash —se apresuró ella a contestar—, y lo sabes.

—¿Y yo, Alice? —él buscó en su rostro, el corazón a punto de estallar—. ¿Qué sientes por mí?

Las lágrimas de felicidad que ella había mencionado poco antes brillaron en sus ojos.

—Llevo enamorada de ti desde que el día en que me dijiste hola —declaró con voz ronca.

—¿De verdad?

—¿Cómo pudiste no darte cuenta, Reese? Me había empeñado tanto en protegerme que me había aislado del mundo entero. Pero fui incapaz de aislarme de ti —Alice soltó una risa ahogada—. Ni siquiera fui capaz de dejar de pensar en ti el tiempo suficiente para intentarlo.

Reese sabía exactamente cómo se sentía. Alice no había entrado en su vida poco a poco, se había lanzado de golpe contra su corazón, y sin siquiera intentarlo.

—Dado que yo siento lo mismo, ¿qué te parece si nos casamos? Podríamos adoptar un perro o dos más. Tener un par de críos. Eso, claro está, después de que encontremos la casa adecuada.

Alice lo besó.

—¿Debería tomarme eso como un «sí»?

—Sí, sí a todo —ella asintió con entusiasmo.

—Dime otra vez que me amas.

—¡Oh, Dios, Reese! Te amo. Muchísimo —Alice le agarró la camiseta con fuerza—. Y ahora, detective, vas a acompañarme. He decidido que el café puede esperar.

A Reese le pareció perfecto mientras la seguía hasta el dormitorio. Al final resultaba que el mote que le habían puesto en el instituto era cierto. Se había desnudado por completo, y también había desnudado su alma. Y la recompensa era Alice.

Lo tenía todo.

Últimos títulos publicados en Top Novel

El camino más largo – Diana Palmer
Melodías – Nora Roberts
Donde empieza todo – Anna Casanovas
Un lugar escondido – Robyn Carr
Te quiero, baby – Isabel Keats
Carlos, Paula y compañía – Fernando Alcalá
En tierra de fuego – Mayelen Fouler
En busca de una dama – Laura Lee Guhrke
Vanderbilt Avenue – Anna Casanovas
Regalo de boda – Cara Connelly
La dama del paso – Marisa Sicilia
A salvo en sus brazos – Stephanie Laurens
Si solo una hora tuviera – Caroline March
Cócteles – Varios autores
Mujer soltera busca pianista – Kat French
Pasión encubierta – Lori Foster
Una tentación para el duque – Lorraine Heath
Ojos Verdes – Claudia Velasco
Un pacto audaz – Laura Lee Guhrke
El camino del encuentro – Diana Palmer
A salvo con tu amor – Stephanie Laurens
Los Stanislaski – Nora Roberts
Dados del destino – Robyn Carr
El universo en tus ojos – Anna Casanovas
Después de la boda – Cara Connelly
Los últimos días de Saint Pierre – Carolina P. Alcaide

www.ingramcontent.com/pod-product-compliance
Lightning Source LLC
LaVergne TN
LVHW030332070526
838199LV00067B/6250